Thomas King
Die Schatten im Wald

THOMAS KING

DIE SCHATTEN IM WALD

Ein Kanada-Krimi

Aus dem kanadischen Englisch
von Leena Flegler

PIPER

Mehr über unsere Autoren und Bücher:
www.piper.de

Wenn Ihnen dieser Kriminalroman gefallen hat,
schreiben Sie uns unter Nennung des Titels
»Die Schatten im Wald« an empfehlungen@piper.de,
und wir empfehlen Ihnen gerne vergleichbare Bücher.

Von Thomas King liegen im Piper Verlag vor:
Die DreadfulWater-Reihe:
Dunkle Wolken über Alberta
Die Schatten im Wald

Unser Versprechen für mehr Nachhaltigkeit
• Klimaneutrales Produkt
• FSC®-zertifiziertes Papier
• Hergestellt in Europa

FSC www.fsc.org MIX Papier aus verantwortungsvollen Quellen FSC® C083411

ISBN 978-3-492-06296-1

Titel der englischen Originalausgabe: »A Matter of Malice«
bei HarperCollins, Toronto, 2019

Satz: Uhl + Massopust, Aalen
Gesetzt aus der Kepler Std
Druck und Bindung: CPI Books GmbH, Leck
Printed in the EU

Für meinen Cousin John und meine Cousine Joanne,
die gute Geschichten mit schrulligen Katzen mögen

Thumps DreadfulWater stand auf seiner Veranda und blickte hinaus in die Nacht, hoch zu dem funkelnden Sternenbogen. Er sollte nicht wach sein. Er war zeitig ins Bett gegangen und sogar eingeschlafen. Trotzdem war er jetzt hier, stand hellwach und deprimiert in der Dunkelheit und wartete darauf, dass die Dämmerung ihn endlich aufspürte.

Was kein Problem wäre. Er hatte nicht vor, irgendwo hinzugehen.

Für die Pragmatiker markierte der Herbst das Ende von Grillabenden, von Ausflügen zum See und Sonnenbädern im Garten. Für all jene mit Hang zum Philosophischen kamen der kalte Himmel und das verblassende Licht eher einer Metapher fürs Altern und für den Tod gleich.

Oder für etwas vergleichbar Melodramatisches.

Thumps mochte die Jahreszeit eigentlich gern. Die kühlen Abende. Die starken Farben in den Bergen. Endlich keine Stech- und Kriebelmücken mehr. Doch dieser Herbst hatte nicht gut angefangen, und er war sich nicht sicher, ob es in absehbarer Zeit besser werden würde.

Als Erstes war da die Reise nach Seattle gewesen. Claire hatte ihn nicht dabeihaben, sondern mit ihrer Krankheit allein klarkommen wollen. Doch er hatte darauf bestanden. Das hatte sich teils als Fehler erwiesen. Ja, er war während des Behandlungsmarathons für sie da gewesen, hatte sie zum Krankenhaus und wieder zurück in ihr möbliertes Zimmer gefahren und parat gestanden, falls sie reden wollte.

Wollte sie aber nicht.

Die OP war an sich gut verlaufen, doch die Chemo war anstrengend. Thumps sah sich genötigt mitanzusehen, wie die Frau, die ihm so wichtig war, im Bad oder auf dem Sofa nur mehr vor sich hin dämmerte und dem Tod so nahe zu sein schien, dass er sich manchmal nach ihr ausstrecken musste, um sicherzustellen, dass sie noch lebte.

Aber sosehr es ihm zusetzte, Claire leiden zu sehen – die Klinik- und Praxisaufenthalte waren noch schlimmer. Thumps hatte keinen Schimmer, ob er die Gesichter der Leute je vergessen würde, die in den Wartezimmern saßen, auf den Fluren auf und ab tigerten oder in Betten und auf Rollbahren lagen, die auf dem Gang geparkt waren wie zu einer Beerdigungsprozession – Menschen, deren Leben vorbei und doch noch nicht vollends vorbei war. Menschen, die genau wussten, dass es keine Hoffnung mehr gab, die aber trotzdem weiter hofften, weil es das Einzige war, was blieb.

Er versuchte, sich einzureden, dass Claire keins dieser wandelnden Gespenster sein würde, dass sie sich wieder erholen und der Schlachtbank gesund und unversehrt den Rücken kehren würde.

Im Lauf zweier Monate sprachen sie mit zig Ärzten, und jeder einzelne betonte, welche Fortschritte die medizinische Forschung im Kampf gegen den Krebs machte.

Gegen Ende brachte Thumps die Frage auf, inwieweit Ernährung und Umwelt Auslöser der Krankheit sein mochten. Die medizinische Bruderschaft zuckte bloß mit den Schultern und zückte Flyer für neue Medikamente und neuartige Behandlungsmethoden, die vielversprechende Ergebnisse geliefert hatten.

»Wenn wir Haie wären«, scherzte einer der jüngeren Ärzte, »wäre der Krebs für uns gar kein Problem.«

Thumps und Claire lachten darüber – nicht weil es lustig gewesen wäre, sondern weil sie dringend etwas gebraucht hatten, worüber sie lachen konnten.

Zum Zweiten hatte Thumps seinen Volvo an Cooley Small Elk verliehen, und Cooley hatte einen Unfall gehabt. Irgendein Typ war über Rot gefahren und in ihn reingekracht. Roxanne Heavy Runner, die Stammesratsvorsitzende, rief an und erstattete in allen Einzelheiten Bericht.

»Cooley hat sich ein paar Rippen gebrochen und eine Handvoll Schnitte im Gesicht.«

Empathie und Humor waren nicht gerade Roxannes Stärke, aber sie klang tatsächlich ein klein wenig mitfühlend.

»Ihm geht es gut, aber dein Wagen ist Schrott.«

Okay, »mitfühlend« war vielleicht das falsche Wort.

»Ist nicht weiter wild«, fuhr Roxanne fort. »Die Karre war ja uralt.«

Und drittens: Freeway war weg. Thumps hatte seinen Nachbarn gebeten, sich um die Katze zu kümmern. Virgil »Dixie« Kane war selbst Besitzer eines großen Komondors namens Pops, der wie ein Berg Schmutzwäsche aussah. Der Hund hatte ein ernsthaftes Verdauungsproblem. Freeway schien das nicht zu stören, und soweit Thumps es beurteilen konnte, war Pops Freeways einziger Freund.

Zwei Wochen nachdem Thumps mit Claire nach Seattle gefahren war, war Freeway verschwunden.

»Ich bin davon ausgegangen, dass die Katze wieder heimkommt, sobald sie Hunger kriegt«, berichtete Dixie, »aber das ist nicht passiert.«

Die naheliegende Erklärung war, dass Freeway gestorben war – von einem Auto überfahren oder von einem Kojoten gefressen.

»Ich würde noch nicht aufgeben«, hatte sein Nachbar gesagt. »Bei Katzen weiß man ja nie.«

Thumps suchte den Horizont ab. Nichts. Kein Silberstreif, der Hoffnung machte, dass dort draußen ein Sonnenaufgang lauerte. All das war natürlich Augenwischerei: In einem Moment war es noch pechschwarz, und sobald man nur ganz kurz nicht hinsah, tauchte ein Hauch Röte auf, ein Schwelen, und im nächsten Moment war wie von Zauberhand der Himmel erleuchtet.

Claire schlief bestimmt noch. Er hatte versucht, sie zu überreden, bei ihm zu bleiben, nur bis sie wieder bei Kräften wäre, aber sie hatte bei sich zu Hause im Reservat sein wollen.

Allein. Das hatte sie deutlich gemacht. Allein.

Thumps lehnte sich ans Geländer und überlegte, was er heute tun müsste. Da war die Sache mit dem Auto. Er musste herausfinden, wohin sie es verfrachtet hatten. Und er musste mit Dolores Cardoza von *Chinook Insurance* über den Unfall reden. Er musste einkaufen. Das Einzige, was er derzeit im Kühlschrank hatte, waren die Kühlschrankböden.

Und dann der Arzttermin bei Beth Mooney. War der heute oder morgen?

Morgen. Der war morgen.

Thumps hatte es sich zur Lebensaufgabe gemacht, um Ärzte einen Bogen zu schlagen, und da war Beth keine Ausnahme. Seit sie beschlossen hatte, er sei Diabetiker, bestand sie auf regelmäßigen Check-ups. Sie hatte ihm kurz vor der Reise nach Seattle Blut abgenommen, und morgen wollte sie mit ihm die Werte besprechen. Thumps war sich sicher, dass alles im grünen Bereich war, trotzdem würde Beth bestimmt weitere Tests machen wollen. Sie würde ihm erneut einen Vortrag über seine Essgewohnheiten halten und ihm – schon wieder – nahelegen, sich den Kurzfilm der *American Diabetes Association* über die Risiken seiner Erkrankung anzusehen: Erblindung, Organversagen, Amputationen.

Aber so weit würde es nicht kommen. Um sich elend und deprimiert zu fühlen, reichte seine Vorstellungskraft aus.

Und dann war da auch noch die Frage des Frühstücks.

Als Diabetiker musste Thumps seine Mahlzeiten regelmäßig einnehmen. Und weil er nichts zu essen im Haus hatte, musste er sich einen anderen Ort suchen und jemanden, der bereit war, ihm Essen zu machen. Am besten Alvera Couteau. Er würde den Tag im *Al's* beginnen und von dort weitersehen.

Thumps nahm seine Canvas-Schultertasche hoch, um sich zu vergewissern, dass er das Blutzuckermessgerät, den Traubenzucker sowie seine Kamera dabeihatte. Er hatte sich die Tasche in Seattle in einem Outlet gekauft. Sie war tatsächlich nützlicher als gedacht – und sie hatte den unverhofften Nebeneffekt, dass er sich damit tough und geheimnisvoll fühlte, als wäre er ein Fotoreporter auf brandgefährlicher Überseemission.

Er ließ den Blick über die Straße schweifen. Vielleicht lungerte die Katze ja in den Büschen oder versteckte sich unter einem parkenden Auto. Dann setzte er sich seinen Hut in einem verwegenen Winkel auf, ließ den Sonnenaufgang Sonnenaufgang sein und machte sich auf den Weg.

2

Das *Al's* befand sich zwischen der *Fjord Bakery* und *Sam's Laundromat* und war nicht ganz leicht zu finden. Ein Kneipenschild gab es nicht. Der einzige Hinweis war der Schildkrötenpanzer, den Preston Wagamese neben die Tür geklebt und mit dem Wort »Food« versehen hatte. Das *Al's* war ursprünglich eine Gasse gewesen – bis das *Chinook Convention Center* gebaut worden war, das nun den Durchgang am hinteren Ende versperrte. Die Stadt war damals davon ausgegangen, dass entweder Otto Lunde, dem die Bäckerei gehörte, oder Sam Maloft, der Besitzer des Waschsalons, die Sackgasse kaufen und sein Geschäft erweitern würde.

Doch es war anders gekommen.

Thumps konnte sich nicht erinnern, je zuvor so früh im *Al's* gewesen zu sein, und insgeheim rechnete er damit, dass er dort alleine wäre. War er aber nicht. Wutty Young Beaver, Russell Plunkett und Jimmy Monroe waren bereits da und kauerten wie drei Krähen auf einer Stromleitung auf den drei Barhockern direkt vor dem Grillofen an der Eingangstür. An der Wand über Russells Schulter hing ein großes buntes Plakat mit der Aufschrift: »Stoppt die Pipeline!«.

»Hey, Thumps«, rief Wutty, »lange nicht gesehen!«

»Aber gerade rechtzeitig«, sagte Russell.

»Das stimmt«, pflichtete Jimmy ihm bei, »gerade rechtzeitig!«

Es hatte sich gezeigt, dass an der Sackgasse niemand interessiert gewesen war, sie hatte leer gestanden und begann, sich mit Unrat, Bierflaschen und benutzten Kondomen zu füllen. Teenager, die nichts Besseres zu tun hatten, Landstreicher auf der Suche nach einem Schlafplatz und Damen eines gewissen Gewerbes sorgten dafür, dass nur noch vom »Gassenmotel« die Rede war.

Im Nu wurde die Sackgasse zur öffentlichen Peinlichkeit und zum Albtraum des örtlichen Gewerbedezernats. Nach zwei Jahren andauernder Beschwerden von benachbarten Unternehmen bot die Stadtverwaltung die Gasse zu guter Letzt öffentlich zum Verkauf an. Es gab genau ein Angebot. Für einen Dollar wollte Alvera Couteau dort ein Restaurant eröffnen. Die Behörde schlug ein – Hauptsache, es entstand etwas auch nur annähernd Unternehmerisches –, und neun Monate später nahm das *Al's* den Betrieb auf.

Im *Al's* gab es fantastisches Essen; Einrichtung und Atmosphäre würden eher keinen Preis gewinnen. Es war düster und eng, der Großteil des Raums ging für die Sitznischen aus Pressspan an der Längswand und den langen lindgrünen Resopaltresen drauf, an dem mehrere verchromte, mit rotem Kunstleder bezogene Barhocker standen. Licht fiel lediglich durch das vordere Fenster, und der Dampf, der vom Grill aufstieg, bildete bratfettgeschwängerte Wolken, die wie eine Gewitterfront in der Luft hingen.

Das *Al's* stand in keinem Reiseführer, und Touristen, die sich auf der Suche nach touristischen Abenteuern in das Café verirrten, machten in der Regel sofort wieder kehrt.

Russell Plunkett fuchtelte mit seinem Messer wild in Thumps' Richtung. »Wutty versucht gerade zu schätzen, wie alt Al ist.«

Jimmy Monroe, der neben Russell saß, fing an zu kichern. »Der Mann ist lebensmüde.«

»Al war da ziemlich deutlich.« Nur für den Fall, dass Wutty schwerhörig sein könnte, sprach er lauter weiter: »Wer immer versucht, ihr Alter zu schätzen, isst sein Frühstück das nächste Jahr auf der *Shadow Ranch.*«

»Der Mann ist lebensmüde«, wiederholte Jimmy.

»Schon«, sagte Wutty, »aber sie meint es nicht ernst.«

Einige Jahre zuvor hatte Wutty versucht, sich über Als neue Nichtraucherregel hinwegzusetzen. Er hatte sich am Tresen eine Zigarette angezündet und getestet, ob Al ihn rauswarf.

Hatte sie nicht.

Stattdessen bediente sie ihn einfach nicht mehr. Keinen Kaffee, kein Essen. Wutty protestierte und tönte, einen hart arbeitenden Mann wie ihn könne sie doch nicht so behandeln, das Café sei eine öffentliche Einrichtung und er Teil dieser Öffentlichkeit.

Es dauerte einen geschlagenen Monat, bis Wutty zu Kreuze kroch, und einen weiteren, ehe Al ihn wieder bediente – und selbst da setzte sie ihm nicht die komplette Portion Hash Browns vor. Und sie füllte seinen Kaffeebecher auch nicht bis zum Rand.

Russell drehte sich zu Wutty um. »Der French Toast auf der *Shadow Ranch* soll ja ganz reizend sein.«

Der French Toast in der *Ranch* war tatsächlich reizend. Einige Monate zuvor war Thumps oben gewesen, um mit Vernon Rockland über eine Fotoausstellung zu sprechen. Sie waren zum Frühstück verabredet. Thumps aß Rührei mit Elchwurst und Rockland den French Toast, der auf einer schmalen, rechteckigen Platte mitsamt Erdbeerschnitzen und Heidelbeeren serviert wurde, die wie Blümchen auf dünnen Orangenscheiben drapiert waren. Mit Fruchtpüree-Wirbeln und Minzblättchen als Garnitur. Der Toast an sich war ein ordentliches Mehrkorn und mit Puderzucker bestäubt, und die einzelnen Stücke lehnten in Form eines abstrahierten Tipis aneinander. Thumps wusste noch genau, wie er gedacht hatte, das Ding sehe eher aus wie das Prärieindianer-Schuhkarton-Bastelprojekt eines Grundschülers denn wie eine Mahlzeit.

Al drehte sich vom Grillofen weg. »Na dann.« Sie sah einem nach dem anderen direkt ins Gesicht. »Wer von euch Jungs will anfangen?«

»Zur Hölle, Al«, sagte Wutty, »du weißt, dass ich bloß Spaß gemacht habe.«

Russell legte einen Zehndollarschein auf den Tresen und nahm seinen Hut vom Haken. »Muss zur Arbeit.«

»Ich auch.« Jimmy versuchte, noch vor Russell zur Tür zu kommen.

Thumps hatte damals einen Bissen von Rocklands Frühstück probiert. Der French Toast war trockener gewesen als befürchtet – irgendwie bissfest und trotzdem schlabberig und mit einem leicht fischigen Nachgeschmack, wie er fand. Der Sirup war aber okay gewesen. Echter kanadischer Ahornsirup.

Wutty blieb auf seinem Hocker sitzen, hatte aber sein Handy gezückt und starrte angestrengt auf das Display. Thumps schlenderte weiter Richtung Münzapparat zu seinem Lieblingsplatz.

Al folgte ihm mit der Kaffeekanne. »Was meinst *du* denn, wie alt ich bin?«

Thumps stützte die Ellbogen auf den Tresen. »Für wie blöd hältst du mich?«

Al schob ihm in eine Serviette gewickeltes Essbesteck hin. »Du bist doch sonst nicht so früh dran.«

»Dachte, ich fange heute mal besonders früh an zu arbeiten.«

»Du arbeitest nicht«, entgegnete Al. »Immer noch Jetlag?«

»Verdammt!« Wutty rutschte von seinem Hocker und hielt sein Handy hoch wie eine weiße Fahne. »Da hat jemand zurückgerufen!« Er ließ einen Fünfer auf dem Tresen liegen und stürmte zur Tür hinaus.

Al sah ihm kopfschüttelnd nach. »Eines Tages muss ich ihn wohl erschießen.«

»Klang, als hätte er einen Job an Land gezogen.«

»Beim Fernsehen«, sagte Al. »Die haben ja keine Ahnung, wen sie sich da einhandeln.«

»Fernsehen?«

»Irgend so eine Realitysache.« Al stellte ihm einen Becher hin und schenkte Kaffee ein. »Ich hab da mal eine Frage. Brauche eine zweite Meinung.«

»Dein Kaffee schmeckt«, sagte Thumps. »Und dein Alter schätze ich nicht.«

»Natürlich schmeckt der Kaffee. Und ich weiß selbst verdammt gut, wie alt ich bin.«

Er nahm einen Schluck. Der Kaffee war kochend heiß und tiefschwarz. »Dann passt ja alles.«

Al lehnte sich mit der Hüfte gegen den Tresen. »Findest du, dass ich knurriger bin, als ich sein dürfte?«

»Ist das die Frage?«

»Das ist die Frage.«

Thumps versuchte, Al anzusehen, ob es sich um eine Fangfrage handelte. »Wie wär's, wenn ich stattdessen dein Alter schätze?«

»Kennst du Roger Menard?«

»Den Leiter des Gewerbedezernats? Der immer riecht wie ein Wunderbaum?«

»Genau der.« Al zog einen Flyer aus ihrer Schürze. »Dieser Roger hat das hier angeschleppt.«

Auf dem Deckblatt waren ein stilisierter Cowboy und ein stilisierter Indianer zu sehen. Der Cowboy schwenkte seinen Hut über dem Kopf, und der Indianer hatte die Hand zum Hollywood-Klischee-Gruß erhoben.

»Also, Roger erzählt mir, ich sollte mal darüber nachdenken, freundlicher zu sein. Er will, dass ich mich für dieses neue ›Howdy‹-Programm anmelde.«

Thumps konnte die Hash Browns auf dem Grill riechen. Ihm knurrte der Magen. Womöglich brauchte er eine doppelte Portion Toast.

»Menard hat sich hier reingetraut?«

»Nur an die Tür. Hey, ich hab eine neue Soße – schön mit Biss. Willst du die zu den Eiern probieren?«

»Klar.«

»Und willst du gar nicht wissen, was es mit diesem ›Howdy‹-Programm auf sich hat?«

»Nope.«

»Das Gleiche hab ich zu Roger auch gesagt.« Al schlenderte zurück zum Grill.

Thumps entfaltete den Flyer. Darin wurden Stadt und Umgebung in höchsten Tönen gepriesen. »High-Planes-Paradies« war nur einer der Lobestitel, »Western Wonderland« ein weiterer. Beides wurde flankiert vom Versprechen, Chinook sei »fruchtbarer Unternehmerboden«. Es gab eine dreistufige Anleitung, wie Besucher und Touristen willkommen geheißen werden, sowie eine Liste mit Westernvokabeln, die Geschäftsleute in ihren Wortschatz aufnehmen sollten: »skalpieren« statt »über den Tisch ziehen«. »Nuggets« oder »Kopfgeld« statt »Kohle«. »Prärieschoner« statt »Pick-up«. »Howdy, Partner« statt »Kumpel«. »Futter« statt »Essen«.

Als Al mit seinem Frühstück zurückkam, kicherte Thumps noch immer. Sie stellte den Teller vor ihm ab und stemmte die Hände in die Hüften.

»Hier, dein Futter.«

Thumps tippte auf den Flyer. »Ich hab gar kein ›Yihah‹ da drin gefunden.«

»Muss ihnen durchgerutscht sein.« Al neigte den Kopf zur Seite. »Hast du das Ding echt gelesen?«

Thumps legte den Flyer wieder zusammen und hielt ihn hoch. »Schritt eins wäre, dass du zu jedem, der reinkommt, ›Howdy‹ sagst.«

»Howdy – ernsthaft?« Al schnappte sich den Flyer und warf ihn in den Müll.

»Nicht begeistert genug.« Thumps rührte die Soße in sein Rührei. »Du könntest auch mal ein ›Yippie‹ einstreuen.« Er musste sich ein Grinsen verkneifen. »Natürlich nur, wenn dir der Sinn danach steht.«

Das *Al's* war im Augenblick leer. Nicht mehr lange, und die Leute würden Schlange stehen, um hier zu essen.

Al lehnte sich gegen den Kassentresen. »Dann erzähl mal von Claire.«

Thumps' Grinsen war schlagartig wie weggefegt.

»Roxanne meinte, dass sie alles erwischt haben. Aber das sagen die Ärzte ja immer.«

»Es geht ihr gut.«

»Hab dich so bald gar nicht zurückerwartet. Dachte, du würdest erst mal bei ihr bleiben.«

Thumps zog den Kopf ein und hoffte, dass es schnell vorbeiginge.

»Alle machen sich Sorgen.« Al schlenderte zurück zum Grill. »Im Übrigen auch um dich.«

Dass Claire ihn als fahrenden Ritter auf einem weißen Ross und Helden von in Not geratenen Damen betrachtete, hatte er gar nicht erwartet, aber doch, dass seine Bemühungen in Seattle ihre Beziehung stärken würden. Dass sie beide einander näherkämen. Dass sie gemeinsame Sache gegen die Krankheit machen würden. Stattdessen war Claire zusehends von ihm weggedriftet, hatte sich von ihm zurückgezogen und war verstummt.

Thumps hatte versucht, sie festzuhalten, aber der Abstand hatte sich zusehends vergrößert, bis er gar nicht mehr an sie herangekommen war. Er hatte sich eingeredet, sie sei nur deprimiert, der Krebs und die Medikamente seien schuld, und zu Hause würde alles besser werden.

Aber als sie schließlich zurück in Chinook waren, hatte Claire ihn bloß abgesetzt und war allein weitergefahren.

»Warst du schon in diesem neuen Café? Beim *Budd's*

die Straße runter? In diesem schicken Bistro mit Bio-Espresso und Kaffee mit unterschiedlichen Geschmäckern?«

Thumps blickte auf. »Was?«

»Mirrors«, rief Al über das Zischen des Grills hinweg. »Wer bitte schön nennt sein Café *Mirrors?*«

Thumps versuchte, mitfühlend auszusehen.

»Und hast du schon mit dem Sheriff gesprochen?«

»Mit Duke?«

»Er hat sich nach dir erkundigt.«

»Weshalb?«

Al fuchtelte mit dem Pfannenheber in seine Richtung. »Keine Ahnung. Aber wenn du ihn siehst, sag schön Howdy von mir – und frag ihn, welches Pferd er an der Stange festbinden will.«

3 Das Gewerbedezernat meinte es mit der Howdy-Kampagne ernst. Rote und gelbe Pelargonien hingen in Ampeln von Straßenlaternen, Szenen aus Pferdeopern wurden auf Schaufenster von Geschäften gepinselt – sogar bei dunklen, leer stehenden –, und die Parkuhren bekamen allesamt einen Howdy-Sticker verpasst, sodass man nicht mehr sehen konnte, wie viel Parkzeit einem noch blieb.

Die Hauptstraße überspannten Banner, auf denen das »Sommer-Powwow Chinook« angekündigt wurde.

Was immer es damit auf sich hatte.

»DreadfulWater!«

Als Thumps sich umdrehte, war Sheriff Duke Hockney mit seinem schwarz-weißen Ford Bronco rechts rangefahren.

»Wurde auch Zeit, dass Sie wieder da sind.«

Um Mode scherte sich Duke nicht. Macy, seine Ehefrau, kaufte für ihn ein, und sie hielt die Dinge gern schlicht: langärmelige Hemden in unauffälligen Farben, dunkelgrüne Twillstoffhosen, bequeme Arbeitsschuhe.

»Stehen Sie jetzt den ganzen Tag hier rum?«

»Ich mache ein Päuschen.«

»Das passiert, wenn man keinen richtigen Job hat«, sagte Hockney und stieg aus dem Wagen.

Heute trug er ein buntes Cowboyhemd mit Druckknöpfen, dazu Bolokrawatte, Lederweste und eine riesige goldglänzende Gürtelschnalle, auf der »Rodeo« stand. Wenn Hockney sich nach vorn beugen würde, schoss es Thumps durch den Kopf, würde die Schnalle ihn in der Mitte zerteilen.

»Ich habe einen Job.«

»Fotografie ist kein Job«, sagte Duke, »sondern ein Hobby. Wie Modellflugzeugbau und Vogelbeobachtung.«

Die Bolokrawatte – mit einer türkis-silberfarbenen Brosche – sah um Dukes Stiernacken irgendwie merkwürdig aus: als wollte jemand mit Zahnseide einen Bären erdrosseln.

»Ermittlungsarbeit – das ist ein echter Job«, fuhr Duke fort. »Und Sie waren früher mal Ermittler.«

Thumps fragte sich, ob er raus ins Reservat fahren und sein Lager auf Claires Fußmatte aufschlagen sollte. Vielleicht war ihr entfallen, dass er sich ihretwegen Gedanken machte, und musste nur daran erinnert werden.

»Steigen Sie ein«, sagte Hockney. »Ich hab was für Sie.«

»In diesem Fall«, entgegnete Thumps, »steig ich ganz gewiss nicht ein.«

»Verdammt, DreadfulWater, ich will Ihnen einen Gefallen tun!«

Der Sheriffstern auf seiner Westenbrust sah aus wie ein Requisit, das John Wayne in *Geier kennen kein Erbarmen* hätte tragen können. Thumps fragte sich, welche Überraschungen noch in der neuen Garderobe des Sheriffs lauerten. Leder-Chaps? Cowboystiefel? Sporen?

»Ich genieße lieber das Wetter.«

»Es gibt frische Croissants und Espresso.«

Thumps versuchte, seine Fassungslosigkeit zu verhehlen. »Wie konnte das denn passieren?«

Hockney stieg wieder ein und ließ den Bronco anrollen. »Steigen Sie endlich in den Wagen, verdammt.«

Die Fassade des Sheriff's Office sah im Großen und Ganzen so aus wie zwei Monate zuvor – nur dass jemand ein riesiges handgemaltes Schild mit der Aufschrift »Sheriff« in vergoldeten Lettern angebracht hatte, das Thumps an Rinderauftrieb und Wildwest-Show-Plakate der Jahrhundertwende erinnerte.

»Ist das da eine Pferdestange?«

Duke grummelte leicht bärbeißig in sich hinein, schlug die Tür des Bronco hinter sich zu und marschierte in seine Dienststelle.

Wer auch immer die Fassade umdekoriert hatte, hatte drinnen ebenfalls sein Unwesen getrieben. Rostige Wildfallen, Navajo-Teppiche, ein Gestell mit ausgestopften, zum Flug ansetzenden Enten, ein Ölschinken mit Indianern auf Büffeljagd. An der Wand hinter Dukes Schreibtisch hing ein riesiger Elchkopf.

»Schöner Elch.«

»Geschlagene zwei Monate«, sagte der Sheriff, »und Sie sind immer noch nervig wie eh und je.«

Der Elchkopf war leicht zur Seite geneigt, als hätte das Tier irgendetwas im Wald gehört und würde danach Ausschau halten.

»Wo haben Sie den her?«

»Aus derselben Quelle wie die verdammte Pferdestange.«

Neben Dukes Schreibtisch stand ein Spucknapf aus Messing. Thumps war sich einigermaßen sicher, dass dies hier Hockneys Arbeitsplatz war; trotzdem sah alles eher aus wie ein Westerndeko-Trödelladen.

»Sehen Sie viel fern?«

»Nope.«

»Ich auch nicht«, sagte Duke. »Macy schon. Am allerliebsten Realityshows.« Der Sheriff verpasste sich einen Klaps an die Schläfe, als wollte er eine schlechte Erinnerung aus seinem Gehirn hinausbefördern. »Gestern Abend hat sie mich gezwungen, mit ihr zusammen eine Sendung namens *Exhibit A* anzusehen – mit diesem indigenen Schauspieler, den Sie so mögen, diesem ... Graham ... Graham ...«

»Greene.«

»Egal. Sie kennen den Spruch ›zuschauen, wie die Farbe von den Wänden blättert‹?«

»So wie ›wenn Männer Sport gucken‹?«

»An Männern beim Sportgucken ist nichts verkehrt.« Duke hielt auf seinen greisen Espressokocher zu, der auf einem Beistelltischchen stand. »Kaffee?«

Thumps wusste nur zu gut, was aus der alten Kanne kam. Er hatte mehrmals den Fehler gemacht, Dukes Kaffee zu kosten.

»Ich kann nirgends Croissants sehen.«

Der Sheriff goss heißen Teer in einen Becher.

»Und auch keinen Espresso.«

»Ich hab nie behauptet, ich hätte Croissants und Espresso *hier*.«

Auf einem der Aktenschränke entdeckte Thumps eine weiße Papiertüte mit einem Logo, das er noch nie gesehen hatte. Ein tänzelndes Zeichentrick-Eichhörnchen. Über dem Nager stand in Schablonenschrift *Skippy's.*

»Hat neulich hier aufgemacht«, erklärte Duke. »Gute Burger – schön dick und saftig.«

»Ich will keinen Burger«, entgegnete Thumps. »Die Rede war von Croissants und Espresso.«

Hockney schüttelte den Kopf. »Was Sie brauchen, ist ein richtiger Job. Der Sie von Ihren Sorgen ablenkt.«

»Von meinen Sorgen?«

Der Sheriff führte den Becher an die Lippen und bewegte den Unterkiefer vor und zurück, als wollte er den Kaffee in mundgerechte Stücke zerbeißen.

»Haben Sie Ihr Auto schon gesehen?«

Thumps wartete auf die Fortsetzung.

»Sie dürften ein neues brauchen.« Der Sheriff räusperte sich. »Schon mal von einer Sendung namens *Böse Absichten* gehört? Die spielen Cold Cases nach. Macys Lieblingssendung. Und jetzt drehen die eine Folge hier in Chinook.«

»Da wird Macy begeistert sein.«

»Sicher«, sagte der Sheriff. »Und sie wollen, dass jemand den Fall noch mal für sie durchgeht – jemand mit Erfahrung und Ermittlungsroutine. Jemand, der sich mit Polizeiarbeit auskennt.«

»Bin nicht interessiert.«

»Sie dürfen mit Filmstars abhängen. Die servieren da jeden Morgen frische Croissants und haben so eine schicke verchromte Espressomaschine.« Duke hielt kurz inne. »Vielleicht können Sie Claire mit zu den Dreharbeiten nehmen. Sie hinter den Kulissen herumführen. Vielleicht heitert es sie auf.«

»Bin nicht interessiert.«

»Die zahlen auch gut.«

»Warum übernehmen Sie das nicht?«

Der Sheriff verzog das Gesicht. »Die Stadt steht nicht auf Nebenjobs. Das sähe ja aus, als würden sie mir nicht genug bezahlen.«

»Tun sie auch nicht.«

»Außerdem muss ich mich um diese dämliche Howdy-Kampagne des Dezernats kümmern«, fuhr Duke fort. »Was glauben Sie denn, warum ich so etwas anhabe? Was glauben Sie denn, warum es hier in meinem Büro aussieht wie in einem verdammten Streichelzoo?«

»Erklären Sie es mir?«

»Hören Sie. Ich hab gerade die Producerin und ihr Team kennengelernt.« Jetzt lächelte Hockney wieder. Immer ein schlechtes Zeichen. »Was ist schon dabei?«

»Worum genau soll es denn gehen?«

»Genau?«

»Sie haben erwähnt, dass sie Cold Cases nachstellen.«

Duke stieß seinen Becher gegen die Tischkante. Der schwarze Schlamm rührte sich nicht. Der Tisch sehr wohl. »Trudy Samuels.«

Der Name sagte Thumps zunächst nichts. Dann fiel es ihm wieder ein. »Samuels? Wie in *Big Sky Oil*-Samuels?«

»Genau«, sagte Duke. »Damals war Emmitt Tull hier der Sheriff. Die Leiche wurde an der Belly Butte gefunden. Emmitt ging von einem Unfall aus. Zu der Zeit hat man eher ungern über Selbstmorde gesprochen.«

»Aber?«

»Trudys Stiefmutter – Adele Samuels – hat auf Mord

gepocht und Stein und Bein geschworen, dass Trudy von ihrem Freund umgebracht wurde.«

»Immer ein guter Ansatz.«

»Der Freund hieß Tobias Rattler.« Duke hielt inne, um zu sehen, ob Thumps ihm zuhörte.

»Der Schriftsteller?«

»War er da noch nicht«, erwiderte Hockney. »Damals war er bloß ein Junge aus dem Reservat.«

»Obduktion?«

»Ohne eindeutiges Ergebnis. Trotzdem hat Tull diesen Rattler durchleuchtet. Die Samuels-Familie war damals immerhin eine große Nummer.«

»Und?«

»Dem Polizeibericht zufolge wollten die beiden sich an dem Abend, als Trudy starb, einen Film ansehen. Nur dass Rattler behauptet, sie sei nicht im Kino aufgetaucht.«

»Dann hat er kein Alibi.«

»Aber auch kein Motiv. Und es gab keine beweiskräftigen Spuren, die ihn mit Trudys Tod in Verbindung gebracht hätten.«

»Und die Fernsehleute wollen den Fall jetzt lösen?«

»*Böse Absichten* löst keine Fälle. Solche Sendungen wirbeln bloß Staub auf und wühlen im Dreck.« Duke hielt erneut inne. »Sicher, dass Sie die Sendung nicht kennen?«

»Ganz sicher.«

»Warum haben die dann ausdrücklich nach Ihnen gefragt?«

»Nach mir?«

»Ausdrücklich«, wiederholte der Sheriff. »Schon komisch, oder?«

Thumps betrachtete den Elchkopf an der Wand. Wahrscheinlich war das Letzte, was das Tier gehört hatte, die Kugel, die es erwischt hatte. Oder es war ein Elchkumpel, der es um einen Gefallen gebeten hatte.

»Das Produktionsteam ist im ehemaligen *Budd's* eingezogen.« Duke lehnte sich auf seinem Stuhl zurück und legte die Füße auf den Schreibtisch. »Sydney Pearl und Nina Maslow«, fügte er lächelnd hinzu. »Sie dürfen gern später Danke sagen.«

4

Wenn Thumps sich je die Mühe gemacht hätte, eine To-do-Liste zu erstellen, hätte darauf ganz sicher nicht die Zusammenarbeit mit einer Reality-Fernsehproduktion gestanden.

Es hätte der Volvo darauf gestanden. Er hatte den Wagen immer noch nicht zu Gesicht bekommen und keine Ahnung, wie schlimm der Schaden war. Aber wenn Roxannes Schilderung und die Andeutung des Sheriffs der Wahrheit entsprachen, dann konnte er ihn abschreiben. Er versuchte, sich zu erinnern, ob er Unfälle mitversichert hatte.

Auf der Liste hätte auch Cooley Small Elk gestanden. Mit dem hatte er auch noch nicht wieder gesprochen und wusste daher nicht, wie schwer sich der große Mann bei dem Unfall verletzt hatte.

Und definitiv hätte Claire darauf gestanden. Sie hätte ganz oben gestanden, auch wenn er keinen blassen Schimmer hatte, was er diesbezüglich tun *sollte* oder *konnte.* Er hatte sie seit ihrer Rückkehr aus Seattle nicht wiedergesehen. Seine Anrufe waren allesamt auf ihrem Anrufbeantworter gelandet, und sie hatte nicht zurückgerufen.

Budd's Clothing – »Kleidung für die ganze Familie« – war seit 1943 im Geschäft gewesen, was Leo Budd nie müde geworden war zu erwähnen.

Inzwischen war der Laden geschlossen.

Leo und seine Frau Fanny hatten eines Abends kurzerhand beschlossen, dass sie es leid waren. Sie hatten Ware und Einrichtung an einen Händler aus Missoula verscherbelt, das Ladengeschäft zum Verkauf angeboten und waren nach Florida gezogen.

»Wir haben etwas in den Keys gefunden«, hatte Leo allen erzählt. »Direkt bei Marathon. Nichts Großes – aber zumindest scheint dort immer die Sonne.«

Leo und Fanny hatten annähernd die ganze Stadt eingeladen, sie dort zu besuchen, auch wenn Thumps niemanden kannte, der die Einladung angenommen hatte. Andererseits waren sie auch nicht wahnsinnig lange dort geblieben. Sechs Monate nach ihrer Abreise waren sie wieder zurück in Chinook – beide einen Hauch dicker und einen Hauch gebräunter.

»Es war ganz wunderbar dort.« Leo zeigte Fotos herum. »Das Meer, kein Schnee, freundliche Leute. Allerdings lungerten dort alle immer nur in Unterwäsche herum und haben getrunken. Oder sie sind zum Angeln rausgefahren – und haben wieder nur in Unterwäsche herumgelungert und getrunken. Das mit dem Angeln haben wir einmal ausprobiert und sind seekrank geworden.«

Irgendwer hatte einen Cowboy und einen buckelnden Bronco auf das große Schaufenster gemalt, und über dem Mann und seinem Gaul baumelte ein rot-gelbes Howdy-Banner. Daneben klebte ein Bogen grünlichen Kopierpapiers mit der schmucklosen Aufschrift *Veritas Productions.*

Thumps war noch nie bei einer Produktionsfirma gewesen und hatte nicht die leiseste Ahnung, was ihn dort erwartete. Trotzdem war die wilde Mischung aus Schreibtischen, Secondhandstühlen und einem langen Klapptisch mit Papierstapeln in unterschiedlichen Farben alles in allem eine Enttäuschung. In der Ecke, wo einst die Schuhabteilung gewesen war, stand jetzt ein wuchtiges Kopiergerät, und jemand hatte eine Spanplatte aufgebockt und mit Snacks beladen.

Duke hatte nicht gelogen. Es gab Croissants. Und es gab Obst und Kaltgetränke.

Und Espresso.

Auf einem separaten Tisch thronte ein blitzblanker Chrom-LED-Würfel, der aussah, als könnte er eine ganze Kleinstadt mit Strom versorgen.

Neben der Maschine stand eine schlanke Frau mit kurzem dunklem Haar. Ihr weißes Oberteil und die Jeans waren eindeutig zwei Nummern zu klein. Die Sachen waren zwar nicht aus Gummi, aber der Effekt war der gleiche.

»Mr DreadfulWater, nehme ich an?«

Thumps versuchte, den Blick nicht von der Kaffeemaschine abzuwenden.

»Nina Maslow«, stellte die Frau sich vor. »Der Sheriff hat mir schon alles über Sie erzählt.«

Ninas Zähne waren strahlend weiß. Ihr Lächeln fühlte sich an wie Stroboskoplicht in einem dunklen Zimmer. Sie streckte ihm die Hand entgegen. Ihre Haut war geschmeidig und schimmerte, die Fingernägel waren manikürt und lackiert. Thumps' Hand ähnelte eher einem Holzscheit, das zu lange Wind und Wetter preisgegeben war.

»Ich würde Ihnen ja einen Latte anbieten, aber die Maschine ist noch nicht so weit.« Maslow schnitt eine Grimasse. »Irgendwer hat den Siebträger verlegt.«

Thumps versuchte, mitfühlend dreinzublicken.

»Wir hätten natürlich auch einen dieser Vollautomaten aufstellen können«, fuhr sie fort, »ohne Siebträger. Ohne Hebel. Nur eine Handvoll Tasten. Haben Sie die Werbung mit George Clooney und Danny DeVito gesehen?«

»Nope.«

»Den beiden hätte ich mehr zugetraut«, sagte Maslow. »Da kommt der Kaffee fertig gemahlen in diesen kleinen Plastikkapseln – der ist doch schon muffig, bevor er nur in die Nähe der Maschine kommt! Trotzdem kann man ein kompletter Idiot sein und damit mittelmäßigen Espresso machen. Sofern einem der Müll egal ist, den man damit produziert.«

»Espresso für Dummies ...«

»Genau«, sagte Nina. »Richtig guter Espresso geht nur, wenn man alles selbst macht – frische Bohnen, eine anständige Mühle und eine Profimaschine.«

Thumps versuchte gerade, sich zwischen einem Käsecroissant und Obst mit Käse zu entscheiden, sodass er den Typen, der an ihm vorbeirauschte, zunächst nicht mal sah.

»Hast du das Skript gelesen?« Der Mann war groß und schlaksig, blond und blauäugig, hatte perfekte Zähne und ein Kinn, mit dem man Holz hätte zersägen können. »Warum bin ich in der dritten Szene nicht im Bild?«

Nina neigte den Kopf, sodass sie perfekte Sicht auf die Gurgel des Mannes hatte. »Mr DreadfulWater, darf ich Ihnen Mr Calder Banks vorstellen? Calder ist das Gesicht von *Böse Absichten.*«

Thumps konnte sich nur zu gut vorstellen, dass Banks das Gesicht von irgendwas war. Der Typ sah aus, als wäre er einem Hochglanzmagazin entsprungen. Obendrein hatte er eine sonore, tragende Stimme.

»Ich habe das Skript gelesen«, sagte Nina, »ebenso wie Sydney.«

»Und?«

Irgendetwas an Banks kam ihm bekannt vor, als hätte er den Mann schon einmal gesehen. Im Fernsehen? Im Kino?

»Darf ich dich daran erinnern, wie die Rollen hier verteilt sind?«, fragte Nina in mütterlichem Ton. »Du bist nicht der Autor. Du bist nicht der Producer. Du bist der Star.«

»Vielleicht könntest du Sydney darauf hinweisen.« Banks donnerte sein Skript auf den Tisch. »Kein Calder Banks, keine Sendung. Ist sie oben?«

»An deiner Stelle würde ich sie jetzt nicht stören«, sagte Maslow. »Sie telefoniert gerade mit dem Sender.«

»Mit den Idioten aus L.A.«

»Ganz richtig«, sagte Maslow, »mit denselben Idioten aus L.A., die unsere Gage zahlen.«

»Okay.« Banks holte tief Luft. »Dann sag ihr, sie soll mich anrufen. Wir müssen reden.«

Thumps wartete noch, bis Banks verduftet war. »Hat der nicht in ...«

»Er ist der Troy Donahue unserer Generation«, sagte

Maslow. »Attraktiv, launenhaft und kämpft eindeutig eine Gewichtsklasse zu niedrig.«

»Aber?«

»Aber in Japan lieben sie ihn.« Nina blies ein paar Küsschen in die Luft. »Wenn Sie wollen, dass Ihre Karriere kurz und elend ist, werden Sie Schauspieler! Vor fünf Jahren sollte Calder die Hauptrolle in einer Top-TV-Serie kriegen, und dann – *zack* – war alles vorbei.«

Irgendwo fingen Bob Wills und die Texas Playboys an, *Across the Alley from the Alamo* zu spielen. Nina schnappte sich ihr Handy, ging in Richtung Ladenfront, und Thumps dämmerte, dass er womöglich falschgelegen hatte: Vielleicht waren ihr Oberteil und die Hose sehr wohl aus Gummi.

»Er ist gerade angekommen... Okay... Schon unterwegs!«

Das Handy landete in ihrer Gesäßtasche – was Thumps nie für möglich gehalten hätte.

»Haben Sie sich je gefragt, wo L. Frank Baum seine Inspiration für die *Böse Hexe des Westens* herhatte?«

»Der Zauberer von Oz?«

»Heute ist Ihr Glückstag.« Nina nickte bedächtig. »Sie dürfen sie jetzt gleich persönlich kennenlernen.«

5

Das *Budd's* verfügte über die einzige Zwischenetage in ganz Chinook, ein Umstand, der womöglich sogar der einstigen Kundschaft entgangen war, die hier regelmäßig eingekauft hatte. Es handelte sich um eine Art Empore, die zwischen das Erdgeschoss und den ersten Stock gequetscht worden war. Thumps war sich nicht sicher, wer auf diese Schnapsidee gekommen war, argwöhnte aber, dass es ein misstrauischer Ladenbesitzer gewesen sein musste, der Verkäufer und Kunden im Blick behalten wollte.

Derlei Emporen waren weitgehend Überbleibsel der Vergangenheit, denn offene Lösungen bescherten dem Erdgeschoss zwar den Hauch luftiger Großzügigkeit, allerdings war damit auch wertvoller Raum verschwendet, und jüngere Gewerbe verzichteten inzwischen darauf.

Maslow hüpfte die Treppe hinauf. Thumps trottete hinter ihr her.

»Sydney Pearl«, sagte Nina, als wäre der Name allein schon genug.

»Ist er berühmt?«

Nina blieb wie angewurzelt stehen. »Sie. Sydney ist eine Frau.«

Thumps lächelte gequält. »Peinlich.«

»Sydney und ich sind die Producerinnen. Sie ist für die Finanzierung und die Gesamtorganisation zuständig, ich suche die Themen aus und kümmere mich um die Recherche. Jede macht das, was sie am besten kann.«

»Klingt gut.«

»Sie haben also zwei Chefinnen.«

»Sofern ich den Job annehme.«

Nina runzelte die Stirn. »Warum sollten Sie ihn nicht annehmen?«

»Vielleicht ist sie mir nicht sympathisch«, sagte Thumps. »Vielleicht sind Sie mir nicht sympathisch.«

»Ich bin total nett.« Maslows Lachen war fast so überzeugend wie ihr Lächeln. »Aber dass Sie Sydney nicht mögen – das kann ich Ihnen garantieren.«

Thumps wartete ab.

»Niemand *mag* Sydney«, fuhr Nina prompt fort. »Die Frau kann eine echte Schreckschraube sein.«

Thumps wartete noch ein bisschen länger.

»Und sie hat eine Waffe.« Maslow strich sich die Hose glatt. »Trotzdem ist sie eine der besten Producerinnen in der ganzen Branche.«

Er konnte von der Treppe zum Eingang sehen. Dass der Laden leer geräumt war, schien ihn größer zu machen, und kurz dachte Thumps darüber nach, lieber früher als später Reißaus zu nehmen.

»Klingt nicht gerade nach einer Empfehlung …«

»Beim Fernsehen gibt es nicht viel zu empfehlen«, erklärte Nina. »Die Branche ist ein einziges Elend. Aber beim Film ist es noch viel schlimmer.«

»Warum will man dann dorthin?«

»Weil es aufregend sein kann.« Sie zuckte die Achseln. »Scheinwerferlicht und Reisen ... Alkohol, Drogen, Rock'n' Roll.«

»Klingt anstrengend.«

»Das Hauptproblem sind die Leute. Entweder ist man ein selbstverliebter, rücksichtsloser Psychopath – oder nur an Geld und Sex interessiert.« Maslow lächelte erneut, aber irgendwie hatte die Strahlkraft gelitten. »Also, Mr DreadfulWater – zu welcher Kategorie gehören Sie?«

Die Empore war nicht sehr groß und die Decke umso niedriger. Allerdings konnte man von hier oben nach unten sehen und sich einbilden, man wäre der Chef.

Leo Budd hatte seinen Arbeitsplatz auf der Empore gehabt. Thumps konnte sich noch an Sofas und Tische erinnern. Und an die Wände – die waren mit Fotos von Budd zusammen mit Prominenten plakatiert gewesen, die mal durch Chinook gekommen waren und in Budds Laden haltgemacht hatten. Sein Lieblingsfoto war eins von ihm mit Willie Nelson, als dieser gerade unterwegs zu einem Konzert in Missoula gewesen war.

Budds Fotos waren mittlerweile verschwunden und das Mobiliar ausgeräumt oder verkauft. Von dem, was früher ein Bekleidungsgeschäft gewesen war, war nichts mehr übrig. Womöglich war es genau das, was Leute und Gebäude gemeinsam hatten. Auch das Zwischengeschoss war leer – mit Ausnahme eines schweren Schreibtischs, einer Handvoll Stühle sowie einer längeren, klobigen Couch, die aussah, als würde jemand darauf übernachten.

»Mr DreadfulWater«, sagte Maslow, »darf ich Ihnen Sydney Pearl vorstellen?«

Die Frau am Schreibtisch war vielleicht Mitte fünfzig, eventuell sogar Mitte sechzig. Sie hatte dünnes, schulterlanges weißes Haar, das glitzerte, als wäre sie gerade erst durch einen Eisregen gelaufen. Mit der dick gerahmten Brille sah sie aus, als wollte sie gleich ein paar Bahnen ziehen. Oder etwas zusammenschweißen.

»Mein Auto?«

»Morgen«, entgegnete Maslow. »So schlimm war es nicht.«

»Beim nächsten Mal bitte ein bisschen vorsichtiger!«

»Ist ein hartes Pflaster«, sagte Maslow.

An der Schreibtischkante stand eine große bernsteinbraune Flasche. Whiskey.

Oder Scotch. Noch immer versiegelt.

Sydney Pearl gab Thumps mit einer Geste zu verstehen, er möge sich auf einen Klappstuhl setzen.

Lagavulin. Jetzt, da Thumps mit der Flasche auf Augenhöhe war, konnte er lesen, was auf dem Etikett stand. Lagavulin 21.

»Also«, sagte Pearl, »dann ist das unser Mann?«

Sie war keine hübsche, geschweige denn schöne Frau. Sie sah eher aus, als wäre ihr das Gesicht mit einem Edding aufgemalt worden. Ihre Finger waren spindeldürr, die Nägel kurz und stumpf. Die Haut an den Händen hatte die Farbe und Textur eines alten Sattels.

»Nina hat gesagt, dass Sie mir das Leben erleichtern wollen.«

Sydney Pearl trug einen perlmuttbesetzten Revolver in einem Schulterholster.

»Dann erzählen Sie doch mal, Mr DreadfulWater – wie viel wissen Sie über den Fall Samuels?«

»Modell 85.« Thumps zeigte auf den Revolver. »Kaliber .38? Galgo-Classic-Holster?«

Pearl zog die Waffe aus dem Holster und schob sie quer über den Tisch neben die Flasche. »Nina hat erwähnt, dass Sie Cop waren.«

Thumps nahm den Revolver mit dem Lauf nach unten zur Hand und betrachtete ihn von allen Seiten. »Wusste gar nicht, dass Fernsehen so gefährlich ist.«

»Eine meiner ersten Produktionen war *Magnum*«, erklärte Pearl. »Die hat Tom Selleck mir geschenkt. Also – der Fall Samuels.«

»Keinen Schimmer.«

»Das klingt nicht hilfreich.«

Sofort war Nina zur Stelle. »Bis heute Abend hab ich ihn auf Kurs.«

»Na gut.« Pearl schob den Revolver zurück ins Holster. »Wie gut kennen Sie Tobias Rattler?«

»Hab ihn nie getroffen.«

Pearl drehte sich zu Maslow um. »Ich hoffe, du weißt, was du tust.«

»Logisch.«

»Ergebnisse«, sagte Sydney.

»Schon klar.«

»Ich bezahle ihn nicht für ›war stets bemüht‹.«

Thumps stand auf und zupfte sich die Hose zurecht. »Das stimmt, das tun Sie nicht.«

Er war schon den halben Straßenzug weit gekommen, ehe Maslow ihn eingeholt hatte. »Sie können doch nicht einfach hinwerfen!«

»Ich habe den Job gar nicht erst angenommen.«

»So schlimm ist Sydney nicht. Sie ist nur auf Zack.«

Thumps hatte einiges zu erledigen. Cooley besuchen. Freeway finden. Mit Claire reden. Einiges, was wichtiger war als eine halbseidene Fernsehproduktion.

»Hören Sie – was, wenn ich Ihnen einen Kaffee spendiere?« Maslow berührte ihn am Arm. »Das bin ich Ihnen schuldig.«

Thumps war sich nicht sicher, ob er noch einen Kaffee vertragen würde. »Sie schulden mir gar nichts.«

»Unterdessen kann ich Ihnen ein bisschen was über die Sendung erzählen und Sie überzeugen. Meinen Sie, das wäre möglich?«

Das *Mirrors* lag gegenüber vom *Tucker*. Thumps hatte einen Artikel in der Zeitung gelesen, demzufolge das Bistro einem uruguayischen Kaffeehaus nachempfunden war.

»Dem *Café Brasilero*«, erklärte Nina, während sie die Straße überquerten, »in Montevideo.«

Thumps hatte schon mal von Uruguay gehört und ganz bestimmt auch schon mal von Montevideo, aber das *Café Brasilero* sagte ihm nichts.

»Eduardo Galeano?«

»Okay …«

»Du liebe Güte«, sagte Maslow, »Sie kennen Eduardo Galeano nicht?«

»Aus dem Fernsehen?«

»Er gehört zu den bekanntesten Autoren Südamerikas. Das *Café Brasilero* in Montevideo war seine Lieblingskneipe. Erzählen Sie mir jetzt aber nicht, dass Sie *Mirrors* nicht kennen!«

»*Mirrors?* Wie das Café?«

»Erinnerung an das Feuer? Die Füße nach oben? Das Buch der Umarmungen?«

Das *Mirrors* mochte gerade erst aufgemacht haben, doch mit seinen Sprossenfenstern in der unverputzten Ziegelmauer und den frisch aufpolierten Holzelementen sah es aus, als existierte es hier bereits seit hundert Jahren. Das Innere war in dunklem Holz gehalten, das mit Sinn und Verstand abgeschliffen und mittels alter Treidelketten diskret auf alt getrimmt worden war.

»Ich hätte Galeano gern kennengelernt«, sagte Nina. »Aber er ist gestorben, bevor ich die Möglichkeit hatte.«

Der wuchtige Bartresen im rückwärtigen Bereich schien geradewegs aus einem Saloon des 19. Jahrhunderts zu stammen. Entlang der Wände konnte man noch vage die Konturen ausgebleichter Lettern und alter Reklamebilder erkennen, die sich auf dem Holz abzeichneten, während unter der eingezogenen Blechdecke kreuz und quer Holztische und Stühle standen.

»Fenster?«, fragte Nina. »Da können wir rausgucken.«

»Klar.«

Bis auf zwei Frauen, die sich über Laptops beugten und sich an Designer-Kaffees in der Größe von Badewannen festhielten, war das *Mirrors* verwaist.

»Der Sheriff meinte, Sie waren mal Cop.« Nina hatte sich für den Platz mit dem Rücken zur Wand entschieden. »Er hat gesagt, wir können Ihnen vertrauen.«

Thumps mochte es nicht, mit dem Rücken zur Tür zu sitzen. Alte Gewohnheit, alte Instinkte. Von hier aus würde er nicht sehen können, wer hereinkäme.

»Was wissen Sie grundsätzlich über Realityfernsehen?«

»Hab nie was in der Art gesehen.«

Nina sah ihn unverwandt an. »Nie ...«

»Nein.«

»*Expedition Robinson? Der Bachelor?*«

Thumps schmunzelte leicht. »Ich führe ein behütetes Leben.«

»Aber einen Fernseher haben Sie?«

Thumps nickte. »Irgendwo, ja.«

Wie aus heiterem Himmel tauchte eine Bedienung mit zwei Speisekarten auf.

»Kaffee«, sagte Thumps.

»Natürlich«, erwiderte die junge Frau. »Lieber handgefiltert oder Maschine? Latte, Cappuccino, Flat White, Espresso …«

»Einfach schwarz.«

»Unser Tagestipp wäre ein Mokka macchiato mit Räuchermandel …«

»Einfach nur schwarzen Kaffee.«

»Der Cortado wäre auch zu empfehlen …«

»Ich nehme den Tagestipp«, sagte Nina, »und einen Lemon-Cranberry-Muffin.«

Thumps spähte zur Tafel über dem Tresen, auf der sämtliche Kaffee- und Teespezialitäten aufgeführt waren. Bei zweiunddreißig hörte er auf zu zählen.

»Okay«, sagte Nina, »zuallererst müssen Sie wissen, dass es im Realityfernsehen nicht um die Realität geht. Es geht um Unterhaltung.«

Thumps fragte sich, was ein Café Zorro war. Oder ein Café Guillermo. Bestimmt etwas mit Sahne, vielleicht auch mit Schokolade.

»Aber nur weil *Böse Absichten* Unterhaltungsfernsehen ist, heißt das nicht, dass wir es nicht mit ernsten Dingen zu tun hätten.« Nina zog einen dicken Ordner aus der Tasche. »Trudy Samuels …«

Wirklich überraschend waren die Preise. Ein doppelter Espresso für ganze vier Dollar. Caffè mocha für fünf.

»Offiziell wurde das Ganze als ›unglücklicher Todesfall‹ zu den Akten gelegt, aber wir glauben, es war Mord.«

»Wir?«

»Die Öffentlichkeit«, sagte Nina, »und Trudys Mutter. Sie hat für die Sendung schon zugesagt. Sie will Gerechtigkeit für ihre Tochter.«

Die Bedienung brachte die Getränke. Der Muffin roch gut. Ein kleiner Happen würde seinen Blutzuckerspiegel doch bestimmt nicht allzu sehr durcheinanderbringen.

Nina schlug den Ordner auf. »Kopie des Original-Tatortberichts. Fotos, Obduktionsbericht, Ermittlungsunterlagen. Da scheint es allerdings eher um die Kontaktpflege mit Reich und Schön gegangen zu sein als um ermittlungstechnische Erkenntnisse.«

»Sie brauchen mich gar nicht.« Thumps lehnte sich zurück.

»Die ursprüngliche Untersuchung war recht uninspiriert«, fuhr Maslow fort. »Sie waren mal Cop, bestimmt haben Sie ziemlich viele Morde untersucht …«

»Sogar Selbstmorde, ja.«

»Sie waren in diese Ermittlung nicht involviert, daher wären Sie eine neutrale Instanz.«

Thumps hätte Nina am liebsten vorgetragen, wie es statistisch um Cold Cases bestellt war und wie viele davon je gelöst wurden.

»Außerdem sind Sie Teil der Community. Die Leute reden mit Ihnen.«

In ihrem Becher schwamm ein großer Klecks Schlagsahne, der aussah wie ein Eisberg in einer Fahrrinne.

»Wir möchten, dass Sie sich den Fall noch mal ansehen. Fangen Sie ganz von vorne an. Drehen Sie jeden Stein um. Schauen Sie, worauf Sie stoßen.«

Thumps lehnte sich erneut zurück. »Haben Sie eine Ahnung, was ein Café Medici sein könnte?«

»Gar kein Interesse an Gerechtigkeit?«

»Kein Interesse an einer Fernsehsendung.«

»Wissen Sie, wie viele Zuschauer *Böse Absichten* hat?«

Der Kaffee war nicht übel. Bekömmlich. Aromatisch. Wenn er entscheiden müsste, dann würde er sagen: sogar besser als der Kaffee im *Al's.* Nicht dass er dieses Urteil je mit Alvera teilen würde. Andererseits kostete der Kaffee im *Mirrors* auch dreimal so viel.

Nina nahm einen Stift aus der Tasche und schrieb eine Summe auf den Untersetzer. »Das hier wäre Ihre Tagesgage. Wir kalkulieren mit Minimum zehn Tagen.«

Thumps hob seinen Becher. »Guter Kaffee.«

»Dass dieses Mädchen gestorben ist, setzt der Community immer noch zu, das spüre ich.« Nina schob den Ordner über den Tisch. »Sie könnten dazu beitragen, dass die Hinterbliebenen endlich einen Schlussstrich ziehen können.«

»Ich bin kein Cop mehr. Ich bin Fotograf.«

»Ungelöstes Kapitalverbrechen. So was lässt einen nicht los.« Maslow winkte der Bedienung und schlüpfte in ihre Jacke. »Aber das wissen Sie sicher besser als die meisten anderen.«

Thumps blieb am Tisch sitzen, studierte die restlichen Bezeichnungen auf der Tafel und versuchte zu erraten, was dahintersteckte. Vielleicht würde er beim nächsten Mal einen Egg Coffee probieren? Oder einen Kopi Susu?

Oder einen Botz – auch wenn der nicht im Geringsten verlockend klang.

Am liebsten hätte er den Ordner auf dem Tisch liegen lassen. Stattdessen schob er ihn in seine Schultertasche. Vielleicht würde er später einen Blick hineinwerfen, vielleicht auch nicht. Fürs Erste gab es wichtigere Dinge, um die er sich kümmern musste.

Und so wie der Tag bislang verlaufen war, würde er mit dem Einfachsten anfangen.

6

Als Thumps gerade als junger Cop angefangen hatte, hatte er oft mit Verkehrsunfällen zu tun gehabt. Die nordkalifornische Küste war berühmt für ihre engen, gewundenen Straßen, die direkt am Meer entlang verliefen, um dann in dichte Zedernwälder oder zwischen riesige Redwoods einzutauchen. Nördlich von Arcata verengte sich die 101 auf zwei Spuren, es gab nur noch wenige Stellen, an denen man gut überholen konnte, und ein paar überschaubare Ausweichbuchten, die niemand benutzte – erst recht nicht die Touristen, die dort jeden Sommer mit ihren Wohnmobilen in der Größe von Nebraska einfielen. Auch nicht die Waldarbeiter, die mit ihren Schleppern wie Panzerbataillone beim Manöver vom Messplatz zum Sägewerk bretterten. Oder die Leute mit den dicken Geldbeuteln aus dem Silicon Valley, aus San Francisco und dem Marin County, die die dreiundsechzig Meilen von Trinidad Head nach Crescent City unbedingt in der Höchstgeschwindigkeit ihrer Caymans, Chirons und Berlinettas fahren mussten.

Und jeden Sommer wickelten sich neue Finalisten des Darwin Awards um Baumstämme, rasten über die Kante oder gleich ineinander, wann immer sie jene Straßen entlangnavigierten, die ursprünglich für Vorkriegs-Packards, DeSotos und Studebakers gebaut worden waren. Die Gewinner wurden ins örtliche Krankenhaus oder direkt in die Leichenhalle gebracht. Die Verlierer kassierten Knöllchen für überhöhte Geschwindigkeit oder eine Ladung vor Gericht. Die Fahrzeuge wurden auf Autohöfe, in Werkstätten oder zu Schrottplätzen geschleppt.

Dann wurde die Straße wieder freigegeben, damit das nächste Rennen stattfinden konnte.

Thumps blieb kurz vor dem *Mirrors* stehen, damit sich seine Augen an das Licht gewöhnten. Es war nicht sonderlich warm, aber hell draußen. Von seinen drei To-dos war der Wagen das einfachste und dasjenige, das er mit Minimalaufwand und -kompetenz würde bewältigen können, während sich das Katzenrätsel von ganz allein lösen würde. Claire wiederum erforderte interpersonelle Fähigkeiten, die sich Thumps erst zur Gänze aneignen musste.

Doch um ins Reservat fahren zu können, benötigte er erst mal ein Auto.

Das er nicht hatte.

Roxanne hatte nicht erwähnt, wo sie den Volvo hingebracht hatten, und Thumps hatte vergessen zu fragen. In Chinook wurden Unfallwagen üblicherweise zu *High Country Towing* oder zu *Bingham's Scrap and Salvage* gebracht. *High Country* hatte einen Vertrag mit den Behörden und schleppte alles und jeden ab, während *Bingham's* einfach entgegennahm, was immer aus Metall bestand. Aber Thumps hatte so eine Ahnung, dass er seinen Zweitürer weder da noch dort finden würde. Wenn Cooley etwas in der Sache zu melden gehabt hatte, war der Wagen zu Stas Black Weasel gebracht worden.

Und zwar nicht, weil Stas Blackfoot und daher entfernte Verwandtschaft war.

Denn das war er nicht.

Stas war zu einhundert Prozent Russe. Dunkles Haar, blaue Augen, ein Bär von einem Mann, ganzkörperbehaart und mit einer Stimme gesegnet, die einer Müllpresse gleichkam. Früher war er leitender Mechaniker bei Mercedes Benz in Stuttgart gewesen. Eines Sommers war er nach Montana gereist, um die Rockies zu sehen. Im Glacier-Nationalpark hatte Angela Black Weasel damals als Fremdenführerin im Logan-Pass-Besucherzentrum gearbeitet. Die beiden hatten sich Hals über Kopf ineinander verliebt, geheiratet und waren nach Chinook gezogen. Angela fand einen Job beim Stammesrat, und Stas eröffnete das *Blackfoot Autohaus* – eine kleine Werkstatt, die auf teure Importwagen spezialisiert war.

Leute, die Stas nicht kannten, argwöhnten gern, dass er Angelas Nachnamen angenommen hatte, weil Europäer schlichtweg an allem interessiert waren, was mit Indianern zu tun hatte. Aber da lagen sie falsch.

»Fukin is guter Name auf Russisch«, erzählte Stas jedem, der es hören wollte, »aber nich so guter Name auf Englisch. Is die Wahrheit, ja?«

Stas Fukin. Stas Black Weasel. Nicht dass der Name eine Rolle spielte. Was nämlich viel wichtiger war: Stas war der beste Mechaniker und Karosseriewerker in einem Radius von hundert Meilen.

Wenn der Volvo im *Blackfoot Autohaus* gelandet war, dann war er in guten Händen, und die Frage lautete bloß, ob Stas ebenfalls dort war. Offiziell hatte die Werkstatt montags bis freitags von sieben Uhr morgens bis sechs Uhr geöffnet, aber die Geschäftszeiten waren eher Richtwerte und sehr abhängig von der Saison.

Von der Angel- und Jagdsaison.

Wenn man wollte, dass ein Auto in Stas' Werkstatt repariert wurde, rief man auch nicht dort an, um einen Termin zu vereinbaren. Stas hatte ein Telefon, neigte aber dazu, nicht ranzugehen.

»Wenn ich Telefon antworte«, erklärte er gern, »kann ich nich an Auto arbeiten.«

Man fuhr also einfach hin und hoffte, dass Stas vor Ort war und nicht gerade irgendwo in den Bergen herumstapfte oder knietief in seinem Lieblingsforellenstrom stand.

Das Werkstatttor stand offen. Stas stand in einem weißen Overall unter einer Hebebühne mit einem Wagen. Am Zaun parkten ein BMW-Kombi sowie ein älteres Porsche-Modell. Vom Volvo keine Spur.

»Komm.« Stas winkte Thumps näher. »Das muss du sehen.«

Thumps hatte in seinem Leben kaum Zeit unter Fahrzeugen verbracht und somit keine Ahnung, was er sich dort ansehen sollte.

»Katalysator.« Stas tippte auf ein Metallgebilde. »Und hier Schalldämpfer.«

Der Kat war beschädigt, und der Schalldämpfer sah aus, als wäre er zerquetscht.

»2006er Honda Element EX-P«, erklärte Stas. »Sehr interessanter Wagen. Kleiner Motor. Großer Innenraum. Allradantrieb. Nett, ja?«

Thumps hatte hier und da einen Element draußen

herumfahren sehen, und ja, er sah nett aus. Sofern man auf kantig stand.

»Schlechte Beschleunigung«, sagte Stas. »Aber das hier kein Standard-Honda. Gruselige Frau hat aufgemotzt.«

»Gruselig?«

»Ja, gruselige Frau hat hier Revolver.« Er tätschelte sich seitlich die Brust. »Ich glaube, vielleich von Israeli Mossad.«

»Sydney Pearl«, schlussfolgerte Thumps. »Ist das ihr Auto?«

»Motor is getunt. Mehr Pferde. Mehr Hubraum. Gute Federung. Ventile. Wummwumm. Verstehs du?«

»Eine Sonderanfertigung«, sagte Thumps. »Leistungsstärker.«

»Ja«, sagte Stas. »Soundsystem auch. Wummwumm!«

Wann immer Thumps früher in Werkstätten gewesen war, war dort alles ölverschmiert gewesen. Stas' Werkstatt sah aus wie ein OP. Das Werkzeug lag in Schubladen oder hing ordentlich aufgereiht an der Wand. Der Boden war makellos rein. Selbst Stas' Overall war makellos rein.

»Modell is Geländeantrieb«, erklärte Stas. »Also is Freundin von gruselige Frau damit ins Gelände gefahren. Zu viel Wummwumm.« Stas griff nach oben und rüttelte am Schalldämpfer. »Also ich repariere, und Auto is so gut wie neu.« Er suchte nach den richtigen Worten. »Dein Auto andere Geschichte. *Grústnyi.* Verstehs du?«

Thumps hatte keinen Schimmer, was das Wort bedeutete, aber es klang wie etwas, was zermalmt und entsorgt worden war.

Stas wischte sich die Hände an einem roten Tuch ab. »Komm«, sagte er, »wir trinken Tee.«

Stas' Büro war noch viel reinlicher als die Werkstatt. Er hatte ein Poster gerahmt, auf dem in einer Zwanzigerjahre-Straßenszene eine Mercedes-Limousine ins Bild fuhr. Daneben hing ein Plakat mit der Aufschrift: »Stoppt die Pipeline«.

Das Mercedes-Poster war ein stilisiertes Art-déco-Stück in Rot- und Brauntönen mit beigefarbenem Hintergrund. Das Pipeline-Plakat war schriller und weniger künstlerisch, zielte aber auch nicht auf Subtilität ab. Kaltes Schwarz. Kaltes Weiß.

Neben dem Pipeline-Plakat hing ein Cowboyhut.

»Du hast dir einen Cowboyhut gekauft?«

Stas stellte Wasser auf. »Klar. Ja. Warum nich. Bürgermeisterin hat neuen Plan. Jeder soll Westernmensch spielen.«

»Die Howdy-Kampagne ...«

»Genau. Howdy. Jeder freundlich.« Stas setzte sich den Hut auf. »Howdy! Was sags du?«

»Perfekt.«

Der Hut war eindeutig zu klein für Stas' Kopf.

»Ich hab auch neue Wörter gelernt«, sagte der Mechaniker. »›Yoppie‹, ›Noggies‹, ›Kopfheld‹. Is korrekt?«

»Ziemlich nah dran«, sagte Thumps.

Stas hängte den Hut zurück an den Haken. »In Russland haben wir Kosaken. Wie Cowboys. Und wie Indianer. Aber keine Howdy-Sache.«

Thumps lächelte.

»Also, ich hab gute und schlechte Nachricht. So sag man, ja?«

»Absolut.«

»Erstens«, sagte Stas, »Volvo is gutes Auto. Schwedisch, klar. Besser als Lada oder Volga-Scheißkarre. Nich so gut wie deutsch. Trotzdem gut.«

»Schön zu hören.«

»Volvo is natürlich jetz chinesisch, und das is vielleich nich so gut. Aber dein Auto is schwedisches Auto.«

»Und das ist... gut?«

»Ja. Natürlich. Aber der Unfall. Das is nich so gut.« Der Wasserkessel fing an zu pfeifen. Stas goss Wasser in zwei Becher. »Pfefferminz?«

»Pfefferminz ist wunderbar.«

»Also.« Stas drückte Thumps einen der Becher in die Hand. »Jetz sehen wir, was is was.«

Der Volvo stand hinter dem Haus im Schatten eines alten gelben Schulbusses. Die Windschutzscheibe war futsch und die gesamte Beifahrerseite vom vorderen Kotflügel bis zum Kofferraum eingedrückt und zerschrammt.

»Mann mit roter Ampel hat deinen Volvo hier getroffen.« Stas tätschelte die Motorhaube. »Dann beide Autos ineinandergekracht. Bumm. Wie Bombe.«

Der Volvo sah wirklich nicht gut aus. Ein Rad stand schief unter der Karosserie, als hätte sich der Wagen ein Bein gebrochen.

»Mann mit roter Ampel fährt Chrysler.« Stas verzog das Gesicht. »Chrysler. Wie Lada. Scheißkarre.«

Es war so schlimm, wie Thumps befürchtet hatte.

»Du has Versicherung, ja?«

»Nur die normale Kasko ...«

»Ah«, sagte Stas. »Okay. Aber gute Nachricht. Der andere Mann, er is schuld.«

Thumps umrundete seinen Volvo. Wie lange waren er und der Wagen jetzt schon zusammen? Eindeutig länger, als er in Chinook lebte. Länger, als jener tödliche Sommer an der kalifornischen Küste mittlerweile her war. Jetzt, da Thumps darüber nachdachte, hatte er mit dem Volvo womöglich seine bislang längste Beziehung gehabt. Was sagte das über ihn aus?

»Also, Chrysler-Mann muss den Wert bezahlen. Aber Wert is nich genug für Reparatur.« Stas zog einen Zettel aus der Hosentasche. »Schlechte Nachricht. Hier is der Preis, damit das Auto wieder is wie neu.«

Thumps sah auf die Summe hinab.

»Du bis vielleich mit dem Auto befreundet. Wie mit einem Pferd, ja? Vielleich wills du die Reparatur. Vielleich wills du neues Pferd.« Stas nippte an seinem Tee. »Sag mir, was du wills.«

»Hat sich Cooley verletzt?«

»Cooley?« Auf Stas' Gesicht machte sich ein Grinsen breit. »Schnitte. Blaue Flecken. Cooley war nich glücklich mit dem Chrysler-Mann.«

»Hat er den Mann verletzt?«

»Nein, nein«, sagte Stas. »Okay, ja, vielleich ein kleiner Schreck.«

»Ich weiß nicht, was ich machen soll.« Thumps stützte sich auf der Motorhaube ab. Das Metall fühlte sich kalt und tot an. »Ich hab noch nicht mit der Versicherung gesprochen.«

»Versicherung.« Stas spuckte aus. »Wie großer Bauch.«

»Was?«

»Geld geht auf einer Seite rein«, erklärte Stas, »und auf der anderen Seite kommt Scheiße raus. Is die Wahrheit, ja?«

Der Himmel im Westen hatte die Farbe von eisigem Silber. Es war noch gar nicht spät, aber zu dieser Jahreszeit konnte sich schon mal ein Gewitter aus Nordwest anschleichen und über die High Plains hereinbrechen.

»Wenn ich das Auto reparieren lassen wollte, wie lange würde das dauern?«

»Zwei Wochen«, sagte Stas, »vielleich länger. Bezahlt die Versicherung Leihwagen?«

Thumps zuckte mit den Schultern. »Keine Ahnung.«

»Auch egal«, sagte Stas. »Keine Leihwagen in der Stadt übrig. Die Fernsehleute haben sie alle genommen.«

»Von der Realityproduktion?«

»Klar«, sagte Stas. »Reality. Bullshit, ja? Trotzdem.«

»Na toll.«

»Du kenns Cooley, ja?«

»Natürlich.«

»Is er dein Freund?«

Thumps nickte. Er hatte keine Ahnung, worauf Stas hinauswollte.

»Er is auch mein Freund. Er nimmt mich mit jagen. Elch. Hirsch. Is ihm egal, dass ich russischer Mann bin. Für ihn bin ich Familie. Verstehs du?«

»Ich verstehe.«

»Also bis du Cooleys Freund, Freund von Familie, und ich muss ein Auto für dich finden.« Stas kippte seinen Rest Tee auf die Erde. »Du wills den Schulbus?«

Thumps sah zu dem Bus neben seinem Volvo. Alle vier Reifen waren platt. Die Motorhaube stand offen, der Motor fehlte. »Das ist ein Witz, oder?«

»Ja, natürlich«, sagte Stas. »Guter Witz, ja?«

»Ganz hervorragend.«

Sie gingen über den Hof zu einem betagten Pick-up. Bei dem Wagen handelte es sich um einen alten Dodge Stepside mit kleiner Ladefläche. Die Kotflügel waren ordentlich verbeult, und der Rost fraß sich schon durch das Blech.

»Nich schön«, sagte Stas, »hat aber gutes Herz.«

»Das passt.«

»Das war mein erstes Auto. Als Angie und ich geheiratet haben, hat ihr Vater mir den geschenkt.«

Über die Windschutzscheibe liefen lange Risse, und die hintere Stoßstange war verzogen, als wäre jemand mit Vollgas rückwärts in ein unbewegliches Objekt gekracht. Der Pick-up war wohl mal weiß gewesen, aber Alter und Witterung hatten ihn ergrauen lassen.

»Du redes mit Versicherung. Du entscheides über dein Auto. Jetz hab ich Zeit für Reparatur. Später is Elch oder Hirsch.«

Thumps nahm die Schlüssel entgegen und wog sie in der Hand. »Ist Cooley daheim?«

Stas winkte ab. »Vielleich. Vielleich nich. Cooley hat Job bei Fernsehleuten. Sie wollen Indianer, die aussehen wie Indianer. Verstehs du?«

»Klar.«

»Also geben sie Cooley Job. Er sieht aus wie guter Filmindianer, ja?«

»Stimmt.«

Böse Absichten. Die Gage, die sie zahlten, würde die Reparatur größtenteils abdecken. Vielleicht würde sie sogar für einen guten Gebrauchten reichen.

»Vielleich kanns du auch Job als Filmindianer haben«, stellte Stas nüchtern fest. »Wenn man wie Filmindianer aussieht, verdient man gut. Dann kaufs du dir vielleich neues deutsches Auto.«

»Ich bin dir für den Pick-up sehr dankbar.«

»Klar, klar.« Stas hob die Hand zum Gruß und wandte sich in Richtung Werkstatt. »Wenn du Cooley siehs, sag Howdy von mir.«

Thumps warf noch einen Blick auf den Volvo. Er fragte sich, ob der Wagen sich im Stich gelassen fühlte, ob er ahnte, dass Thumps darüber nachdachte, ihn im Hinterhof eines russischen Cowboys verrotten zu lassen. Jetzt in Stas' Pick-up zu steigen kam ihm vor wie Verrat, trotzdem gab er sich einen Ruck, schob den Schlüssel ins Zündschloss des alten Stepside und legte den Gang ein.

7

Der Pick-up fuhr wie ein Pick-up – er fuhr sich aber auch wie ein Pick-up. Thumps spürte jede Unebenheit im Boden und sogar einige, die gar nicht da waren. Womöglich war dies die Westernpostkutschen- und -Wagenrad-Erfahrung, von der man immer las oder die man spätabends im Fernsehen sah. Trotzdem war er dankbar für das Gefährt. Es war kein Porsche oder BMW, aber eben auch kein auseinanderfallender gelber Schulbus mit Plattfüßen ohne Motor.

Im Stadtzentrum zu parken war immer eine Herausforderung. Meist musste man mehrmals um den Block fahren und nach frühen Anzeichen Ausschau halten, dass jemand gleich ausparken wollte.

Abgaswolken. Rückleuchten. Ein offener Kofferraum.

Nach der fünften Runde gab er auf und fuhr auf den kostenpflichtigen Parkplatz hinter der Bibliothek. Hoffentlich würde es später besser für ihn laufen.

Er konnte sich nicht vorstellen, dass irgendwer den Dodge stehlen würde. Trotzdem schloss er ab. Wenn er den Volvo abschreiben müsste, würde er ihn ersetzen müssen, vielleicht ja durch einen Pick-up. Thumps musste zugeben, dass so ein Pick-up schon ein gewisses Ethos hatte, das ein schwedisches Stufenheck nie zustande bekäme. Eine halbe Tonne mit guten alten Schmutzfängern. Eine Werkzeugkiste. Ein Gewehrhalter. Und einer dieser tannenbaumförmigen Lufterfrischer, die an Rückspiegeln baumelten.

Dolores Cardoza telefonierte mit einem Kunden. Mit einer Geste bat sie Thumps, sich zu setzen. »Genau das bedeutet Selbstbeteiligung«, sagte sie. »Deshalb heißt es auch Selbstbeteiligung.«

Auf den ersten Blick ließ Dolores' Büro darauf schließen, dass der Verkauf von Versicherungen weder glamourös noch profitabel war: dunkle Holzpaneele an den Wänden, eine abgehängte Decke mit vergilbten Akustikfliesen, ein Zottelteppich, der aussah wie ein frisch gepflügtes Feld, sowie ein toter Farn in einem Kübel.

Allem Anschein nach hatte sich der Howdy-Plan der Bürgermeisterin noch nicht bis hier herumgesprochen.

»Ja, der Gesamtschaden in Ihrer Küche beläuft sich auf 4240 Dollar.« Dolores warf Thumps einen Blick zu und verdrehte die Augen. »Und von diesem Gesamtbetrag ziehen wir die Selbstbeteiligungssumme ab, die in Ihrem Fall tausend Dollar beträgt.«

Thumps hatte sich nie näher mit Versicherungsdingen beschäftigt. Natürlich hatte er sein Haus versichert – und sein Auto. Aber er hatte nie über eine Lebens-, eine Kranken- oder eine Berufsunfähigkeitsversicherung nachgedacht. Er hatte von Tänzern gehört, die ihre Beine, und von Sängern, die ihre Stimmbänder versichert hatten, aber mal abgesehen von Haus und Fahrzeug war das Einzige von Wert, das er besaß, seine Fotoausrüstung, und die war doch wohl Teil seines Hausrats.

Oder nicht?

»Ja, man kann auch einen Vertrag ohne Selbstbeteiligung abschließen«, erklärte Dolores ihrem Kunden. »Allerdings hätten Sie sich *vor* Abschluss dafür entscheiden müssen, nicht erst wenn der Versicherungsfall eingetreten ist.«

Ein frischer Anstrich hätte in dem Büro Wunder gewirkt – oder auch ein schöner Berberteppich anstelle der Zotteln. Man hätte die Decke rausreißen und den Farn entsorgen können …

»Der Scheck aus der Hauptgeschäftsstelle kommt in rund einer Woche.« Dolores knallte den Hörer auf die Gabel und wandte sich an Thumps. »Du bist doch bestimmt auch hier, weil du Geld von mir willst.«

»Klar.«

Dolores schlug eine Akte auf. »Du hast nur Teilkasko«, sagte sie, als wäre dies ein schwerwiegendes Vergehen. »Und die Schuldfrage ist noch nicht final geklärt. Das ist gut.«

Thumps wartete ab.

»Ich hab mir den Unfallbericht kommen lassen.« Dolores blätterte um. »Ein gewisser Mr Dettmer aus Orleans, Massachusetts, ist erst über Rot und dann in deinen Wagen gerauscht, insofern ist streng genommen seine Versicherung für den Fahrzeug- und den Personenschaden zuständig, den du erlitten hast …«

»Streng genommen?«

»Anscheinend war Mr Dettmer nicht versichert.« Dolores schlug die Akte wieder zu. »Und anscheinend hat er überdies die Stadt verlassen. Sein Gerichtstermin wäre letzte Woche gewesen, aber er ist nicht erschienen.«

Thumps sackte leicht in sich zusammen. »Dann muss ich die Versicherung wohl kündigen.«

Dolores blickte hektisch auf. »Warum?«

»Weil ich kein Auto mehr habe.«

»Aber du lässt es doch reparieren oder kaufst dir ein neues?«

»Vielleicht.«

»Was ist mit einem Leihwagen?«

»Was soll damit sein?«

»Wenn du einen Leihwagen fährst, brauchst du auch eine Versicherung.« Dolores beugte sich vor, als wollte sie ihn über den Tisch hinweg am Kragen packen und Sinn und Verstand in ihn hineinschütteln. »Und wo du schon mal da bist – wir sollten dringend über die Vorteile einer Lebensversicherung sprechen.«

Der Pick-up stand immer noch genau dort, wo Thumps ihn abgestellt hatte, und soweit er es beurteilen konnte, hatte ihn auch niemand stehlen wollen. Dolores hatte natürlich recht: Solange er Stas' Pick-up oder einen Leihwagen fuhr – oder überhaupt einen Wagen –, brauchte er eine Versicherung.

Er war auch nicht weiter überrascht gewesen zu erfahren, dass weder seine Kamera noch die Objektive von der Hausratsversicherung abgedeckt waren. Weil es sich dabei um Ausstattung zur Berufsausübung handelte, würde er über kurz oder lang eine Vertragsergänzung unterschreiben müssen, um im Verlustfall oder bei Diebstahl abgesichert zu sein – und diese Ergänzung würde Dolores nur zu gern ausstellen.

Aber nun war sein Wagen nicht abgesichert gewesen und die Kameras derzeit ebenso wenig. Womöglich sollte er noch mal über den Job bei Maslow und *Böse Absichten* nachdenken.

Oder vielleicht würde Stas ja ein gerahmtes Foto mehrerer Elche vor Winterlandschaft gegen den Schulbus eintauschen.

»Hey, Thumps!« Cooley Small Elk lehnte am Kotflügel des Pick-ups, der sich alle Mühe gab, nicht aus dem Gleichgewicht zu geraten.

»Alles klar bei dir?«

»Alles bestens.«

Auf Cooleys Stirn prangte ein ordentlicher Schmiss, der hatte genäht werden müssen, und unter dem Auge leuchtete ein Hämatom. »Konnte Dolores helfen?«

Thumps schüttelte den Kopf. »Der Typ, der dir reingefahren ist, war nicht versichert.«

Cooley richtete sich auf. Der Pick-up ebenso. »Der ist über Rot gefahren. Hab ihn nicht kommen sehen.«

»Besoffen?«

»Bloß bescheuert.«

Die meisten Leute waren bei Cooleys Anblick eingeschüchtert. Was nicht seine Schuld war. Auch wenn er ein Herz aus Gold hatte, sah der Mann angsteinflößend und gefährlich aus, als wäre er soeben einem Roman von James Fenimore Cooper entstiegen. Mit seinem pechschwarzen Haar, den dunklen Augen und der dunklen Haut, die im Sommer noch dunkler wurde, hätte Cooley den perfekten Posterboy für Wildwest-Shows und Güterzug-Schusswechsel abgegeben.

Außerdem war er riesig – ein Felsbrocken, der geradewegs aus dem Gebirge herabgedonnert kam und mit lautem Getöse vor einem landete.

Cooley hatte immer schon lange Haare gehabt. Allerdings konnte sich Thumps nicht daran erinnern, dass Cooley sie sich je geflochten hätte.

»Ist das wegen der Fernsehleute?«

Cooley zupfte an einem Zopf. »Fühlt sich ziemlich schräg an. Ich glaube, meine Haare mögen es nicht, wenn sie so verknotet werden.«

»Sieht richtig authentisch aus.«

Cooley grinste. »Bist du morgen Abend dabei?«

»Morgen ...?«

»Große Halloween-Party in der Buchhandlung«, sagte Cooley. »Man soll sich als jemand verkleiden, der einem Angst macht.«

Thumps überlegte kurz, wer ihm Angst machte.

»Marvin kommt mit den Jungs«, fuhr Cooley fort. »Willst du nicht mitmachen?«

»Vielleicht frage ich Claire, ob sie hinwill.«

Cooley schüttelte den Kopf. »Die ist weg.«

»Was?«

»Moses und ich sind bei ihr vorbeigefahren, aber sie war nicht zu Hause. Ihr Wagen ist weg – und das ganze Zeug, das Leute so mitnehmen, wenn sie wegfahren.«

»Wo ist sie denn hin?«

»Keine Ahnung. Moses meinte, sie wäre vielleicht bei Roxanne, aber da war sie auch nicht.« Cooley zog erst am einen, dann am anderen Zopf, als wollte er sicherstellen, dass sein Kopf gerade saß. »Sie hat Verwandte in Great Falls, aber da ist sie ebenso wenig.«

»Was ist mit Stick?«

»Den haben wir gefragt, aber er hat keine Ahnung, wo seine Mom steckt. Moses glaubt, dass sie einfach mal wegwollte, um über ein paar Sachen nachzudenken. Er behauptet, Frauen machen so was.«

Thumps musste gähnen. Er war schlagartig müde, als wäre sein Blutzuckerspiegel ins Bodenlose gesackt, während er gerade nicht hingesehen hatte.

»Moses sagt, sie kommt schon wieder, sobald sie so weit ist.« Cooley zog erneut fest an beiden Zöpfen. »Er meint, dass irgendwann alle wieder nach Hause zurückkommen. Sogar Katzen.«

8

Thumps ließ den Pick-up auf dem Parkplatz stehen und lief die drei Blocks weit zum *Aegean*. Die Buchhandlung war in der einstigen Carnegie-Bibliothek untergebracht, die Archimedes Kousoulas vor einem Baulöwen gerettet und dann in etwas verwandelt hatte, was der kleine Grieche gern als »die beste Buchhandlung im echten Westen« bezeichnete.

Es gebe das *Prairie Lights* in Iowa City, erklärte Archie jedem, der geneigt war, ihm zuzuhören, das *Powell's* in Portland und das *Elliott Bay* in Seattle, insofern seien der Mittlere Westen und die Westküste gut versorgt, aber im *echten* Westen war das *Aegean* – zumindest laut Archie – die erste Adresse.

»Die beste Buchhandlung im echten Westen« war indes nicht sein Motto und das *Aegean* auch nicht nur Buchhandlung: Es war eher ein Kulturzentrum, und angesichts der Howdy-Kampagne der Bürgermeisterin hatte Thumps insgeheim damit gerechnet, dass der Laden aussehen würde wie ein Westernsaloon oder ein Bordell aus *Deadwood* oder womöglich sogar wie ein Army-Fort.

Tatsächlich sah es im *Aegean* eher nach Bekleidungsgeschäft aus und roch nach Klamotten, die zu lange in einem Schrank gehangen hatten oder mitsamt Zedernsäckchen oder einer Ladung Mottenkugeln in Kommoden und Kisten verstaut gewesen waren.

»Thumps!« Hinter einem Kleiderständer mit Anzügen tauchte Archie auf. »Wurde auch Zeit!«

Thumps brauchte nicht erst zu fragen, warum es Zeit wurde. Dafür kannte er Archie zu gut.

»Du hast nicht geschrieben. Du hast nicht angerufen. Du bist zurück seit – was? Seit einer Woche? Und tauchst erst jetzt hier auf?«

»Seit zwei Tagen.«

»Bitte?«

»Ich bin zurück seit zwei Tagen«, wiederholte Thumps. »Um genau zu sein, sogar erst seit anderthalb.«

Normalerweise trug Archie zur Arbeit bloß T-Shirt und Freizeithose. Heute hatte er eine weit ausgestellte graue Hose an, ein hellblaues Hemd mit spitzem Kragen und darüber eine Weste mit Burlingtonmuster. Dazu zweifarbige Schuhe – in Schwarz und Weiß, wie Thumps sie aus alten Detektivfilmen kannte.

»Okay«, sagte Archie. »Also, wie geht es Claire? Und dir selbst? Wie lief die OP? Du musst mir alles erzählen.«

Thumps sah sich bedächtig um. Die Bücher waren noch da, aber zugunsten von Kleidung in den Hintergrund getreten.

»Was soll das alles?«

Archie runzelte die Stirn. »Das sind Vintage-Sachen, siehst du das nicht?« Archie nahm ein Anzugsakko vom Bügel. »Hier, probier das mal an!« Noch ehe Thumps widersprechen konnte, hatte Archie ihm die Jacke aufgezwängt und zupfte die Schulterpartie zurecht. »Zweireiher. Vierzigerjahre.« Er manövrierte Thumps auf einen Ankleidespiegel zu. »Wahrscheinlich aus Großbritannien. Dunkelblau mit kreideweißen Streifen. Hose mit Bügelfalte und Aufschlägen. Flanell statt Wolle. Breites Revers, gepolsterte Schultern. Fehlen nur noch ein schicker Homburg mit Petersham-Band und ein Paar Schnür-Balmorals mit farblich abgesetzter Querkappe – fertig.«

Thumps versuchte, sich in Erinnerung zu rufen, wann er zuletzt einen Anzug getragen hatte.

»Ich brauche keinen Anzug.«

»Natürlich brauchst du einen Anzug«, entgegnete Archie. »Und warum einen neuen kaufen, wenn du die Exklusivität eines Vintage-Anzugs haben kannst?«

»Exklusivität?«

»Wie? Na, so einen Anzug siehst du in dieser Stadt sicher kein zweites Mal.«

»Ist das *Aegean* jetzt ein Klamottenladen?«

Archie winkte ab. »Natürlich nicht, nein. Das hier ist bloß vorübergehend. Nur bis Gabby ihren neuen Laden eingerichtet hat.«

Thumps tat so, als würde ihm der Name etwas sagen.

»Gabriella Santucci«, erklärte Archie. »Hatte früher den Secondhandladen in Helena? Ist im Frühling hierhergezogen?«

»Deine Freundin?«

Archie errötete. »Sie ist nicht meine Freundin. Sie ist *eine* Freundin. Okay? Ich helfe nur aus, bis sie so weit ist.«

»Okay.«

Archie nahm ihm das Sakko ab und hängte es zurück. »Nein, es ist nicht okay. Genau so entstehen Gerüchte.«

»Okay.«

»Hörst du mal auf, ›okay‹ zu sagen?«

»Nettes Sakko.«

»Natürlich ist das ein nettes Sakko! Für so was hat Gabby einen Blick.« Archie drehte sich langsam um die eigene Achse. »Wie sehe ich aus?«

»Okay.«

»Schon wieder dieses ›Okay‹!«

»Du siehst spitze aus.«

»Natürlich sehe ich spitze aus!«

Thumps ließ erneut den Blick schweifen. Mehrere Kunden schlenderten um die Kleiderständer herum, andere lungerten auf den Sesseln, die Archie besorgt hatte, damit sich die Leute dort niederlassen und lesen konnten. Cynthia Broadbent stand an der Kasse.

Thumps senkte die Stimme. »Ich hatte gehofft, wir könnten reden.«

»Du willst reden?« Archie versuchte, schockiert auszusehen. »Moment, da muss ich erst die Presse informieren.«

»Archie ...«

Er machte ein ernstes Gesicht. »Geht es um Claire?«

»Nein, es geht nicht um Claire.«

»Um dein Auto? Um deine Katze?«

Thumps versuchte, nicht allzu verzweifelt zu klingen. »Woher weißt du das mit der Katze?«

»Diese Realityleute«, fuhr Archie fort, »die haben dich angeheuert, stimmt's?«

»Nein, haben sie nicht.« Diverse Kunden starrten schon. »Können wir vielleicht irgendwo unter vier Augen reden?«

»Unter vier Augen«, wiederholte Archie, als hätte er den Ausdruck noch nie gehört.

»Zum Beispiel in deinem Büro.«

»Klar. Aber ich sag es dir gleich: Das Showbusiness ist eine Schlangengrube.«

Als Thumps zuletzt in Archies Büro gewesen war, hatten sich überall Bücher gestapelt: in den Regalen, auf dem Fußboden, auf Stühlen und auf sämtlichen Fensterbänken. Derzeit sah es dort eher aus wie an einem Vierzigerjahre-Filmset: grüne Metallaktenschränke mit Messingbeschlägen, ein furnierter Schreibtisch mit passendem Drehstuhl sowie ein schwarzes Bakelit-Telefon. An den Wänden hingen Rekrutierungsplakate aus Zeiten des Zweiten Weltkriegs und die Filmplakate von *Sergeant York*, *Die besten Jahre unseres Lebens*, *Der Weg zum Glück* und *Wem die Stunde schlägt.* Tatsächlich hatte sich Thumps bei einem von Archies Filmabenden im *Aegean* zusammen mit Claire *Sergeant York* angesehen.

Mit Gary Cooper in der Hauptrolle.

An alles andere konnte sich Thumps schon nicht mehr erinnern.

»Also.« Archie ließ sich auf seinen Schreibtischstuhl fallen und legte die Hände flach auf den Tisch. »Jetzt sind wir unter uns.«

Thumps seufzte. Um den heißen Brei herumzureden hatte wohl wenig Zweck. »Was weißt du noch über Trudy Samuels?«

»Trudy?«

»Und Tobias Rattler.«

»Ich hatte recht!« Archie sah ihn missbilligend an. »Die Realitysendung.«

»Ich hab nicht zugesagt.«

»Himmelherrgott.« Er verzog das Gesicht. »Und ich dachte, du wärst Fotograf!«

Archie war sonst nie geizig mit Informationen. Dies war das erste Mal, dass Thumps den kleinen Griechen diesbezüglich auch nur annähernd zögerlich erlebte.

Er wandte sich zur Tür. »Vergiss einfach, dass ich gefragt habe.«

»Setz dich hin.« Archie wies auf den Besucherstuhl. »Wenn du mit jemand anderem sprichst, kriegst du ja doch nur falsche Informationen.«

Thumps schätzte den Stuhl aus Holz und Metall auf Fünfzigerjahre. Aber aus welchem Jahrzehnt auch immer er stammte – er war in jedem Fall höllisch unbequem.

»Die Samuels' haben *Big Sky Oil* rund um die Jahrhundertwende gegründet«, hob Archie an zu dozieren. »Zu dem Zeitpunkt, als Buck Samuels als Patriarch den Firmenvorsitz übernahm, war die Familie schon stinkreich. Er hat dieses riesige Anwesen draußen hinter Randall gebaut, das *Black Stag.* Hat Mary Scofield geheiratet und mit ihr eine Tochter bekommen.«

»Trudy.«

Archie nickte. »Als Trudy ungefähr sechs Jahre alt war, ist ihre Mutter gestorben. Danach ist Adele Price aufgetaucht. Hat Buck aus den Socken gehauen, wenn man den Romantikern glauben will.« Er atmete tief durch. »Oder aber sie hat ihre Chance gewittert und beim Schopfe gepackt – wenn man die Zyniker fragt.«

Thumps hätte nicht sagen können, zu welchem Lager Archie gehörte.

»Nicht dass Buck der Hauptgewinn gewesen wäre. Er

war kühl und unnahbar. Er hatte bloß eine Leidenschaft: Geld zu scheffeln. Adele war bildschön und klug, und ich vermute mal, dass Buck durchaus angetan war, ein neues Vorzeigeweibchen *und* eine Ersatzmutter für sein Kind gefunden zu haben. Aber wenn er das wirklich gedacht haben sollte, dann hatte er sich getäuscht. Adele hat ordentlich die Peitsche geschwungen. Hat es sich zur Aufgabe gemacht, den Leuten zu erzählen, wie sie ihr Leben leben sollten.«

»Dann gab es Probleme mit der Tochter?«

Archie rieb sich den Kopf. »Abwesender Vater, dominante Stiefmutter? Dagegen hatte Aschenputtel es leicht.«

»Klingt nach Seifenoper.«

»Nur ohne die nervige Werbung.« Archie hielt kurz inne. »Mit Trudy gab es sämtliche Probleme, die Reichtum mitunter mit sich bringt. Alkohol. Drogen. Aufbrausendes Temperament.«

»Und Rattler?«

Archie räusperte sich. »Unser Toby war ein Eigenbrötler. Gescheit und gut aussehend, aber ein Außenseiter. Eltern- und mittellos. Ein Junge ohne Zukunft.«

»Klingt fast viktorianisch.«

»Heute geht es ihm gut.«

Thumps sah es regelrecht vor sich, wie ein Mädchen wie Trudy sich zu einem Jungen wie Toby hingezogen fühlte. Er war bestimmt alles gewesen, was sie nicht gewesen war: geheimnisvoll, aufregend, gefährlich. Und Thumps ahnte auch, wie überaus gern gesehen ein Junge aus dem Reservat in einer Welt der Dinnerpartys und Country Clubs gewesen wäre …

»Sie haben sich an der Highschool kennengelernt.«

»Und sind zusammengekommen …«

»Wer erzählt jetzt hier die Geschichte?« Archie trat auf ein Regal zu und zog ein Buch heraus. »Hier, das ist Trudy.«

Auf dem Foto war eine junge Frau mit hellem Haar und dunklen Augen zu sehen. Anhand des Gesichtsausdrucks war schwer zu sagen, ob sie glücklich oder tieftraurig war.

»Und das ist Toby.«

Tobys Foto war dem von Trudy gespenstisch ähnlich. Kein Lächeln. Der gleiche Blick in die Ferne, als hätte er irgendwo am Horizont oder jenseits davon irgendetwas entdeckt.

»Toby war in einem Waisenhaus aufgewachsen. Trudy war das arme reiche Mädchen. Keiner der zwei hatte Freunde – aber sie hatten einander. Nachdem sie zusammengefunden hatten, hat Trudy Gerüchten zufolge mit dem Alkohol und den Drogen aufgehört und sich auch nicht mehr selbst verletzt.«

»Trotzdem waren die Eltern mit Rattler nicht allzu glücklich«, resümierte Thumps.

»Buck war da schon gestorben, aber ja, Adele war außer sich, weil ihre Stieftochter sich mit einem Heiden abgab.« Archie konnte sich ein Grinsen nicht verkneifen. »Genau so hat sie es formuliert: ›mit einem Heiden‹.«

Thumps kommentierte es nicht.

»Dann kam es zu einem Zwischenfall«, fuhr Archie fort. »Nach einem Football-Match war Trudy angegriffen worden. Rattler hat sie gerettet und nach Hause gebracht, woraufhin Adele im Sheriff's Office anrief und behauptete, Toby hätte Trudy vergewaltigen wollen.«

»Kann mir nicht vorstellen, dass das Trudy gefallen hat.«

Archie nickte. »Am Ende ist sie hier in der Stadt in eine eigene Wohnung gezogen.«

Die beiden saßen in Archies Büro und lauschten den Geräuschen, die durch die Buchhandlung wehten. Nach einer Weile stand Archie auf und stellte das Jahrbuch zurück ins Regal.

»Mit Rattler zusammen?«

»Nein«, sagte Archie. »Sie hat allein gewohnt.«

Thumps versuchte, seine Skepsis im Zaum zu halten.

»Klar – jeder dachte, sie wären ein Liebespaar. Aber ich glaube, sie waren in Wahrheit bloß enge Freunde – und womöglich der einzige für den jeweils anderen. Trudy und Toby. Sie waren in der ganzen Stadt nur als T&T bekannt.«

»Wie alt war Trudy, als sie starb?«

»Achtzehn und ein paar Zerquetschte«, antwortete Archie.

»Dann hat Adele das Samuels-Vermögen geerbt?«

»Bucks Testament war nicht ganz unkompliziert«, sagte Archie. »Mein letzter Stand ist, dass sie vor Gericht musste.«

»Da steckt der Teufel ja gern im Detail.«

»Detail? Scheiß auf Details«, sagte Archie. »Wenn der Teufel im Spiel ist, dann geht es um Geld.«

Jemand hatte einmal zu Thumps gesagt, dass ein guter Anwalt Rechtsstreitigkeiten auf Jahre ausdehnen könne – und ein brillanter Anwalt umso länger.

»Es gab noch einen Sohn – aus Adeles erster Ehe.« Archie zupfte an seiner Weste. »Sie dachte wohl, sie könnte ihn mitbringen, sobald sie Buck geheiratet hatte, aber Buck weigerte sich.«

»Er hat den Sohn nicht bei sich aufgenommen?«

»Adele musste ihn bei ihrer Schwester lassen«, erklärte Archie. »Ich glaube, das hat sie Buck nie verziehen.«

»Shakespeare ...«

Archie nickte. »Fehlt nur noch der Geist.«

»Und Rattler?«

»Ist abgehauen«, sagte Archie. »Sobald das Ergebnis der Strafuntersuchung vorlag, hat er sich aus dem Staub gemacht.«

Thumps' Hintern tat allmählich weh. »*Böse Absichten* will, dass ich mir den Fall erneut vornehme. Die Ermittlungsunterlagen sichte. Sie hoffen wohl auf den Beweis, dass Toby Trudy umgebracht hat.«

»Und ich dachte, du wärst Fotograf.«

»Der Typ, der mein Auto zu Schrott gefahren hat, war nicht versichert.«

Archie nickte. »Dann nimmst du den Job an?«

Thumps rutschte auf seinem Stuhl herum. »Ich denke darüber nach.«

»Dann hab ich etwas für dich, worüber du nicht nachdenken musst.« Archie hielt einen Flyer hoch. »Morgen Abend ist Halloween-Party. Die Leute sollen sich als jemand verkleiden, vor dem sie Angst haben.«

Thumps sah sich den Flyer an.

»Du könntest als George Armstrong Custer gehen.«

»Custer macht mir keine Angst.«

»Okay«, sagte Archie, »dann vielleicht Alfredo Ballí Treviño?«

Thumps sah ihn mit leerem Blick an.

»Der mexikanische Arzt, der Thomas Harris zu Hannibal Lecter inspiriert hat?«

»Klingt verlockend.«

»Oder Bela Lugosi? Ich hab einen Vintage-Frack und ein Cape, die ich dir leihen kann.« Archie stand auf und schob sich die Bündchen zurecht. »Und du solltest dir diesen Anzug kaufen. Jobs beim Fernsehen gibt es wie Sand am Meer, aber ein *so* gutes Angebot kriegt man nicht alle Tage!«

9

Thumps hoffte, wenn er heimkäme, würde Freeway neben Pops zusammengerollt auf der Veranda seines Nachbarn liegen, aber weder von der Katze noch von dem großen Komondor mit dem Verdauungsproblem war irgendwo eine Spur.

Überhaupt war nebenan bei Dixie kein Lebenszeichen zu erkennen.

Virgil Kanes Eltern hatten ihren Sohn mitnichten nach dem Robbie-Robertson-Song benannt, aber als Joan Baez den Song schließlich bekannt gemacht hatte, war er von allen nur noch »Dixie« gerufen worden, und der Spitzname war hängen geblieben. Virgil schien das nichts auszumachen, trotzdem fand Thumps es leicht befremdlich, raten zu müssen, ob er den Mann unter seinem richtigen oder unter einem Namen ansprechen sollte, der unverdientermaßen an ihm kleben geblieben war.

Thumps blieb noch kurz im Pick-up sitzen und ließ Zeit verstreichen. Er würde sich in seinem Haus verbarrikadieren, das Telefon ausstecken und die Post durchsehen können, die sich während seines Seattle-Aufenthalts angehäuft hatte. Vielleicht versteckte sich ja etwas in den Stapeln aus Briefen, Broschüren und Coupons, was ihn aufheiterte und von seiner mühsamen modernen Existenz ablenkte.

Er konnte natürlich auch seinen Kühlschrank sortieren. Ordnung bescherte ihm normalerweise bessere Laune – nur dass es nichts zu ordnen gab. Er würde erst einkaufen müssen, ehe er den Lebensmitteln seinen Willen würde aufdrücken können.

Irgendwann würde er auch die Akte lesen müssen, die Nina Maslow ihm mitgegeben hatte. Er rechnete nicht damit, auf etwas Spannendes zu stoßen, aber *Böse Absichten* ging eindeutig von der Hypothese aus, dass Trudy Samuels weder einen unglücklichen Unfall gehabt noch Selbstmord verübt hatte. Wahrscheinlich war es nicht – aber vielleicht hatte Maslow ja doch etwas entdeckt, was man bei der ursprünglichen Untersuchung übersehen hatte.

Oder er könnte ein Auto kaufen. Das perfekte Programm für den restlichen Tag.

Thumps riskierte noch einen Blick, um sich zu vergewissern, dass er seine Katze nicht irgendwo im Schatten oder mit Hund Pops auf Nachbars Veranda übersehen hatte.

Hatte er nicht.

Er legte den Gang wieder ein und fuhr los.

Mal abgesehen von einer alten, klapprigen Ford-Limousine war der Volvo das einzige Auto, das er je besessen hatte. Den Ford hatte er damals aus zweiter Hand gekauft. Der Volvo war fabrikneu gewesen. Womöglich war es an der Zeit für den nächsten Neuwagen. Den konnte er sich zwar nicht leisten, aber wer sagte, dass er sich nicht trotzdem ein bisschen umschauen konnte?

Er könnte auch ein Auto leasen, um die monatliche Belastung gering zu halten. Ora Mae Foreman, die Besitzerin von *Wild Rose Realty*, hatte ihren BMW bei einem Händler in Great Falls geleast, und Ora Mae war eine Frau, die wusste, was sie tat.

Salgado Motors gehörte Freddy Salgado. Seine Familie war schon in Chinook ansässig gewesen, bevor die Stadt überhaupt erstmals auf einer Landkarte aufgetaucht war. Freddys Urgroßvater hatte das Ironstone Valley bewirtschaftet, der Großvater sowie der Vater hatten in diversen Niederlassungen einer Bank in Montana gearbeitet, bis diese an *Wells Fargo* verkauft worden war.

Freddy war weder an Farmarbeit noch am Bankwesen interessiert gewesen. Er mochte Autos.

»Dad wollte, dass ich Arzt werde, aber wer will schon Leute aufschneiden, wenn man an Autos rumschrauben kann? Man muss doch tun, was einen glücklich macht.«

Thumps hatte Freddy nie als großen Freund der Fotografie eingeschätzt, doch bei seiner letzten Ausstellung hatte der Mann allen Ernstes drei Bilder von Thumps gekauft.

»Ist Ihnen Sebastião Salgado ein Begriff?«, hatte Freddy bei der Vernissage gefragt.

Thumps besaß sogar mehrere Salgado-Bände. »Fantastischer Fotograf.«

»Dad behauptet, wir sind um ein paar Ecken verwandt, deshalb hab ich auch einige Fotografien aufgehängt, nur für den Fall, dass jemand fragt.«

»Fotografien von Sebastião?«

»Eine hab ich mir gekauft«, hatte Freddy erzählt, »als ich das letzte Mal in New York war. Die kosten ein Vermögen. Ihre Fotos sind aber auch nicht schlecht. Außerdem ist es ja immer gut, ortsansässige Unternehmer zu unterstützen.«

Im Showroom standen fünf Fahrzeuge. Thumps schlenderte durch ein Labyrinth aus Lack und Chrom. Ein Stück zurückversetzt von den anderen Wagen in einer Ecke stand eine alte Corvette.

»Hey, Mr DreadfulWater.« Freddy Salgado kam ihm aus dem Büro entgegen. »Wie läuft's mit der Fotografie?«

Freddy war großer Elvis-Fan. Einige Jahre zuvor hatte er mal an einem Elvis-Imitatoren-Wettbewerb in Missoula teilgenommen und den zweiten Platz belegt. Die Leute hatten gemunkelt, dass er seine Fühler auch beim großen Elvis-Festival in Las Vegas habe ausstrecken wollen, doch Thumps wusste nicht, ob Freddy es wirklich je probiert hatte.

»Hab das mit Ihrem Wagen gehört.« Freddy gab ein mitleidiges Geräusch von sich. »Was für ein Trauerspiel – so einen Klassiker zu verlieren!«

»Vielleicht lässt er sich noch reparieren.«

»Klar, aber der Gleiche ist er dann trotzdem nicht mehr.«

Thumps spähte zur Corvette, und Freddy legte die Hand auf das Wagendach.

»1963er Sting Ray Coupé. Das erste mit festem Dach, das Chevrolet hergestellt hat. Geteiltes Rückfenster. Einzelradaufhängung an quer liegenden Blattfedern. 360 PS starker L84er, 5,3-Liter-Small-Block-Achtzylinder. Mechanischer Rochester-Einspritzer. Hat sogar Klima.«

Thumps nickte, obwohl er kaum die Hälfte verstanden hatte.

»Haben Sie eine Ahnung, wie viele 360er Chevrolet produziert hat?« Freddy wartete gar nicht erst auf die Antwort. »Keine dreitausend! Sind Sie ein Autofan, Mr DreadfulWater?«

»Klar.«

»Hab dieses Schätzchen vor rund acht Jahren gekauft. Einer der glücklichsten Momente in meinem Leben. Elvis fährt so was in *Viva Las Vegas.* Das wissen nicht viele. In *Todesspiel* mit Clint Eastwood gab's einen Schwarzen, allerdings war der nur eine Hülle und wurde mitsamt Bombe ferngesteuert.«

»Ernsthaft?«

»Ich fahr dieses Baby ausschließlich im Sommer. Den Rest des Jahres darf es hier in Sicherheit im Showroom stehen.«

»Zieht bestimmt Kundschaft an.«

»Hey«, sagte Freddy, »fotografieren Sie auch Autos? Also, keine Produktfotografie, sondern künstlerisch? Schwarz-weiß. Autos in Bewegung. Autos an unerwarteten Orten. Einzelne Bauteile.«

Mit einem Fluss oder einem Berg wusste Thumps umzugehen. Was er mit einem Auto anstellen sollte, konnte er sich nicht vorstellen.

»Und nichts mit nackten Frauen«, fuhr Freddy fort, »das ist Kalenderkitsch. Ich rede von Kunstfotografie.«

»Hab nie darüber nachgedacht.«

»Denken Sie darüber nach! Ich hätte diverse Wagen, die geeignet wären.« Freddy breitete die Arme aus, als rechnete er mit einer Umarmung. »Also – das ist er.«

»Wer?«

»Der Outback. Das ist die Schnittstelle: der Komfort

einer Limousine gepaart mit der Ladekapazität eines SUV.«

Freddy zog die Wagentür auf, und Thumps rutschte hinter das Steuer.

»Was sagen Sie?«

Der Sitz war überraschend bequem. Auf Knopfdruck konnte man ihn vor- und zurück- sowie hoch- und runterfahren. Die Lehne ließ sich zurückstellen, und es gab sogar eine Taste für die Lordosenstütze.

»Liege ich recht in der Annahme, dass Sie beide heiraten?«

»Heiraten?«

»Wenn es noch geheim bleiben soll«, sagte Freddy, »dann können Sie sich auf mich verlassen.«

»Claire und ich?«

»Sie war gerade erst hier«, erklärte er. »Hat genau dort gesessen, wo Sie jetzt sitzen. Dachte mir schon, dass sie Sie hergeschickt hat, damit Sie sich ein Bild machen können. Als Familienkutsche ist der Outback die perfekte Wahl.«

Der Innenraum war zweifarbig lederverkleidet – sattelbraun-schwarz. Thumps hatte schon ganz vergessen, wie gut neue Autos rochen.

»Claire hat sich Autos angeguckt?«

»War sehr an Sicherheitsfeatures interessiert. Hat sich ausdrücklich nach den Clips für die Kindersitze erkundigt.«

»Kindersitze?«

»Jetzt hab ich was ausgeplaudert, oder?« Freddy sah ihn zerknirscht an. »Hören Sie … Verraten Sie ihr nicht, dass ich's erzählt habe!«

»Wann war sie hier?«

Freddy dachte kurz nach. »Das war erst gestern … Und nur damit Sie Bescheid wissen: Sie mochte den Touring mit Zwei-Fünfer-Motor und Technologie-Package in Wolfram metallic. Meinte, sie würde auf dem Rückweg wieder vorbeikommen.«

»Hat sie erwähnt, wo sie hinwollte?«

»Ich hab nur gefragt, ob sie ihren Pick-up in Zahlung geben will.«

»Hat sie Seattle erwähnt?«

»In Wolfram hab ich nichts weiter da«, sagte Freddy. »Aber in Helena steht noch einer, den kann ich überführen lassen, sobald ich die Anzahlung habe.«

Thumps stieg wieder aus und schob die Tür ins Schloss. »Sind Sie eigentlich je nach Vegas gefahren?«

»Zu der Elvis-Geschichte?« Freddy warf sich in Pose und blökte die ersten Zeilen von *All Shook Up*. »Nah … War eine Zeit lang lustig, sich wie der King zu verkleiden. Mit der Vette auf Spritztour zu gehen. Aber irgendwie bin ich doch lieber ich. Wissen Sie, was ich meine?«

»Absolut«, sagte Thumps.

»Trotzdem ist es nie zu spät für ein Comeback.« Freddy rollte die Schultern und schwang die Hüften, als wäre er mitten im Refrain. »Die Moves kann ich noch!«

Thumps sah kurz zu, wie Freddy ein paar Hüftschwünge und -stöße vollführte. Er mochte den Mann, aber jetzt würde er den Rest des Tages damit zubringen, sich den verdammten Song wieder aus dem Kopf zu schlagen.

10

Thumps hatte eigentlich vorgehabt, einen Händler nach dem anderen abzuklappern und sich den Freuden der Shopping-Therapie hinzugeben, doch seine Unterhaltung mit Freddy hatte alles verändert. An Claires Wagen war nichts auszusetzen. Er war keine vier Jahre alt. Sosehr er es drehte und wendete – ihm wollte kein Grund einfallen, warum sie ihn gegen einen Crossover Soundso eintauschen sollte. Im Reservat fuhr man am besten Pick-up – die unbefestigten Straßen und Schotterpisten überlebte kein anderer Wagen.

Und Kindersitze? Thumps war sich sicher, dass Claire nicht schwanger war. Wie alt war sie? Neununddreißig? Vierzig? Wann hörten Frauen gleich wieder auf, Babys zu kriegen? Sie hatten nie über Kinder gesprochen. Er konnte sich nicht vorstellen, dass Claire noch ein weiteres wollte. Stanley Merchant, ihr einziger Sohn, war die Pest gewesen, die jede Mutter von weiteren Versuchen abgebracht hätte.

Vielleicht war es der Krebs. Ein neues Auto, das die erneuerte Chance auf eine Zukunft symbolisierte.

Dann hatte Claire also die Stadt verlassen. Nüchtern betrachtet dürfte sie zurück zu weiteren Behandlungen oder Tests nach Seattle gefahren sein. Ohne jemandem zu erzählen, wo sie hinwollte. Was nicht verwunderlich war. Claire war gern autark, sonderte sich ab und ließ niemanden an sich heran. An anderen Tagen war sie gesellig, großzügig, liebevoll. Man konnte sich nie sicher sein, welche Claire bei einem vor der Haustür auftauchte.

Oder welche Claire auf dem Absatz kehrt- und sich wieder davonmachte.

Thumps fragte sich, ob sie sich jemandem anvertraut hatte. Bestimmt keinem der Männer in ihrem Leben. Nicht Stick, nicht ihm selbst – aber Frauen redeten mit anderen Frauen, oder etwa nicht? Roxanne Heavy Runner? Beth Mooney? Ora Mae Foreman? Vielleicht konnte er eine von denen fragen.

Lebensmüde war Thumps nicht, also kam Roxanne nicht infrage. Die Stammesratsvorsitzende hatte die Herzlichkeit eines Panzers und die Nachsicht einer entsicherten Handgranate. Wenn er sich bei ihr nach Claire erkundigte, würde Roxanne ihn höchstwahrscheinlich entweder überrollen oder in die Luft jagen.

Möglicherweise wusste Beth Mooney Bescheid, aber bei ihr bestand das Risiko, dass er sich über eine Leiche hinweg mit ihr unterhalten musste, denn Beth arbeitete nicht nur als Hausärztin, sondern auch als Leichenbeschauerin des Countys. Sie wohnte im oberen Stockwerk des alten Grundbuchamts. Die Praxis war im Erdgeschoss untergebracht, und unten war der Leichenkeller.

Mit den nasskalten, düsteren Räumlichkeiten und den furchterregenden Gerüchen war Thumps bestens vertraut, sodass er keinen Auffrischungskurs brauchte.

Blieb noch Ora Mae. Insgeheim hatte Thumps Zweifel,

dass Claire sich Ora Mae anvertraut hatte. Aber die Frau hatte sich einen Namen als Umschlagplatz für Wahrheiten und Gerüchte gemacht. Wenn in dieser Stadt irgendetwas im Busch war, wusste Ora Mae Bescheid. Außerdem hatte sie ein lichtdurchflutetes, freundliches Büro mit Fenstern, ganz ohne Panzerfahrzeuge, Sprengvorrichtungen oder Leichen, die sich in den Nischen herumdrückten. Von all seinen Optionen war Ora Mae eindeutig die Nummer eins.

Unterwegs durch die Stadt stellte sich Thumps die Frage, warum er sich überhaupt Gedanken machte. Claire war ganz wunderbar imstande, sich um sich selbst zu kümmern. Sie war seit jeher nur aufgetaucht, wenn ihr danach war, und was immer sie im Schilde führte, war einzig und allein ihre Angelegenheit, nicht seine. Sie waren nicht verheiratet – was immer das hieß. Sie waren nicht mal verlobt.

Wild Rose Realty lag an der Clark Street und verfügte sogar über einen eigenen Parkplatz – allerdings ausschließlich für Kunden. Und ein großes Schild wies darauf hin, dass widerrechtlich Parkende abgeschleppt würden. Thumps hielt zwischen einem aktuellen Mercedes-Modell und einem geschützgrauen BMW.

Das waren also die Fahrzeuge, die Immobilienhaie fuhren.

Im Maklerbüro herrschte die reinste Howdy-Ausgelassenheit. Thumps hatte keinen Schimmer, wo Ora Mae das Zeug herhatte – aber mitten im Eingangsbereich standen allen Ernstes ein aufblasbares, lebensgroßes Texas Longhorn sowie mehrere Sägeböcke mit echten Sätteln. Auf das große Fenster zur Straße war eine Viehtrieb-Szene gemalt worden, und der Tisch, an dem man sich sonst auf einen Kaffee zusammensetzte, war durch alte Scheunenplanken auf Heuballen ersetzt worden.

»Howdy.«

Thumps versuchte, sich an den Namen der Empfangsdame zu erinnern – vergeblich. Statt des Namensschilds trug sie einen Sheriffstern.

»Hallo. Ist Ora Mae da?«

Die Frau lächelte schief. »Schätze schon.«

Thumps hätte nicht sagen können, ob sie amüsiert oder peinlich berührt war.

»Oh, du bist es bloß.« Ora Mae war von Kopf bis Fuß in Schwarz gekleidet. Verzierte Cowboystiefel, Twillstoffhose, zweireihiges Cowboyhemd mit silbernen Knöpfen, ein Halstuch plus Stetson.

»Howdy.« Er versuchte angestrengt, nicht zu grinsen. »War gerade in der Gegend und wollte Hallo sagen. Dachte mir, ich werfe mal einen Blick auf diese Deko.«

»Stehst du auf meinem Parkplatz?« In ihrem Pistolengürtel mit Beinriemen steckten zwei identische Revolver mit Perlmuttgriffen. »Der ist für Kunden. Bist du Kunde?«

Thumps' Grinsen verblasste.

»Andererseits hast du gar kein Auto.« Ora Mae sah fast erleichtert aus. »Deins ist ja Schrott.«

»Stas hat mir seinen Pick-up geliehen.«

Ora Mae warf ihm einen grimmigen Blick zu und tippte beidhändig aufs Holster. »Der Mann ist ein Ass. Trotzdem hoffe ich inständig, dass du seine Rostlaube nicht neben meinem BMW abgestellt hast.«

Wundersamerweise fand Thumps gleich bei der ersten Runde um den Block einen neuen Parkplatz, und als er ins Maklerbüro zurückkehrte, hatte Ora Maes Laune sich merklich gebessert.

»Claire ist also verschwunden?«

»Sie ist nicht verschwunden«, entgegnete Thumps. »Sie ist einfach nur nicht hier.«

Binnen eines Wimpernschlags hatte Ora Mae von besorgt zu misstrauisch gewechselt. »Die Frau hat das Recht zu sein, wo immer sie sein will.«

»Klar.«

»Habt ihr gestritten?«

»Nope.«

»Dann ist es ja nett, dass du dir Sorgen machst. Das zeigt, dass sie dir etwas bedeutet.«

»Sie war gestern bei Freddy und hat sich Autos angeguckt.«

Ora Mae schüttelte den Kopf. »Ihr zwei solltet euch Häuser angucken.«

Thumps runzelte die Stirn. »Ich hab ein Haus, Claire hat ein Haus ...«

»Diese Bruchbude ist doch kein Haus! Der Schnitt ist völlig daneben. Die Lage ist grässlich. Der Garten sieht aus wie eine Kulisse aus der *Addams Family*. Was soll denn werden, wenn ihr Kinder kriegt?«

Für den Bruchteil einer Sekunde fühlte Thumps sich zu Freddy und dem Outback und der Frage nach den Kindersitzen zurückversetzt.

»Claire will keine Kinder mehr.«

»So funktioniert das nicht«, sagte Ora Mae. »Frag meine Schwester.«

»Ist auch egal«, brummte Thumps. »Ich brauch erst ein neues Auto, bevor ich ein neues Haus brauche.«

»Schlechte Investition. Der BMW fährt sich fantastisch, aber er ist der reinste Wertverlust auf vier Rädern.«

Ora Mae hatte ihm schon zigmal Vorträge über ihre Branche gehalten und wie vorteilhaft es sei, Geld in Immobilien anzulegen.

»Unterhalt dich mal mit Moses Blood«, sagte sie. »Hab gerade ein Apartment für ihn gefunden.«

Soweit Thumps wusste, hatte Moses sein Lebtag draußen im Reservat gewohnt. Er hatte ein Häuschen unten in der Flussniederung: ein ruhiger, angenehmer Ort, an dem die Uhren langsamer tickten. Thumps konnte sich nicht vorstellen, dass Moses dort wegziehen wollte.

»Ein Monat zur Zwischenmiete«, fuhr Ora Mae fort. »Ich schätze, er will erst sehen, wie sich das Leben in der Stadt anfühlt, bevor er sich endgültig entscheidet.«

»Moses ...«

»Und sieh dir Archie an – der versteht wirklich etwas von Immobilien.«

»Archie?«

»Hat die alte Carnegie-Bibliothek gekauft, wie du weißt. Und dann geht er hin und kauft sich den alten Klamottenladen.«

»Das *Budd's?*«

»Natürlich nicht via Makler. Das ist immer ein Fehler. Wenn das mein Objekt gewesen wäre, hätte ich für Budd wesentlich mehr rausschlagen können, als Archie dafür hingeblättert hat.«

»Was will er denn mit dem *Budd's?*«

»Sagt er nicht, aber ich hab für ihn eine anständige Miete von diesen Fernsehleuten rausgehandelt.« Ora Mae schob die Hutkrempe hoch, sodass Thumps ihr endlich ins Gesicht sehen konnte. »Hab gehört, du arbeitest bei dieser Realitysache mit?«

»Fehlalarm«, sagte Thumps.

»Du hast den *Bösen Absichten* und der entzückenden Ms Nina Maslow eine Absage erteilt?«

»Schuldig im Sinne der Anklage.«

»Dann bist du gar nicht so blöd, wie du aussiehst.« Ora Mae seufzte. »Die Vergangenheit wieder aufzuwühlen bringt doch nichts. Erinnerst du dich noch an O. J.?«

Der Bundesstaat Kalifornien gegen Orenthal James Simpson. Der Strafprozess war im Fernsehen ausgetragen worden – eine *Commedia dell'arte* mit O. J., Marcia Clark, Johnnie Cochran, Mark Fuhrman und Richter Ito in den Hauptrollen. 1995 war das Verfahren acht Monate lang *die* Primetime-Unterhaltungsshow im Fernsehen gewesen.

»Kennst du jemanden, der *nicht* glaubt, dass Simpson es war?«

»Die Geschworenen?«

»Klugscheißer.« Ora Mae funkelte ihn böse an. »Der Punkt ist doch: Die Leute glauben, was sie glauben wollen. Ob Tatsachen oder Lügen – mit *Wahrheit* hat das nichts zu tun. Die Wahrheit ist nur, was man dafür hält. Und daran wird sich auch nichts mehr ändern.«

»Vielleicht löst *Böse Absichten* den Fall.«

»Hast du mir gerade zugehört?« Ora Mae zog einen der Revolver aus ihrem Holster und zielte auf den Bullenkopf. »Dieses arme Samuels-Mädchen ist tot, und kein Affenzirkus von einer Fernsehshow kann das ungeschehen machen.«

»Die Stiefmutter soll auch dabei sein.«

»Adele Samuels?« Ora Mae ließ den Revolver am Bügel um den Finger kreisen und schob ihn zurück ins Holster. »Hab sie gestern in der Stadt gesehen. Zusammen mit ihrem luschigen Sohn.«

»Luschig?«

»Eaton oder Evan – irgend so ein superbeliebter Name.«

»Aus erster Ehe.«

»Die Frau hatte es nicht leicht.« Ora Mae tätschelte ihren Bullen. »Weißt du, vielleicht solltest du Ferdinand und mich fotografieren.«

»Ferdinand?«

»Der empfindsame Stier?« Ora Mae warf sich in Pose. »Sag jetzt bitte, dass ich kein bisschen aussehe wie ein schwarzer Johnny Cash.«

Vielleicht hatte Archie recht.

Die Trudy-Samuels-Geschichte hatte wirklich etwas von Shakespeare.

Der gefühlskalte König.

Die narzisstische Königin.

Die unglückliche Prinzessin.

Das verlassene Kind.

Der rettende Held.

Buck, Adele, Trudy und Eaton oder Evan oder wie immer er hieß. Und Tobias Rattler. Zwei davon tot. Drei noch am Leben.

Vielleicht hatte auch Ora Mae recht. Der reinste Affenzirkus.

Thumps hatte den Ausdruck nie recht verstanden. Zirkus, schön und gut, aber wer wollte bloß Affen dort sehen? Er hatte schon Affen im Zoo beobachtet, und sie hatten nicht gerade den Eindruck erweckt, Zirkusnummern anleiten zu können. Und wer bitte schön würde das komisch finden?

Aber vielleicht wusste *Böse Absichten* etwas über Shakespeare und Affen, was er nicht wusste.

Unter seinem Scheibenwischer klemmte ein Strafzettel. Thumps entdeckte ihn im selben Moment, da er das Schild für die Fünfzehn-Minuten-Ladezone entdeckte.

Deshalb war dort ein freier Parkplatz gewesen.

Na toll. Noch eine Ausgabe. Wenn er nach Hause käme, hätte sein Ofen bestimmt ein Hufeisen verloren oder der Kühlschrank wäre in einen Minenschacht getreten und hätte sich ein Bein gebrochen. Oder Freeway wartete auf der Veranda mit einem Wurf Kätzchen. Thumps war sich im Grunde sicher, dass die Katze sterilisiert war, aber wenn er bedachte, was der Tag ihm bislang beschert hatte, war alles möglich.

Vielleicht war Claire wirklich schwanger.

Mit einem Mal erschienen ihm der Job bei einer schmierigen Fernsehproduktion und die versprochene Gage nicht mehr annähernd so verwerflich wie zunächst gedacht.

Sein Haus sah aus, wie er es zurückgelassen hatte. Still und verwaist. Thumps warf seine Tasche auf den Küchentisch und fing an, die Post zu sortieren, die sich während seines Seattle-Aufenthalts angehäuft hatte. Der erste Durchgang war leicht: Sämtliche Angebote für Gratis-Kreditkarten, Flyer von Gartenpflege bis Immobilienbewertung, Coupons für Brathähnchen, Triple-Burger und All-you-can-drink-Limo sowie Umschläge, die lediglich an »den Bewohner« adressiert waren, landeten unbesehen im Müll. Thumps hatte nie wirklich nachgezählt, aber schätzungsweise belief sich das Verhältnis von Ausschuss zu echter Post auf zehn zu eins.

Heute war es noch schlimmer.

Eine Wurfsendung warb für Graue-Star-OPs, eine weitere für die Entfernung unwillkommener Körperbehaarung – beides mittels Laser. Thumps ging davon aus, dass es unterschiedliche Laser waren, hätte es aber nicht mit Gewissheit sagen können.

Mit der echten Post verhielt es sich nicht wesentlich besser. Zwei Rechnungen, eine für den Strom, die andere für das Telefon.

Thumps riss den Umschlag von *Pacific Gas and Electric* auf. Keine gute Idee. Sie war erheblich höher als sein Falschparker-Bußgeld. Der Rechnung lag eine pseudohandschriftliche Nachricht bei, in der sein Anbieter ankündigte, Thumps' Vertrag anzupassen, um ihm und seinen Bedürfnissen in Sachen Energieversorgung besser gerecht zu werden.

Die folgende Stunde verbrachte er damit, seine Bücher zu sortieren. Die waren durcheinandergeraten. Walter Mosley war neben Eden Robinson gelandet. Richard Wagamese war zwischen Alice Munro und Margaret Atwood gerutscht. Er dachte darüber nach, die Bände nach Genre oder Thema oder sogar Geschlecht oder ethnischem Background des jeweiligen Verfassers zu sortieren – oder nach Nationalität, auch wenn ihm sehr wohl bewusst war, dass all diese Kategorien soziale Konstrukte waren und bestenfalls heikel. Einige sogar noch heikler als andere.

Am Ende entschied er sich für das Alphabet.

Wie jedes Mal.

Er war bis R gekommen, als es an der Tür klingelte. Freeway hätte sich nicht die Mühe gemacht, und die einzige Person, die er derzeit gern gesehen hätte, war Claire.

»Hi, Mr DreadfulWater!«

Vor der Fliegengittertür stand sein Nachbar Virgil

Kane. Mitsamt einem großen Stück Pie auf einem Teller sowie Hund Pops.

»Hab gesehen, dass Sie wieder da sind«, sagte Dixie. »Hoffe, ich störe nicht.«

Thumps machte keine Anstalten, das Fliegengitter zu öffnen. Er wollte jetzt keine Gesellschaft. Vielleicht verstand Dixie den Wink.

Er hielt den Teller hoch, damit Thumps den Pie besser sehen konnte. »Pops macht sich Sorgen um Freeway.«

Vielleicht verstand er den Wink auch nicht.

Sobald der große Komondor den Namen der Katze vernommen hatte, fing er an, mit der Rute auf die Veranda einzuhämmern.

»Ist sie immer noch nicht wieder da?«

Thumps zog die Tür auf. Pops trottete quer durch Küche und Wohnzimmer, Dixie blieb in der Küche stehen und sah sich um, als wäre er vom Gesundheitsamt und inspizierte ein verdächtiges Imbissrestaurant.

»Noch nicht.«

Pops zockelte indessen weiter ins Bad. Wo er hörbar das Klo zum Wassernapf machte.

»Das tut mir sehr leid.«

»Nicht Ihre Schuld«, sagte Thumps und hoffte, dass die Absolution aufrichtig klang.

Pops kam mit Freeways Decke im Maul zurück, als hätte er soeben den entscheidenden Hinweis zu des Rätsels Lösung entdeckt.

»Sie haben mich gebeten, mich um Ihr Kätzchen zu kümmern«, sagte Dixie, »und jetzt ist es weg.«

Pops ließ die Decke fallen und sah erwartungsvoll

zu ihm hoch. Thumps fiel wieder ein, dass er sich für Besuche des Monsterhunds Leckerli hatte anschaffen wollen.

Einen großen Knochen. Eine halbe Kuh.

»Sie ist auch früher schon abgehauen«, flunkerte Thumps. »Sie kommt jedes Mal wieder.«

Dixie stellte den Pie auf den Tisch. »Ich weiß nicht, was ich sagen soll. Ich hoffe nur, dass sie nicht – Sie wissen schon …«

»Tot ist?«

Das Wort erwischte den zartbesaiteten Mann wie ein Faustschlag, und kaum dass Thumps es ausgesprochen hatte, hatte er ein schlechtes Gewissen. Der Konter war brutal und unnötig gewesen, und er hätte ihn wesentlich mehr bedauern müssen, als es der Fall war.

Pops ließ sich auf dem Boden nieder und furzte.

»Er ist völlig fertig.« Dixie zeigte auf seinen Hund. »Wenn er depressiv ist, gerät seine Verdauung komplett durcheinander.«

Thumps versuchte, durch den Mund zu atmen. »Der Pie sieht gut aus.«

Dixies Gesichtsausdruck hellte sich auf. »Hab ich gestern Abend gebacken. Das ist Northern Spy – die einzige Apfelsorte, die ich benutze. Außer den einen oder anderen Granny Smith, wegen des Safts.«

Thumps versuchte, einzig mittels seiner Gedanken Dixie und dem Hund die Tür zu weisen. Es hatte früher schon nicht funktioniert und klappte auch diesmal nicht.

»Haben Sie den Flyer für das Straßenfest gesehen?«

»Straßenfest?«

»Einjähriges«, erklärte Dixie. »Jeder steuert etwas zu

essen bei. Ich koche Eintopf. Hey – wenn Sie ein Foto von Ihrer Katze hätten, könnten wir Handzettel drucken. Wir könnten sogar eine Belohnung aussetzen!«

Thumps war leicht schwindlig. Er stützte sich auf einen Stuhl. Was war das? Der Hund? Der Blutzucker? Beth hatte ihn sowohl vor einem zu niedrigen als auch vor einem zu hohen gewarnt und gepredigt, dass bei Diabetes das Gleichgewicht entscheidend sei.

»Dann gehen wir mal wieder.« Dixie schlenderte zur Tür und trat hinaus auf die Veranda. Pops stemmte sich hoch und trottete ihm nach. »Heute Abend kommt eine neue Folge über ungewöhnliche Tierfreundschaften. Letzte Woche ging es um ein Kaninchen und eine Krähe. Pops und Freeway haben sich die Bäuche gehalten vor Lachen, sodass ich schon dachte, das gibt bestimmt Muskelkater.«

Thumps konnte sich nicht entsinnen, dass die Katze je an Fernsehen interessiert gewesen wäre.

»Der Pie ist eher säuerlich«, rief Dixie noch über die Schulter. »Ich halte mich mit Zucker lieber zurück.«

Der Pie überlebte nicht lange. Trotzdem dauerte es beinahe eine Stunde, ehe Thumps sich besser fühlte. Er hatte sonst nur eine Dose Bohnen und ein Glas schwarze Oliven im Haus.

Als hypoglykämisches Leckermaul.

Was für eine Mahlzeit! Die Bohnen waren mächtig und süßlich und die Oliven muffig. Er stellte den Teller in die Spüle und wartete darauf, dass etwas passierte. Ob normale Menschen auch solche Momente hatten? Bestimmt hatten Leute mit Partnern, mit richtigen Jobs, mit Kindern gar nicht die Zeit, sich über den nächsten Schritt

Gedanken zu machen. Denen lieferte allein der graue Alltag sämtliche Antworten.

Essen.

Kinder.

Zusammenbruch.

Er könnte raus ins Reservat fahren und nachschauen, ob Claire wieder nach Hause gekommen war. Um sicherzugehen, dass es ihr gut ging. Um für sie da zu sein, falls sie reden wollte. Fühlte sich natürlich ein bisschen nach Stalking an, aber Claire würde die gute Absicht dahinter doch bestimmt erkennen.

Er könnte auch hierbleiben für den Fall, dass Freeway mit Geschichten von Hunden und Töpfen und Löffeln wieder nach Hause käme.

Oder er könnte einfach am Fenster stehen bleiben und zusehen, wie die schwarze Nacht die Welt verschluckte.

Das Telefon verhinderte, dass er in eine schwere Depression abrutschte und sich noch lächerlichere Metaphern ausdachte. Vielleicht war es Archie oder der Sheriff oder irgendein Telefonverkäufer – in dem Fall müsste er sich nicht von der Stelle rühren. Da könnte der Anrufbeantworter sich kümmern.

Und wenn es Claire war, konnte er immer noch zum Hörer hechten und mitten in der Nachricht unterbrechen.

Stattdessen erklang eine fremde Stimme, seiner Einschätzung nach eine junge Frau, jemand ohne vermissten Partner, mit Auto ohne Totalschaden und ohne vermisste Katze.

»Mr DreadfulWater.«

Die Stimme klang scharf und präzise. Es war weder

Helen Mirren noch Judi Dench. Hätte es aber sein können.

»Gloria Baker-Doyle hier. Ich bin morgen Ihre Fahrerin. Sagen wir halb neun, ja? Also dann, wunderbar.«

Thumps wartete darauf, dass der Anrufbeantworter noch mehr ausspuckte. Tat er aber nicht. Er kannte keine Gloria Baker-Doyle. Er hatte auch keine Fahrerin gebucht. Wenn die Frau ihn nicht beim Namen genannt hätte, wäre er davon ausgegangen, dass sie sich verwählt hatte.

Merkwürdig.

Thumps sah auf die Uhr. Er konnte immer noch die Sendung einschalten, die Dixie erwähnt hatte, die über ungewöhnliche Tierfreundschaften. Indem er sich ansah, wie grundverschiedene Spezies miteinander klarkamen, schnappte er vielleicht ein paar nützliche Tipps auf für den Moment, in dem Claire sich entschied, wieder zurückzukommen.

12

Die Sendung handelte von einer Ente und einem Äffchen, die dick miteinander befreundet waren. Das Äffchen ritt auf dem Entenrücken und sammelte Samen und Insekten, um seine Freundin damit zu füttern. Leider ging die Geschichte nicht gut aus. Das Äffchen entdeckte ein herabbaumelndes Stromkabel und versetzte sich damit einen tödlichen Stromstoß. Die Ente versuchte noch, ihren Freund zu retten, indem sie das Kabel mit dem Schnabel wegzog – und bekam ebenfalls einen tödlichen Schlag ab.

Thumps schaltete den Fernseher aus, als die Ente anfing zu zucken. Nur war es da schon zu spät.

In der Nacht konnte er nicht gut schlafen. In einem fort zupfte die Ente das unter Strom stehende Kabel vom Affen weg, und Thumps konnte sie nicht daran hindern. Er musste mehrmals aufs Klo, und jedes Mal, wenn er daraufhin den Kopf aufs Kissen legte, waren da wieder dieser dumme Affe und die dumme Ente.

Entsprechend spät stand er auf, und sobald er die Küche betrat, fiel ihm wieder ein, dass er nicht einkaufen gewesen war. Keine Eier. Keine Butter. Keine Kartoffeln. Kein Quinoa. Mehrmals machte er den Kühlschrank auf und wieder zu – immer in der Hoffnung, dass dort wie von Zauberhand etwas aufgetaucht wäre, was einem Frühstück ähnelte und bereits schön warm und verzehrfähig wäre.

Er trat auf die Veranda und sah nach, ob im Nachbarhaus Licht brannte. Dixie würde ihm doch bestimmt mit ein paar Eiern aushelfen. Das Problem war nur, dass der Mann gern redete, und vormittags war Thumps eher nicht zu Plaudereien aufgelegt. Nachmittags im Übrigen auch nicht.

»Mr DreadfulWater?«

Am Straßenrand standen ein dunkelgrüner Kombi und eine spindeldürre junge Frau. Schwarze Hose, Lederjacke, kurzes, zerzaustes Haar in derselben Farbe wie die Hose. Unwillkürlich fühlte sich Thumps an einen Montblanc-Füller erinnert, den er mal in einer Flughafen-Geschenkeboutique gesehen hatte.

»Gloria Baker-Doyle«, sagte die Frau. »Ich habe Ihnen gestern eine Nachricht hinterlassen.«

Dann hatte sie sich wirklich nicht verwählt. Und es war auch kein Telefonscherz gewesen.

»Kann ich Ihnen noch irgendwie behilflich sein, bevor wir aufbrechen?«

Thumps fühlte sich ertappt. Er hatte immer noch T-Shirt und Schlafanzughose an. »Nein, alles gut. Worum geht's überhaupt?«

Die Frau eilte auf ihn zu und hielt ihm einen Umschlag hin. Darin steckte eine Visitenkarte. *Fire and Ice Gallery – San Francisco, New York, Amsterdam.* An der Visitenkarte klemmte ein Hundertdollarschein.

»Wir sollten allmählich los.«

Als er noch Cop in Nordkalifornien gewesen war, hatte Thumps hier und da erlebt, dass ihm ein kleiner Ansporn fürs Weggucken angeboten worden war: von Temposündern, Umweltferkeln, Frauenschlägern. Doch eine Visitenkarte mit angepinntem Geldschein plus Wagen mitsamt Chauffeurin hatte er noch nie erlebt.

Merkwürdig.

Thumps schaute nach, ob in dem Umschlag eine Nachricht lag. »Ich nehme an, Ihr Job ist es, mich irgendwo hinzubringen?«

»So in der Art«, sagte die Frau.

Sein erster Gedanke war, Gloria Baker-Doyle den Umschlag samt Inhalt zurückzugeben, wieder nach drinnen zu gehen und die Tür zuzumachen. Noch mehr Machenschaften brauchte er nicht in seinem Leben. Er brauchte jemanden, der ihm Essen vorsetzte. Er brauchte Lebensmittel, die vom Himmel fielen. Er musste seinen Check-up-Termin bei Beth absagen.

»Gibt's da Essen?«

»Natürlich«, sagte Gloria. »Ist das eine Schlafanzughose?«

Thumps schloss die Augen. Dann drehte er das Gesicht in Richtung Morgensonne und holte tief Luft. »Ich ziehe mich um.«

Thumps setzte sich nach vorn.

»Sie können gern hinten sitzen.«

»Wie irgendeine große Nummer?«

»Ja«, sagte Gloria, »großartig!«

Das hier war auf Nina Maslows Mist gewachsen. Nichts anderes ergab einen Sinn. Die Frau akzeptierte schlichtweg kein Nein. Okay, dann würde er also in den Genuss dieser Fahrt, ihrer Gesellschaft und eines Gratisfrühstücks kommen.

Und anschließend würde er einkaufen gehen.

Gloria behielt die Straße im Blick und die Hände am Steuer. »Wenn ich es richtig verstanden habe, waren Sie mal Polizist?«

Der Audi hatte einen Hightech-Beifahrersitz. Thumps brauchte mehrere Anläufe, bis er eine bequeme Position gefunden hatte. »Ja, war ich.«

»Mochten Sie den Job?«

»Mögen« war sicher der falsche Ausdruck für Polizeiarbeit. Überwiegend war sie geistlos und langweilig – und die restliche Zeit unerfreulich.

»Mein Onkel ist Polizist«, sagte Gloria. »Bei Scotland Yard.«

Der Wagen war bemerkenswert leise. In seinem Volvo waren die Fahrgeräusche wesentlich lauter zu hören gewesen. In dem Audi konnte man die ganze Welt durchqueren, ohne sie an sich vorüberrauschen zu hören.

»Wissen Sie, warum Scotland Yard Scotland Yard heißt?«

»Nein.«

»Der Hauptsitz des Metropolitan Police Service lag ursprünglich am 4 Whitehall Place in London. Durch den Hinterausgang kam man auf den Great Scotland Yard, und mit den Jahren wurde aus diesem Ausgang der Eingang für die Öffentlichkeit. Wenn man zur Polizei wollte, hieß es, man wolle zum Scotland Yard.«

»Dann ist Gloria Baker-Doyle ein englischer Name?«, sinnierte Thumps.

»Genau genommen schottisch«, erwiderte Gloria. »Mein Ururgroßvater war Arthur Conan Doyle.«

Thumps ließ von der Taste für die Lordosenstütze ab. »Wirklich?«

»Nein«, sagte Gloria ohne den Hauch eines Lächelns. »Aber das bin ich schon von zig Leuten gefragt worden.«

»Beraterin von der Polizei sind Sie aber auch nicht.«

»Anwältin«, erwiderte Gloria. »Oder vielmehr werde ich Anwältin, sobald ich endlich mein Referendariat abgeschlossen habe.«

Thumps fühlte sich ertappt. Gloria war ihm einen Schritt voraus.

»Es ist das Outfit, oder?«

Und die Frisur, hätte Thumps am liebsten erwidert. Und der schwarze Lidschatten. Und der Stecker in der Nase. Und die Piercings in beiden Ohren. Und das Tattoo am Hals.

»Mein Dad sitzt mir deshalb ständig im Nacken.« Gloria trommelte aufs Lenkrad. »›Was ist an hohen Absätzen verkehrt?‹, fragt er immer. ›Oder an einem Kleidchen?‹«

»Dann wollen Sie Anwältin werden«, wiederholte Thumps, um wieder auf vertrauteres Terrain zu kommen. »Haben Sie einen Schwerpunkt oder so?«

Gloria hatte ein nettes Lächeln. »Promis.«

Thumps lächelte zurück. »Dann wird das hier … Feldforschung?«

»So was in der Art.« Sie überholte einen langsameren Lkw. »Wissen Sie, was sämtliche Promis gemeinsam haben?«

»Geld?«

»Sie gehen Risiken ein«, entgegnete sie. »Jedes Mal,

wenn ein Schauspieler eine neue Rolle annimmt, wenn ein Fußballer aufs Spielfeld läuft, wenn ein Sänger den Mund aufmacht, macht er sich angreifbar.« Es klang fast, als hätte sie Mitleid. »Die Durchschnittskarriere eines Prominenten hält unabhängig von der Branche rund sechs Jahre an.« Sie warf Thumps einen flüchtigen Seitenblick zu, um sich zu vergewissern, dass er ihr zuhörte. »Bei Männern läuft es etwas besser als bei Frauen, aber das muss ich Ihnen nicht erzählen… Das gilt übrigens auch nur, wenn sie sich nicht verletzen oder sich in einen Skandal oder irgendwas anderes Dummes hineinziehen lassen, was dann die Runde macht. Mein Job besteht darin, dieses Risiko zu steuern und zu minimieren. Keine ehrenwerte Aufgabe – aber es macht Spaß, und ich muss selbst keine Homeruns erzielen oder so tun, als wäre ich ein verdammter Hobbit.«

Sobald man Chinook in östlicher Richtung hinter sich ließ und essen wollte, war die einzige Option die *Shadow Ranch.* Es war etwa zehn Jahre her, seit Vernon Rockland in der Stadt aufgetaucht war und die alte Anderson-Ranch am Osthang gekauft hatte – als Sommerresidenz, hatte er allen erzählt.

»Das hier war Nina Maslows Idee, stimmt's?«

Sobald niemand mehr hingesehen hatte, hatte Rockland seinen Neuerwerb in einen großzügigen und exklusiven Country Club mitsamt Hotel und Golfplatz, Poolanlage, Tennisplätzen, Reitstall und Tontauben-Schießstand verwandelt.

»Fahren wir zur *Shadow Ranch?*«

»Ja«, sagte Gloria. »Aber ich wette, das war Ihnen klar, sobald wir die Stadt verlassen hatten.«

Rockland hatte mehrere Fotoausstellungen für Thumps ausgerichtet und sogar ein paar der größeren Landschaftsaufnahmen gekauft.

Gloria bog von der Hauptstraße ab und mäanderte hoch zum Resort. »Wenn Sie fertig sind, kommen Sie einfach raus, und ich bringe Sie wieder nach Hause.«

»Und was machen Sie in der Zwischenzeit?«

»Angeblich gibt es im Hotel eine schicke Damenboutique.« Gloria hielt vor der gläsernen Doppeltür und zwinkerte ihm zu. »Hab meinem Dad versprochen, dass ich mich auf die Suche nach einem Krönchen und einem Paar Glasschuhen mache.«

Der *Maître d'* am Zugang zum Speisesaal war ein großer, kahlköpfiger Mann mit Vollbart und runder Brille, mit der er aussah wie eine Schleiereule.

»Ah, Mr DreadfulWater, da sind Sie ja.«

Thumps nickte zum Gruß. »Ja, da bin ich.«

Der Mann klemmte sich eine ledergebundene Speisekarte unter den Arm, schwebte am Frühstücksbüfett vorbei und schlängelte sich zwischen den Tischen hindurch.

Von Nina Maslow nirgends eine Spur.

»Thumps!«

In der hintersten Nische am Fenster saß Calder Banks. In einer einzigen fließenden Bewegung stand er auf und warf seine Serviette achtlos auf den Tisch, als wäre sie ein Filmrequisit. Der Mann trug eine schokobraune Freizeithose, ein vanilleweißes Hemd und ein karamellfarbenes Sakko. Aus der Ferne sah er aus wie ein Eis am Stiel.

»Danke, dass Sie gekommen sind.«

»Geht auf Ihre Rechnung.«

Calders Lachen klang, als hätte sich im Waffenschrank

ein Schuss gelöst. »Meine Version der Visitenkartenszene aus *American Psycho.*«

»Klar.«

»Mit Christian Bale? Reese Witherspoon?«

Thumps hatte schon mal auf der *Shadow Ranch* gefrühstückt. Der Bacon und die Würstchen waren okay, sofern man welche erwischte, die die Warmhalteplatte noch nicht in Dörrfleisch verwandelt hatte, während die Eier grundsätzlich eine Enttäuschung waren.

»Bestellen Sie sich etwas von der Karte«, sagte Banks, der Thumps' Gedanken zu lesen schien. »So wird es frisch zubereitet.«

Calder legte einen dünnen Ordner auf den Tisch und schob ihn auf Thumps zu.

»Ich glaube, das hier sollten Sie sich ansehen.«

Den Namen auf dem Ordner kannte er. Es war sein eigener.

Darin lagen vier beschriftete Seiten – sein Leben in Stichpunkten. Kindheit, Schule, Wehrdienst, Uni und seine Karriere als Cop. Auf der letzten Seite stand eine Zusammenfassung der Obsidian-Morde.

»Nina ist ein Recherche-Ass«, erklärte Calder. »Eine der Besten in der Branche.«

Also wusste Maslow über den Fall Bescheid – über Anna Tripp und Callie, die Tochter –, und sie wusste auch, dass er die beiden im Stich gelassen hatte.

»Nina sagt, Sie haben abgelehnt«, fuhr Calder fort.

Thumps schlug den Ordner zu und die Frühstückskarte auf.

»Und jetzt denken Sie sicher, dass ich Sie eingeladen habe, weil ich Sie umstimmen will.«

Das À-la-carte-Angebot war nicht überwältigend. Wenn man sich eine Tasse Kaffee und ein Glas Saft dazubestellte, kam man bei Rührei mit Schinken auf den gleichen Preis wie am Büfett, an dem es zudem einen Obst-Käse-Teller und eine Dessert-Bar gab.

»Genau das würde ich an Ihrer Stelle denken.«

Besser angelegt wäre das Geld insofern eindeutig am Büfett. Menge, Preis-Leistung, All you can eat ... Da würde wohl niemand widersprechen. Einer der Faktoren, die Amerika groß gemacht hatten.

Und fett.

»Aber der Grund ist ein anderer.« Calder legte eine Kunstpause ein. »Ich will ehrlich mit Ihnen sein.«

Thumps hatte auf diese Phrase noch nie etwas gegeben und war der Ansicht, dass jeder, der sich dazu genötigt sah, ihm zu erklären, dass er ehrlich sein wollte, gerade nicht ehrlich war.

»Ich will Sie vorwarnen.«

In der Morgensonne war gut zu erkennen, warum Banks das Gesicht von *Böse Absichten* war: die raue Attraktivität, die perlweißen Zähne, die sich wie Cocktail-Marshmallows auf seinen Kiefern reihten, die schimmernde Haut – wie frische Wachspolitur ... Alles an dem Mann war schnittig und sauber und wie mit einem Gütesiegel versehen, das eben erst aufgebrochen worden war, um ihn aus der Schachtel zu heben.

»Was wissen Sie über das Showbusiness?«

Thumps konnte nicht widerstehen.

»There's no business like show business.«

Calders Schusswaffenlachen hallte im ganzen Saal wider. »*Annie Get Your Gun.* 1946. Ethel Merman und Ray

Middleton. Betty Hutton und Howard Keel in der Verfilmung.«

Thumps nippte an seinem Kaffee. Er war selbst schuld. Jetzt hatte er einen Ohrwurm.

»Im Showbusiness ist erst mal am wichtigsten zu wissen, dass das Haltbarkeitsdatum eines Schauspielers schneller verstreicht als das von warmem Joghurt. Man fängt als Nobody an und endet als Nobody. Kennen Sie den alten Witz?«

Ein Wort aus der zweiten Strophe wollte Thumps partout nicht einfallen.

»Wer bitte ist Calder Banks? Bringen Sie mir Calder Banks! Bringen Sie mir jemanden wie Calder Banks! Wer bitte ist Calder Banks?«

Smile. Jetzt fiel es Thumps wieder ein. Genau das taten Leute im Showbusiness.

»Wir werden den Fall nicht lösen. Wir lösen nie einen Fall, verdammt. Wir wärmen bloß alte Beweise auf. Zeigen mit dem Finger auf jemanden. Wir stellen Leute bloß. Wir unterlegen Bilder mit Stimmungsmusik.« Calder lehnte sich zurück. »Verstehen Sie, was ich Ihnen sagen will?«

Thumps war sich nicht einmal sicher, ob Calder selbst verstand, was er da sagte.

Er entspannte sich wieder. »Vor drei Jahren hatte ich die Hauptrolle in einer neuen Polizeiserie – *In den Straßen von San Francisco.*«

Thumps konnte sich an eine ältere Serie mit dem gleichen Titel erinnern. Karl Malden hatte den erfahrenen Cop gespielt, Michael Douglas den jüngeren Sidekick.

»Ein Remake des Siebziger-Originals«, führte Calder

aus. »Angeblich sollte die neue Serie der Riesenhit werden.«

Das Frühstück wurde serviert. Die Würstchen waren trocken, das Rührei hart. Thumps stocherte kurz mit der Gabel darin herum, streckte dann aber die Waffen.

»Dann wurde die Ausstrahlung gecancelt.« Bedächtig butterte Calder seinen Toast. »Das wäre mein großer Durchbruch gewesen.«

Thumps hätte ihm gern empfohlen, auf die Eier zu verzichten und sich stattdessen an Obst und Joghurt zu halten.

»Jetzt mache ich Realityfernsehen und warte auf eine zweite Chance.«

»Ich hab gehört, *Böse Absichten* ist ein großer Erfolg.«

»Wissen Sie, wie viele Realityshows es gibt?«

Thumps fragte sich, ob Banks und er unter irgendwelchen Umständen Freunde sein könnten.

»So viele, wie ein Teenager Mitesser hat.«

Wahrscheinlich nicht.

»Was halten Sie von Sydney Pearl?«

»Die ist anders.«

»Die Waffe«, sagte Calder, »die meinen Sie, oder? Sie wissen, dass sie die von Tom Selleck hat? Und diese ungeöffnete Flasche Lagavulin 21? Kostet knapp fünfhundert Dollar. Auch die hat eine Geschichte. Fragen Sie sie nach *The Element.* Alles, womit Pearl sich umgibt, hat eine Geschichte.«

Thumps spürte, wie er allmählich abbaute. Womöglich sollte er seinen Blutzucker messen.

Calder nickte auf Thumps' Rührei hinab. »Wie ist das Essen?«

»Mäßig.«

»Wie ich gehört habe, sind Sie Fotograf.« Er unterschrieb die Rechnung und gab der Bedienung ein Zeichen. »Hauptsächlich Landschaften?«

Thumps nickte.

»Kannten Sie die Galerie? *Fire and Ice?* Die sind auf Landschaftsfotografie spezialisiert. Natur und Umwelt.«

Thumps kannte die Galerie gut. Immer wenn er bei einer Konferenz der Ermittlungsbehörden in San Francisco gewesen war, hatte er dort vorbei- und sich die aktuelle Ausstellung angeschaut. Kilian Schönberger, Max Rive, Atif Saeed, William Lau, V. Tony Hauser.

»Die Besitzer sind Freunde von mir. Peter und Ileus Kanakis. Sagen Sie einen schönen Gruß – die suchen immer nach neuen Talenten.« Calder stand auf und richtete sein Sakko. »Haben Sie sich eigentlich mal gefragt, warum Nina Sie für den Fall Samuels haben will? Diese Frau macht nämlich nichts ohne Hintergedanken.« Calders Gesichtsausdruck verdüsterte sich. »Passen Sie bloß gut auf. Aus irgendeinem Grund stehen Sie auf ihrer Liste.«

Thumps lehnte sich zurück und genoss die Sonne, die durch das Fenster hereinfiel. Er überlegte, zum Büfett zu schlendern und zu sehen, was die Dessert-Bar hergab. Er würde sich nichts nehmen. Nur mal gucken.

Fire and Ice.

Er musste sich eingestehen, dass Calder sein Interesse geweckt hatte. Auf Maslows Liste? Was sollte das heißen? Bei Banks hatte es nach einer Drohung geklungen.

Merkwürdig.

Maslow dürfte einige Zeit darauf verwendet haben,

seinen Background zu checken, und Thumps fiel nur ein Grund ein, warum sie sich die Mühe gemacht haben sollte.

Trudy Samuels.

Maslow schien zu glauben, dass er irgendwie mit dem Fall zu tun hatte. Er hätte selbst nicht gewusst, wie, aber vielleicht wäre es nicht unklug, sich die Polizeiberichte zu Samuels' Tod zu Gemüte zu führen und die Beweise zu sichten. Einfach nur zum Spaß. Um zu sehen, ob ihm etwas ins Auge sprang. Und wenn es nur wäre, um sich die Zeit zu vertreiben, bis Claire anrief oder bis seine Katze nach Hause kam.

Was wäre schon dabei?

13

Gloria Baker-Doyle wartete neben dem Audi. Thumps fragte sich, ob sie überhaupt Zeit gehabt hatte, shoppen zu gehen.

»Wohin als Nächstes, M'lord?«

»Nach Hause, würde ich sagen.«

Gloria hielt einen Plastikgegenstand hoch. »Wollen Sie fahren?«

Thumps hatte so eine Ahnung, bei welchen Gelegenheiten Gloria sympathisch wirken konnte.

»Warum nicht?«

»Vor Ihrem Haus hat ein alter Pick-up geparkt.«

»Der ist geliehen«, sagte Thumps. »Mein eigener ist in noch schlimmerem Zustand.«

»Großartig«, sagte Gloria.

Thumps brauchte mehrere Minuten, den Fahrersitz und die Spiegel einzustellen und sich einen Überblick über die Bedienelemente zu verschaffen.

»Elektrische Zündung«, erklärte Gloria. »Sie drücken nur auf diesen Knopf. Und schalten müssen Sie auch nicht.«

»Nicht?«

»Die Schaltung ist auch elektrisch.«

Thumps berührte einen kleinen Knopf auf dem Armaturenbrett und spürte, wie sofort kühle Luft seinen Sitz umwehte.

»Fährt der auch von allein?«

»Nicht ganz«, sagte Gloria, »aber er hat einen Abstandsregeltempomaten und einen Spurwechselassistenten.«

Der Volvo hatte Schaltgetriebe, Klimaanlage und ein Radio. Trotzdem war er ein Auto. Für Thumps war der Audi ein Computer.

»Muss ich mich irgendwo einloggen?«

»Großartig«, kicherte Gloria.

Thumps fuhr einen Umweg nach Chinook – am Fluss mit den Felszungen entlang und um Haarnadelkurven. Der Wagen zuckte kein einziges Mal, blieb in den Kurven ruhig und gelassen und bretterte die geraden Passagen entlang.

»Sie fahren genau wie mein Dad.«

Thumps war sich nicht sicher, ob das als Kompliment oder als Kritik gemeint war, aber er fragte auch nicht nach.

»Haben Sie ein Krönchen gefunden?«

Gloria grinste. »Nee. Aber einen todschicken Nasenring.«

Vor der Ortseinfahrt ging Thumps vom Gas und fuhr gemächlich durchs Zentrum – vielleicht war ja irgendwo ein Bekannter in Sicht. Er fuhr mehrmals um den Block, ehe er vor dem alten Grundbuchamt hielt.

Gloria sah an dem zweistöckigen Klinkerbau empor. »Was ist das?«

»Die Praxis meiner Hausärztin«, antwortete Thumps, »und das hiesige Leichenschauhaus.«

»Alles unter einem Dach, was?«

»Ja«, sagte Thumps. »Großartig.«

Das Grundbuchamt war eins von mehreren historischen Gebäuden in Chinook. Es war 1893 errichtet worden und hatte miterlebt, wie Ländereien verkauft, Rechtsstreitigkeiten ausgefochten und Faustkämpfe und Schusswechsel ausgetragen worden waren. 1902 waren Viehzüchter und Landwirte um Wassernutzungsrechte in einen Streit geraten und hatten so lange aufeinander gefeuert, bis beiden Parteien die Munition ausgegangen war.

»Soll ich warten?« Gloria nestelte an ihren Haarspitzen.

»Worauf?«

»Falls Sie nicht wieder rauskommen.«

1910 war das Grundbuchamt umgesiedelt, und das zweigeschossige Klinkergebäude mit den Bogenfenstern, den gebänderten Schmuckelementen und Granitsimsen war versteigert worden. Ehe es in den Besitz von Beth Mooney und Ora Mae Foreman kam, hatte es als Bordell, Billardsalon, Restaurant, Anwaltskanzlei und Herrenclub gedient.

Gloria gab ihm ihre Karte. »Wenn Sie Hilfe brauchen«, sagte sie, »rufen Sie diese Nummer an.«

»Und dann kommen Sie herbeigeeilt?«

»*You'll come running to see me again*… James Taylor. Der Song gefällt Ihnen, was?«

An der Eingangstür musterte Thumps die neue Wechselsprechanlage mit Tastenfeld, die Beth zu Anfang des Sommers hatte einbauen lassen. Zuvor hatte es nur einen Klingelknopf für alle drei Etagen gegeben. Jetzt gab es drei. Der erste war für das Obergeschoss – dort wohnte Beth, und dort würden Thumps ein bequemes Sofa, ein Becher Tee und ein Keks erwarten.

Der zweite Knopf war für das Erdgeschoss, wo Beths Hausarztpraxis untergebracht war. Die Räumlichkeiten waren nicht so gemütlich wie die im ersten Stock, und die Holzstühle waren bretthart, aber sie hatten den Vorteil, auf ein und derselben Ebene wie die Eingangstür zu liegen, sodass man im Ernstfall leichter die Flucht ergreifen konnte.

Der dritte Knopf war für den Keller, wo Beth die Leichen lagerte und Obduktionen durchführte.

Das neue Tastenfeld gefiel ihm gut. Damit würde er nicht erst raten müssen. Er konnte den Knopf für den ersten Stock drücken oder fürs Erdgeschoss, und wenn Beth nicht reagierte, käme er einfach ein andermal wieder. Mithilfe der neuen Anlage müsste und bräuchte er den dritten Knopf nie wieder betätigen.

Und tat es auch nicht.

Beth war vermutlich in ihrem Sprechzimmer im Erdgeschoss und wartete schon. Trotzdem drückte er hoffnungsfroh auf die Klingel zum Obergeschoss.

»Ja?«

Manchmal wurde Optimismus belohnt. »Ich bin's.«

»Keller.«

»Was?«

»War ein Scherz. Komm hoch.«

Beth hieß ihn am oberen Treppenabsatz willkommen. Sie lächelte und sah eindeutig zu selbstgefällig aus.

»Das war nicht lustig.«

»O doch«, sagte sie.

Als Thumps zuletzt in Beths Wohnung gewesen war, waren die Wände in mitteldunklem Taupe gestrichen. Inzwischen waren sie pastellgelb. Auf dem Boden lag ein neuer Teppich, und auch das Sofa war neu. Es sah aus, als wäre es aus mehreren Fernsehsesseln zusammengesetzt worden.

Beth blieb in der Zimmermitte stehen und wartete auf Thumps' Urteil.

»Sieht gut aus.«

Beth neigte den Kopf. »Ein bisschen mehr Mühe musst du dir schon geben.«

»Ich hab einen Totalschaden«, erklärte Thumps in der Hoffnung, das Thema wechseln und ein bisschen Mitleid erheischen zu können. »Und ich glaube, die Katze ist tot.«

»Freeway?«

»Als ich nach Hause kam, war sie ...« Thumps sprach den Satz nicht zu Ende.

»Ist sie wirklich tot?«

Thumps zuckte mit den Schultern.

»Was du eigentlich sagen willst: Sie ist abgehauen.«

Erneut zuckte Thumps mit den Schultern.

»Hör auf damit. Und setz dich.«

Thumps probierte das Sofa. Er hatte recht gehabt – es waren Fernsehsessel.

»Der stammt aus Norwegen«, sagte Beth. »War schweineteuer, darum sagst du jetzt besser etwas sehr, sehr Nettes.«

Thumps nestelte an der Lehne herum, bis er es sich bequem gemacht hatte.

»Wie geht es Claire?«

Thumps hatte gehofft, Beth würde nicht fragen. Claires Wohlbefinden war allein ihre Sache, das hatte sie unmissverständlich klargemacht.

»Okay.«

»Ist das alles? Okay?«

»Okay ist doch gut.«

Beth verdrehte die Augen. »Meinetwegen. Dann sprechen wir eben über dich.« Sie nahm am Esstisch Platz, setzte sich die Lesebrille auf und griff zu einer Akte. »Das hier bist du.« Sie hielt ein Dokument in die Höhe. »Und das hier sind deine Blutwerte. Weißt du, was die mir verraten?«

Thumps sah nach, ob das Sofa eine Lordosenstütze hatte. »Dass ich geheilt bin?«

Beth schnaubte. »Hast du dich an deinen Ernährungsplan gehalten?«

»Natürlich.«

Beth sah erneut auf die Werte hinab und gab leise, mitleidige Laute von sich. »Okay, dann streiche ich hiermit die Tabletten.«

»Super.« Thumps versuchte, nicht allzu begeistert zu klingen, aber die Tabletten waren teuer, und es war ihm nicht leichtgefallen, sich an die regelmäßige Einnahme zu erinnern.

Beth sah ihn über die Brille hinweg an. »Ich setze dich stattdessen auf Insulin.«

Thumps hörte auf, mit dem Fernsehsofa zu spielen, und setzte sich gerade hin.

»Insulin? Du meinst ... Spritzen?«

»Normalerweise produziert die Bauchspeicheldrüse das Insulin.« Sie hielt inne und sprach dann fast feinfühlig weiter. »Deine schafft das nicht mehr. Daher ... Ja, das heißt: Spritzen.«

»Gibt es keine anderen Tabletten, die ich ausprobieren könnte?«

»Das Rezept liegt schon in der Apotheke. Du kannst es jederzeit abholen.«

»Was, wenn ich weniger Eis esse?«

»Wir sind hier nicht auf dem Viehmarkt.« Beth schlug die Akte zu und legte die Brille beiseite. »Das hier ist ernst. Hast du je die Broschüre gelesen, die ich dir mitgegeben habe?«

Thumps versuchte, sich zu erinnern, ob er je eine Diabetes-Broschüre in der Hand gehabt hatte.

»Klar.«

»Auch den Teil über Erblindung, Schlaganfälle, Organversagen und Amputationen?«

Thumps stellte die Lehne wieder in die aufrechte Position. »Dann muss ich mir selbst Insulin spritzen?«

»Ja.«

»Einmal die Woche?«

»Zu jeder Mahlzeit.«

Thumps wusste genau, wenn jemand Scherze machte. »Das ist nicht witzig.«

»In der Apotheke bekommst du ein Heft mit einer Tabelle, und darin wird erklärt, wie du Kohlenhydrate zählst und die Insulinmenge anpasst, die du dir spritzen musst.«

»Das mit jeder Mahlzeit war doch ein Scherz.«

»Trotzdem ist es letztlich eher eine Kunst als reine Mathematik.« Beth lehnte sich zurück. »Wenn du nach jeder Mahlzeit Sport machst, brauchst du weniger Insulin. Wenn du vorhast, weiter auf dem Sofa herumzulungern und fernzusehen, brauchst du mehr. Außerdem könnte es sein, dass dein Körper hier und da doch ein wenig Insulin produziert, das bringt dann alles durcheinander.«

»Zu jeder Mahlzeit?«

»Du wirst in deinen Körper hineinhorchen und lernen müssen zu spüren, wie sich ein zu hoher und ein zu niedriger Blutzucker anfühlen. Anfangs ist das nicht ganz leicht.«

»Werde ich sterben?«

»Ja«, sagte Beth. »Aber das Insulin hilft dir dabei, noch ein bisschen weiterzuleben.«

»Das Sofa ist nicht so richtig bequem. Das alte war besser.«

»Tut mir sehr leid.« Beth nickte. »Ich weiß, das sind keine guten Nachrichten.«

»Bist du wieder mit Ora Mae zusammen?«

»Willst du das wirklich?« Beths Gesichtsausdruck ähnelte einer Gewitterfront. »Dass du Diabetiker bist, ist ja wohl nicht meine Schuld.«

Okay. Er bedauerte, dass er das Thema Ora Mae angesprochen hatte. Dass er unhöflich gewesen war. Beth hatte ja recht. Dass er Diabetiker war, war nicht ihre Schuld. Immerhin war Diabetes eine Krankheit, keine Strafmaßnahme und auch kein Racheakt.

Thumps stand schon an der Tür, als Beth ihn zurückpfiff.

»Sag Claire, dass ich für sie da bin, wenn sie reden will.«

»Klar.«

»Die Spritze ist wirklich keine große Sache«, sagte sie, »daran gewöhnst du dich.«

»Klar.«

»Aber das mit deiner Katze tut mir wirklich leid.«

14

Thumps stand auf dem Gehweg vor dem alten Grundbuchamt und dachte über die Alternativen nach. Linker Hand lag die Chinook Pharmacy mitsamt einer neuen diabetischen Kur, rechter Hand das *Al's* mit der Aussicht auf ein spätes Frühstück. Er hatte auf der *Shadow Ranch* nicht viel gegessen, und er hatte Hunger. Wenn er Glück hätte, wäre er noch vor dem Mittagsandrang fertig.

Die Entscheidung fiel ihm nicht schwer. Die Apotheke konnte warten.

In dem Café war nur ein weiterer Gast – eine Frau in einer viel zu großen Windjacke mit Kapuze. Sie saß am Tresen und beugte sich über ihr Essen und einen Becher Kaffee.

Kein Stammgast.

Das passierte schon mal. Ein Tourist auf Abwegen oder jemand, der in der Stadt unterwegs war, von dem Café gehört hatte und es austesten wollte.

Trotz des reizlosen Interieurs.

Die meisten guten Lokale hatten einen eigenen Stil. Das *Al's* hatte eigene Gerüche. Bratfett und nasse Wolle, starker Kaffee und Schweiß bildeten Strömungen und

Wirbel, die wie Ebbe und Flut durch den Innenraum wogten, und in Thumps' Vorstellung fühlten sich die meisten, die hier erstmals hereinschneiten, als würden sie mit dem Kopf unter Wasser geraten.

Er saß bereits auf seinem Lieblingshocker und wartete auf Al und die Kaffeekanne, als ihm dämmerte, wer die Frau war.

»Mr DreadfulWater.«

Sydney Pearl. *Böse Absichten.*

»Al und ich haben uns gerade über Sie unterhalten.«

Al stand mit einem Metallwender in der Hand am Grill. Sie schien über seinen Besuch nicht glücklich zu sein.

Pearl streifte sich die Kapuze vom Kopf. »Wie man hört, haben Sie mit Calder gefrühstückt.«

»Auf der *Shadow Ranch*«, blaffte Al. »Es gibt Leute, die das als Hochverrat bezeichnen würden.«

»Ich hab ihr gesagt, dass es nicht Ihre Idee war«, sagte Pearl. »Aber womöglich glaubt sie mir nicht.«

Thumps hatte auf ein bisschen Frieden gehofft, an einem Ort, an dem er in Ruhe über seine schwindende Gesundheit nachdenken und sich bemitleiden konnte, an einem Ort, wo er seine Sorgen in knusprigen Hash Browns und Rührei ertränken konnte.

Al fuchtelte mit dem Pfannenwender in seine Richtung. »Sei bloß froh, dass ich so großzügig und nachsichtig bin!«

Auf Pearls Teller lag eine Waffel. Und daneben zwei große Würstchen.

»Waffeln?« Thumps starrte Al an. »Du machst Waffeln mit Würstchen nur für Leute, die du magst.«

»Sydney bringt mich ins Fernsehen.«

»Sind das Honig-Knoblauch-Schweinswürstchen?«

»Für das Kolorit«, erklärte Pearl. »Wir versuchen, Leute vom Ort des Geschehens mit einzubinden.«

»Und ist das echter Ahornsirup?«

»Du hörst dich an wie ein trotziges Kind.« Al kam mit der Kaffeekanne und füllte seinen Becher. »Ich mach dir nur deshalb keine Waffeln, weil du Diabetiker bist.«

»Dann hat sich Calder also bei Ihnen ausgeheult?« Pearl beugte sich immer noch über ihren Teller.

Thumps nickte Richtung Grill. »Rühreier, Hash Browns, Vollkorntoast und Soße ... bitte?«

Al wischte sich die Hände an der Schürze ab. »Oh, Verrat macht wohl hungrig?«

Pearl zupfte ihre Jacke zurecht. »Hat er Ihnen erzählt, dass *Böse Absichten* die große Chance auf sein Comeback wäre?«

»Stimmt das?«

»Ja und nein. Calder sieht gut aus, die Kamera liebt ihn. Er ist zu einhundert Prozent attraktiv, aber null talentiert. Wenn es eine Krimiserie wäre, wäre er der Typ, der in der ersten Folge umgelegt würde.«

»Ist es aber nicht.«

»Nein«, sagte Pearl. »Es ist Realityfernsehen. Da muss Calder nicht schauspielern, sondern nur sprechen.«

»Und seine Stimme ist gut.«

Pearl schnitt sich ein Stück Waffel ab. »Besser als Realityfernsehen wird es für Calder nicht mehr, das weiß er nur noch nicht.«

»Aber Sie haben es ihm gesagt?«

Pearl lächelte. »Sehe ich aus, als wäre mir das wichtig?«

Al brauchte mit dem Frühstück länger als sonst. Sie war bekannt dafür, dass sie übellaunig wurde, sobald sie erfuhr, dass Stammgäste andernorts gegessen hatten, dabei hatte Thumps auf der *Shadow Ranch* nicht wirklich *gegessen*. Er hoffte inständig, dass sie vom *Mirrors* nichts wusste.

»Hier, dein Frühstück«, sagte sie. »Ich hab weniger Kartoffeln und Eier gemacht, weil du ja schon gegessen hast.«

»Ich hab nichts gegessen.« Theatralisch sackte er auf seinem Hocker zusammen. »Mein Blutzucker ist nun mal schnell im Keller.«

Al hielt die Kaffeekanne auf Hüfthöhe. »Jimmy hat erzählt, dass er dich aus diesem neuen Laden gegenüber vom *Tucker* hat kommen sehen.«

Okay. Dann wusste sie über das *Mirrors* Bescheid.

»*Böse Absichten* läuft zur besten Sendezeit«, sagte Pearl. »Nach oben zu kommen ist schwer, oben zu bleiben noch viel schwerer.«

Thumps kippte die Soße über sein Rührei.

»Für diese Staffel sind schon acht Folgen im Kasten.« Pearl verschränkte die Unterarme auf dem Tresen. »Sie waren okay – genug Schlüpfrigkeit, Anspielungen und Gewalt, um das Publikum bei Laune zu halten. Aber für die letzten zwei Folgen müssen wir eine Schippe drauflegen.«

Das Schummerlicht im *Al's* tat Sydney Pearl keinen Gefallen. Sie sah ausgemergelt aus. Ihr Haar war dünn und hing schlaff nach unten, die Haut um ihre Augen war schiefergrau und wüstentrocken. Thumps fragte sich, ob sie die .38er dabeihatte.

»Haben Sie sich unser Angebot durch den Kopf gehen lassen?«

Endlich sah sie ihm ins Gesicht. Thumps hätte sich ohrfeigen können. Warum war er nicht früher darauf gekommen?

»Sie brauchen Rattler.«

Pearl neigte den Kopf leicht zur Seite. Seitlich an ihrem Hals entdeckte er vom Ohr bis unter den Jackenkragen einen leichten Hautausschlag.

»Und Sie haben ihn noch nicht gefunden.«

Pearl widmete sich wieder ihrer Waffel.

Thumps drehte sich auf dem Hocker um. »Was hat es Sie gekostet, das komplette Team und die Darsteller nach Chinook zu bringen?«

»So was ist teuer.«

»Und Sie hätten nicht so viel Geld in die Hand genommen, wenn nicht alles auf den Punkt gestimmt hätte.«

»Worauf wollen Sie hinaus, Mr DreadfulWater?«

Thumps ließ sich die verschiedenen Szenarios durch den Kopf gehen, kam aber wieder zum selben Schluss.

»Sie haben es mit einem Cold Case zu tun. Sie wollen, dass es Mord war – aber im Augenblick ist es gar nichts. Buck Samuels ist tot. Sheriff Tull ist tot. Es gab keine Zeugen. Sie haben bloß die reiche Familie, eine aufgebrachte Stiefmutter und das Opfer.«

Pearl schloss die Augen.

»Und Tobias Rattler, den Bad Boy aus dem Reservat. Berühmter Schriftsteller. War er wirklich Trudys Geliebter? Hat er sie umgebracht? Hat er sie in den Selbstmord getrieben? Na, wie schlage ich mich?«

»Bitte«, sagte Pearl, »machen Sie ruhig weiter.«

»Die Sendung funktioniert nur, indem Sie Adele Samuels mit Rattler konfrontieren.«

»Mr Rattler hatte schon zugesagt, an der Sendung teilzunehmen.« Jetzt drehte auch Pearl sich auf ihrem Hocker herum. »Er hatte den Vertrag schon unterschrieben.«

»Aber dann hat er es sich anders überlegt.«

»Vor drei Tagen.«

Thumps löffelte den letzten Rest Soße aus dem Schüsselchen. Pearl und *Böse Absichten* mochten auf diversen Wegen in diese Sackgasse geraten sein, aber nur eine davon ergab für ihn Sinn.

»Sie haben ihn angelogen.«

In Pearls Pokerface regte sich nichts. Sie nahm ihren Kaffee hoch, als würde sie den Becher auf Risse untersuchen.

»Das klingt nicht sehr freundlich.«

Thumps sah seinen Fehler augenblicklich ein. »Nein, nicht Sie persönlich. Nina Maslow. Maslow hat ihm erzählt, dass *Böse Absichten* ihn zu Trudy Samuels interviewen will. Was hat sie ihm in Aussicht gestellt? Eine Doku? Einen Nachruf? Eine Huldigung? Eine kleine Plauderei mit Calder, in der sie an Trudy erinnern würden? Irgendwas in der Art?«

»Für einen Ex-Cop«, sagte Pearl, »würden Sie einen ganz anständigen Producer abgeben.«

»Nur dass Maslow in Wahrheit geplant hatte, Adele Samuels auf ihn zu hetzen. Als kleine Überraschung. Er würde sich vor laufender Kamera mit Calder unterhalten, und dann würde Samuels hereinplatzen und ihn beschuldigen, Trudy ermordet zu haben. Sie wollten ihn bloßstellen und es so darstellen, als hätte er das Mädchen umgebracht. Ein Jerry-Springer-Moment. Zwei Hunde im Zwinger. Na, wie mache ich mich?«

»Ein bisschen unrund, aber der grobe Plot stimmt.«

»Und Rattler hat es herausgefunden.«

»Anscheinend.«

»Und jetzt liegt kein Schlachtvieh mehr auf der Schlachtbank.«

»Sie hätten bei ›Hunde im Zwinger‹ aufhören sollen.«

Thumps ließ sämtliche Optionen Revue passieren und kam dabei ziemlich schlecht weg.

»Ich verstehe immer noch nicht, was Sie von mir erwarten. Sie wollen nicht, dass ich den Fall neu aufrolle. Insofern bleibt eigentlich nur, dass ich Rattler dazu überreden soll, doch an der Sendung teilzunehmen.«

»Sie sollen beides machen.«

Thumps spürte es genau. Ein Puzzlestück fehlte noch. »Ich kenne Rattler nicht. Und er kennt mich nicht.«

»Kennen Sie den Unterschied zwischen Recht und Gerechtigkeit?«

»Natürlich«, sagte Thumps. »Und ich kenne sogar den Unterschied zwischen der Wahrheit und einer Lüge.«

»Kein Grund, zynisch zu werden, Mr DreadfulWater. Steht Ihnen nicht gut zu Gesicht.«

»Es gibt keinerlei Hinweise darauf, dass Rattler etwas mit Trudy Samuels' Schicksal zu tun hatte.«

»Mrs Samuels sieht das aber anders.«

»Emmitt Tull hat ihn durchleuchtet«, sagte Thumps. »Rattler ist nie angeklagt worden.«

»Recht und Gerechtigkeit«, wiederholte Pearl. »Ihnen ist doch bestimmt klar, dass das zwei Paar Schuhe sind.«

»Was uns zu meiner Frage zurückbringt.«

»Mein Job ist sicherzustellen, dass die Sendung ein Erfolg wird.« Pearl sprach ganz ruhig und gelassen. »Und es sind nur noch zwei Folgen übrig.«

»Und wenn diese zwei Folgen durch die Decke gehen?«

Pearl nahm sich noch ein Stück Waffel. »Dann kauft der Sender eine weitere Staffel ein. Ruhm, Ehre und ziemlich viel Geld.«

»Und wenn sie nicht durch die Decke gehen?«

»Um in unserem Geschäft zu überleben, müssen Sie hoffnungslos optimistisch sein oder ein hoch funktionaler Psychopath.« Sie schob den Rest ihrer Waffel in Thumps' Richtung. »Wir haben um drei Uhr Produktionsmeeting. Warum kommen Sie nicht mal vorbei und schauen sich alles an? Vielleicht stellen Sie ja fest, dass wir gemeinsame Interessen haben.«

Thumps konnte sich nicht recht vorstellen, was das für Interessen sein sollten. »Und was sind Sie?«

»Bitte?«

»Optimistin oder Soziopathin?«

Pearl ließ einen Zwanziger auf den Tresen fallen, zog sich die Kapuze über den Kopf und rutschte vom Hocker. »Wen interessiert's?«

Thumps bekam gar nicht mit, dass Al ihm direkt gegenüberstand, bis er von seinem Kaffee aufblickte.

»Ich mag sie«, sagte Al. »Sie ist tough, und sie ist klug.«

»Sie hat eine Knarre.«

»Und? Ich hab auch eine Knarre.«

»Dann wirst du jetzt Fernsehstar.«

»So leicht kommst du mir nicht davon.«

Thumps nahm die Hände hoch. »Das *Mirrors* war nicht meine Idee und die *Shadow Ranch* ebenso wenig.«

»Das haben die Nazis auch gesagt.«

»Die Nazis haben gesagt, sie hätten nur Befehle befolgt.«

»Ist doch das Gleiche.« Al warf einen Blick auf seinen Teller. »War an den Hash Browns irgendwas verkehrt?«

»Nein.« Thumps seufzte. »Bin nur erschöpft.«

Al füllte seinen Kaffeebecher bis zum Rand. »Okay. Wenn man bedenkt, dass du dein Auto und deine Katze verloren hast, nicht weißt, wo Claire steckt, und der Diabetes schlimmer wird, will ich mal nachsichtig sein.«

Thumps zuckte zusammen. »Was war das mit dem Diabetes?«

»Sich nach jeder Mahlzeit eine Spritze zu setzen ist doch kein Weltuntergang.«

»Himmel noch mal ...«

»Was?«, fragte Al. »War das ein Geheimnis?«

Thumps schloss die Augen und holte tief Luft. »Willst du wirklich bei dieser Sendung mitmachen?«

Al warf sich das Geschirrtuch über die Schulter. »Warum denn nicht? Klingt doch lustig. Ich darf irgendwo herumstehen – genau wie hier –, nur dass ich dafür besser bezahlt werde. Und ich muss hinterher nicht sauber machen.«

»Vielleicht drehen sie ja eine Szene hier im Café.« Thumps schob einen Zehner unter seinen Teller. »Du könntest Chinooks neue Promi-Location werden. Vielleicht gewinnst du ja sogar den Howdy-Award der Bürgermeisterin.«

Ihr Blick hellte sich auf. »Es gibt einen Award?«

»Was weiß denn ich?«

Al lehnte sich an den Kassenautomaten und verschränkte die Arme. »Wär es jetzt nicht an der Zeit, dass du dir die Spritze reinjagst?«

Thumps schulterte seine Tasche. »Der Kaffee im *Mirrors* war übrigens ziemlich gut.«

»Yippie.« Al kehrte zum Grill zurück und wirbelte das Geschirrtuch wie ein Lasso über dem Kopf. »Yippie!«

15

Das Schaufenster der Chinook Pharmacy war in ein Präriepanorama verwandelt worden – Tipis am Flussufer, so weit das Auge reichte, im Vordergrund eine Büffelherde, am Horizont die aufgehende Sonne.

Kein Albert Bierstadt, aber die Richtung stimmte.

In der Apotheke sah es aus wie in einem Westerngefängnis – die Art, die jeder, der *Rio Bravo* oder *Für eine Handvoll Dollar* gesehen hatte, sofort vor Augen hatte. Irgendwer hatte aus Rankgerüsten eine kleine Zelle gebaut und stahlgrau angepinselt, sodass die Zedernholzstreben aussahen wie Eisengitter. An den Wänden klebten »Wanted«-Plakate mit den Konterfeis einiger bekannter Gesichter Chinooks: Es gab ein Plakat für Archie »the Kid« Kousoulas und eins für Beth »Shotgun« Mooney – tot oder lebendig, jeweils fünftausend Dollar Kopfgeld.

»Howdy, Partner.«

Üblicherweise trug Chintak Rawat einen weißen, gestärkten Apothekerkittel, doch heute hatte er ein Westernhemd an, Leder-Chaps und einen derart breitkrempigen Cowboyhut, dass Thumps sich an ein Segelschiff und an *Flying Nuns* erinnert fühlte.

»Sie gucken heute aber grimmig«, stellte Rawat fest,

zückte seinen Revolver und ließ ihn am Bügel um den Finger kreiseln. »Sie und ich, wir haben noch eine Rechnung offen!«

Hinter Rawat hing ein großes Plakat mit der Aufschrift »Duelle auf Anfrage«.

»Duelle?«

»O ja«, sagte Rawat in John-Wayne-Manier. »Westernvergnügen vom Allerfeinsten! Wollen Sie mich nicht herausfordern?«

Thumps gluckste in sich hinein. »Zu einem Duell? Sie und ich?«

»Ich bin echt schnell«, erklärte Rawat. »Gegen Mr Archie und Mr Cooley habe ich schon gewonnen.«

Rawat war vor etwa sieben Jahren aus Toronto nach Chinook gekommen und hatte die Apotheke von Harry Lomax übernommen, als der in den Ruhestand gegangen und nach Oregon an die Küste gezogen war. Trotz der biblischen Ermahnung, seinen Nächsten bitte schön wie sich selbst zu behandeln, hatte Rawat es anfangs nicht leicht gehabt, weil in diesem Teil der zivilisierten Welt kulturelle Diversität immer noch ein Fremdwort zu sein schien.

Erst steigende Benzinpreise und die Zeit, die für die Fahrt zur nächsten Apotheke in Great Falls oder Helena draufging, hatten letztlich geschafft, was die Erinnerung an Großmut und Nächstenliebe nicht geschafft hatten.

»Dann wiederum war der Sheriff schneller, als er auf den ersten Blick aussieht.«

»Sie und Duke?«

Rawat nahm ein Holster hoch. »Bereit, den Revolverhelden zu spielen?«

Ja, verdammt. Thumps schnallte sich das Holster um die Hüften und band den Beinriemen fest. Rawat stakste hinter der Theke hervor.

»›Entweder schieß ich dich gleich von deinem Pferd runter, Ned«, sagte Rawat, »oder du wirst in Fort Smith hängen, weil ich dich nämlich Richter Parker ausliefern werde. Was ist dir lieber?‹«

Eigentlich wartete Thumps nur darauf, dass Rawat seine Waffe zog, doch dann fiel der wieder aus seiner Rolle.

»Sie müssen jetzt sagen: ›Ich glaube, du nimmst dein Maul ziemlich voll für einen alten einäugigen Mann.‹«

»Was?«

»True Grit«, erklärte Rawat. »Mit John Wayne, Glen Campbell, Kim Darby und Robert Duvall. Das Remake mit Jeff Bridges und Matt Damon war nicht halb so gut.«

Rawats Hand schwebte über dem Revolvergriff – und schlagartig spürte Thumps, wie das Adrenalin durch seine Adern schoss. Rawat hatte recht: Das hier war wirklich vergnüglich.

Beide zogen die Waffen im selben Moment.

Der Knall kam unerwartet, und Thumps spürte sogar einen leichten Rückstoß.

»Himmel!«

»Das war knapp«, sagte Rawat. »Bestimmt hätten wir uns gegenseitig umgebracht.«

»Was zur Hölle war das?«

»Oje«, sagte Rawat, »ich hab wohl vergessen zu erwähnen, dass es sich dabei um Filmattrappen mit speziellen Platzpatronen handelt… Sehr authentisch. Bekommt man online aus Los Angeles.«

Thumps wartete, bis sich sein Puls wieder beruhigt hatte. »Sie müssen die Leute doch vorwarnen!«

Rawat kehrte hinter seinen Tresen zurück und nahm den Hut ab. »Dr. Beth hat ein neues Rezept geschickt«, sagte er – diesmal ganz ohne Cowboyeinschlag. »Anscheinend war die ursprüngliche Therapie nicht so wirksam wie gedacht.«

»Sie sagt, ich brauche Insulin.«

»Ja, genau das sagt sie.«

»Und das heißt Spritzen?« Vielleicht hatte Thumps Beth ja missverstanden.

»O ja. Das heißt: viele Spritzen. Kontrollieren Sie regelmäßig Ihren Blutzuckerspiegel?«

»Ich muss meinen Blutzucker sogar *mit* den Spritzen messen?«

»Korrekt«, sagte Rawat. »Sie brauchen eine winzige Kanüle, um Ihr Blut zu testen, was Sie ja bereits machen, und dann eine größere, um sich das Insulin zu spritzen.«

»Eine größere?«

»Hat Dr. Beth Ihnen die Vorgehensweise erklärt?«

»Nein.«

»Und hat sie mit Ihnen über die potenziellen Risiken, Nebenwirkungen und die Gefahren einer Infektion gesprochen?«

Thumps hatte das Gefühl, nur noch jedes zweite Wort zu hören. »Hat sie nicht …«

»Eigentlich ist es ganz einfach.«

Aus einer Schachtel nahm Rawat ein Reißverschlusstäschchen, das aussah wie ein Brillenetui. Darin lag ein länglicher Gegenstand, der ebenso gut ein Füller hätte sein können – war es aber nicht.

»Das hier ist die Injektionshilfe«, erklärte Rawat. »Die drehen Sie so herum. Hier kommt die Ampulle mit Insulin rein. Als Nächstes ziehen Sie die Schutzkappe von der Nadel und schrauben sie hier an dieses Ende ...«

Thumps sah sich die Kanüle genau an. Rawat hatte recht – sie war eindeutig größer als die Lanzette, die er fürs Blutzuckermessen benutzte.

Rawat hielt die Injektionshilfe hoch, damit Thumps sich alles genau ansehen konnte. »Sie stellen die benötigte Insulinmenge ein, heben Ihr Hemd an und zwicken ein Speckröllchen über der Hüfte zusammen, schieben die Nadel ins Fett und drücken den Kolben runter.«

Thumps musste sich hinsetzen und den Kopf zwischen die Beine nehmen.

»Und hat Dr. Beth erwähnt, dass dabei das Risiko besteht, Nerven zu treffen?«

Thumps schüttelte den Kopf.

»Dann sage ich besser auch nichts ...« Stattdessen ließ Rawat sich lang und breit über den Einsatz von synthetischem Insulin aus. »Da kann von exakter Wissenschaft keine Rede sein – bei Insulin spielen allerhand Variablen mit hinein. Beispielsweise sollten Sie sich fragen: ›Bin ich übergewichtig?‹«

Nein, dachte Thumps, *das will ich mich nicht fragen.*

»Eine weitere Frage wäre: ›Wie viel Sport treibe ich und wann?‹«

»Sie meinen, im Fitnessstudio?«

»Ja, natürlich im Fitnessstudio«, erwiderte Rawat. »Aber man kann sich auch anders fit halten. Sorgt Ihre Arbeit beispielsweise für ein hohes, mittleres oder niedriges Maß körperlicher Aktivität?«

Die Richtung, die das hier einzuschlagen drohte, gefiel Thumps nicht.

»Und natürlich müssen wir uns auch die schwierigste Frage von allen stellen.« Rawat wartete ab, ob Thumps von allein darauf käme.

»Ernährung?«

»Ganz genau«, pflichtete Rawat ihm bei. »Zu wissen, wie man sich ernähren sollte, und es dann auch zu tun, sind natürlich zwei Paar Schuhe.«

Die Rechnung für das Insulin, die Injektionshilfe und die Nadeln war ein Schock, ähnlich wie der Revolver, der in seiner Hand losgegangen war.

Rawat setzte sich seinen Hut wieder auf und zog ihn sich keck ins Gesicht. »›Unternimmst du jetzt was, oder stehst du nur da und blutest?‹«

»Bitte?«

»*Tombstone*«, sagte Rawat. »Von 1993, mit Kurt Russell, Val Kilmer und Sam Elliott.«

Thumps sah erneut auf die Rechnung. »Was machen eigentlich Kranke, die nicht genug Geld haben, um wieder gesund zu werden?«

»Tja«, sagte Rawat, »das ist und bleibt das große Rätsel – bis einem irgendwann dämmert, dass die Gesundheit des Einzelnen nicht unbedingt das oberste Interesse der Pharmakonzerne ist.«

»Na großartig.«

»Und mehr sage ich besser nicht.«

Die Gehwege draußen waren verwaist. Der Himmel hatte die Farbe dunklen Silbers angenommen, und über dem Horizont hingen kalte Wolken. Bis zum Abend würde es in den höheren Lagen schneien. Thumps war an genau so einem Tag in Chinook angekommen: Der Volvo war kurz vor der Stadtgrenze liegen geblieben, und er hatte warten müssen, bis der Wagen wieder flottgemacht worden war.

Wie lange war das jetzt her? Fünf Jahre? Jener Sommer an der nordkalifornischen Küste lag inzwischen ganze sechs Jahre zurück, als an den Stränden rund um Arcata und Trinidad Head Leichen aufgetaucht waren, alles in allem zehn: fünf weibliche, fünf männliche. Eine davon noch ein Kind. Sie alle hatten wenig gemein gehabt, weder das Alter noch den Beruf. Einige Opfer waren Einheimische gewesen, andere Durchreisende oder Touristen. Jede einzelne Leiche war unmittelbar über der Flutkante abgelegt worden und hatte einen kleinen Obsidian im Mund gehabt – den man an diesen Stränden Kaliforniens nicht fand. Den hatte der Mörder mitgebracht.

Anna Tripp und Callie, ihre Tochter.

Thumps war bei einer Forensik-Fortbildung in San Diego gewesen. Bei seiner Rückkehr war nichts mehr von dem Leben übrig, das er zuvor geführt hatte. Er hatte gekündigt, den Volvo gepackt und war in Richtung Osten gefahren.

Er konnte sich nicht entsinnen, dass er in Chinook hätte bleiben *wollen*. Er war einfach hängen geblieben. Und mit jedem Herbst, in dem die Gänse aus Kanada gen Süden geflogen waren, hatte Thumps darüber nachgedacht, ebenfalls weiterzuziehen, einfach wieder loszufahren und erneut alles zurückzulassen.

Er nahm an, dass es die Leute waren, die einen an einem Ort hielten: Ehefrauen, Ehemänner, Geliebte, Kinder, Freundinnen und Freunde. Oder es war die Landschaft, das Licht am frühen Morgen, der Himmel bei Nacht. Vielleicht war der Grund auch bloß, dass man kein anderes Ziel hatte.

Fürs Erste würde er nirgends hinfahren. Zumindest nicht *fahren.* Der Pick-up, den Stas ihm geliehen hatte, stand nach wie vor bei ihm zu Hause. Bis dorthin wäre es zu Fuß nicht weit. Trotzdem wartete dort nur die Stille eines verwaisten Hauses.

16

Eigentlich war Thumps sich sicher, dass ein Produktionsmeeting reine Zeitverschwendung war. Ein Stück weit vor dem *Budd's* blieb er stehen und ließ sich alles noch mal durch den Kopf gehen. Bei *Ironstone Jewelry* waren Diamantanhänger heruntergesetzt, und *Natural Gourmet* hatte Kräutertees im Angebot. Thumps nahm sich alle Zeit der Welt, die Auslagen zu betrachten und zu sehen, ob er von dort irgendetwas benötigte.

Was nicht der Fall war.

Ebenso wenig wollte er in Pearls und Maslows Sumpf aus Bester-Sendezeit-Gerechtigkeit und Fernsehunterhaltung hineingezogen werden. Aber der erste Hinweis – dass er am Fall Samuels ein eigenes Interesse haben könnte – würde bestimmt bald einen weiteren nach sich ziehen.

Gloria Baker-Doyle und Nina Maslow standen vor der Espressomaschine. Beide erinnerten Thumps an erschöpfte Mütter, die im Supermarkt ihre aufsässigen Kinder zu bändigen versuchten.

»Mr DreadfulWater.« Maslow rückte ihre Gesichtszüge zurecht, aber ein Lächeln wollte ihr nicht recht gelingen. »Da sind Sie ja wieder.«

»Da bin ich.«

Gloria zeigte auf die Maschine. »Kennen Sie sich zufällig mit Espressomaschinen aus?«

»Läuft sie immer noch nicht?«

»Wir haben den Siebträger gefunden«, sagte Nina, »aber jetzt springt sie nicht mehr an.«

»Ist der Stecker drin?«

Schlagartig hatten sowohl Nina als auch Gloria wieder Supermarktmutter-Gesichter.

»Und der Schalter ist an?« Thumps forderte sein Schicksal weit mehr heraus, als der gesunde Menschenverstand angeraten hätte.

Nina sah Gloria ermattet an. »Warum sind wir darauf nicht selbst gekommen?«

»Weil wir Mädchen sind«, erwiderte Gloria.

»Vielleicht ist die Sicherung rausgeflogen?« Thumps wartete noch kurz ab. »Das Gebäude ist alt. Vielleicht kommt die Elektrik mit den vielen Geräten nicht klar.«

Maslow rieb sich die Hände. »Sprechen Männer so, wenn sie unter sich sind?«

Thumps grinste. Und hielt den Mund.

»Dann suchen wir jetzt also den Sicherungskasten?«

»Wahrscheinlich irgend so ein altes Ding.«

»Großartig«, sagte Gloria. »Ich wollte mir immer mal einen alten Sicherungskasten ansehen.«

Der Verteilerkasten hing in einem Schrank unter der Treppe – und verhieß nichts Gutes. Jemand oder gleich mehrere Jemands hatten mit den Jahren versucht, die Installationen zu erweitern, ohne je die Sicherungsanlage auszubauen. Die Verkabelung sah aus, als wäre sie auftoupiert worden.

»Das hier ist auf sechzig Ampere ausgelegt«, erklärte Thumps, »sollte aber mindestens hundert haben.«

»Wie aufregend«, sagte Gloria.

»Dann hauen wir also jedes Mal die Sicherung raus«, mutmaßte Nina, »wenn wir versuchen, die Maschine anzustellen.«

»Höchstwahrscheinlich.«

»Kann man das reparieren?«

»Klar«, sagte Thumps. »Man muss nur sämtliche Leitungen rausreißen, neue verlegen, und die Sache läuft.«

Maslow grummelte in sich hinein. »Und wenn wir das nicht machen wollen?«

»Müssen Sie einen Stromkreis ausfindig machen, der nicht sofort überlastet ist.«

»Ist das Ihr erstes Produktionsmeeting, Mr DreadfulWater?« Nina lief die Treppe hoch, ohne auf seine Antwort zu warten. »Sie werden es lieben!«

Das obere Stockwerk des *Budd's* war bereits halb zum Set umgebaut worden – zu einer rustikalen Holzhütte mit riesigen Fenstern, die auf nichts hinausgingen. Thumps hätte nicht sagen können, wo *Böse Absichten* die geschnitzten Holzmöbel, die schweren Stoffe und die dicken Orientteppiche herhatte, aber es sah wirklich beeindruckend aus.

Daniel Boone meets *Downton Abbey*.

Sydney Pearl saß mit ihrem Skript in der Hand auf einem Sofa mit hoher Lehne. »Wie finden Sie es?«

»Sehr kunstvoll.«

»Das Wohnzimmer des Samuels-Anwesens *Black Stag*«, erklärte Pearl. »Nina hat nach Fotos gearbeitet.«

»Clever.«

»Höre ich da Sarkasmus?« Pearl legte das Skript beiseite. »Oder Anerkennung?«

»Ich fand das alles immer irgendwie grotesk.«

Thumps drehte sich zu einer älteren Frau am Treppenabsatz um. Sie trug ein dunkelblaues Kaschmirkostüm mit einer blassweißen Brosche am Revers.

»Buck hat es ›raue Eleganz‹ genannt.«

Thumps hatte die Frau nie zuvor gesehen, aber er wusste auch ohne förmliche Vorstellung, um wen es sich handelte.

Pearl stand auf und durchquerte die Kulisse. »Mrs Samuels«, sagte sie, »schön, dass Sie bei uns sind. Nina kennen Sie ja schon.«

Thumps verzichtete darauf, das Alter der Frau zu schätzen. Es wäre töricht gewesen. Adele Samuels sah aus wie fünfzig, auch wenn sie der schnöden Mathematik zufolge eher Ende sechzig sein musste.

Sie sah Thumps unverwandt an. »Das ist nicht Rattler.«

Adele Samuels hatte feines Haar in der Farbe von Alufolie, blaugraue Augen, die Thumps an einen herbstlichen Blizzard erinnerten, war gertenschlank und hielt sich aufrecht wie ein Ladestock.

»Nein«, sagte Nina, »das ist Thumps DreadfulWater. Er hilft uns bei den Ermittlungen.«

»Sie sind Indianer.« Samuels' Mundwinkel kräuselten sich.

»Das ist korrekt.«

»Blackfoot? Cree?«

»Cherokee.«

Samuels versuchte nicht mal, charmant zu klingen. »Kennen Sie Mr Rattler?«

»Nein.«

»Verstehe.« Sie ließ Thumps stehen und wandte sich wieder an Maslow. »Wir hatten eine Vereinbarung.«

Maslow nickte. »Die haben wir.«

»Rattler sollte ebenfalls auftreten«, fuhr Samuels fort, »und jetzt höre ich, dass er nicht vorhat zu kommen.«

»Er kommt schon noch.«

»Weil es nämlich keinen Zweck hat, mit irgendeinem Cherokee zu reden, der keine Ahnung hat.«

Maslow ließ die Spitze an sich abprallen. »Ist Ihr Sohn auch dabei?«

»Der sucht noch einen Parkplatz«, erwiderte Samuels. »Er kommt gleich.«

»Ethan, nicht wahr?«

»Genau.« Samuels wandte sich von Nina an Pearl. »Er soll mit mir im Bild sein, wenn wir Mr Rattler konfrontieren.«

»Was hab ich verpasst?«

Der Mann, der die Treppe hochgeschnauft kam, war jünger als Thumps. Untersetzt, dünnes Haar, noch dünnere Lippen. Sein Gesicht schimmerte; unter den Armen und auf der Brust prangten dunkle Flecken, als käme er eben erst aus dem Fitnessstudio. Oder von einem Langstreckenlauf.

»Hi, ich bin Ethan Price.«

»Adeles Sohn«, erklärte Pearl.

»Ganz richtig.« Samuels machte mit den Lippen ein Geräusch wie ein zuschnappendes Tellereisen. »Sie haben erwähnt, wir müssten noch irgendwelche Sachen durchsehen.«

»Ein paar letzte Fragen«, warf Nina ein.

»Dann mal los«, sagte Adele. »Ich habe noch einiges zu tun.«

»Wir helfen gern«, mischte sich Ethan ein.

»Großartig«, sagte Maslow. »Zuallererst möchte ich ein Gefühl für die Lage bekommen ...«

»Die Lage?«

»Nur so eine Redensart«, sagte Maslow. »Beispielsweise hat Trudy, als sie gestorben ist, nicht mehr bei Ihnen gewohnt.«

»Als sie ermordet wurde«, korrigierte Adele. »Und nein, sie hat nicht mehr bei uns gewohnt. Sie hat in der Stadt gewohnt.«

»Und die Fahrt aus der Stadt zu Ihnen dauerte wie lang? Eine halbe Stunde?«

»Ich schaff's in zweiundzwanzig Minuten.« Ethan grinste und schüttelte leicht den Kopf. »Sofern man in Randall nicht rausgewinkt wird.«

»Was hat das denn mit der Sache zu tun?«

»Schon in Ordnung, Mom«, sagte Ethan. »Sie brauchen so viele Hintergrundinformationen wie möglich.«

»Nachdem Trudy von zu Hause ausgezogen war«, fuhr Nina fort, »ist sie je wiedergekommen?«

»Weshalb ...«, hob Adele an.

»Zu Besuch«, führte Maslow aus. »Um Sachen zu holen, die sie noch dort hatte. Um mit Ihnen darüber zu reden, wie es bei ihr lief.«

»Nein«, sagte Adele. »Wir haben nicht geredet.«

»Ich hab sie manchmal in der Schule gesehen«, warf Ethan ein. »Wir haben uns gegrüßt.«

»Dann weiß niemand von Ihnen, was in ihrem Leben vor sich ging, nachdem sie *Black Stag* verlassen hatte?«

Adeles Rücken wurde noch gerader. »Natürlich wussten wir Bescheid. Dies hier ist eine Kleinstadt, Ms Maslow. Hier sehen die Leute Dinge. Und sie reden.«

»Haben Sie je mit Mr Rattler geredet?«

Adele reagierte gereizt. »Warum sollte ich mit ihm reden?«

»Ich frage nur«, entgegnete Maslow. »Beispielsweise um ihm zu sagen, dass er sich von Ihrer Stieftochter fernhalten soll.«

»Trudy hat gemacht, was sie wollte. Sie hat auf niemanden gehört. Sie war verwöhnt – und egoistisch.«

»Wir wussten, dass sie mit Rattler herumhing«, erklärte Ethan. »Aber da konnten wir nicht viel machen.«

»Hat sie Sie am Abend, bevor sie gestorben ist, angerufen?«

»Ms Maslow«, sagte Adele, »Trudy und ich haben nicht mehr miteinander geredet. Sie war ständig betrunken, und ja, sie hat Drogen genommen. Sie war keine angenehme Gesellschaft. Aber so zu sterben – das hatte sie nicht verdient.«

»Genau genommen«, ergänzte Ethan, »hatte sie im letzten Jahr die Finger von Alkohol und Drogen gelassen.«

»Alkoholiker wissen genau, wie sie ihre Sucht verheimlichen«, sagte Adele. »Buck war da Experte.«

Thumps stand stumm da und sah zu, wie die beiden Frauen an der Grundlinie auf und ab liefen. Er fühlte sich wie bei einem Tennismatch in Zeitlupe. Bei einem Tennismatch mit Messern.

»Dann haben Sie Mr Rattler nie kennengelernt?«

Wieder mischte sich Ethan ein. »Er hat Trudy einmal nach Hause gebracht. Da war sie betrunken.«

»Und er?«

»Betrunken?«

»Ja?«

»Nein«, sagte Ethan. »Ich glaube nicht.«

»Damals habe ich den Sheriff gerufen«, sagte Adele.

»Warum?«

»Was hätten Sie denn gemacht, wenn jemand wie Rattler Ihre betrunkene Tochter in zerrissener Kleidung nach Hause geschafft hätte?«

»Ich hätte wahrscheinlich auch die Polizei gerufen«, antwortete Nina.

»Das möchte ich meinen«, sagte Adele. »Sind wir jetzt fertig?«

Maslow sah zu Pearl. »Eine letzte Frage noch. Sie haben bei der Anhörung zur Todesursache ausgesagt, dass Sie glaubten, Tobias Rattler sei schuld am Tod Ihrer Stieftochter.«

»Das ist richtig.«

»In den Unterlagen steht nichts, was diesen Verdacht untermauern würde.«

»Warum stellen Sie mir all diese Fragen?«

»Es sind die gleichen Fragen«, erklärte Maslow mit schmeichlerischer Stimme, »die sich das Publikum stellen wird.«

»Es steht nicht alles in den Akten«, sagte Ethan. »Ein paar Tage bevor Trudy gestorben ist, hatte sie urplötzlich wieder mit dem Trinken und den Drogen angefangen. Ich hab sie in der Schule gesehen – sie war total durch den Wind.«

»Und wissen Sie, warum?«

»Irgendwas war da mit ihr und Rattler«, antwortete

Ethan. »Nach allem, was man gehört hat, hatte Rattler sie sitzen lassen, und sie war sauer.«

»Sie war sehr aufbrausend«, ergänzte Adele. »Das muss man wirklich so sagen.«

»Aber Sie glauben nicht, dass sie Selbstmord verübt haben könnte?«

»Man verübt keinen Selbstmord, wenn man sauer ist«, erwiderte Adele. »So viel ist sicher.«

Maslow stand auf. »Ich glaube, das war's dann.«

»Das war's?«, hakte Ethan nach. »Gehen wir jetzt nicht da rüber und sagen das noch mal in die Kamera?«

Nina schüttelte den Kopf. »Nein. Wir wollen doch, dass alles spontan wirkt. Wir wollen Natürlichkeit. Der Fahrplan steht annähernd. Am Drehtag holen wir Sie ab und bringen Sie hier ans Set.«

»Stellen Sie bloß sicher, dass Rattler an Bord ist.«

»Keine Sorge«, sagte Maslow.

Adele Samuels blieb am Treppenabsatz noch einmal stehen. »Wissen Sie, Sie hätten sich wirklich ein Büro suchen können, das einen Aufzug hat. Das wäre doch nicht zu viel verlangt gewesen.«

Thumps wartete noch, bis Mrs Samuels und Ethan im Erdgeschoss angekommen waren.

»Was war denn das?«

Nina zuckte mit den Schultern. »Was meinen Sie?«

»Es gibt keine Sendung«, erklärte Thumps, »es gibt nur eine Reihe von Was-wäre-wenns, die zusammengenommen gar nichts ergeben.«

»Tatsächlich«, murmelte Pearl, »haben wir weitaus mehr als bloß Vermutungen und Mutmaßungen.«

»Das stimmt«, sagte Maslow.

Da war es wieder. Dieses Gefühl, dass ihm ein Puzzleteil vorenthalten wurde – dass Maslow und Pearl mehr wussten, als sie erzählten.

»Rattler taucht im Leben nicht auf«, sagte Thumps. »Warum sollte er?«

»Genau das wäre Ihr Job, Mr DreadfulWater«, sagte Pearl. »Finden Sie ihn. Reden Sie mit ihm. Ich bin mir sicher, Sie finden Mittel und Wege.«

»Und«, sagte Maslow, »danke für die Hilfe mit der Espressomaschine.«

17 Über den Rand ihrer Brille sah Ora Mae zu Thumps. »Wenn das mal nicht Ärger bedeutet.«

Es war ruhig in ihrem Maklerbüro. Das große Longhorn war in eine Ecke geräumt worden.

»Lass dir bloß nicht einfallen, deine schlechte Laune auf meinem neuen Teppich auszukippen.«

»Diese Wohnung, die Moses gemietet hat«, sagte Thumps. »Ich brauche die Adresse.«

Ora Mae presste sich die Fingerkuppen auf die Lippen. »Schon mal von ärztlicher Schweigepflicht gehört?«

»Du bist keine Ärztin.«

»Und du kein Patient.«

Thumps konnte ihr die Verärgerung anhören. »Natürlich bin ich kein Patient.«

»Wie geht's Claire?«, fragte Ora Mae. »Ich hab sie gar nicht mehr gesehen, seit ihr zurückgekommen seid.«

»Claire geht's gut«, sagte Thumps. »Also – Moses.«

»Anscheinend ist die OP gut verlaufen.«

»Die Adresse.«

»Gibt's ein Problem mit der Wohnung?«

»Woher soll ich das wissen? Ich weiß ja nicht mal, wo sie liegt.«

»Ich meine es ernst, DreadfulWater«, sagte Ora Mae. »Ich kann doch nicht jedem x-beliebigen Cowboy, der hier reinstiefelt, fremde Adressen verraten.«

»Ich bin Indianer.«

»Und ich bin eine Schwarze in einer weißen Stadt«, entgegnete Ora Mae. »Untersteh dich, mir gegenüber die Minderheitenkarte auszuspielen.«

»Moses ist ein Freund von mir. Ich mache mir Sorgen, dass er in Schwierigkeiten stecken könnte.«

»Der nette alte Mann?«

»Und ich brauche deine Hilfe.«

Ora Mae griff zu einem Kugelschreiber. »Warst du in letzter Zeit mal bei Beth?«

Mit einem flüchtigen Blick streifte Thumps die Diabetikerausstattung, die neben ihm am Boden lag. »Ja.«

»Welche Farbe haben die Wände?«

»Was?«

»Die Wände. Im Wohnzimmer. Welche Farbe haben sie?«

»Ich weiß nicht ... Gelb, glaub ich.«

»Hell oder dunkel?«

»Ora Mae ...«

»Hell oder dunkel?«

»Hell.«

»Verdammt.« Sie schüttelte den Kopf. »Diese Frau kann ihr Hellgelb einfach nicht sein lassen. Hat sie sich nach mir erkundigt?«

»Natürlich«, sagte Thumps. »Ja, hat sie.«

»Gut, dass du für deinen Job nicht lügen musst. Du wärst arm wie eine Kirchenmaus.«

Thumps hatte nicht vor, sich zwischen die Fronten zu

wagen. Die beiden Frauen würden das hier unter sich ausmachen – oder eben nicht. Er selbst würde sich bloß Ärger und stumpfe Gewalteinwirkung einhandeln.

»Ihr könntet mal darüber nachdenken, miteinander zu reden.«

Ora Mae presste die Lippen zusammen. »Gut, dass du für deinen Job auch keine Ratschläge erteilen musst.«

»Könnte ich bitte einfach die Adresse haben?«

»Und willst du mir noch erzählen, warum es so wichtig ist, dass du die Adresse dieses netten alten Mannes bekommst?«

»Das würde zu lange dauern.«

Ora Mae lehnte sich auf ihrem Stuhl zurück. »Dann fass dich halt kurz.«

Es hätte mit Sicherheit andere Mittel und Wege gegeben herauszufinden, wo die Wohnung lag. Aber die hätten noch viel mehr Zeit und Mühe gekostet, als er bereit war zu investieren.

»Böse Absichten.«

»Das ist ja widerlich«, sagte Ora Mae. »Meinst du, du könntest mich da mit reinschleusen?«

»Wie bitte?«

»Die lesbische Immobilienmaklerin.« Ora Mae strich sich die Haare glatt. »Düstere Geheimnisse auf dem Wohnungsmarkt. So was wollen sie doch, oder nicht?«

Thumps rieb sich die Stirn. »Ich kann deinen Namen ja mal erwähnen.«

Ora Mae zog einen grünen Haftzettel von ihrem Block. »Wehe, du erzählst irgendwem, wo du die Adresse herhast. Du wirst deines Lebens nicht mehr froh.«

»Okay.«

Ora Mae tippte sich mit dem langen, manikürten Finger an die Brust. »Diese Frau hier verärgert man nicht.«

Thumps fiel keine einzige Frau ein, die er hätte verärgern wollen.

Ora Mae setzte sich gerade auf und drehte ihr Gesicht ins Licht, das durchs Fenster hereinfiel. »Und wenn du mit diesen Fernsehleuten redest, erzähl ihnen unbedingt, wie telegen ich bin!«

Der Wohnkomplex stand auf der anderen Seite des Flusses, und Thumps machte den Fehler zu glauben, dass ein Spaziergang an diesem schönen Herbsttag ihm wieder Energie bescheren könnte. Falsch gedacht. Bis er die Adresse gefunden hatte, war er erschöpft. Er hätte nach Hause laufen und den Pick-up nehmen sollen.

Jetzt würde er auch den Rückweg zu Fuß gehen müssen.

Mesa Verde war eine Ansammlung von Bungalows, die aussehen sollten wie die Felsbehausungen der Anasazi im südwestlichen Colorado.

Nur war das misslungen.

Statt aus Lehmstein bestanden die Fassaden aus Schlackenbetonblöcken, die mit Acryl-Buntsteinputz besprüht worden waren, der wiederum rund um Fensterbretter und Türstöcke schon anfing zu bröckeln. Mehrere Dachrinnen leckten bereits und hatten an den Wänden dunkle Flecken hinterlassen, und die betonierten Gehwege waren in den harten Präriewintern rissig und bucklig geworden.

Thumps hätte Ora Mae fragen sollen, was die Apartments kosteten. Nicht dass er vorhatte, sich in nächster Zeit eins zu kaufen, aber je nach Preisklasse hätte *Mesa*

Verde ihm ein gutes Gefühl für sein eigenes Haus geben können.

Die Fenster von Nummer 49 gingen zum Fluss und verhießen eine schöne Aussicht. Thumps drückte den Klingelknopf, und drinnen erklang die Nationalhymne.

Auch etwas, was dringend behoben werden müsste.

»Hey, Thumps!«

Vor ihm in der Tür stand Cooley Small Elk – was erstaunlich war, schließlich war der Mann deutlich länger und breiter als der Türrahmen.

»Moses hat schon gesagt, dass du uns früher oder später aufspüren würdest.«

»Dann ist Moses zu Hause?«

»Er meint, weil du ein so guter Spürhund bist.«

»Ich muss mit ihm reden.«

»Jepp.« Cooley trat zur Seite – wie ein riesiger Felsbrocken, der vom Zugang zu einer Höhle wegrollte. »Wir haben schon auf dich gewartet.«

Innen sah die Wohnung ganz normal aus. Gipskartonwände, verputzte Decken, Niedrigflor-Auslegeware und Fertigparkett, Vinylprofil- und -sockelleisten.

Moses Blood stand am Küchentisch und nahm Teile eines Puzzles unter die Lupe. »Das soll eine Papageientaucherkolonie werden«, sagte er. »Eintausend Teile.«

»Du hast dir ernsthaft eine Wohnung gemietet?«

»Es gibt einen Pool und einen Fitnessraum, in dem man sich auf ein Fahrrad setzen kann, das nirgends hinfährt.«

»Vergiss nicht die Tischtennisplatte«, warf Cooley ein.

»Cooley«, sagte Moses, »hol deinem Onkel ein Glas Wasser. Und ein paar Schokokekse.«

Dass Moses das Reservat und sein Haus am Fluss aufgeben wollte, überstieg Thumps' Vorstellungskraft. »Du willst in die Stadt ziehen?«

Moses versuchte, ein Puzzleteil an der Ecke anzulegen. »Warum sollte ich?«

»Warum hast du dir dann dieses Apartment genommen?«

»Hat er nicht«, ertönte eine fremde Stimme hinter Thumps.

Der Mann war etwa in Thumps' Alter. Er war groß, hatte kurzes schwarzes Haar und einen traurigen Blick. Er stand leicht schief da, knickte in der Hüfte irgendwie ab, als hätte er zu lange im Sturm gestanden.

»Tobias Rattler«, stellte er sich vor.

Seine Hand fühlte sich weich und nachgiebig an. Thumps war versucht, fester zuzudrücken, um sicherzugehen, dass der Mann echt war.

»Ich habe Moses gebeten, eine Wohnung für mich zu organisieren, damit ich mich nicht mit den Fernsehleuten abmühen muss.«

»Wir helfen Toby, sich bedeckt zu halten«, erklärte Cooley.

»Ja«, sagte Moses, »in diesem Agentenfilm, den wir gesehen haben, gab es auch so was.«

»Eine sichere Unterkunft«, fügte Cooley hinzu.

»Genau«, sagte Moses. »Dorthin zieht sich der Held zurück, um seine Wunden zu lecken und um sich zu fragen, wer ihn ans Messer geliefert hat.«

»Toby bleibt einen Monat lang hier«, sagte Cooley. »Das reicht, um den Fall zu lösen. Und der Pool ist toll.«

»Wären Sie für einen Spaziergang zu haben, Mr DreadfulWater?«, fragte Rattler. »Ich könnte mir die Beine vertreten.«

»Gute Idee.« Moses versuchte es mit einem anderen Puzzleteil, das nicht passte. »Cooley und ich machen hiermit weiter, und dann will er mir zeigen, wie man diesen Crosstrainer benutzt.«

»Wahnsinnig viel Zeit haben wir nicht«, sagte Cooley. »Heute Abend kommt eine neue Serie, die echt gruselig sein soll.«

»Im Fernsehen läuft ständig was Gruseliges.« Moses verzog das Gesicht. »Die Weißen scheinen auf Angst und Schrecken zu stehen.«

»Auf Vampire und Zombies«, sagte Cooley. »Früher gab's nur Cowboys und Indianer.«

»Das stimmt«, pflichtete Moses ihm bei. »Heutzutage gibt es kaum noch Cowboys – und wir sind auch nicht mehr so einschüchternd, wie wir mal waren.«

Cooley legte seine riesige Pranke auf Thumps' Schulter. »Wenn du einen weißen Kittel und ein Stethoskop hättest, könntest du als Arzt zu Archies Halloween-Party gehen.«

»Stimmt«, sagte Moses, »ein Arzt würde mir wirklich Angst machen.«

Rattler schlüpfte in seine Jacke und zog sich Schuhe an. »Wir können uns unterwegs unterhalten. Ich wette, Sie haben ein, zwei Fragen an mich.«

18

Über den Spazierweg zum Fluss hatten sie die Wohnanlage schnell hinter sich gelassen, und bis Thumps und Rattler die erste Wegbiegung erreichten, war von Besiedelung und Zivilisation nichts mehr zu erkennen. Der Ironstone mäanderte klar konturiert und dunkel durch die Niederung, zerschnitt das Land und floss an den Pappeln am Ufer vorbei, die ihr Laub schon weitgehend abgeworfen hatten. Elstern trippelten zwischen Silber-Ölweiden auf und ab, und in den Kronen saßen Krähen und krächzten den beiden Eindringlingen wüste Beschimpfungen entgegen.

»Ich liebe die Natur«, sagte Rattler, »aber leben kann ich nur in der Stadt. Wissen Sie, warum?«

»Wegen des Verkehrs?«

Rattler lachte. »Haben Sie je in einer Großstadt gelebt?«

Thumps war in San Francisco und Denver gewesen, in Toronto und in New York. Gewohnt hatte er jedoch immer in kleineren Städten, sowohl damals im kalifornischen Hinterland, an der Nordwestküste als auch jetzt in der Prärie. In Städtchen wie Chinook. Sie waren irgendwie alle wie Chinook gewesen.

»Nope.«

»Was Städte angeht, ist keine besser oder schlechter als andere«, sagte Rattler. »Sie sind bloß unterschiedlich.«

»Sie sind im Reservat aufgewachsen.«

Rattler nickte. »Mit Unterbrechungen. Das Reservat ist schlimmer als jede Kleinstadt. Zumindest wenn man unsichtbar sein will.«

»Und Sie wollten unsichtbar sein?«

Rattler trat gegen einen Stein, der ins Präriegras hoppelte. »Wissen Sie, was der Unterschied ist zwischen Promi sein und Schriftsteller sein?«

Thumps fragte sich, wie viel Zeit sie noch hätten, bis die ersten Stürme von Norden kämen und über die Prärie peitschten. Bis die Welt wieder kalt würde. Vielleicht würde er in diesem Jahr verreisen – irgendwohin, wo es warm war. Er hatte immer schon nach Hawaii fliegen wollen oder vielleicht nach Australien. Dort, auf der Kehrseite der Welt, waren auch die Jahreszeiten verkehrt. Winter war Sommer, und Sommer war Winter.

»Trudy Samuels«, sagte Rattler so leise, dass es ebenso gut das Wispern des Windes in den Bäumen hätte sein können.

»Sie waren Freunde.«

»Beste Freunde.« Rattler setzte sich wieder in Bewegung – steif wie ein Laufvogel, der durchs Wasser watete. »Wir hatten uns in der Highschool kennengelernt – zwei Außenseiter, die versuchten, der Welt nicht in die Quere zu kommen.«

Thumps dachte an seine eigene Highschool-Zeit zurück. Die nicht sehr erbaulich gewesen war. »Fast unmöglich ...«

»Der indianische Bad Boy. Das reiche weiße Mädchen.« Rattler legte eine kurze Pause ein. »Ihre Mutter starb, als sie ein kleines Kind war. Die Stiefmutter war wie aus einem Märchen. Der Tod des Vaters warf sie schließlich völlig aus der Bahn. Sie können es an einer Hand abzählen.«

»Klingt wie der Plot eines schlechten Romans.«

Rattler kicherte. »Es *ist* der Plot eines schlechten Romans.«

Thumps zog den Reißverschluss seiner Jacke zu. Er hätte sich wärmer anziehen sollen. »Kann mir vorstellen, dass Adele nicht glücklich über Ihre Beziehung war.«

»Ich bin mir nicht sicher, ob irgendwas diese Frau glücklich machen könnte«, erwiderte Rattler. »Trudy konnte es ganz sicher nicht. Und ich erst recht nicht.«

Thumps sah seinem Schatten nach, der sich vor ihm langmachte, als wollte er von ihm wegkommen. Oder vielleicht wollte er auch einfach nur in die Wärme.

»Hat Trudy je versucht, sich das Leben zu nehmen?« Eigentlich hatte Thumps die Frage nicht stellen wollen. Er hatte gehofft, Rattler würde das Thema von selbst anschneiden.

»Nicht, nachdem wir uns kennengelernt hatten. Vorher womöglich schon.« Rattler fuhr sich mit der Hand durchs Haar. »Wollen Sie gar nicht wissen, ob ich sie umgebracht habe?«

Thumps antwortete nicht.

»Kaum dass sie sie gefunden hatten, hat Adele überall herumgetönt, dass es Mord gewesen sei.«

»Der Verdacht gegen Sie hat sich nie erhärtet.«

»Was aber nicht viel heißt, oder?«

Nein, dachte Thumps, das hieß nicht viel.

»Ich habe sie nicht umgebracht«, sagte Rattler, »und ich glaube auch nicht, dass sie Selbstmord verübt hat.«

»Und was bleibt dann noch?«

»Das wollen Sie eigentlich gar nicht wissen, oder?« Rattler rieb sich die Hände und schob sie tief in die Taschen. »Sie wollen wissen, warum ich hier bin. Warum ich zurückgekommen bin. Nach all der Zeit.«

Thumps versuchte, sich Gründe für Rattlers Rückkehr nach Chinook zu überlegen, doch ihm wollte bloß ein einziger einfallen.

»Moses hat Sie darum gebeten?«

»Ich habe meine Eltern nie gekannt. Ich bin von einer Pflegefamilie zur nächsten gereicht worden. Mal im Reservat, mal außerhalb. Hier und da bin ich länger geblieben, dann wieder abgehauen. Moses hat mich an der Straße aufgelesen. Da wollte ich gerade nach Paris trampen.«

»Nach Frankreich?«

»Ich hatte in einem Buch Fotos gesehen«, erklärte Rattler. »Sah nett aus.«

Thumps konnte sich noch gut daran erinnern, wie er erstmals ein Bild der Golden Gate Bridge gesehen hatte. Seine Mutter hatte eine Zeitschrift von der Arbeit mit nach Hause gebracht. Auf dem Titelblatt war die Brücke abgebildet gewesen.

»Egal, jedenfalls hat er mich nach Hause mitgenommen. Hat mir Essen vorgesetzt. Und mir einen Schlafplatz angeboten.« Rattler lachte kurz in sich hinein. »Und tags darauf hat er mich in die Stadt gefahren – in die Bibliothek, wo wir in einem Atlas Paris nachgeschlagen haben.«

Thumps lächelte.

»Wir haben mit dem Finger den Weg nach Minneapolis und Chicago und bis nach New York und an den Atlantik abgefahren.« Rattler holte tief Luft. »Anschließend sind wir wieder in seinen Pick-up gestiegen und nach Hause gefahren.«

»Und Sie sind geblieben.«

»Moses hat es nichts ausgemacht, dass ich unsichtbar war.«

Die Sonne war hinter einen Bergrücken gerutscht. Wenn sie nicht alsbald wieder hervorkäme, würden sie im Dunkeln zurückspazieren müssen.

»Moses glaubt, dass ich wegen Trudy abgehauen bin.« Rattler schnalzte mit der Zunge. »Dass ich gegangen bin, weil sie gestorben ist.«

»Aber das stimmt nicht?«

»Ich hatte nie bleiben wollen.« Rattler hielt sein Gesicht in die Böen und ins schwindende Licht. »Mich hat hier nichts gehalten.«

Der Fluss lag inzwischen im Schatten, und die Pappeln machten sich bereit für die Nacht. Thumps hatte schon ganz vergessen, wie still es hier draußen sein konnte.

»Also«, sagte er und schlenderte neben dem großen Mann her, »was *ist* der Unterschied zwischen einem Promi und einem Schriftsteller?«

19

Thumps hatte keinen Schimmer, wie weit Rattler und er gegangen waren. Eindeutig weiter, als ihm lieb war. Es war dunkel geworden, bevor sie kehrtmachten, und noch ehe sie wieder in der Wohnanlage waren, spürte Thumps seine Knie.

Und seine Füße.

»Sydney Pearl behauptet, Sie hätten zugesagt, bei der Sendung mitzumachen.«

»Ich bin von einer Doku ausgegangen.«

»Und dann haben Sie herausgefunden, dass es *Böse Absichten* ist.«

»Überraschung.«

»Da haben Sie abgesagt.«

»Richtig. Die waren nicht sehr begeistert.«

»Maslow und Pearl wollen, dass ich Sie umstimme.«

»Bezahlen sie Sie?«

»So ist es wohl geplant.«

»Und jetzt fragen Sie sich, warum ich hier bin.« Rattler trat gegen einen Stein. »Weshalb sollte ich zurück nach Chinook kommen? Weshalb nicht einfach in Barcelona bleiben?«

»Barcelona?«

»Tolle Stadt«, sagte Rattler. »Die Sagrada Familia ist wirklich beeindruckend.«

»Trotzdem sind Sie hier.«

Sein Gesichtsausdruck wurde sanft. »Ja, ich bin hier.«

Thumps hatte gehofft, dass ihn jemand auf dem Rückweg mitnehmen könnte, doch Moses und Cooley waren bereits ins Reservat gefahren, um sich die Sendung über Untote und lebende Tote anzusehen. Er fragte sich, ob Moses noch die Gelegenheit gehabt hatte, den Crosstrainer auszuprobieren, und was der alte Mann wohl davon gehalten hatte, auf der Stelle zu laufen und nicht vom Fleck zu kommen.

Als er auf seine Veranda zuhinkte, parkte dort der alte Pick-up am Straßenrand – eine höhnische Erinnerung daran, warum Autos erfunden worden waren. Er versuchte, sich ins Gedächtnis zu rufen, wann er zuletzt so weit gegangen war. War es die Wanderung hoch zu den Blackfoot Falls gewesen, als er Stanley Merchant, Claires Sohn, gesucht hatte? Stick hatte damals in einem Mordfall zu den Verdächtigen gezählt, und Thumps hatte ihn aufspüren wollen, bevor dieser verdammte Trottel von einem Felsen stürzte oder sich von der Polizei erschießen ließ. War das wirklich schon so lange her?

Thumps hatte nicht erwartet, dass Freeway zu Hause auf ihn warten würde, und das tat sie auch nicht. Das Haus war ebenso leer und kalt, wie er es zurückgelassen hatte. Er überprüfte den Anrufbeantworter.

Nichts.

Der Ordner, den Nina Maslow ihm mitgegeben hatte, lag immer noch auf dem Küchentisch. Möglicherweise würde er in den Beschreibungen des Leichenfundorts, in den Verhörprotokollen, auf Fotos oder im Obduktionsbericht etwas entdecken – doch er bezweifelte es. Und ehe er auch nur darüber nachdenken konnte, sich die Unterlagen und diese trockene, mühsame Sprache zu Gemüte zu führen, brauchte er etwas zu essen. Wie lange war seine letzte Mahlzeit her? Die auf der *Shadow Ranch?* Im *Al's?* Mindestens später Nachmittag ... Was war aus seinem Mittagessen geworden? Was aus dem Abendessen?

Wo immer sein Abendessen abgeblieben war – hier war es jedenfalls nicht, wie ihm dämmerte.

Er war nicht einkaufen gewesen. Die Schränke waren leer. Der Kühlschrank war leer. Die naheliegende Lösung wäre, in den Pick-up zu steigen und zu diesem neuen Rieseneichhörnchen-Fast-Food-Laden zu fahren, den der Sheriff erwähnt hatte. Keine gute Idee. Goldene Bögen, rothaarige Mädchen, Rieseneichhörnchen. Es gab Gründe, warum sie es Fast Food nannten.

Dann eben die Halloween-Party.

Thumps war schon bei mehreren Veranstaltungen im *Aegean* gewesen, und jedes Mal hatte es ein Büfett gegeben, mitunter sogar ziemlich lecker, wenn er sich recht erinnerte. Sofern er sich sofort auf den Weg machte, konnte er vor Ort sein, noch bevor alles verputzt wäre.

Er versuchte, Claire zu Hause zu erreichen.

Er bekam nur den Anrufbeantworter.

Er versuchte es auf ihrem Handy.

Dann schnappte er sich Jacke und Hut.

Die Schaufenster des *Aegean* waren so hell erleuchtet, als stünde die alte Bibliothek in Flammen, und sowie er ausgestiegen war, wehte Musik zu ihm herüber. Die Clay Pigeons – Marvin Soops Stimme war unverkennbar. Aber

Intertribal-Gesang? Bei einer Halloween-Party? Wie hatte Archie das hingekriegt?

Thumps blieb auf dem Gehweg stehen und überlegte. In seinen eigenen vier Wänden war die Aussicht auf eine Gratismahlzeit verlockend gewesen. Jetzt, da ihm klar wurde, dass er sich mit anderen würde unterhalten müssen, dass er sich mit Fremden wie Freunden würde abgeben müssen, hatte der Plan wesentlich an Reiz verloren.

Er konnte immer noch gehen. Er konnte wieder in den Pick-up steigen, bei *Skippy's* auf ein Take-away halten und den restlichen Abend am Küchentisch den Ordner durchstöbern. Vielleicht waren die Polizeiberichte ja spannend geschrieben – und vielleicht war Fast Food, seit er sich zuletzt damit beschäftigt hatte, besser geworden.

Er konnte sich auch in die Buchhandlung schleichen, das Büfett plündern und dann bei der Band in Deckung gehen. Dort würde ihn niemand belästigen, und er könnte einfach nur den Stimmen der Männer lauschen.

Die Clay Pigeons waren eine Band ohne feste Besetzung; manchmal bestand der Trupp aus vier Sängern, manchmal aus einem ganzen Dutzend. Thumps war bei Powwows gewesen, bei denen bekanntere Gruppen – Red Bull, Black Lodge oder auch die Old Agency Singers – einheitliche Hemden und Lederwesten getragen hatten. Die Pigeons trugen in aller Regel wild zusammengewürfelte T-Shirts und Jeans, doch heute Abend hatten sich die acht Männer, die um die spezielle Trommel in der Mitte standen, in schwarze Hemden und Anzüge geworfen.

»Thumps!« Wie eine Falltürspinne kam Archie aus der Besuchermenge hervorgeschossen. »Als was bist du verkleidet?«

Das Büfett war im hinteren Bereich der Buchhandlung aufgetischt worden. Thumps entdeckte ein ordentliches Stück Fleisch unter einer Wärmelampe.

»Du bist nur wegen des Essens hier, stimmt's?«

»Ist das Braten?«

»Ist das zu glauben?«, sagte Archie. »Sogar die Clay Pigeons haben sich verkleidet.«

Thumps sah zu Marvin. »Wen wollen sie denn darstellen?«

»Die großen Mineralölkonzerne«, antwortete Archie. »Marvin ist *ExxonMobil*, Wutty ist *Royal Dutch Shell*. Russell ist *British Petroleum* und Jimmy *Saudi Aramco*.«

»Mineralölkonzerne?«

»Sie sind als Ölflecken gekommen.« Er zerrte Thumps hinter sich her zu den anderen. »Wenn du den Anzug gekauft hättest, hättest du als *Gazprom* gehen können!«

Es war Braten. Al stand hinter dem Tisch und schnitt Scheiben davon ab.

»Na, schau einer an, wer gekommen ist, um sich gratis den Wanst vollzuschlagen.«

Archie drückte Thumps einen Teller in die Hand. »Guck, sogar Alvera hat sich verkleidet.«

Al sah exakt so aus wie immer. Thumps zermarterte sich den Kopf, was sie darstellen wollte – vergebens.

»Jack the Ripper.« Al fuchtelte mit dem Bratenmesser in seine Richtung. »Wie die aussah, weiß ja niemand.«

Thumps war sich indessen ziemlich sicher, dass Jack the Ripper ein Er gewesen war.

»Vielleicht«, sagte Al, »vielleicht aber auch nicht.«

»Hätte nichts gegen ein paar Scheiben einzuwenden.«

»Keine Ahnung, ob man unverkleidet Essen kriegt.«

»Ist das Meerrettich?«

Außer Braten gab es Kartoffelsalat und eine Platte mit Tomaten und frischem Basilikum, Mehrkornbrötchen aus der *Fjord Bakery* und verschiedene Desserts aus dem *Lucille's*. In einem großen »Kessel mit Blut« schwappte Himbeersaft mit einem Schuss Zitrone für den Biss. Das *Mirrors* hatte den Kaffee spendiert, und selbst Morris Dumbo war gekommen und hatte mehrere Schachteln mit Donuts vom Vortag mitgebracht.

Archie hatte im rückwärtigen Teil des Ladens Sitzgelegenheiten für die Älteren und all jene aufgestellt, die zu müde waren, um herumzustehen.

»Das schließt Diabetiker mit ein«, erklärte er. »So kannst du gleich mit deinen neuen Freunden essen.«

An einem Tisch in der Ecke saßen Gloria Baker-Doyle und Calder Banks. Gloria trug eine abgehalfterte strohblonde Perücke und eine blau gerahmte Brille, Calder ein Tweedsakko mitsamt Schlips und ein weißes Hemd.

Thumps fragte sich, ob Gloria Sydney Pearl verkörpern wollte. Dass die furchterregend sein konnte, war nachvollziehbar. Calders Verkleidung kam ihm ein wenig altmodisch vor – nichts, was ein Fernsehstar des 21. Jahrhunderts unbedingt anziehen wollte.

»Ted Bundy«, erklärte er. »Ich hab für die Rolle vorgesprochen, aber dann haben sie sich für Michael Reilly Burke entschieden.«

Gloria versuchte – wenig erfolgreich –, ein Gähnen zu unterdrücken. »Sorry ...«

»Langer Tag?«

»Am Set gibt es keine kurzen Tage«, dozierte Calder. »Und um genau zu sein, nicht mal viele kurze Nächte.«

»Sie sind nicht da«, sagte Gloria, als hätte sie Thumps' Gedanken gelesen. »Chefin Pearl ist in ihrem Folterkeller und erstellt einen quälenden Zeitplan, und Mistress Maslow ist am Außendrehort und tüftelt die richtigen Einstellungen aus.«

»Am Außendrehort?«

»Wo der Mord verübt wurde«, erklärte Gloria. »Großartig, oder?«

»Allein?« Thumps sah vor sich, wie Maslow an der nächtlichen Belly Butte auf und ab wanderte.

»Sie ist erwachsen«, warf Calder ein.

»Sie wollte ein Gefühl für die Lage bekommen«, erklärte Gloria. »Ich hab ihr angeboten, dass ich mitfahre, aber sie wollte allein dorthin.«

»Wird ja wohl keinen wild gewordenen Indianern begegnen.« In Calders Stimme klang Hoffnung mit. »Oder doch?«

»Sie sollte längst zurück sein.« Gloria sah sich um. »Ich habe versucht, sie zu erreichen, aber sie geht nicht ran.«

»Sie verpasst ziemlich gutes Essen und eine geile Party.« Calder zeigte in Richtung der Band. »Wie kommt's, dass da sämtliche Lieder gleich klingen?«

Thumps war bereits auf dem Rückweg zu Al, als ihm wieder einfiel, dass er Diabetiker war und sich allmählich mit dem Konzept der Mäßigung und mit Insulininjektionen zu Mahlzeiten anfreunden sollte. Die Injektionshilfe lag in seiner Tasche, aber er hatte nicht die leiseste Ahnung, wie viel er nehmen sollte. In welchem Verhältnis standen Insulin und Braten zueinander? War der Kartoffelsalat eine gute Idee gewesen? Er war sich fast sicher, dass Tomaten okay waren. Beim Schokobrownie hatte er seine Zweifel.

Und beim Zitronenkuchen auch.

Er hätte in der Apotheke besser zuhören sollen.

Thumps zog die Toilettentür hinter sich zu. Hatte Beth nicht erwähnt, dass die Handhabung von Insulin eher einer Kunst denn einer Wissenschaft gleichkäme? Die Injektionshilfe sah jetzt, in freier Natur, jetzt, da er sich mit der Realität seiner Krankheit konfrontiert sah, erschreckender aus denn je. Er hatte keine Ahnung, ob er die Nadel langsam ins Gewebe schieben oder sie sich einfach reinhämmern sollte und fertig. Keine der beiden Optionen klang verlockend. Vielleicht konnte er ja durch sein Hemd hindurchstechen – das würde den Stoß abfedern und dafür sorgen, dass es sich nicht so ... medizinisch anfühlte. Es hätte etwas eher Beiläufiges, was er gleich wieder vergessen könnte.

Er konnte sogar hören, wie die Nadel die Haut durchstieß. Aber wirklich weh tat es nicht. Wenigstens das. Okay, es war nicht so schlimm wie befürchtet. Auch wenn er Herzrasen hatte. Thumps lehnte sich gegen das Waschbecken und starrte in den Spiegel. Er fragte sich wirklich, ob man jemandem ansehen konnte, dass er krank oder drauf und dran war zu sterben.

Wahrscheinlich nicht. Und was würde es auch bringen?

Die Party war inzwischen in vollem Gange. Marvin hatte einen Rundtanz initiiert, und all die Diebe und Gangster und Verbrecher und Serienkiller und Massenmörder hielten sich an den Händen und polonaisten wie ein riesiger Lindwurm quer durch die Buchhandlung –

eine Variation der Conga-Line, die Thumps an eine Szene aus der *Addams Family* erinnerte. Raul Julia, Anjelica Huston, Christopher Lloyd. 1991. Gott, war das ein lustiger Film gewesen! »Quäl dich nicht«, sagt Huston zu Julia, »überlass das mir.«

»Thumps!«

Cooley sah aus, als hätte er sich im Dunkeln angezogen. Der blaue Anzug saß nicht, das weiße Hemd war zur Seite verzogen, und die leuchtend blaue Krawatte war über die Schulter nach hinten gewandert. Die Donald-Trump-Maske war okay, aber erst als Cooley sich umdrehte, dämmerte Thumps, was er vor sich sah.

»Die Maske ist einfach zu warm, um sie aufzubehalten«, erklärte Cooley. »Also hab ich alles falsch herum angezogen. So kann ich mit dir sprechen und gleichzeitig die Leute hinter mir erschrecken.«

Moses hatte sich eine zu enge blonde Perücke aufgesetzt und Rouge auf die Wangen aufgetragen.

»Ist aber auch besser so«, fuhr Cooley fort. »Als ich die Maske richtig herum aufhatte, hab ich nämlich darüber nachgedacht, Frauen zu begrapschen und meine Rechnungen nicht zu bezahlen.«

»Wir sollten mittanzen«, sagte Moses. »Marvin und die Jungs sind heute richtig gut.«

»Moses wollte Margaret Thatcher sein.«

Er leckte sich die Lippen. »Die Eiserne Lady.«

»Aber weil ich Donald Trump sein wollte«, fuhr Cooley fort, »hat er sich für Hillary Clinton entschieden.«

»Weißt du«, sagte Moses, »eine Frau zu spielen ist nicht annähernd so schwer, wie eine zu sein.«

Thumps sah zu, wie Donald Trump und Hillary Clinton sich den Tänzern anschlossen. Auch ihn selbst juckte es in den Fingern, andererseits war er müde. Er arbeitete sich an den Wänden entlang, bis er wieder an der Eingangstür stand.

Gloria und Calder hatten sich Kaffee geholt, saßen wieder an ihrem Tisch und plauderten. Archie und Gabby Santucci zogen inmitten der anderen Tänzer an den Kleiderständern vorüber – das ganze Städtchen war auf den Beinen. Thumps hatte für den Fall, dass Claire unbemerkt wieder heimgekehrt war, bereits mehrmals nach ihr Ausschau gehalten.

Vergebens.

Trotzdem sah er sich noch ein letztes Mal um, ehe er die Tür aufschob und hinaus in die Nacht schlüpfte.

20

Es war das Insulin.

Anders war es nicht zu erklären.

Bis er zu Hause ankam, war er hellwach. Tags darauf würde er in der Apotheke vorbeischauen und mit Rawat ein ernstes Wörtchen über die Nebenwirkungen reden und was man dagegen tun konnte.

Vielleicht würde er sich auch auf ein zweites Duell einlassen.

Die Akte lag dort, wo er sie hatte liegen lassen. Thumps hatte noch nie großen Spaß an Ermittlungsberichten gehabt und kannte auch keinen Cop, dem es anders gegangen wäre. Sie wurden aber auch nicht dazu verfasst, vergnüglich zu sein, es handelte sich schließlich um amtliche Dokumente. Die Sprache war hölzern und steif, Fakten und Aussagen häuften sich wie Klafterholz für einen langen Winter.

Wer immer am Leichenfundort fotografiert hatte, hatte eine Blitzleuchte verwendet, und der Blitz hatte jegliche Menschlichkeit ausradiert. Trudys Leiche hätte ebenso gut ein Requisit aus einem Horrorfilm sein können. Oder eine Schaufensterpuppe aus einer Warenhausauslage.

Der Tod war nie schön. Und er war nie freundlich.

Eine tote junge Frau mitten im Nirgendwo.

Soweit er es erkennen konnte, ließ nichts in der Akte darauf schließen, dass die Polizei bei der Untersuchung der Todesumstände schlampig vorgegangen war. Es wies nichts darauf hin, dass ihnen etwas entgangen war, nichts, was ihm die Möglichkeit eröffnet hätte, doch noch auf etwas zu stoßen.

Thumps ging die Akte ein zweites Mal durch – Seite um Seite, Zeile um Zeile. Trudy Samuels war am Fuß der Belly Butte gefunden worden. Ihr Wagen hatte oben am Kamm gestanden. Ihre Verletzungen sprachen für einen Sturz in die Tiefe. Einen Abschiedsbrief gab es nicht.

Wenn dies wirklich alles war, was Nina Maslow ausgegraben hatte, dann verschwendete das Produktionsteam von *Böse Absichten* hier seine Zeit. Was keinen Sinn ergab. Maslow war doch nicht blöd, und sie war auch nicht schlampig. Der Ordner, den Calder dabeigehabt hatte, hatte Thumps' kompletten Werdegang enthalten – und die Zusammenfassung hatte sie nur erstellen können, indem sie umfang- und detailreichere Unterlagen eingesehen hatte. Wo also waren die umfangreicheren Unterlagen zu Samuels? Was er vor sich hatte, war lediglich der Ermittlungsbericht. Wo waren die Notizen, die Maslow sich bei der Recherche überdies gemacht hatte?

Thumps ging die Akte noch einmal durch, auch wenn er wusste, dass es müßig war. Sofern Maslow etwas Neues ausgebuddelt hatte, etwas, was verdächtig gewesen wäre, dann war es nicht hierin enthalten.

In dieser Nacht lag Thumps in seinem Bett – schlief nicht ganz, war aber auch nicht ganz wach – und hatte gleißend hell ausgeleuchtete, hektische Träume, als würde es bei einem Gewitter wiederholt blitzen. Claire, die an einem Strand lag, Anna und Callie, die von einem Felsvorsprung stürzten, Trudy und Tobias, die geheiratet und drei Kinder bekommen hatten.

Nina Maslow neben ihm im Bett.

Nichts davon ergab Sinn. Es waren nur erhellte Bilder, Blitze und dazwischen lange, düstere Stille. Weit nach neun Uhr kapitulierte er, stand auf und schlurfte ins Bad. Er stand unter der Dusche und versuchte, die Erschöpfung mittels nach Vanille duftender Seife von sich abzuwaschen. Er konnte nicht den ganzen Tag hierbleiben, trotzdem blieb er so lange unter der Dusche stehen, bis das Wasser kalt war und es klopfte.

Irgendwer stand vor der Tür.

Cooley wäre einfach reinspaziert. Claire hätte geklingelt. Dixie wäre auf der Veranda stehen geblieben, bis Thumps ihn dort zufällig entdeckt hätte. Archie hätte sowohl geklopft *als auch* gerufen.

Blieb noch eine Person.

»Howdy«, sagte der Sheriff ohne einen Hauch Belustigung. »Sind Sie gerade erst aufgestanden? Kein Wunder, dass dieses Land den Bach runtergeht.«

»Ich hab geduscht.«

Duke balancierte zwei Kaffeebecher in einem Takeaway-Papphalter. »Sie riechen wie zwei Kugeln Eis.«

Thumps tropfte Wasser aus den Haaren. »Ich muss mich erst anziehen.«

»Fantastische Idee«, sagte Duke.

»Ich hab nichts zu essen da außer Trockenfutter für die Katze.«

»Dann darf ich reinkommen?« Duke stellte den Papphalter auf dem Küchentisch ab. »Einige von uns müssen nämlich arbeiten.«

Thumps warf die Schlafzimmertür hinter sich zu. Dass der Sheriff frühmorgens bei ihm aufkreuzte, war kein guter Start in den Tag. Wenn der Mann obendrein mit Kaffee vorbeikam, hieß das gemeinhin, dass Duke ihn um einen Gefallen bitten wollte. Oder schlimmer noch – um seine Hilfe.

Thumps fand seine Jeans. Er checkte sein Hemd. Noch tragbar. »Ein Kaffee reicht aber nicht«, rief er, während er seine Schublade nach einem sauberen Paar Socken durchwühlte. »Wenn Sie reden wollen, müssen Sie mir schon ein Frühstück spendieren.«

Duke brummte etwas vor sich hin, was eindeutig unerfreut klang.

Thumps nahm sich alle Zeit der Welt, sein Hemd zuzuknöpfen und dann zu entscheiden, ob er Sportschuhe oder Stiefel dazu tragen wollte. Er entschied sich für Stiefel. Bis er zurück in der Küche war, trampelte der Sheriff bereits auf und ab wie eine Büffelherde auf einem Wildpfad.

»Na endlich!«

»Ich muss mich um mein Auto kümmern.« Thumps blieb mitten in der Küche stehen und spielte unbewegliches Hindernis. »Und ich muss einkaufen gehen.«

»Trinken Sie Ihren Kaffee«, sagte die unaufhaltsame Naturgewalt.

»Und ich muss etwas essen.«

Duke griff in seine Tasche und zauberte einen in Butterbrotpapier gewickelten Klumpen hervor. »Frühstück.«

Auf dem Papier zeichneten sich Fettflecken ab. Thumps

stieg der Geruch totgebratenen Rindfleischs und verbrannter Zwiebeln in die Nase.

»Ist nicht Ihr Ernst.«

»Sie können im Wagen essen.«

»Ich fahre nirgendwohin.«

»Ich will Sie nicht verhaften müssen.«

»Weshalb sollten Sie mich denn verhaften?«

»Wegen Nervtöterei.« Hockney griff sich Thumps' Jacke von der Stuhllehne und warf sie ihm zu. »Los, aufgesattelt, Kemosabe!«

»Haben Sie eine Ahnung, was ›Kemosabe‹ heißt?«

»Nope.«

»Wo soll es überhaupt hingehen?«

»Überraschung.«

»Ich mag keine Überraschungen.«

»Wie wär's damit?« Duke hielt mit dem Fuß die Tür für ihn auf. »Ich weiß auch nicht, wo's hingeht.«

Bei dem Frühstück handelte es sich um eine Art fettigen, in geschmolzenem Käse ertränkten Wrap. Thumps hielt ihn von sich weg.

»Das ist kein Frühstück.«

»Ist sogar die De-luxe-Version.«

»Das kann ich nicht essen.«

Duke hielt den Blick unverwandt auf die Straße gerichtet. »Im Handschuhfach liegt noch ein Schokoriegel.«

»Ich bin Diabetiker.«

»Dann essen Sie den Wrap.«

Thumps hatte insgeheim gehofft, der Sheriff würde ihn irgendwohin in die Stadt mitnehmen, und was immer er vorhatte, wäre im Handumdrehen erledigt.

Aber so war es nicht.

Kommentarlos ließ Duke die Stadt hinter sich, und noch ehe Thumps den Wrap gegessen hatte, waren sie vom Highway abgefahren und auf die alte Mautstraße abgebogen, die quer durch die Prärie in die Berge führte.

»Fahren wir über die Grenze?«

»Machen Sie bloß keine Fettflecken auf meinen Sitz.«

»Weil ich meinen Pass nämlich nicht dabeihabe.«

Vor dem wolkenlosen klarblauen Himmel zeichneten sich die Berge messerscharf und präzise ab, als hätte jemand sie für den Winter angespitzt. Während sie einen flachen Hügel überquerten und Thumps dahinter die weite Landschaft vor sich sah, dämmerte ihm, wohin sie unterwegs waren.

»Belly Butte?«

Der Weg hoch zur Butte war schmal und von tiefen Furchen durchzogen. Der Sheriff musste um diverse Rinnsale, die nach dem Dauerregen von oben herabströmten, und um blank gespülte Steinbrocken herummanövrieren, die wie die Wirbel eines prähistorischen Getiers aus dem Erdboden ragten.

Zu Thumps' Überraschung warteten am oberen Ende bereits vier weitere Wagen auf sie: Beth Mooneys Kombi stand direkt an der Felskante, Lance Packards Wagen ein Stück dahinter, daneben wiederum der Deputy mit einem Fernglas um den Hals, einer Rolle Absperrband in der Hand und einem aufgewickelten Kletterseil um die Schulter.

Und ein weißer Toyota stand neben Sydney Pearls Honda.

»Wir brauchen Ihren Blick«, sagte der Sheriff und würgte seinen SUV ab.

»Nein, brauchen Sie nicht«, sagte Thumps. »Sie haben Lance und Beth.«

»Halten Sie einfach den Mund, und spitzen Sie die Ohren.«

Beth wartete schon; sie sah nicht glücklich aus. »Wurde auch Zeit.«

Duke nickte in Thumps' Richtung. »Ich musste erst noch einen Zwischenstopp einlegen und den Mann füttern.«

»Er hat versucht, mich mit Fast Food umzubringen!«

Beth runzelte die Stirn. »Du sollst den Mist doch nicht essen.«

Duke schob sich den Hut tiefer in die Stirn. »Könnten wir das morgendliche Gejammer auf später verschieben und uns an die Arbeit machen?«

Unter ihnen am Fuß des Steilhangs lag eine Leiche. Thumps konnte von oben nicht sehen, wer es war, aber er hatte einen Verdacht.

»Scheiße.«

»Scheiße trifft es ziemlich gut«, brummte Duke.

»Nina Maslow?«

Der Sheriff drehte sich zu ihm um. »Wie kommen Sie darauf?«

»Maslow war nicht auf Archies Party. Sie war gestern Abend hier, um sich den Drehort anzusehen.«

»Am Abend?«

»Hab ich zumindest gehört.«

»Ich unterbreche nur ungern.« Beth hielt ihre Kamera hoch. »Aber ich brauche Fotos von der Leiche und früher oder später die Leiche an sich.«

Das alles hier nahm eine ungute Richtung, die Thumps nicht behagte.

»Sie haben mich hergebracht, damit ich Ihnen helfe, die Leiche zu bergen?«

»Nicht mir«, entgegnete Duke, »sondern Lance.«

»Nie im Leben.«

»Wir können da nicht runterfahren«, sagte der Sheriff. »Und Sie sind Fotograf.«

»Das sind gut sechzig Meter! Und ich hab meine Kamera nicht dabei.«

»Eher neunzig«, sagte Beth. »Da drüben ist ein Pfad, aber der ist steil, also dürft ihr starken Männer dort runtersteigen.«

»Ich nicht«, sagte der Sheriff, »ich muss den Zeugen befragen.«

»Sie haben einen Zeugen?«

Duke zeigte auf Lance' Streifenwagen. »Der Typ, der Alarm geschlagen hat.«

Thumps kniff die Augen zusammen. Auf der Rückbank des Streifenwagens im Schatten und gegen die Tür gelehnt saß Tobias Rattler.

Beth streckte Thumps ihr Handy entgegen. »Damit schießt du die Fotos.«

»Mit einem Telefon?«

»Du weißt, wie so was funktioniert?«

»Wer bitte schön schießt Fotos mit einem Telefon?«

»Okay.« Beth nahm das Handy wieder an sich. »Sieht so aus, als müssten wir alle dort runter.«

»Aber vorsichtig!« Duke schlenderte auf den Streifenwagen zu. »An die neunzig Meter – und verdammt steil!«

21

Der Trampelpfad von der Kante der Belly Butte hinunter bis in die Prärieebene glich einer Achterbahn, und bei jeder scharfen Biegung, bei der sich Geröll und Steinchen unter Thumps' Schritten lösten wie loser Schnee, fühlte er sich wie auf Skiern. Als würde er ein World-Cup-Slalomrennen fahren.

»Genieß es.« Beth schlitterte direkt hinter ihm her. »Der Rückweg wird nicht annähernd so spaßig.«

Nina Maslow lag am Fuß der Geröllpiste. Ein Arm war in einem unschönen Winkel abgespreizt, das Gesicht war vom Fels schier zerschlagen.

Beth schob sich an Thumps und Lance Packard vorbei. »Bleibt auf Abstand, bis ich mir einen ersten Überblick verschafft habe.«

»Das ging ja ordentlich runter«, stellte Lance fest. »Ich wette, da nimmt man Fahrt auf.«

Thumps sah zu, wie Beth gegen den Uhrzeigersinn langsam die Leiche umrundete und mit dem Handy Fotos machte. Dann ging sie in die Hocke. »Leichenbeschau für Anfänger«, rief sie den beiden zu. »Wer mag als Erster?«

»Lance«, antwortete Thumps und ließ dem Deputy den Vortritt.

Lance lief puterrot an, als hätte seine Mutter ihn soeben gefragt, ob er sexuell aktiv sei.

»Die Verletzungen sehen aus, als dürften sie von einem Sturz herrühren.« Lance nahm das Fernglas hoch und suchte die Felswand ab. »Ich kann Schleifspuren sehen. Könnte das Gleichgewicht verloren haben und abgerutscht sein.«

»Okay«, sagte Beth, »jetzt der Kompagnon.«

Thumps starrte die Leiche an. Selbst als er Cop gewesen war, hatte er sich an den Umgang mit Toten nie recht gewöhnen können. Die meisten hatte er nicht gekannt, doch bei Nina Maslow verhielt es sich anders. Gestern war sie noch lebendig und bei bester Gesundheit gewesen, und jetzt war sie tot. Thumps versuchte, aus dem Bild, das er vor sich sah, schlau zu werden, aber es funktionierte nicht.

»Mag sein ...«

»Mag sein?« Beth stand auf, stemmte die Hände in die Hüften und sah ihn abwartend an. »Willst du das näher ausführen?«

»Nope.«

Beth nickte und blickte zu Lance. »Dann bist jetzt du wieder dran.«

Lance errötete von Neuem, allerdings nicht mehr so heftig wie zuvor. »Fiese Kopfverletzung.«

»Das stimmt«, sagte Beth.

»Die könnte sie sich beim Sturz zugezogen haben.« Lance hatte sich durch den Satz gearbeitet wie durch ein Minenfeld.

»Aber Genaueres erfahren wir erst, wenn wir sie in meinen Keller gebracht haben, nicht wahr?« Beth machte noch ein Foto.

Lance' Miene hellte sich auf. »Leichenschau, ja?«

Thumps sah nach oben zur Felskante. Es war ein tiefer, tödlicher Abgrund. Oben war der Hang noch abgeschrägt, doch dann fiel er steil ab. Da ging es ungebremst nach unten.

Beth hob die Hand über die Augen. »Aber erst müssen wir sie hochbringen.«

»Wir?«

»Du und Lance«, sagte Beth. »Ich bin hier nur schmückendes Beiwerk.«

Während der Abstieg von der Belly Butte sich wie eine Abfahrt in St. Moritz angefühlt hatte, war der Aufstieg eher die Besteigung des Matterhorns.

Mitsamt Leichensack im Gepäck.

Lance nahm das eine, Thumps das andere Ende. Sie mussten zigmal stehen bleiben, um wieder zu Atem zu kommen.

»Weißt du, wie weit es noch ist?«

Es war kühl geworden, trotzdem war Thumps' Hemd komplett schweißnass, und seine Schultern schmerzten. »Keine Ahnung …«

»Ich auch nicht«, keuchte Lance.

Der Sheriff und Beths Kombi warteten schon, als sie endlich oben ankamen. Rattler war aus dem Streifenwagen gestiegen. Er hielt ein in farbiges Papier gewickeltes Bündel in der Hand.

Thumps legte sein Ende auf dem Boden ab. »Sind das Blumen?«

»Gelbe Rosen.«

Duke ließ den Kofferraumdeckel des Kombis zufallen. »Das hat ja gedauert!«

Thumps stützte sich auf die Knie. Lance blieb aufrecht stehen und tat so, als hätte der Aufstieg ihm nichts anhaben können.

»Zählen Sie gerade die Fahrzeuge?« Duke zog sich die Hose hoch.

»Ja.«

»Beths Kombi«, zählte Hockney auf, »Lance' Streifenwagen, meiner …«

»Der Toyota gehört mir«, rief Rattler. »Ist ein Leihwagen.«

»Bleibt noch der Honda.«

»Der Wagen ist auf Sydney Pearl zugelassen«, warf Lance ein. »Hab in der Zulassungsstelle nachgefragt.«

»Also«, sagte Thumps, »die Zahl der Fahrzeuge und der Leute passt.«

»Verdammt«, sagte Duke. »Ich hasse es, wenn zwei plus zwei vier ergibt.«

Es war schon bewundernswert. Fünf Fahrzeuge. Sechs Leute.

Beth fuhr Maslows Leiche im Kombi zum Grundbuchamt. Lance fuhr allein zurück nach Chinook.

Blieben noch drei Wagen und drei potenzielle Fahrer.

»Ich habe Stas angerufen«, sagte der Sheriff. »Er holt den Toyota und den Honda ab und schleppt sie auf seinen Hof.«

»Ich dachte, *High Country* hat einen Vertrag mit Ihnen?«

»Haben sie auch«, sagte der Sheriff, »aber unser Mr Rattler hier hat angeboten – angesichts unseres mageren Budgets und um seine Bereitschaft zur Kooperation zu demonstrieren –, beide Wagen auf seine Kosten abholen zu lassen.«

»So bin ich«, sagte Rattler, »die personifizierte Bereitschaft.«

»Und was, wenn ich den Honda in die Stadt fahre?«

»Das hier ist ein potenzieller Tatort«, sagte Duke. »Da sind Testfahrten tabu.«

Thumps sah in Richtung Berge. Hinter die Gipfel hatten sich Wolken geschoben.

»Ich nehme an, ich gehöre zum Personenkreis, an dem die Polizei ein gesteigertes Interesse hat«, stellte Rattler fest. »Weil ich die Leiche gefunden und die Polizei verständigt habe.«

»Jepp«, sagte Duke. »So könnte man es ausdrücken.«

Thumps rieb sich die Augen. Er war müde, und er hatte Hunger. »Was ich nicht ganz verstehe... Warum haben Sie mich aus dem Bett gezerrt und gegen meinen Willen hierhergebracht?«

»Ich habe Ihnen ein Frühstück spendiert.«

»Das war kein Frühstück.« Thumps hörte selbst, wie sein Magen anfing zu knurren. »Und dann haben Sie mich gezwungen, eine Leiche einen Steilhang hochzutragen.«

»Lance hat die Hauptlast getragen«, wandte Duke ein.

»Der Sheriff hat recht«, sagte Rattler. »Der Deputy war am schweren Ende.«

»Ich verstehe trotzdem immer noch nicht, warum ich gebraucht wurde. Sie haben doch Maslows Leiche – und den Typen, der sie gefunden hat.«

»Alles richtig«, sagte Duke.

»Sie haben seine Aussage.«

Der Sheriff rieb sich die Hände. »Wird bestimmt kalt heute Nacht.«

»Sie haben keine Aussage?«

»Nope«, sagte der Sheriff. »Keine Aussage.«

Rattler zuckte mit den Schultern.

»Ist er verhaftet?«

»Nope«, sagte der Sheriff erneut. »Solange ein Leichenfund kein Verbrechen ist ...«

»Er muss doch irgendwas ausgesagt haben.«

»Keinen Mucks«, sagte Duke. »Als Lance hier eingetroffen ist, meinte Rattler, er würde nur mit einer einzigen Person sprechen.«

»Genau das habe ich gesagt.« Lächelnd schlenderte Rattler auf den Abgrund zu.

»Wo wollen Sie hin, verdammt?«

Rattler hielt bloß die Blumen über seinen Kopf und ging weiter.

Es dauerte noch einen Augenblick, ehe Thumps begriff, wer jene einzige Person sein musste. »Scheiße ...«

»Genau das hab ich auch gedacht«, sagte der Sheriff. »Der weltberühmte Romancier will nur mit Ihnen sprechen.«

Thumps holte tief Luft und ließ sie durch die Mundwinkel wieder entweichen. »Deshalb haben Sie mich hier hochgeschleift. Damit ich ihn befrage.«

»Verdammt, DreadfulWater«, sagte Duke und rutschte hinters Steuer, »warum sonst hätte ich Ihnen ein Frühstück spendieren sollen?«

Rattler war an der Steilkante angekommen und stand kurz reglos da. Dann sah Thumps zu, wie er die Blumen losließ und sie durch das helle Prärielicht segelten.

22

Das morgendliche Drama hatte aus vier Akten ohne Atempause bestanden, und erst auf der Rückfahrt nach Chinook hatte Thumps die Gelegenheit, über seine Rolle in diesem Stück nachzudenken.

Erster Akt. Der Sheriff zerrt ihn aus seinem Haus.

Zweiter Akt. Der Sheriff versucht, ihn mit einem Bacon-Fett-Wrap umzubringen.

Dritter Akt. Der Sheriff zwingt ihn, eine Leiche einen Steilhang hinaufzutragen.

Vierter Akt. Der Sheriff nötigt ihn, den Mann in die Mangel zu nehmen, der die Leiche gefunden hat.

Er war der Freitag zum Robinson-Crusoe-Sheriff. Er sollte sich einen besseren Manager suchen.

Es war nicht das erste Mal, dass Hockney den Umstand ausnutzte, dass sie persönlich miteinander bekannt waren, und es war sicher nicht das letzte Mal. Bei den meisten Gelegenheiten hatte Thumps es hingenommen.

»Wo fahren wir hin?«

»In mein Büro.«

Diesmal würde er es nicht hinnehmen.

»Ich bin raus«, sagte Thumps.

»Was?«

»Ich bin raus. Ich fahre nicht mit Ihnen ins Büro.«

»DreadfulWater …«

»Ich habe Hunger. Ich glaube, mein Blutzuckerspiegel sinkt.«

Duke imitierte eine Fliegerbombe. »Die Stadt spendiert Ihnen kein zweites Frühstück.«

»Mit leerem Magen kann ich nicht arbeiten.«

»Jetzt, da Sie es erwähnen«, warf Rattler ein, »ich habe ebenfalls Hunger.«

Der Sheriff verstärkte den Griff um das Lenkrad. »Sieht das hier aus wie ein Food Truck?«

»Al's«, sagte Thumps. »Ich will im *Al's* essen.«

»Fantastischer Vorschlag«, sagte Rattler. »Ich habe Alvera seit Jahren nicht mehr gesehen.«

»Sie sind ein Verdächtiger«, widersprach Duke, »und Verdächtige kriegen kein Frühstück.«

»Ich dachte, ich wäre bloß eine ›Person von Interesse‹«, gab Rattler zurück. »Wie wär's, wir unterhalten uns bei einer ordentlichen Mahlzeit und einem Kaffee?«

»Ich hab Kaffee im Büro.«

Thumps drehte sich zu Rattler um. »Nein, hat er nicht.«

Duke wandte den Blick nicht von der Straße ab. »Eines schönen Tages verletzen Sie mal meine Gefühle, wissen Sie?«

»Ein niedriger Blutzucker ist kein Spaß«, warf Rattler ein. »Frühstück könnte eine medizinische Dringlichkeit darstellen.«

»Ich bin Diabetiker«, ergänzte Thumps schnell, ehe die Chance vertan war. »Ich muss regelmäßig was zu mir nehmen.«

»Herrgott noch mal«, sagte Duke, »sind Sie verheiratet?«

»Al's«, wiederholte Thumps. »Ich rede nur noch im *Al's.*«

»Himmel, DreadfulWater, nicht Sie sind die Person von Interesse! Der Typ auf der Rückbank ist die Person von Interesse!«

»Und diese Person von Interesse will nur mit DreadfulWater sprechen.« Rattler gähnte und schloss die Augen. »Im *Al's.*«

Am rückwärtigen Ende hatte Al aus Sperrholz ein paar Sitznischen eingezogen. Nicht dass die Stammgäste sie je benutzt hätten. Die Nischen waren für die Touristen gedacht und ansonsten um jeden Preis zu meiden. Erstens saß man dort höllisch unbequem – auf Holzbänken statt auf gepolsterten Hockern. Zweitens war man dort meilenweit von der Kaffeekanne entfernt, und Al kam nur selten hinter ihrer Theke hervor. Wenn man also in einer Nische Platz nahm und Kaffeenachschlag wollte, musste man aufstehen und seinen Becher zu Al nach vorne tragen.

Die Nischen waren leer. Wie immer. Der Sheriff steuerte die allerhinterste an und dirigierte Thumps gegenüber von Rattler. Er selbst setzte sich neben Thumps.

Der war mit dem Arrangement nicht sonderlich glücklich. »Warum muss ich an der Wand sitzen?«

»Damit Sie nicht abhauen«, sagte Duke. »Und auf diese Weise können wir beide Mr Rattler ins Gesicht sehen.«

»Wollt ihr nicht noch ein Stück zusammenrücken?« Hinter dem Tresen hatte Al ihr Handy gezückt. »Dann krieg ich euch alle aufs Bild.«

»Morgen, Alvera«, sagte Duke.

»Das kann ich bestimmt zu Geld machen.« Al breitete die Arme über dem Kopf aus, als würde sie die große Schlagzeile schreiben: »Locals sitzen in Nische!«

»Polizeisache«, erklärte Hockney und versuchte, behördlich zu klingen.

»Mein Tresen ist für Polizeisachen wohl nicht gut genug?« Al ließ das Handy in ihrer Schürze verschwinden. »Und ihr glaubt, ich laufe den ganzen Weg zu euch rüber?«

»Stellen Sie einfach alles auf den Tresen«, sagte Duke, »und wir holen es uns dort.«

Al runzelte die Stirn. Dann machte sich auf ihrem Gesicht ein Strahlen breit. »Tobias Rattler – bist du das?«

»Hallo, Ms Couteau.«

Al kam mit der Kaffeekanne um die Theke herum. »Hätte nicht gedacht, dass ich dich noch mal wiedersehe!«

»Hätte auch nicht gedacht, dass ich hier noch mal aufkreuze.«

Al schenkte ihm Kaffee ein.

Duke schob seinen Becher zu ihr rüber. »Ich hätte auch gern Kaffee.«

Al ignorierte den Sheriff. »Setzt Duke dir arg zu?«

»Ach was, Ma'am«, antwortete Rattler.

Thumps schob seinen Becher neben den von Duke. »Kaffee?«

Al drehte sich zu Duke um. »Ist Toby verhaftet?«

Der Sheriff sackte auf seinem Sitz leicht zusammen. »Noch nicht.«

»Geht's hier um diese Maslow?«

»Polizeisache«, wiederholte Duke.

Al füllte den Becher des Sheriffs nur bis zur Hälfte. »Wutty hat erzählt, dass er Sie heute früh beim Rieseneichhörnchen gesehen hat.«

Duke zeigte mit dem Daumen auf Thumps. »War für ihn.«

»Nein, war's nicht!«

»*Shadow Ranch*, *Mirrors* und jetzt auch noch *Skippy's?*« Al knallte die Kaffeekanne auf den Tisch. »Willst du mir blöd kommen, DreadfulWater?«

»Nein.«

»Weil du diesbezüglich einen echt guten Job machst!«

Rattler gebot ihr mit erhobener Hand Einhalt. »Tatsächlich versuchen Thumps und der Sheriff herauszufinden, was mit Trudy Samuels passiert ist.«

Ihre Schultern entspannten sich ein wenig. »Na, wird ja auch Zeit. Emmitt Tull hätte doch seinen eigenen Arsch nicht gefunden, selbst wenn er beide Hände in die Gesäßtaschen gesteckt hätte.«

»Vielleicht Spiegeleier mit Würstchen«, dachte Rattler laut nach, »und Hash Browns?«

Al nickte. »Und ich gehe davon aus, ihr zwei nehmt das Übliche?«

»Bitte«, sagte Thumps.

»Ja«, sagte der Sheriff.

Al hob die Kaffeekanne in Dukes Richtung. »Ihre Eier angebrannt, ja?«

»Er ist nicht verhaftet!«

»Behalten Sie das bloß im Hinterkopf.«

Thumps wartete noch, bis Al wieder am Grill stand.

Die Frau war bekannt dafür, alles zu sehen – und noch besser zu hören.

»Ich hab hier früher gejobbt, wissen Sie?«, erzählte Rattler.

»Hier?«

»In meiner Highschool-Zeit. Ich war Alveras Tellerwäscher.«

»Gut zu wissen.« Duke gab Thumps einen Klaps auf die Schulter. »Okay, Sie sind dran.«

Thumps war sich nicht sicher, ob der Klaps eine Aufmunterung sein sollte oder vielmehr ein Angriff. Vielleicht etwas von beidem.

»Der Sheriff will wissen, was Sie heute alles gemacht haben.«

»Ja, das will er«, warf Duke ein.

Rattler nahm einen Schluck Kaffee. »Sie meinen, was ich an der Belly Butte gemacht habe?«

»Genau«, sagte Thumps. »Setzen wir doch da an.«

Rattler lehnte sich mit verschränkten Armen zurück. »Reine Sentimentalität ...«

Duke lehnte sich vor. »Sentimentalität?«

»Dort ist Trudy gestorben.«

»Deshalb die Blumen?«

»Genau deshalb«, sagte Rattler.

»Dann haben Sie heute Morgen einen Strauß Rosen gekauft und sind raus zur Belly Butte gefahren? Weil dort Trudy gestorben ist?«

»Die Rosen habe ich schon gestern gekauft.«

»Und als Sie dort ankamen, sind Sie über eine Leiche gestolpert ...«

Rattler rieb sich den Hals. »Unglaublich, aber wahr.«

»Allmählich denke ich ernsthaft über eine Verhaftung wegen Nervtöterei nach«, sagte Duke.

»Das hab ich gehört!«, rief Al vom Grill.

»Himmel«, flüsterte der Sheriff, »ist der Tisch verwanzt?«

Rattler schnitt sein Würstchen klein und zupfte den Toast in Stücke. »Ich bin gegen acht an der Butte gewesen. Hab den Honda gesehen. Hab mich umgeschaut, Maslows Leiche entdeckt und Sie angerufen.«

»Menschenskinder«, sagte Duke, »na, dann ist ja jetzt alles klar.«

Thumps hob seinen Becher, um zu sehen, ob er Als Aufmerksamkeit erregen konnte. »Mal abgesehen davon, dass es schon ein Riesenzufall ist …«

»Ja«, sagte der Sheriff, »mal ganz abgesehen davon.«

Rattler unterdrückte ein Gähnen. »Und Sie glauben beide nicht an Zufälle.«

»Trudy Samuels wurde am Fuß der Belly Butte tot aufgefunden«, sagte Duke. »Und dann wird Nina Maslow ebenfalls tot am Fuß der Belly Butte aufgefunden …«

»Und jetzt glauben Sie, dass ich der gemeinsame Nenner bin.«

»Sie *sind* der gemeinsame Nenner«, resümierte der Sheriff.

Rattler schob seinen Teller von sich weg. »Wollen Sie mich jetzt doch verhaften?«

»Nein.«

Toby rutschte aus der Nische. »Dann wär es okay …?«

»Klar.« Der Sheriff stand ebenfalls auf.

»Begleiten Sie mich zur Tür?«

»Nein.«

»Erzählen Sie mir noch, dass ich die Stadt nicht verlassen darf?«

Duke drehte sich zu Thumps um. »Warum hab ich daran nicht gedacht?«

Thumps zog eine Gabelvoll Kartoffeln durch den Ketchup. »Muss Ihnen entfallen sein.«

Rattler warf sich die Jacke über die Schulter. »Haben Sie zwei je darüber nachgedacht, auf Tour zu gehen? Cheech Marin und Tommy Chong haben damit ein Vermögen gemacht.«

Der Sheriff übernahm Rattlers Platz in der Nische. Thumps blieb, wo er war.

»Jetzt können Sie die Tür sehen.«

»Genau«, sagte der Sheriff.

»Für den Fall, dass Rattler wiederkommt und ein Geständnis ablegt?«

»Als Vertreter der Strafverfolgungsbehörden muss ich auf alles gefasst sein.«

Thumps wischte mit einem Stück Toast seinen Teller sauber. »Cheech und Chong?«

»Na«, sagte Duke, »da haben Sie sich ja mal wieder was Schönes eingebrockt.«

»Das waren Laurel und Hardy«, sagte Thumps. »Und es muss heißen: ›Da haben Sie *uns* ja mal wieder was Schönes eingebrockt.‹«

»Wie auch immer«, sagte der Sheriff, »für die Brocken sind jetzt Sie verantwortlich, nicht ich.«

Aus heiterem Himmel stand Al neben ihnen. »Und möchten die Herren mehr Kaffee?«

»Bitte«, sagte der Sheriff.

»Ja, Ma'am«, sagte Thumps.

»Dann habt ihr's gelöst?«

»Von welchem Es reden wir jetzt?«, hakte der Sheriff nach.

»Die Morde«, antwortete Al. »Liegt doch wohl auf der Hand.«

Für den Fall, dass sie sich vom Sheriff ablenken ließe, schob Thumps seinen Becher auf die Kaffeekanne zu. »Samuels und Maslow?«

Al stellte die Kanne ab und hielt drei Finger hoch. »Samuels, Samuels und Maslow.«

»Buck etwa auch?«

Al schenkte Kaffee nach. »Natürlich. Adele hat sie alle umgelegt.«

»Adele Samuels?«

»Frag den Sheriff«, sagte Al. »Emmitt Tull hat ihr Buck durchgehen lassen, und guck, was dabei herausgekommen ist.«

»Emmitt war ein guter Cop«, sagte Duke wenig überzeugt. »Er war einfach nur beratungsresistent.«

Al kehrte an den Grill zurück. »Erst Buck, dann Trudy und jetzt auch noch Maslow«, rief sie über die Schulter. »Ihr zwei Genies müsst jetzt doch nur die Punkte miteinander verbinden.«

Duke starrte in seinen halb leeren Becher und wartete, doch Thumps war klar, dass Al in nächster Zeit nicht mehr zurückkommen würde.

»Wollen Sie es probieren?«

»Was?«, fragte Duke.

»Die Punkte miteinander zu verbinden.«

»Verdammt, DreadfulWater«, sagte der Sheriff, »als Trudy gestorben ist, war ich noch ein Kind!«

»Aber Sie haben die Akte gelesen.«

»Emmitt Tull war mein Onkel.« Dukes Gesicht verfinsterte sich. »Und Trudy Samuels war Chinooks großes ungelöstes Rätsel.« Er griff über den Tisch und nahm sich eins von Thumps' Würstchen. »Buck Samuels hatte einen Herzinfarkt. Er hatte schon länger Herzprobleme – zwei frühere Infarkte. Keiner war überrascht, als er umgekippt ist.«

»Wo ist er gestorben?«

»Zu Hause«, antwortete Hockney. »Adele hat den Notruf gewählt, aber bis die Sanitäter da waren, war er schon tot.«

»Gerüchte?«

»Klar«, sagte der Sheriff. »Adele hätte seine Herztabletten durch Zuckerpillen ersetzt. Oder Buck hätte einen Herzanfall gehabt, und sie hätte dagestanden und zugesehen, wie er starb, ehe sie Hilfe gerufen hat. Oder Adele hätte eine Affäre gehabt und Buck das Herz gebrochen.«

»Oder er hatte einfach einen Infarkt und ist daran gestorben.«

»Oder das.«

»Okay«, sagte Thumps. »Trudy Samuels.«

»Hübsches Mädchen«, sagte Duke. »Ist immer wieder in Schwierigkeiten geraten.«

»Drogen und Alkohol?«

»All das«, sagte der Sheriff, »und zu schnelles Fahren.«

»Zu schnelles Fahren?«

»Sie war kaum sechzehn, als sie sich eine Corvette gekauft hat. Da war ich vielleicht dreizehn. Was für ein Auto! Damals hieß es, sie hätte eine ganze Tonne Strafzettel angesammelt. Da gibt's diese Falle in Randall, Trudy ist dort mindestens einmal die Woche geblitzt worden.«

»Hat sie je den Führerschein abgeben müssen?«

»Nie«, sagte Duke. »Angeblich sind die Strafmandate immer anders gelöst worden.«

»Per Samuels-Scheckbuch.«

»So lief das damals.«

»Klingt nicht nach einer glücklichen Kindheit.«

»Nein«, sagte der Sheriff, »glücklich war sie wohl nicht.«

Thumps versuchte, auf der Bank eine bequeme Sitzposition zu finden. »Und Tobias Rattler?«

»Den kannte ich nicht.« Duke starrte die Rückwand an. »Aber Emmitt und mein Dad haben sich oft unterhalten. Sie wissen, wie Kids sind.«

»Sie belauschen Gespräche, die nicht für ihre Ohren bestimmt sind.«

»Erwachsenengespräche waren immer die besten. Es gab da diesen Vorfall ... nach einem Footballspiel. Wenn Sie mich fragen, ist Trudy Samuels damals belästigt worden. Hinter der Tribüne.«

»Rattler?«

»Laut Trudy nicht. Sie meinte, Rattler hat sie gerettet. Hat den Typen verjagt.«

»Aber?«

»Aber dann hat Rattler den Fehler gemacht und Trudy heimgefahren, und als sie in ihrem zerrissenen Kleid und in Begleitung von Tobias Rattler vor Adele stand ...«

»Hat die durchgedreht?«

»Anscheinend. Rattler war älter. Und aus dem Reservat. Adele hat ihn bei Emmitt wegen Vergewaltigung angezeigt. Deshalb ist Trudy von zu Hause ausgezogen und hat sich eine Stadtwohnung genommen.«

»Zusammen mit Rattler?«

»Nein. Die beiden gluckten die ganze Zeit aufeinander. Vielleicht waren sie ein Liebespaar, vielleicht aber auch nicht.«

»Und als Trudy tot aufgefunden wurde?«

»Hat Adele Zeter und Mordio geschrien. Wollte, dass Rattler eingelocht und aufgeknüpft würde – wobei ihr die Reihenfolge egal war.«

»Aber es gab nichts, was auf Mord und Rattlers Beteiligung hinwies.«

»Gar nichts«, sagte der Sheriff. »Der Fall hat die Stadt monatelang in Atem gehalten, und sobald sich der Staub gelegt hatte, hat Rattler das Weite gesucht.«

»Worauf ist *Böse Absichten* dann aus?«

»Keine Ahnung«, sagte Duke. »Okay, Sie sind dran.«

»Womit?«

»Versuchen Sie, die Punkte zu verbinden.«

»Ich weiß rein gar nichts über den Fall.«

»Eben«, erwiderte Hockney. »Das ist Ihr Vorteil.«

»Ich will aber nicht dran sein.«

»Ich kann dafür sorgen, dass Ihr Strafzettel unter den Tisch fällt.«

Thumps setzte seinen Becher ab. »*Sie* haben mir den Strafzettel ans Auto gehängt?«

»Wie wär's mit einer Runde *Law & Order?* Sie spielen den schmierigen Verteidiger, und ich bin der rechtschaffene Staatsanwalt.«

»*Sie* haben mir das Knöllchen ausgestellt?«

»Geben Sie alles.«

Thumps rutschte in die Ecke der Nische. »Meinetwegen. Als Buck gestorben ist – ist er da obduziert worden?«

»Nein. Der Arzt der Familie hat den Totenschein ausgestellt, und Adele hat ihn einäschern lassen.«

»Überstürzt?«

»Binnen einer Woche.«

»Der Angriff auf Trudy. Hinter der Tribüne. Ich nehme an, es gibt davon einen Polizeibericht?«

»Ja und nein.«

»Das hilft mir nicht weiter.«

»Adele hat Anzeige erstattet«, erklärte Duke. »Emmitt hat versucht, Trudy zu einer Aussage zu überreden, aber sie meinte damals, sie wüsste nicht, wer sie angegriffen hat.«

»Aber sie war sich sicher, dass es nicht Rattler war.«

»Ja«, sagte der Sheriff. »Da war sie sich sicher.«

Thumps überschlug es im Kopf. »Wann war dieser Angriff?«

Duke dachte kurz nach. »Da dürfte Trudy etwa sechzehn gewesen sein.«

»Hat nicht Adeles Sohn Ethan damals auf dem Anwesen gewohnt?«

Duke schmunzelte. »DreadfulWater, Sie haben Witterung aufgenommen.«

»Buck ist tot. Adele setzt ihren Sohn über Trudy. Ich nehme an, die beiden haben sich nicht wahnsinnig gut verstanden.«

»Geschwisterknatsch?«

»Vielleicht? Möglicherweise war Ethan auch sauer, dass Trudy all diese Vorteile hatte, während er der arme Schlucker war.«

»Fragen Sie sich jetzt, ob Emmitt dieser Frage nachgegangen ist?«

»Wüssten Sie das?«

Duke schüttelte den Kopf. »Nichts aus der Akte weist darauf hin.«

»Wenn also Ethan der Angreifer hinter der Tribüne gewesen wäre ... warum hat sie es nicht erzählt?«

»Sie hätte keinen Grund gehabt, es zu verschweigen.«

Thumps starrte in seinen leeren Becher. »Und dann, anderthalb Jahre später, taucht Trudys Leiche am Fuß der Belly Butte auf.«

»Gibt's noch mehr Punkte, die Sie verbinden wollen?«

»Vergessen Sie die Punkte. Ich will ein Motiv.«

»Das hättet ihr, wenn ihr den richtigen Blickwinkel einnehmen würdet.« Al hatte sich mit der Kaffeekanne angeschlichen. »Das Motiv ist das älteste der Welt.«

»Sex?«

»Das ist das älteste Gewerbe«, erwiderte Thumps und hielt seinen Becher hoch.

»Geld.« Al befüllte beide Becher. »Adele hat Buck und Trudy umgebracht und versucht, es Toby in die Schuhe zu schieben, damit niemand ihr auf die Schliche kommt.«

Duke schüttelte den Kopf. »Meinen Sie nicht, Emmitt hätte sich das angesehen?«

»Mal einen Blick in Bucks Testament geworfen?« Al sah die beiden vielsagend an. »Und was ist mit Nina Maslow?«

Duke zog seinen Becher außer Als Reichweite, nicht dass sie ihn ihm noch wegnahm. »Sie glauben, Nina Maslow könnte herausgefunden haben, dass Adele ihren

Mann und die Stieftochter umgebracht hat? Und dass Adele Maslow deshalb aus dem Weg räumen musste?«

»Klar«, sagte Al, »passt doch. *Böse Absichten* kommt in die Stadt. Der Fall wird neu aufgerollt. Und aus heiterem Himmel landet Nina Maslow am selben Felsen wie Trudy. Gibt es hier irgendwen, der an Zufälle glaubt?«

»Nope.«

»Ich auch nicht.«

»Ist doch ganz einfach.« Al schob die Essensreste zusammen und legte die Teller aufeinander. »Maslow hat etwas herausgefunden, und das hat ihr Schicksal besiegelt.«

»Sie müssen aufhören, so viel fernzusehen«, sagte der Sheriff.

»So ist die menschliche Natur«, flötete sie über die Schulter, während sie mit dem Geschirr nach hinten verschwand. »Nichts weiter als menschlich.«

Thumps fiel sein Insulin-Kit wieder ein. Jetzt, da er gegessen hatte, würde er sich eine Spritze setzen müssen, nur dass er keine Ahnung hatte, wie viel er brauchte. Außerdem wollte er sein Hemd nicht am Tisch lupfen. Müsste er jetzt jedes Mal zur Toilette und sich in einer Kabine verstecken?

»Wissen Sie irgendwas über Insulin?«

Mit dem Kaffeebecher am Mund verzog der Sheriff das Gesicht. »Sie wollen sich jetzt aber nicht hier am Tisch eine Spritze setzen?«

»Nein.«

»Weil das echt ein bisschen eklig wäre.«

Thumps schob das Täschchen zurück in die Jacke. »Also, was glauben Sie?«

»Sie meinen: Hat Maslow etwas über Trudy herausgefunden, was sie den Kopf gekostet hat?«

»Sie müssen zugeben«, sagte Thumps, »dass der Gedanke verlockend wäre.«

»Und das hieße, dass Samuels und Maslow auf das Konto desselben Täters gehen.« Duke setzte seinen Becher ab. »Und es bleibt natürlich noch eine Frage.«

»Was hat Maslow herausgefunden?«

»Nein«, sagte der Sheriff. »Wer von uns ist Cheech, und wer ist Chong?«

23

Thumps hatte nie viel von den Sperrholznischen im *Al's* gehalten, doch nachdem der Sheriff gegangen war, um zur Arbeit zurückzukehren und die Howdy-Bemühungen der Bürgermeisterin zu beaufsichtigen, stellte er fest, dass seine Nische fast einer Zuflucht gleichkam: Hier war es dunkel. Hier war er allein. Und es war still.

»Das hier ist kein Hotel.«

Al war mit der Kaffeekanne zurückgekommen.

»Ich denke nach.«

»Wenn herauskommt, dass ich Leute in diesen Nischen rumlungern lasse, stecke ich im Nu bis zum Hals in Ohrkabeln.«

»In Ohrkabeln?«

»Du weißt schon«, sagte Al, »diese Kids mit Laptops und Kabeln, die aus ihren Ohren baumeln ... die sich bis zur Sperrstunde an einem dieser Latte-Dinger und an einem Heidelbeer-Zitronen-Muffin festhalten.«

»Latte steht doch gar nicht auf der Speisekarte«, wandte Thumps ein, »und Muffins auch nicht.«

»Aber hallo.«

»Die gehen alle ins *Mirrors.*«

»Ich will aber kein Risiko eingehen.«

Thumps hielt seinen Becher hoch, und Al schenkte ihm nach.

»Dann hat Toby mal für dich gearbeitet?«

»Hat Teller gewaschen«, antwortete Al, »und geputzt.«

Normalerweise war Al nicht so zurückhaltend, was Informationen anging. Die meiste Zeit konnte sie sich kaum zurückhalten.

»Und?«

»Ein Mann hat ein Recht auf Privatsphäre.«

Thumps hätte Al am liebsten daran erinnert, wie bereitwillig sie seine Zipperlein in die Welt posaunt hatte. »Seit wann?«

Al kniff die Augen zusammen und schürzte die Lippen. »Sarkasmus ist der Plagegeist aller kleinen Geister.«

»Konsequenz«, korrigierte Thumps sie. »Eine *unvernünftige Konsequenz* ist der Plagegeist und das Schreckgespenst aller kleinen Geister.«

Al wischte sich die Hände an ihrem Geschirrtuch ab. »Hilfst du jetzt dem Sheriff, oder arbeitest du fürs Fernsehen?«

»Keins von beidem.«

»Was habt ihr dann besprochen?«

»Polizeisachen«, sagte Thumps. »Duke und ich haben bloß eine hypothetische Diskussion geführt.«

Wie eine Eule, die eine Maus beäugte, neigte Al den Kopf zur Seite. »Wie wär's, wenn ich dir beim nächsten Mal ein hypothetisches Frühstück vorsetze?«

Thumps spürte einen Luftzug und hörte, wie die Eingangstür zufiel.

»Gut, dass Sie noch da sind!«

Thumps sah zu Al. »Du brauchst eine Hintertür.«

Al zuckte mit den Schultern. »Sieht aus, als würdest du gleich die nächste hypothetische Diskussion führen.«

»Kommen Sie mit, DreadfulWater«, sagte Duke. »Ich hab nicht den ganzen Tag Zeit.«

»Ich muss nach Hause.«

»Ich bringe Sie hin.«

»Wirklich?«

»Natürlich«, sagte der Sheriff. »Direkt nach einem kleinen Zwischenstopp.«

Thumps konnte sich zig Orte vorstellen, zu denen der Sheriff ihn mitnehmen wollte. Seine erste Vermutung war der Leichenkeller im alten Grundbuchamt. Dort läge Nina Maslows Leiche auf dem Seziertisch, und Beth hätte sogar bestimmt schon mit der Obduktion angefangen. Wenn das der Fall wäre, hätte Thumps genug Zeit, um sich eine plausible Erklärung auszudenken, warum er nicht mit in Beths gruseligen Kerker hinabsteigen konnte.

Oder Duke wollte ihn in sein Büro schleppen. Dort war die einzige Gefahr der Kaffee des Sheriffs, und Thumps hatte hinreichend Erfahrung und gesunden Menschenverstand, um sich von der alten Espressokanne fernzuhalten.

An der Belly Butte waren sie bereits gewesen. Thumps konnte sich nicht vorstellen, dass der Sheriff in nächster Zeit dorthin zurückkehren wollte. Trotzdem war alles möglich.

Stattdessen steuerte Hockney seinen Dienstwagen auf die Parkverbotszone vor dem *Tucker.*

»Jeder normale Bürger würde hier ein Bußgeld kassieren«, sagte Thumps. »Wie man hört, ist der Sheriff gerade bei der geringsten Ordnungswidrigkeit besonders kleinlich.«

»Cheech«, sagte der Sheriff, »Sie können Cheech sein.«

Das *Tucker* war *das* Hotel in Chinook. Der Grundstein war 1875 gelegt worden, ein Jahr darauf war Eröffnung gewesen – im selben Jahr, als George Armstrong Custer ins Tal des Little Bighorn River eingeritten war. 1890 war dank eines Hotelgasts und einer Öllampe das Obergeschoss ausgebrannt. Mit Ende des Ersten Weltkriegs hatte das Hotel seine Türen geschlossen, und ein gutes halbes Jahrhundert lang war es mal Lazarett, mal Kaufhaus, Bibliothek und Rollschuhbahn gewesen.

Ein örtlicher Verein hatte in der Lobby freitags und samstags Programmkinoabende ausgerichtet, bis ein Investmentkonzern aus Los Angeles das Gebäude aufgekauft und wieder in ein Hotel umgewandelt hatte.

Thumps ging hinter dem Sheriff her durch die Lobby. »Sie wollen mir hier nicht zufällig noch ein Mittagessen spendieren?«

»Ich hab Ihnen gerade Frühstück spendiert!«

»Haben Sie nicht. Rattler hat bezahlt. Für Sie im Übrigen auch.«

»Ist doch das Gleiche.«

»Und nachdem Rattler eine Person von Interesse ist«, sagte Thumps und wagte sich auf dünnes Eis vor, »könnte seine Einladung als Bestechung eines Amtsträgers verstanden werden.«

Dukes Grunzen klang wie eine Schrotpatrone aus einer Kaliber-zwölf-Repetierflinte. »Wie geht's Ihrem Auto?«

»Wie läuft's mit der Howdy-Kampagne?«

Der Sheriff drückte auf den Knopf für den zweiten Stock.

»Was ist denn im zweiten Stock?«

Duke war nicht gerade berühmt für sein Lächeln; auch heute enttäuschte er nicht. »Zimmer. Und wie man hört, ziemlich lausige.«

Die Tür zu Zimmer 326 stand sperrangelweit offen. Sydney Pearl und Calder Banks saßen auf dem Sofa, während Gloria Baker-Doyle sich auf einem Polstersessel niedergelassen hatte.

»Ist das Nina Maslows Zimmer?«

»Ich glaube, den Inneneinrichter buche ich lieber nicht.«

Das Zimmer war schier auseinandergenommen worden. Jemand hatte die Schubladen herausgezogen und Kartons auf dem Boden ausgekippt. Minibar und Garderobenschrank waren ausgeleert und der Inhalt auf einen Haufen geworfen worden.

»Sheriff...«

Duke tippte sich an die Hutkrempe. »Ms Pearl.«

»Im Schlafzimmer sieht es genauso aus.«

»Und so haben Sie es vorgefunden?«

Pearl schüttelte den Kopf. »Calder hat es so vorgefunden.«

Duke drehte sich zu ihm um. »Und dann haben Sie mich sofort angerufen?«

Calder war es sichtlich unangenehm. »In Wahrheit hab ich zuerst Sydney angerufen.«

Der Sheriff hob die Hand vor die Augen. »Weil die hier der Sheriff ist...«

»Na ja … Nein … Ich meine … Sie ist die Chefin … und Nina …«

»Ist tot«, brachte Duke den Satz für ihn zu Ende.

Gloria stand von ihrem Sessel auf. »Calder und ich waren hier, um Ninas Unterlagen zu holen. Ja.«

»Sie beide?«

»Ja«, sagte Gloria erneut, »und so sah es hier aus.«

Auf dem Weg durch das Zimmer machte Duke ein paar bedächtige Schritte über Müslischachteln und Takeaway-Verpackungen hinweg. »Irgendeine Ahnung, ob etwas fehlt?«

Gloria sah zu Pearl.

»Schauen Sie jetzt nicht zu Ms Pearl«, sagte Duke, »sie ist nicht diejenige, die Sie ins Kittchen wirft, wenn mir Ihre Antworten nicht passen.«

»Keine Ahnung«, sagte Pearl. »Da müssen wir wohl erst alles durchsehen.«

»Da war eine Karte«, sagte Gloria, »dort an der Wand. Die ist verschwunden.«

Duke schob mit dem Fuß eine Wasserflasche zur Seite. »Was für eine Karte?«

»Na, Sie wissen schon«, sagte Gloria, »eine mit Straßen …«

»Eine Straßenkarte?«

»Richtig.« Gloria streckte die Hand aus. »Die hing genau da. Mit allen möglichen Markierungen drauf. Linien, Kreise, Notizen.«

»Können Sie sich an die Markierungen genauer erinnern?«

Gloria schüttelte den Kopf. »Nee. Ich weiß nur, dass da Markierungen waren.«

»Eine Kiste«, warf Pearl ein. »Die Rechercheunterlagen für die verbleibenden Sendungen.«

Hockney drehte noch eine langsame Runde. »Und die ist ebenfalls weg?«

»Scheint so.«

Thumps ahnte bereits, was die nächste Frage wäre.

»Mal ganz hypothetisch«, sagte Hockney, »warum würde jemand eine Straßenkarte und eine Kiste mit Rechercheunterlagen mitnehmen?«

Thumps hatte nicht damit gerechnet, dass irgendwer die Frage beantworten würde, und es tat auch keiner.

Duke sah zu ihm rüber. »Tja, dann sind wir hier wohl fertig ...«

»Was der Sheriff eigentlich sagen will«, erklärte Thumps, »ist, dass Sie durch einen potenziellen Tatort getrampelt sind. Wenn Sie etwas an sich genommen haben sollten, möchte er, dass Sie es jetzt auf diesen Tisch legen, oder Sie könnten wegen Behinderung einer Ermittlung angeklagt werden. Darüber hinaus möchte er, dass Sie ab sofort nichts mehr anfassen und so schnell wie möglich dieses Zimmer verlassen.«

»Wir wollen bloß helfen«, erwiderte Pearl. »Nina war quasi Familie.«

»Sie können helfen«, sagte Thumps, »indem Sie alles Weitere den Strafverfolgungsbehörden überlassen.«

Er konnte Pearl ansehen, dass sie es nicht gewohnt war, Befehle entgegenzunehmen. Die Frau stand inzwischen mitten im Zimmer und rang um Widerworte.

»In Ordnung«, sagte sie zu guter Letzt. »Aber ich erwarte, dass Sie uns über jeden Fortschritt bei Ihrer Arbeit auf dem Laufenden halten.«

Duke tippte sich erneut an die Hutkrempe. »Howdy.«

Thumps brachte das Trio noch zur Tür und schob diese dann ins Schloss.

»›Darüber hinaus‹, ja?«, murmelte Duke.

»War doch kurz und knackig, oder nicht?«

»Haben Sie in Ihrer Zeit als Cop immer so gesprochen?«

»Weiß ich nicht mehr.«

Duke sah sich erneut um. »Die haben hier alles durcheinandergebracht.«

»Jepp.«

Der Sheriff nahm seinen Hut ab und machte es sich auf dem Sofa bequem. »Möglichkeit Nummer eins ist ein Einbrecher mit einem Fetisch für Rechercheunterlagen und Straßenkarten. Gehen wir also direkt zu Möglichkeit Nummer zwei über.«

»Jemand bringt Maslow um und klaut ihre Notizen.«

»Was bedeuten würde, dass in den Notizen etwas Wichtiges stand.«

»Über Trudy Samuels?«

»Das wäre die naheliegende Antwort.«

»Und wenn es die richtige wäre«, sagte Thumps, »hieße das möglicherweise, dass Samuels' Tod weder ein Unfall noch Selbstmord war. Und dass Trudys Mörder vielleicht auch Nina umgebracht hat.«

Duke lehnte sich zurück. »Schöne Kehrtwende.«

»Was sonst könnte in den Unterlagen gestanden haben, was Maslow den Kopf gekostet hat?«

»Schon besser«, sagte der Sheriff. »Und wahrscheinlich finden wir die Antwort nicht, indem wir hier herumsitzen.«

»Fahren Sie mich jetzt nach Hause?«

»Tut mir leid«, sagte Duke, »aber ich muss einen Tatort sichern und mich an die Arbeit machen.«

»Und ich soll zu Fuß gehen?«

»Ist doch ein schöner Tag«, sagte der Sheriff. »Und so trainieren Sie sich gleichzeitig das Frühstück ab.«

24

Die Parkverbotszone vor dem Hotel war inzwischen gut besucht. Der Wagen des Sheriffs stand immer noch dort, dahinter parkte der grüne Audi.

»Mr DreadfulWater.« Gloria Baker-Doyle eilte um ihren Wagen herum und öffnete die hintere Tür. »Könnten wir Sie kurz sprechen?«

»War das ein Pluralis Majestatis?«

»Sehr gut – aber nein. Einfach nur der normale Plural.«

Sydney Pearl saß auf der Rückbank. »Setzen Sie sich zu mir«, rief sie. »Wir müssen reden.«

»Geht es um Nina Maslow?«

»Ja.«

»Dann sollten Sie mit dem Sheriff reden.«

»Hab ich noch vor.«

»Dann müssen Sie mit mir nicht mehr reden.«

»Fahren Sie ein Stück mit, Mr DreadfulWater«, sagte Pearl. »Was ist schon dabei?«

Thumps fielen gleich mehrere Gründe ein, warum er besser nicht einsteigen sollte. Ganz zuoberst auf der Liste stand der gesunde Menschenverstand.

»Außerdem glaube ich, dass wir uns gegenseitig nützlich sein könnten.«

»Sie meinen, im Sinne von: Ich helfe Ihnen, und Sie helfen mir?«

»Genau.«

»Geben Sie mir noch einen Hinweis«, sagte Thumps, »um welche Art Hilfe es gehen soll?«

»Maslows Unterlagen zu den Obsidian-Morden«, antwortete Pearl. »Wäre das eine Art Hilfe, die Sie interessieren könnte?«

Die alte Straße folgte dem Verlauf des Ironstone bis zu den Siksika Rapids, wo während eines Frühlingshochwassers ein Teil der Fahrspur zerstört und anschließend nicht mehr repariert worden war. An einem provisorischen Wendeplatz fuhr Gloria rechts ran, parkte den Wagen, und Pearl stieg aus.

»Ich bin in Queens aufgewachsen. So viel Weite hatten wir nirgends. Und auch keine Stromschnellen.«

Gloria nahm eine Kamera zur Hand. »Unterhalten Sie sich eine Weile. Kommt man von hier runter zum Fluss?«

Thumps hatte die Stromschnellen Jahre zuvor ebenfalls fotografiert. Er versuchte, sich zu erinnern, ob es einen Wanderweg gab oder ob man sich durchs Gestrüpp schlagen musste. »Rechts runter ... Ist aber wahrscheinlich überwuchert.«

Gloria zeigte auf ihre Kamera. »Eine Producerin hält so schnell nichts auf.«

Thumps sah zu, wie Baker-Doyle auf ein paar Weiden zulief und dahinter verschwand. »Ist Gloria plötzlich Producerin? Das ging ja schnell.«

»Das Showbusiness *ist* schnell.«

Er fragte sich, ob Gloria den Pfad gefunden hatte. Er

konnte lediglich den Fluss über die Felsbrocken rauschen hören.

»Sie können mich nicht ausstehen«, sagte Pearl. »Das ist völlig in Ordnung. In meiner Branche ist es oft unklug, jemanden zu mögen.«

Zum ersten Mal war da etwas in ihrer Stimme, was in Thumps' Ohren nicht nach Ecken und Kanten klang.

»Sie waren mit Maslow befreundet.«

Pearl bekam feuchte Augen. »Was habe ich gerade gesagt?«

Silber-Ölweiden und Gestrüpp waren am Ufer ins Kraut geschossen. Thumps konnte die Stromschnellen hören, aber kein Wasser sehen. Als er zuletzt an diesem Abschnitt des Ironstone gewesen war, hatte mitten im Flussbett ein riesiger Felsbrocken gelegen, der den Fluss in der Mitte zerschnitten hatte. Er fragte sich, ob der Brocken immer noch dalag oder beim jüngsten Frühlingshochwasser mitgerissen worden war.

Pearl schob die Hände in die Jackentaschen. »Warhol und Basquiat. Lennon und McCartney. Burns und Allen.«

»Thelma und Louise?«

Pearls leises Lachen klang traurig.

»Die Obsidian-Morde ...«

»Ein bisschen Benimm«, sagte Pearl. »*Ladies first.*«

»Meinetwegen«, erwiderte Thumps. »*Ladies first.*«

Pearl schlenderte zurück zum Wagen und lehnte sich gegen die Tür. »Nina und ich haben uns in Los Angeles kennengelernt. Primetime-Fernsehen – das hätte uns für Jahre versorgen können.«

»Aber?«

»Die Sendung wurde noch vor Drehbeginn aus dem Programm geworfen. Stattdessen haben wir ein paar kleinere Projekte zusammen gemacht. Überwiegend erfolgreich. Dann hatte Nina die Idee für *Böse Absichten.*«

Thumps wartete ab.

»Sie war ein Recherche-Genie. Hat auf gut Glück auf Büsche geklopft, einfach nur um zu sehen, was aufflatterte. Und sie hatte ein Gespür dafür, was das Publikum sehen wollte.«

»Dann hat Maslow bestimmt, welche Story für welche Sendung infrage kam.«

Pearl rieb sich die Hände, um sich zu wärmen. »Nina hatte die Ideen, die Geschichten, und mit denen kam sie dann zu mir.«

»Und Sie haben sich die besten Geschichten rausgepickt.«

»Wir haben sie uns zusammen rausgepickt.«

»Und Ihr Erfolgsrezept?«

»Bauchgefühl«, sagte Pearl. »Zuallererst musste der Fall ungelöst sein. Des Weiteren musste an der Geschichte irgendwas dran sein, was einen Funken zündete.«

»Das arme reiche Mädchen, das von einem berühmten Schriftsteller umgebracht wurde.«

»Drittens musste die Geschichte das Potenzial haben, dass wir sie aufklären konnten.«

Thumps lächelte. »Sie klären tatsächlich Fälle auf?«

»Manchmal. Einen Fall aus Alabama hat Nina gelöst – per DNA-Test. Allerdings war der Täter ein Jahr zuvor im Gefängnis gestorben.«

»Beeindruckend.«

»Sie hat in den Beweismitteln Muster erkannt. Sie hat

in Gerichtsunterlagen Unstimmigkeiten aufgespürt. Sie hat Ordnung ins Chaos gebracht. Es gab da noch einen Fall – in Ohio –, bei dem ein Kongressabgeordneter in einen Unfall mit Fahrerflucht verwickelt war. Zwei kleine Mädchen waren verunglückt. Nina hat auf einem der Tatortfotos den entscheidenden Hinweis entdeckt. Der Fall wurde wiederaufgenommen.«

»Und Trudy Samuels?«

»Da hat sie aus unterschiedlichen Blickwinkeln draufgeguckt.«

Thumps versuchte, sich auszumalen, was Maslow in den Unterlagen entdeckt haben mochte. »Sie hätten Trudy Samuels als Unfalltod niemals herausgepickt ...«

»Nein.«

»Und Trudy Samuels, das arme reiche Mädchen, das Selbstmord verübt, weil der berühmte Schriftsteller sie hat sitzen lassen?«

»Hatte nicht wahnsinnig viel Potenzial, aber es hätte funktionieren können«, sagte Pearl. »In den Selbstmord *getrieben* – so hätten wir es formuliert. Verantwortung statt bloß Schuldgefühle.«

»Oder Trudy ist betrunken und wird ausfällig. Rattler schlägt zu – wirklich Pech.«

»Dafür sprach nicht allzu viel.«

»Wie wär's hiermit: Rattler will Trudy ihres Geldes wegen heiraten, sie schickt ihn in die Wüste, und in Rage bringt er sie um?«

»Schon besser. Weitere Ideen?«

»Klar«, sagte Thumps. »Adele Samuels und/oder ihr Sohn ermorden Trudy. Um sich das Erbe zu sichern und weil Trudy ganz furchtbar anstrengend ist. Adele hat sie gehasst. Ethan war eifersüchtig. Es gibt Morde aus wesentlich schwächeren Motiven.«

»Bravo, Mr DreadfulWater«, sagte Pearl. »Nina hat Sie richtig eingeschätzt.«

Es dauerte einen Moment, ehe es bei Thumps klick machte.

»Der Fall Samuels hätte Ihren Kriterien trotzdem nicht genügt.« Er ging es im Kopf noch mal durch. »Die Beweislage war zu dünn. Der Fall hätte in mehrfacher Hinsicht in sich zusammenfallen können.«

»Er war auch nicht meine erste Wahl.«

»Dennoch haben Sie sich dafür entschieden.«

Pearl wartete ab – wie eine Lehrerin, die darauf setzte, dass ihr Musterschüler die Gleichung doch noch auflösen würde.

»Die Obsidian-Morde hingegen *wären* guter Fernsehstoff.«

»Nein, Mr DreadfulWater. Kein guter Fernsehstoff. Großartiger Fernsehstoff.«

»Maslow wusste, dass ich daran beteiligt war.«

»Na, wenn das mal nicht Augenwischerei ist«, sagte Pearl. »Nina zufolge *sind Sie* die Obsidian-Morde.«

»Himmel ...«

»Ich hab's doch gesagt. Nina war vorausschauend.«

»Sie planen eine Folge über den Fall.«

»Den Piloten für die nächste Staffel.«

Thumps hatte es nicht kommen sehen. Nicht ansatzweise darüber nachgedacht. Maslow hatte gewusst, dass der Fall Samuels auf tönernen Füßen stand. Das Einzige, was hätte funktionieren können, war die eingefädelte Konfrontation zwischen der wütenden Stiefmutter und dem berühmten Literaten. In Wahrheit jedoch waren Maslow und Pearl nach Chinook gekommen, um *ihn* aufzuspüren und in die Untersuchung mit einzubeziehen. Maslow hatte gewusst, dass er nicht Nein sagen würde – insbesondere wenn sie neue Hinweise aufgetan hätte, aufgrund derer der Obsidian-Fall neue Brisanz erfuhr.

»Was hatte sie in der Hand?«

»Hervorragende Frage.« Pearls Gesichtsausdruck veränderte sich, ihr Blick hatte jede Energie verloren. »Deshalb sind wir hier. Ich möchte Ihnen anbieten, dass wir zusammenarbeiten. Sie und ich.«

»Sie wollen, dass ich herausfinde, was mit Nina passiert ist.«

»Ja.«

»Und im Gegenzug …?«

»Sie kennen die Antwort, Mr DreadfulWater.«

»Maslow hatte eine Akte zu den Obsidian-Morden angelegt. Und die bekomme ich, wenn ich herausfinde, was ihr zugestoßen ist.«

»Das klingt wie Erpressung«, sagte Pearl. »Ich würde unser Arrangement lieber als freundschaftlichen Austausch bezeichnen.«

»Warum sollte ich Ihnen vertrauen?«

»Sagen wir es so: Der Fall Samuels war nie besonders stark – aber Nina hat etwas ausgegraben, was ihr Hoffnung gemacht hat. Weshalb sie aufgeregt war. Etwas Neues.«

»Der vermeintliche Durchbruch?«

»Ich glaube schon.«

»Aber sie hat ~~Sie~~ nicht eingeweiht?«

»Nina war gern geheimniskrämerisch«, erklärte Pearl.

»Und sie war gründlich. Sie hätte gewartet, bis auch das letzte Puzzleteil an seinem Platz läge, ehe sie den nächsten Schritt gegangen wäre.«

»Aber Sie haben die Akten nicht, oder?« Thumps ließ Pearl nicht aus den Augen. »Die Akte Samuels. Die Akte zu den Obsidian-Morden. Gab es noch weitere?«

Pearl hob die Arme und dehnte den Rücken. »Es waren vier Akten«, sagte sie. »Der Fall Samuels, die Obsidian-Morde und zwei weitere, die für die letzte Folge der Staffel infrage kamen.«

»Zwei als letzte Folge?«

»Wir hatten uns noch nicht entschieden, welcher Fall es werden sollte. Nina wollte die Vegas-Geschichte, ich die Morde in Key West.«

»Wer immer die Unterlagen gestohlen hat, könnte sie inzwischen vernichtet haben. Das ist Ihnen klar?«

»Vielleicht, vielleicht aber auch nicht.« Pearl sah an Thumps vorbei, als hätte sie in der Ferne etwas entdeckt. »Ich glaube nicht, dass Ninas Tod ein Unfall war. Der Sheriff glaubt das ebenso wenig. Irgendwer hat sie auf dem Gewissen. Finden Sie die Person, und vielleicht finden Sie ja die Akten. Und wenn Sie die Akten finden, erfahren Sie, was Nina zu den Obsidian-Morden ausgegraben hat.«

»Das sind ziemlich viele Vielleichts.«

Pearl winkte ab. »So ist es nun mal.«

Hinter ihnen war ein Geräusch zu hören.

»Bin ich zu früh dran?« Gloria kam zwischen den Weiden hervor.

»Nein, kein bisschen«, sagte Pearl. »Mr DreadfulWater und ich sind ein gutes Stück weitergekommen.«

»Großartig«, sagte Gloria. »Und ich hab ein paar tolle

Fotos vom Wasser geschossen. Da liegt ein riesiger Felsbrocken mitten im Fluss. Sieht aus wie ein Dinosaurier-Ei.«

Dann war er also noch da. Wenn man bedachte, wie alles andere in seinem Leben derzeit im Umbruch zu sein schien, kam ihm die fortwährende Anwesenheit eines großen Felsbrockens inmitten eines dunklen Flusses fast tröstlich vor.

»Dann sind Sie sich handelseinig? Ja?«

Pearl zog die hintere Wagentür auf und stieg ein. »Der Sheriff ist ein Freund von Ihnen, nicht wahr?«

»Er ist der Sheriff«, erwiderte Thumps.

»Dann wäre es mir lieb, wenn Sie ihm ausrichten könnten, dass ich gern meinen Wagen zurückhätte.«

»Der ist ermittlungsrelevant.«

»Ich mag meinen Wagen«, entgegnete Pearl. »Ich habe ihn Nina nur überlassen, weil sie zu geizig war, sich einen eigenen zu kaufen.«

»Ich kann's ja mal erwähnen.«

»Ich will ihn deshalb nicht erschießen müssen«, sagte Pearl.

»Gut«, sagte Gloria. »Und wohin jetzt?«

»Wo immer Mr DreadfulWater hinwill«, antwortete Pearl.

Thumps sah den dünnen Wolken nach, die am Horizont entlangdrifteten, und hoffte auf eine Eingebung. Als sie nicht kam, stieg er ein und zog die Wagentür zu.

25

Pearl wartete, bis sie vor dem alten Grundbuchamt gehalten hatten, ehe sie die nächste Bombe platzen ließ.

»Oh«, sagte sie, als wäre es ihr soeben erst eingefallen, »ich verlasse mich übrigens auf Sie, dass Sie Mr Rattler doch noch zur Teilnahme überreden können.«

»Nicht meine Baustelle«, sagte Thumps und stieg aus. »Oder mein Affenzirkus, wenn Sie so wollen.«

Pearl hielt die Tür auf. »Vergessen Sie die Affen. Machen Sie sich lieber Gedanken um die Clowns.«

Thumps hätte nicht sagen können, wie oft er bereits vor der Eingangstür zum alten Grundbuchamt gestanden hatte. Doch heute stand die Tür erstmals offen.

»Hallo?«

Er blieb auf der Schwelle stehen, drückte alle drei Klingelknöpfe gleichzeitig und wartete auf eine Reaktion. Dann drückte er sie erneut.

Nichts.

Kein gutes Zeichen. Beth würde die Eingangstür nicht einfach offen stehen lassen.

»Hallo?«

»Keller!«

Es war Beths Stimme, allerdings schien sie von weither zu kommen. Und sie klang sauer. Womöglich nicht der beste Zeitpunkt, sie um einen Gefallen zu bitten.

»Ich bin's …«

»Keller!«

Thumps hasste Beths Keller. Er war kein bisschen schlimmer als andere Leichenschauhäuser, die er bislang hatte betreten müssen, aber eben auch kein bisschen besser. Leichenhallen hatten allesamt eines gemein: Sie waren kalt und klamm. Es roch leicht nach menschlichem Verfall. Und überall war ein professioneller Psychopath zugange, der dafür bezahlt wurde, Leichen aufzuschneiden.

Thumps hatte erwartet, Beth am Seziertisch vorzufinden, wo sie sich durch Nina Maslows sterbliche Überreste wühlte, doch der Tisch war leer, und Beth kauerte auf allen vieren neben einem Plastikeimer vor ihrem Schreibtisch.

»Jetzt keinen dummen Spruch!«

»Hatte ich nicht vor.«

Beth sah zu ihm auf. Die Brille war ihr auf die Nasenspitze gerutscht, und ihr Haar war zerzaust. »Steh nicht so blöd rum!«

Thumps versuchte, sich zu erklären, was Beth dort mit einem Eimer auf dem Kellerboden trieb. Ihm wollte spontan nichts einfallen.

»Geh auf die andere Seite und trampele fest auf!«

»Ist das irgendeine Art Leichenbeschauer-Witz?«

»Verdammt, DreadfulWater! Tu, was ich sage!«

Thumps war kaum an der Tischecke angelangt, als etwas darunter hervorhuschte, gegen sein Bein flog, dann kreuz und quer durch den Raum schoss und sich von Wänden und Schränken abstieß.

»Himmel!«

Beth kam auf die Füße und hielt den Eimer im Anschlag. »Du bist echt keine große Hilfe.«

»Was zur Hölle war das?«

»Ein Eichhörnchen.«

»Ein Eichhörnchen?«

»Ratten mit gutem Ruf«, blaffte Beth. »Keine Ahnung, wie es hier reinkommen konnte. Aber ich versuche seit einer Stunde, es zur Tür rauszuscheuchen.«

»Und?«

»Wie man sieht«, sagte Beth, »weiß dieses blöde Vieh nicht, wie man Treppen steigt.«

»Ich dachte, Eichhörnchen steigen überall hoch.«

»Also versuche ich, es einzufangen.«

»Ich könnte mir Dukes Dienstwaffe leihen und es abknallen.«

Beth starrte ihn an. »Wenn ich es hätte abknallen wollen, wäre ich nicht mit einem Eimer am Boden herumgekrochen.«

Thumps sah sich um. »Wo ist es denn hin?«

»Ich fürchte, es könnte weiblich sein. Vielleicht hat es sich hier irgendwo einen Kobel gebaut.«

»Babyeichhörnchen sind niedlich.«

»Guck unter den Schrank!«

»Sie können aber auch echte Teufel sein.«

Beth hielt den Eimer in die Höhe. »Genau deshalb … Du treibst es auf mich zu, und ich fang es ein.«

»Guter Plan«, sagte Thumps.

»Hab ich Sarkasmus gehört?«

»Ja«, sagte Thumps.

»Schrank!«

»Ich steck nicht meine Hand da drunter!«

»Hier«, sagte Beth, »nimm den.«

Thumps ging auf alle viere und spähte unter den Schrank. Nichts. Er schob den Besenstiel darunter und fuchtelte damit herum. Nichts.

»Ich glaube, es ist weg.«

»Verdammt.« Beth stellte den Eimer ab. »Hilf mir, den Schrank wegzurücken.«

Hinter dem Schrank klaffte ein kleines Loch in der gemauerten Wand.

»Ist das groß genug für ein Eichhörnchen?«

»›Wenn alle anderen Erklärungsmöglichkeiten versagen, muss das, was übrig bleibt, und sei es noch so unwahrscheinlich, die Lösung sein‹«, sagte Thumps und ließ seine Stimme bedeutungsschwanger nachhallen. »Sherlock Holmes.«

»›Bring das Eichhörnchen um‹«, sagte Beth. »Elmer Fudd.«

»Du musst doch nur dieses Loch dort zumachen.«

Beth trat an ihren Schreibtisch und setzte sich. »Warum bist du hier?«

»Um dir zu helfen, ein Eichhörnchen einzufangen?«

»Hat Ora Mae dich geschickt?«

»Nein.«

»Dann hat der Sheriff dich wieder gezwungen, ihm zur Hand zu gehen.«

»Ich bin mit Duke befreundet...«

»Ich hab mit der Obduktion noch nicht angefangen.« Sie zog eine Schublade auf und nahm eine Akte heraus.

»Aber anscheinend ist diese Belly Butte ein unfallträchtiger Ort.«

»Du meinst, erst Samuels und jetzt Maslow.«

»Meine ich.« Beth nahm eine zweite Akte heraus, die bereits vergilbt, an den Kanten zerknickt und verschlissen war. »Schon ein Zufall, findest du nicht?«

Thumps zog den harten Metallstuhl heran, mit dem Beth verhinderte, dass Besucher sich allzu lange in ihrem Keller aufhielten. »Und?«

»Kennst du irgendwen, der an Zufälle glaubt?«

»Nope.«

»Ich auch nicht.« Beth schlug die ältere Akte auf. »Trudy Samuels. Weiblich, achtzehn Jahre alt, zweiundfünfzig Kilogramm. Wurde tot an der Belly Butte aufgefunden.«

»War sie schon tot, bevor sie dort runtergestürzt ist?«

»Woher soll ich das wissen?«

»Warst du damals noch nicht zuständig?«

»Für wie alt hältst du mich?«

Thumps nahm die Hände hoch. »War ein Witz.«

Beth schob sich die Brille zurecht. »Hier kommt das Entscheidende: Es gab keine Obduktion.«

»Keine Obduktion?«

»Zumindest keine richtige«, sagte Beth. »Der Leichenbeschauer, ein gewisser Wiseman, hat nur flüchtig draufgeschaut. Er hat die Leiche nie geöffnet. Er hat weder die Organe noch den Mageninhalt untersucht, es gibt keine Proben und auch keine Dokumentation von Kopfverletzungen und Hirnschädigungen.«

»Fotos?«

»Nicht viele. Sieben, um genau zu sein.« Beth legte die

Fotos auf den Schreibtisch. »Die hier sind vom Leichenfundort. Die hier aus dem Leichenschauhaus.«

»Warum haben sie denn ihre Hände geknipst?«

»Keine Ahnung.«

»Was sind das für Spuren an der Handfläche?«

»Keine Ahnung.«

»Die sehen aus wie dünne Kratzer.«

»Könnten vom Sturz stammen.« Beth nahm das Foto hoch. »Guck dir die Fingernägel an.«

»Warum?«

Beth schüttelte den Kopf. »Ich nehme an, du kaust dir die Nägel ab.«

Unwillkürlich bohrte sich Thumps die Fingernägel in die Handballen. »Ich halte sie gern kurz.«

»Mit den Zähnen?« Mit einem Bleistift zeigte sie auf einen Fingernagel nach dem anderen. »Sie hatte gepflegte Nägel.«

»Okay.«

»Siehst du da irgendeine Verletzung?«

»Nein.«

»Also«, sagte Beth, »waren die Fingernägel intakt.«

»Als hätte sie gar nicht erst einen Rettungsversuch unternommen.«

»Vielleicht konnte sie nicht.« Beth legte das Foto zurück in die Akte. »Wiseman hat eine Notiz hinterlassen, derzufolge der Körper Spuren von Gewalteinwirkung aufwies, die nicht notwendigerweise von ihrem Sturz von der Belly Butte stammen mussten.«

»Sondern?«

»Steht da nicht.«

»Und Maslow?«

Beth schlug die zweite Akte auf. »Nina Maslow. Weiblich, einunddreißig. Neunundfünfzig Kilogramm. Wurde tot an der Belly Butte aufgefunden.«

»Dachte, du hättest noch nicht obduziert?«

»Stimmt«, sagte Beth. »Aber ich hab Wiseman-mäßig flüchtig draufgeschaut.«

»Und jetzt willst du, dass ich mit draufschaue?«

»Wär das ein Problem?«

»Hast du keine Fotos gemacht?«

»Doch.«

»Dann gucken wir Fotos.«

Als Beth das Schubfach aus dem Edelstahlschrank zog, wehte es kalt heraus – und es roch leicht süßlich nach Verwesung. Thumps fing an, durch den Mund zu atmen.

»Hämatome, Schnitt- und Schürfwunden, die zu einem Sturz passen.« Beth bedachte die Leiche mit einer vagen Geste. »Aber jetzt guck dir das an.«

Thumps ertappte sich dabei, wie er sich wünschte, das Eichhörnchen würde eine Ehrenrunde drehen.

Beth schob Maslows Kopf zur Seite. Unmittelbar hinter dem rechten Ohr klaffte eine hässliche Wunde.

»Die meisten anderen Verletzungen sind oberflächlich oder zumindest nicht lebensbedrohlich.«

»Könnte auch vom Sturz stammen«, sagte Thumps. »Hat vielleicht auf dem Weg nach unten einen Felsvorsprung erwischt.«

»Vielleicht«, sagte Beth. »Und die Hände?«

Maslows Fingernägel waren kurz geschnitten und sahen sauber und gepflegt aus.

»Durchsichtiger Nagellack«, erklärte Beth. »Hat sich unter Garantie hier und da eine Maniküre geleistet.«

»Wie Trudy?«

»Mag sein.«

»Wie tief ist die Kopfverletzung?«

»Weiß ich erst, wenn ich sie aufmache«, erwiderte Beth. »Aber ich tippe mal, da verbirgt sich die Todesursache.«

»Nur leider kein Motiv.«

»Nein«, sagte Beth. »Aber das ist auch dein Job.«

»Der Job des Sheriffs«, entgegnete Thumps.

Beth schob Maslows Leiche zurück in den Kühlschrank. »Meinst du, ich kann einfach ein Stück Pressspan über das Loch kleben?«

»Ich würde Betonspachtel nehmen«, sagte Thumps. »Durch Holz nagen Eichhörnchen sich hindurch.«

Viele der Cops, mit denen Thumps zusammengearbeitet hatte, waren imstande gewesen, die Lebenden und die Toten ganz unterschiedlich zu behandeln. Wenn sie eine Leiche vor sich hatten, dann sahen sie nur die Leiche, eine leblose Sache, die mit einer lebenden Person nur noch wenig zu tun hatte. Für diejenigen, die als Erste vor Ort waren, wenn jemand gestorben war, stellte dies eine essenzielle Fähigkeit dar – eine Fähigkeit, die er selbst nie gehabt hatte.

Trudy Samuels' Akte lag immer noch aufgeschlagen auf dem Tisch.

»Wenn du mit Maslows Obduktion anfängst, könntest du vielleicht hier und da Parallelen zu dem ziehen, was wir zu Trudy wissen?«

»Du meinst, ich soll nach Ähnlichkeiten suchen? Mensch, warum hab ich daran nicht selbst gedacht?«

»Ich war mal Cop.«

»Ist das jetzt der Moment, in dem man sagt: ›Elementar, mein lieber Watson‹?«

»Nein, das kommt später«, sagte Thumps. »Wenn wir den Fall gelöst haben.«

»Wie wär's, wenn wir erst das Eichhörnchen einfangen?« Beth schlug beide Akten zu und legte sie zurück in die Schublade. »Ich glaube, mit dieser Ratte stehen die Chancen eindeutig besser.«

26

Der Heimweg zu Fuß unter dem sich verdüsternden Himmel war seiner Laune nicht zuträglich. Es gab einfach nichts, schoss es Thumps durch den Kopf, was ein sinnloses Leben besser beschrieb, als einen Nachmittag mit dem Einfangen eines Eichhörnchens in einem Leichenkeller zu verbringen. Mit jedem Straßenzug, den er hinter sich brachte, begann der Nager zusehends für all die Dinge zu stehen, die Thumps unwiederbringlich verloren hatte.

Im Haus brannte nirgends Licht. Nicht ein einziges erhelltes Fenster hieß ihn willkommen. So fühlte sich also Selbstmitleid an. Gar nicht so wesentlich anders als Depression.

»Mr DreadfulWater.« Dixie und Pops standen im Schatten auf der Veranda. »Sie werden es nicht glauben.« Pops fing sofort an, mit dem Schwanz auf die Holzbohlen zu trommeln, als hätte er zu einem Tusch angesetzt. »Pops und ich haben Ihre Katze gefunden.«

»Freeway?«

»Das war die gute Nachricht.«

Thumps zögerte kurz. »Dann gibt es anscheinend auch eine schlechte?«

»Nicht richtig schlecht«, sagte Dixie. »Es ist eher … kompliziert.«

»Okay …?«

Dixie sah Pops an, als hoffte er, der Hund würde einspringen und alles erklären.

»Vier Straßen weiter wohnt eine echt nette Familie. Das blaue Haus mit den weißen Zierleisten – die Passangs. Dorjee und Tenzin, aus Tibet. Sie haben drei Kinder. Die Namen hab ich vergessen, aber sie machen einen prächtigen Eindruck.«

Pops stemmte sich hoch, watschelte auf Thumps zu und lehnte sich gegen dessen Bein.

Dixie holte tief Luft. »Ihre Katze ist bei ihnen. Bei den Passangs.«

Pops furzte.

Thumps hielt den Atem an, so lange er konnte. »Freeway ist bei anderen Leuten?«

»Ja«, sagte Dixie. »Sie dachten, sie wäre ein Streuner, also haben sie sie bei sich aufgenommen.«

»Aber sie ist kein Streuner.«

»Klar«, sagte Dixie, »ich weiß das. Aber die wussten das nicht.«

»Blau mit weißen Zierleisten? Vier Straßen weiter?«

»Sie kümmern sich wirklich rührend um sie. Sind sogar mit ihr zum Tierarzt gefahren.«

»Zum Tierarzt?«

»Um sie sterilisieren zu lassen.«

Pops sackte vor Thumps' Füßen zu einem warmen Haufen zusammen.

»Freeway ist bereits sterilisiert.«

»Ja«, sagte Dixie, »das war etwas unglücklich.«

»Dann ist sie jetzt zweimal sterilisiert?«

»Der Tierarzt meint, das wäre kein Problem.«

»Du liebe Güte!«

»Sobald Pops und ich sie entdeckt hatten, haben wir den Passangs von Ihnen erzählt und dass Sie nach Seattle mussten und dass ich auf die Katze aufpassen sollte und dass sie verschwunden ist und wir keine Ahnung hatten, wo sie sich befand.«

»Ich gehe dort morgen vorbei und hole sie ab.«

Dixie trat von einem Bein aufs andere. »Tja, sehen Sie… und da wird es kompliziert. Sie wollen die Katze nicht mehr hergeben.«

»Sie gehört aber mir.«

»Natürlich«, sagte Dixie. »Aber versuchen Sie, es aus ihrer Sicht zu sehen. Sie haben schon für die Sterilisation bezahlt, und die Kinder haben sie sehr ins Herz geschlossen.«

Pops stand auf und wanderte zurück zu Dixie. Er zog den Furz hinter sich her wie Bodennebel.

»Und Ihrem Kätzchen scheint es dort auch zu gefallen.«

»Ich rede mit ihnen.«

»Ich hab ihnen schon gesagt, dass Sie vorbeikommen würden«, sagte Dixie. »Sie arbeiten ganztags, insofern wäre es gegen Abend am besten. Sobald sie die Kinder ins Bett gebracht haben.«

Thumps spürte, wie er leicht in sich zusammensackte.

»Aber trotz allem ist es doch eine gute Nachricht«, sagte Dixie. »Die Katze lebt, und sie ist glücklich.«

Das Sortiment bei *Cash and Carry* war nicht so gut wie das von *Albertsons*, aber zumindest hatte der Discounter auf. Thumps fuhr in eine Parklücke und versuchte, sich ins Gedächtnis zu rufen, was er hatte einkaufen wollen.

Alles.

Milch, Brot, Butter, Fleisch, Käse, Gemüse. Er würde auch eine Schachtel dieser Kekse mit Schokoüberzug und vielleicht Eis kaufen. Immerhin half Zucker bekanntermaßen gegen Depressionen. Nur vorübergehend, klar, erst kam das High, dann das Low. Und auch klar war, dass Zucker für ihn als Diabetiker das Letzte war, was er brauchte.

In welcher Menge auch immer.

In der Tiefkühlabteilung studierte er die Inhaltsstoffe diverser Eiscremes, um zu sehen, ob es tatsächlich so schlimm war wie befürchtet.

War es.

Obst. Okay, dann war er eben vernünftig und kaufte stattdessen Obst. Er wusste, dass Obst auch zuckerhaltig war, aber zum Glück hatten Trauben keinen Aufdruck mit Inhaltsstoffen. Er würde ihren Zuckergehalt einfach in dem Büchlein über Kohlenhydrate nachschlagen, das er mitsamt der Diabetes-Ausstattung bekommen hatte.

Wenn er denn Lust hatte.

Er war mit Dixie halbwegs kurz angebunden gewesen und würde sich für sein schlechtes Benehmen entschuldigen müssen. Freeway war schließlich nicht Dixies Problem. Thumps wusste nicht mal, ob es überhaupt ein Problem gab. Freeway war immer schon gekommen und gegangen, wohin sie wollte, und hatte ihr eigenes Ding gemacht. Thumps hatte sie gefüttert, ihr ein Dach über dem Kopf angeboten und einen warmen Schoß, wenn die Katze denn mal in Kuschellaune gewesen war. Aber sie gehörte ihm nicht, er hatte ebenso wenig ein Anrecht auf sie wie auf die Freundschaft, die sie verband.

Jetzt war sie also bei anderen Leuten. Bei einer Familie mit Kindern. Thumps hätte nie gedacht, dass Freeway Kinder mochte. Nicht dass er die Katze je danach gefragt hätte. Nicht dass sie je eine Andeutung gemacht hätte.

Also. Claire weg. Auto futsch. Und jetzt auch noch die Katze. Da gab es ein Muster, nur dass Thumps sich nicht sicher war, ob er darüber genauer nachdenken wollte. Während er an den Regalen entlangschlenderte, war ihm mit einem Mal klar, dass er, so wie die Dinge lagen, nur noch wenig zu verlieren hatte.

Wenn überhaupt.

»Howdy, *buckaree.*«

Wie aus heiterem Himmel waren Stas und Angie Black Weasel und ihre drei Kinder hinter einem Werbeaufsteller für Mineralwasser aufgetaucht.

»Liebling, es heißt *buckaroo*«, sagte Angie.

»Ah«, sagte Stas, »*buckaroo*, weil du männlich bist, ja?«

»Nein, Liebling«, sagte Angie, »*buckaroo* ist sowohl männlich als auch weiblich.«

»Ah ja«, sagte Stas, »dieses Gendern, ja? Was für ein großartiges Land.«

»Wie geht es dir, Thumps?« Angie guckte, als käme sie eben erst von einer Beerdigung.

»Gut.«

»Kannst du dich noch an Mikhail und die Zwillinge erinnern? Lucy. Koko.« Angie tippte den Kindern der Reihe nach auf den Kopf.

»Wir kriegen einen Hund«, verkündete Mikhail.

»Vielleich«, sagte Stas.

»Du hast gesagt, wir kriegen einen Hund!«, riefen Lucy und Koko gleichzeitig und fingen an, sich um die eigene Achse zu drehen, als wäre eine Sekunde Stillstehen zu viel für sie gewesen.

»Ja«, sagte Stas. »Vielleich ein Hund. Aber kleiner Hund.«

»Großer Hund!«, kreischten alle drei Kinder synchron.

»Du hast keine Kinder, nicht wahr?« Angie hielt Mikhail an der Jacke fest.

»Hund, Hund, Hund, Hund, Hund, Hund …« Mikhail und seine Schwestern paradierten um ihre Eltern herum und verpassten Stas und Angie reihum Klapse auf die Oberschenkel.

»Hast du schon mit Claire gesprochen?«

»Wann?«

»Dann sollte ich besser nichts sagen«, murmelte Angie.

»*Was* sagen?«

»Kommt, Kinder«, rief sie, »wir gehen Eis essen!«

»Eis!«

Thumps sah zu, wie Angie den Kindern nacheilte.

»Kinder«, sagte Stas und stützte sich auf seinen Einkaufswagen. »Du muss welche haben. Dann muss du Hund haben.«

Thumps stellte sich vor, Familie zu haben. Anna Tripp … Annas Gesicht, wenn sie glücklich gewesen war, und Callies Gelächter, wenn man sie gekitzelt hatte. Die Erinnerung verebbte allmählich, und er fühlte sich, als strömte sein Blut nur so aus einer offenen Wunde.

»Was is mit Auto?«, fragte Stas. »Du behälts Pferd? Oder du erschieß Pferd?«

Thumps legte eine Packung Vollkornmehl in seinen Einkaufswagen. »Weiß ich noch nicht.«

»Okay«, sagte Stas, »Zeit für einen Hund.«

»Für einen Hund?«

»Angie sagt, Hund öffnet Herz. Du vergiss Sorgen.«

»Das sagt sie, ja?«

»Ja. Sagt das Gleiche über Kinder. Und über Schokolade.«

Thumps ließ sich mit dem Einkaufen Zeit. Jetzt, da er endlich hier war, musste er sich nicht beeilen. Zu Hause wartete nichts auf ihn. Vielleicht wäre ein Hund keine schlechte Idee. Sie könnten gemeinsam Fotoausflüge machen und am Fluss entlang spazieren gehen. Er könnte mit dem Hund auf dem Schoß fernsehen. Oder auf dem Teppich mit ihm toben.

Eine kniehohe Hündin. Molly. Coco. Muffy.

Er machte einen Umweg über die Tierfutterabteilung und musterte die Auswahl an Nass- und Trockenfutter und Leckerli, die samt und sonders in besorgniserregenden Geschmackskombinationen dargeboten wurden.

Hühnchen und Naturreis. Lamm mit Gerste. Coq au Vin mit roter Bete. Alligatorflocken und Bierkekse. Erdbeer-Lakritz-Kaustangen und Emu-Streifen.

Bis Thumps an der Fleischtheke angekommen war, hatte er sich durch diverse Brotsorten gearbeitet und sich den Kopf über die beste Hunderasse zerbrochen. Ein Labrador vielleicht? Oder ein Retriever? Oder eine dieser Pudelkreuzungen, über die alle Welt sprach?

Bis er vor Eiern und Butter stand, waren die romantischen Vorstellungen der schnöden Hundehalterrealität gewichen: alle zwei Wochen Krallen schneiden. Dem Tier

Zähne putzen. Gehorsamstraining. Tierarztrechnungen. Warmer Hundekot im Plastikbeutel.

Thumps stellte sich in die Schlange. Stas stand zwei Kassen weiter. Angie lud die Einkäufe aufs Band, während Stas versuchte, seinen Sohn zu bändigen. Die beiden Mädchen angelten Kaugummis und Bonbons vom Quengelregal und versuchten, sie unter den Brokkoli und hinter den Kürbis zu mogeln.

Familienalltag. Unwillkürlich musste Thumps lächeln. Laut, anstrengend, mit viel Gelächter und Geschrei und Geheul verbunden. Bestimmt gab es mitunter auch ruhige Momente, wenn die Kinder schliefen und die Eltern einen Augenblick Zeit hatten, wieder zu Atem zu kommen.

Angie schob den Einkaufswagen raus auf den Parkplatz. Ihr Sohn baumelte wie eine widerborstige Galionsfigur einhändig vom vorderen Ende. Stas bildete die Nachhut und stakste mit je einer Tochter, die sich um sein Bein klammerte, breitbeinig hinterher.

Auch Thumps legte seine Einkäufe aufs Band. Wenn man die Alternativen bedachte, schoss es ihm durch den Kopf, war ein einsames, depressives Leben vielleicht doch nicht so schlimm.

27

In aller Ruhe packte Thumps seine Einkäufe aus. Milch und Saft ins oberste Kühlschrankfach. Butter und Käse in die Tür. Eier, Hühnchen und Würstchen nach unten. Salat und Tomaten ins Gemüsefach.

Das Brot fror er ein, Kekse und Nudeln verstaute er im Vorratsschrank. Die Bananen kamen in eine Schale auf die Anrichte. Die grüne Olivenölflasche stellte er neben den Herd zu der leuchtend rot bedeckelten Dose mit grob gemahlenem Pfeffer.

Das Spiel mit Farben und Formen gab ihm das Gefühl, seine Welt wieder im Griff zu haben. Wann immer er nun den Kühlschrank öffnete, würde sich die ganze Küche feierlich-organisiert anfühlen.

An jedem anderen Abend hätte Freeway schon auf ihn gewartet und Achter um seine Beine gestreift, weil sie Hunger hatte, gestreichelt werden wollte oder beides. Ohne die Katze fühlte sich alles anders an. Thumps sah zur Katzenklappe. Sie funktionierte einwandfrei. Wenn Freeway nach Hause kommen wollte, konnte sie jederzeit kommen. Ihr Wasserschüsselchen war randvoll, und im Napf lag Trockenfutter.

Was hatte Dixie gleich wieder gesagt? Vier Straßen

weiter? Er nahm an, dass der Nachbar gen Süden gemeint hatte. In nördlicher Richtung kamen nur noch zwei Straßen und dahinter die Bahngleise. Und das Haus? Blau mit weißen Zierleisten. Wenn Thumps Glück hatte, konnte er durchs Fenster einen Blick auf Freeway erhaschen.

Während er die Straße entlangspazierte, malte er sich aus, die Katze wäre gekidnappt worden und würde gegen ihren Willen festgehalten, und nun käme er, um sie zu befreien und wieder nach Hause zu bringen. Thumps fragte sich, ob dieser Impuls wohl in sein Geschlecht einprogrammiert war – ob Männer genetisch gesteuert Retter sein wollten. Er vermutete jedoch, dass es eher mit dem männlichen Ego und mit Kontrolle zu tun hatte – zwei wesentlich weniger bewundernswerte Eigenschaften.

Trotzdem. Wenn er durch den Burggraben schwimmen und die Festungsmauer stürmen müsste, um die Katze zu retten – er würde es tun.

Thumps hatte Glück. Vier Straßen weiter gab es nur ein blaues Haus mit weißen Zierleisten. Wenn er sich im Fernsehen Krimiserien angesehen hatte, hatte er immer geschnaubt, wenn die Spurensicherung eine Pflanzenfaser oder einen Schlammspritzer oder irgendein Enzym in einer Wasserprobe gefunden hatte, die nur von einem einzigen Ort auf der Welt stammen konnte. So einfach hatte er Polizeiarbeit jedenfalls nicht in Erinnerung.

Und doch stand da dieses Haus, das einzige an dieser Straße in der richtigen Farbkombination, insofern war am Klischee vielleicht doch etwas dran.

Drinnen brannte Licht, und die Vorhänge waren noch nicht zugezogen, sodass Thumps ins Innere sehen konnte.

Er lief auf der gegenüberliegenden Straßenseite – bloß irgendein Typ beim Abendspaziergang. Nichts, worüber man sich Sorgen machen müsste. Einmal die Straße hoch und wieder zurück. Bei seiner dritten Runde fiel ihm kein Grund mehr ein, warum er immer und immer wieder denselben Straßenzug entlangschlendern sollte. Er glaubte nicht, dass man ihn ansprechen würde, aber die Möglichkeit, dass jemand sich angesichts eines groß gewachsenen Indianers vor dem Fenster unwohl fühlen mochte, bestand durchaus.

Auch diesmal konnte Thumps in das Haus hineinsehen: Er sah die Kinder im Wohnzimmer, wo der Fernseher stand, und erhaschte einen Blick auf Mutter und Vater.

Allerdings nirgends eine Katze.

Vielleicht war es doch die falsche Straße oder das falsche Haus. Thumps drehte am Ende der Straße um und wechselte die Straßenseite, um näher ans Fenster heranzukommen. Diesmal ging er langsamer, blieb stehen, beugte sich sogar vor und tat so, als müsste er sich den Schuh zubinden.

Albern.

Und dann war sie plötzlich da. Freeway. Wie von Zauberhand. Saß auf der Sofalehne und sah hinaus in die Nacht. Thumps war sich sogar sicher, dass sie ihn gesehen hatte. Trotzdem ließ sich die Katze nichts anmerken. Sie stürzte weder zum Fenster noch bearbeitete sie die Scheibe mit der Tatze. Thumps hätte am liebsten gewinkt, ihren Namen gehaucht und sich den Oberschenkel getätschelt, um sie anzulocken.

Stattdessen blieb er in der Hocke, band sich wiederholt

den Schuh, bis eins der Kinder Freeway von der Lehne pflückte und mit ihr davonlief, während ein weiteres Paar Hände die Vorhänge zuzog.

Später am selben Abend, als er sich sicher war, dass alle schliefen, lief er erneut die vier Straßen weit bis zu dem blauen Haus mit den weißen Zierleisten und legte einen Sack Katzenfutter und Freeways Lieblingsspielzeug auf die Eingangstreppe.

Dann lief er durch die Dunkelheit allein nach Hause zurück und griff zum Telefonhörer.

28

Tags darauf stand Thumps in aller Herrgottsfrühe auf. War auch an der Zeit, endlich Nägel mit Köpfen zu machen, sagte er zu seinem Gesicht im Badezimmerspiegel. Es war an der Zeit, gewisse Entscheidungen zu treffen.

Die Entscheidung, Freeway freizugeben, war ihm nicht leichtgefallen. Andererseits hatte die Katze den ersten Schritt selbst getan. Thumps hatte nur eingewilligt. Sein Leben war mit einem Haustier nur schwer übereinzubringen. Er war oft unterwegs, und die zwei Monate, die er mit Claire in Seattle verbracht hatte, hatten die Katze letztlich davon überzeugt, dass sie sich andernorts Gesellschaft suchen musste. Auf den ersten Blick war eine Familie mit Kindern für eine verschrobene Katze die falsche Entscheidung, aber wie sich herausgestellt hatte, war Freeway gar nicht so ungesellig wie gedacht.

Sie hatte sich einsam gefühlt.

Nun war also der Zeitpunkt gekommen, die anderen ungelösten Probleme in seinem Leben anzugehen – und zuoberst auf der To-do-Liste, die er in der vorangegangenen Nacht erstellt hatte, stand Nina Maslow.

Im *Tucker* gab es zwei Restaurants: das *Mother Lode*

für das gehobene, teure Abendessen sowie das *Quick Claim,* in dem es Frühstück, Mittagessen und bis spätabends noch Kaffee gab. Sydney Pearl saß in einer Nische im rückwärtigen Teil des *Claim.* Tags zuvor wäre er überrascht gewesen, sie hier anzutreffen. Doch hier hatte er sie hinbestellt, und sie war gekommen.

Was Thumps nicht erwartet hatte, waren die anderen beiden am Tisch: Calder Banks und Gloria Baker-Doyle.

Verdammt noch mal! Hatte Pearl eine Generaleinladung ausgesprochen? Er sah sich um. Vielleicht lauerten ja auch Adele Samuels, Sohn Ethan und Duke Hockney irgendwo in den Kulissen.

»Mr DreadfulWater.«

»Ms Pearl.«

»Ich nehme an, Sie möchten unter vier Augen mit mir sprechen?«

»So war es zumindest geplant.«

»Das Problem ist nur«, sagte Pearl, »dass in der Fernsehbranche kaum irgendetwas privat ist. Ich habe Calder und Gloria dazugebeten für den Fall, dass die beiden Fragen beantworten können, die ich nicht beantworten kann.«

»Sie werden sehen, wir können hilfreich sein«, sagte Gloria.

»Ich muss gestehen«, sagte Pearl, »dass mich Ihr Anruf neugierig gemacht hat.«

Thumps rutschte auf den Sitzplatz neben Gloria.

»Treffen wir uns zum Frühstück«, imitierte Pearl seine tiefe Stimme. »Ich habe den Mord an Nina aufgeklärt.«

Thumps war sich sicher, dass er so nicht klang. »Ich hab nie behauptet, ich hätte den Mord aufgeklärt.«

Pearl hob drohend den Zeigefinger. »Aber Sie haben es angedeutet.«

»Ich hab bloß gesagt, dass ich ein paar Ideen habe, was mit Nina Maslow passiert sein könnte.«

»Und mit Trudy Samuels?«

»Vielleicht auch.«

»Und Sie erwarten, dass ich Sie für Ideen und Vielleichts bezahle?«

»Ja.«

»Aufregend«, sagte Gloria. »Darf ich Ihr Sidestick sein?«

»Kick«, warf Calder ein. »Sidekick.«

»Großartig!«

»Ich höre«, sagte Pearl.

»Zwanzig Fragen«, schlug Thumps vor.

Pearl grinste. »Die Radiosendung aus den Vierzigern oder die Fernsehshow aus den Fünfzigern?«

Calder runzelte die Stirn. »Es gab eine Fernsehshow namens *Zwanzig Fragen?*«

»Charles Dickens' *Weihnachtsgeschichte*«, warf Gloria ein. »Darin spielen sie auch eine Zwanzig-Fragen-Version, die sich ›Ja und Nein‹ nennt.«

»Erste Frage«, sagte Thumps. »Wie viele Folgen von *Böse Absichten* sind schon im Kasten?«

»Ohne die Samuels-Folge«, sagte Pearl, »sind es dreiundvierzig.«

Thumps notierte sich die Zahl auf dem Papier-Tischset. »Sie haben erwähnt, dass Maslow drei davon tatsächlich lösen konnte.«

»Zwei«, korrigierte Pearl. »Die vierte und die dreiundzwanzigste.«

Thumps überschlug es im Kopf. »Wenn wir den Erfolg der Sendung an gelösten Fällen bemessen würden, läge die Quote also bei unter fünf Prozent.«

»Genau genommen«, sagte Gloria, »bei vier Komma sechs fünf.«

Thumps rechnete erneut nach.

»Ich hab immer gern gerechnet«, erklärte Gloria.

Pearl hob beide Hände. »Zum Glück sind wir aber nicht dafür zuständig, Fälle zu lösen.«

»Schon irgendwie«, wandte Thumps ein. »Zumindest verspricht das die Sendung.«

Calders Gesicht hellte sich auf. »Sie meinen, wenn ich am Anfang sage: ›Willkommen zu *Böse Absichten.* Wir durchleuchten die spektakulärsten ungelösten Verbrechen und bringen die Täter vor Gericht‹?«

»Haben Sie je eine Zirkusschaubude besucht?« Pearl sortierte das Besteck vor sich um. »*Cobra Girl, Frog Baby,* den zweiköpfigen *Bear Boy?* Da geht es nur ums Spektakel.«

»Aber Maslow wollte die Fälle wirklich lösen, nicht wahr?«

Pearl neigte den Kopf zur Seite. »Nina konnte sich an Dingen festbeißen.«

»Die beiden gelösten Fälle«, sagte Thumps, »das waren keine großen Hits, stimmt's?«

»Sie meinen, ob sie Straßenfegerpotenzial gehabt hätten? Schlüpfrigkeit? Unnötige Gewalt?«

»Ja.«

»Nein«, antwortete Pearl. »Ich hatte sie ursprünglich gar nicht gewollt.«

»Aber?«

»Ich habe ihr vertraut.«

»Was hat das alles mit Nina zu tun?«, schaltete Calder sich erneut ein.

»Trudy Samuels«, sagte Thumps. »Wie hitverdächtig war Trudy Samuels?«

Pearl sortierte erneut ihr Besteck um. Thumps wartete nicht erst auf ihre Antwort.

»Ein schwacher Fall«, mutmaßte er. »Tatsächlich glaube ich fast, es war der schwächste von allen.«

»Worauf wollen Sie hinaus, Mr DreadfulWater?«

»Nina hatte den Fall gelöst.« Gloria konnte kaum an sich halten. »Das ist es, oder? Großartig! Sie hat den Fall gelöst!«

Thumps wartete darauf, dass Pearl bestätigte, was er längst wusste.

»Sehr gut, Mr DreadfulWater.« Pearls Stimmlage indes sagte das Gegenteil.

»Wann?«

»Vor zwei Tagen? Zwei Wochen? Einem Monat? Ich weiß es wirklich nicht.«

»Und?«

»Sie hat mit mir keine Einzelheiten besprochen«, sagte Pearl.

Calder schüttelte den Kopf. »Nina liebte Überraschungen. Wir wussten, dass sie etwas in petto hatte, aber sie wollte uns das finale Skript erst am Drehtag geben. War der Meinung, das würde die Interaktion vor der Kamera authentischer machen.«

»Und wenn die Sendung den Fall gelöst hätte …«

»Ja, Mr DreadfulWater«, sagte Pearl, »das wäre der Ritterschlag im Realityfernsehen gewesen.«

»Musste sie deshalb sterben?« Gloria sah alle reihum an. »Ich meine … Das denken wir doch, oder? Ich meine … Dass Nina versehentlich von diesem Felsen gestürzt ist, glaubt von uns doch keiner?«

»Was glauben Sie, Mr DreadfulWater?«

Thumps beugte sich vor. »Ich brauche Maslows Akten.«

»Ihre Akten?« Calder runzelte die Stirn. »Die wurden gestohlen. Jemand ist in ihr Zimmer eingebrochen und hat sie geklaut. Sie sind weg.«

»Das stimmt«, pflichtete Gloria ihm bei.

Thumps hatte Pearl nicht aus den Augen gelassen. Sie hatte nicht mit der Wimper gezuckt, aber das hatte er auch nicht erwartet.

»Ihre Akten«, wiederholte er. »Ohne Ausnahme.«

Pearl blickte gelangweilt drein. »Sie wollen doch wohl nicht andeuten, dass *ich* in Ninas Zimmer eingebrochen wäre und mir die Akten genommen hätte?«

Langsam drehte sich Calder zu ihr um. »Nein. Er glaubt, dass du Kopien hast.«

»Wirklich?«

»Glaubt er«, sagte Thumps.

»Das ist ja mal eine Theorie!«

»Ist es nicht«, sagte Thumps. »Die Sendung ist viel zu wichtig, als dass Sie nur eine einzige Fassung hätten. Das hätte Nina niemals zugelassen. Es muss mindestens eine Zweitschrift geben. Wenn ich raten müsste, würde ich sagen, es gibt sogar eine Drittschrift.«

Pearl spreizte die Finger auf der Tischplatte. »Tatsächlich gibt es vier. Zwei Abzüge auf Papier. Ein Abzug wurde gestohlen. Der andere ist bei mir.«

»Und digital?«, hakte Gloria nach.

»Eine Datei liegt im Büro in Los Angeles«, erklärte Pearl. »Nummer vier liegt auf einem Server in Utah.«

»Scheiße«, murmelte Banks, »das klingt nach Paranoia.«

»Die reine Umsicht«, erklärte Pearl. »Bleib du bei der Schauspielerei, Calder, und überlass mir die Logistik.«

»Sie können mir Ihre Kopie geben, oder Sie machen mir einen Abzug. Die kompletten Akten. Ihre Entscheidung.«

»Und wenn ich Nein sage?«

»Dann platzt unser Deal«, sagte Thumps. »Und ich verschwinde.«

»Woher wollen Sie wissen, ob ich Ihnen alles gegeben habe?«

»Das weiß ich dann schon.«

»In Ordnung«, sagte Pearl. »Ich gebe Ihnen alles, was ich habe – außer den Unterlagen zu den Obsidian-Morden.«

»Vergessen Sie's.«

»Sorry«, erwiderte Pearl, »aber wenn ich Ihnen die gebe, dann hält Sie doch nichts mehr.«

»Woher soll ich denn wissen, ob es dazu überhaupt Notizen gibt?«, entgegnete Thumps. »Woher soll ich wissen, dass irgendetwas darin nützlich sein könnte? Vertrauen ist keine Einbahnstraße.«

»Klartext, Mr DreadfulWater. Ich vertraue Ihnen ebenso wenig wie Sie mir. Aber Nina hat Ihnen vertraut, und ich habe ihr vertraut. Sie haben mein Wort, dass es Notizen gibt.«

Thumps dachte kurz darüber nach. »Okay. Deal.«

Sydney Pearl schob sich die Brille hoch. »Finden Sie

heraus, wer Nina umgebracht hat, Mr DreadfulWater. Enttäuschen Sie mich nicht.«

Thumps rutschte aus der Nische.

»Sehen Sie? Wir sind doch Freunde.«

Thumps hatte seinen Pick-up in der Parkverbotszone vor dem Hotel abgestellt. Wenn Duke ein Knöllchen unter den Tisch fallen lassen konnte, dann sicher auch zwei. Aber da klemmte kein Knöllchen unter dem Scheibenwischer. Ein gutes Omen. Außerdem hatte der Tag warm und windstill angefangen. Möglicherweise ging es bergauf.

Oder vielleicht war es auch nur die Ruhe vor dem Sturm – der Augenblick, bevor die Hölle losbrach.

29

Thumps fuhr gen Westen, ließ Chinook hinter sich und nahm die Straße hoch zum Little Horn Plateau, zur Hochebene, die sich in nord-südlicher Richtung entlang des Ironstone-Ufers erstreckte. Die Herbstsonne stand ihm im Rücken und brachte das Rot, Gelb und Dunkelgrün des Plateaus zum Leuchten. Espen, Lärchen, Kiefern und Tannen – sie alle zeichneten sich strahlend und scharf konturiert vor dem stahlblauen Himmel ab. Eine mit dem Spachtel in Öl gemalte Landschaft.

Nur für den Fall, dass die alte Radarfalle noch in Betrieb war, ging Thumps kurz vor Randall vom Gas. Randall war keine richtige Stadt, eher eine Wegbiegung mit einem Supermarkt, einer Tankstelle, zwei Bars und einem Motel, das aussah wie aus einem Hitchcock-Film.

Der Streifenwagen parkte im Schatten einer großen Reklametafel. »Exklusiv wohnen«, versprach der Werbeslogan, »auf Ihrem Stück Land im Alten Westen.« Thumps hatte keine Ahnung, um welche Grundstücke es sich dabei handelte; rund um Randall gab es nur plattes Land und struppige Prärie. Vielleicht wusste der Typ von der Streife Bescheid.

Nicht dass Thumps angehalten und gefragt hätte.

Das *Black Stag*, das Anwesen der Samuels', lag am nördlichen Rand des Little Horn Plateaus. Buck Samuels hatte sein Stück Land sorgsam ausgewählt. Das Holzhaus, das er hatte bauen lassen, war Gerüchten zufolge den Hotels, die Canadian Pacific in den Rockies rund um Banff und Lake Louise gebaut hatte, sowie dem *Prince of Wales Hotel* im Waterton-Lakes-Nationalpark nachempfunden, das einst von Great Northern Railway errichtet worden war – nur war es nicht ganz so groß.

Thumps hatte Adele lediglich auf den Anrufbeantworter gesprochen und war sich nicht sicher, ob sie ihn empfangen würde, aber wenn er erst vor ihrer Tür stünde, würde es ihr hoffentlich schwerer fallen, ihn abzuweisen, als wenn er aus der Ferne um einen Termin bat.

Gut drei Meter zu beiden Seiten des eisernen Zufahrtstors, das zu zwei kämpfenden Elchbullen geschmiedet worden war, hatte Buck eine Natursteinmauer errichten lassen. Ein bisschen melodramatisch und zudem wenig zielführend, fand Thumps, weil man einfach um die Mauer herumgehen und das Grundstück betreten konnte. Wenn man jedoch mit dem Auto kam, musste man an einer Edelstahl-Wechselsprechanlage halten und eine Taste drücken.

Thumps beschloss, es formell zu halten.

»Thumps DreadfulWater«, sagte er zu der Anlage. »Ich möchte mit Mrs Adele Samuels sprechen.«

Thumps wartete auf eine Antwort. Stattdessen piepte es bloß, und das Tor schwang langsam auf.

Okay, dachte Thumps, wird schon alles klappen.

Der Zufahrtsweg zum Haus folgte um diverse Kurven der Struktur der Landschaft und schlängelte sich zwischen Felszungen hindurch und über die Kammlinie hinweg.

Thumps hatte schon unzählige Blockhütten und Holzhäuser gesehen – aber nie etwas Vergleichbares. Die Stämme, die Buck verbaut hatte, waren enorm – Thumps kannte sich mit Bäumen nicht allzu gut aus, nahm aber an, dass es sich dabei um uralte Riesen-Lebensbäume handeln musste, die eigens nach Bucks Vorgaben ausgewählt und geschlagen worden waren.

Für das Haus musste annähernd ein ganzer Wald draufgegangen sein.

Als er vor dem Eingang hielt, wartete Adele Samuels schon. Sie trug Jeans und Holzfällerhemd, als wäre sie auf dem Weg in die Scheune, um Heu von links nach rechts zu räumen.

»Mr DreadfulWater.«

Der Sheriff hatte die Eigenart, sich an die Hutkrempe zu tippen, wenn er den Leuten signalisieren wollte, dass er das Sagen hatte. Thumps versuchte, es ihm gleichzutun.

»Ma'am.«

»Interessante Nachricht auf dem Anrufbeantworter.«

»Ich hatte gehofft, dass Sie sich mit einem Gespräch einverstanden erklären würden.«

»Ach, wirklich?«

»Ja.«

»Haben Sie schon mal einen Westernroman von Robert Parker gelesen?« Adele stand leicht abgewandt mit verschränkten Armen da. »Sie klingen nämlich so langsam wie Marshal Virgil Cole und Deputy Marshal Everett Hitch in einer Person.«

Hinter ihr tauchte Ethan Price auf.

»Morgen, Mr DreadfulWater.«

»Klug von Ihnen«, sagte Adele, »dass Sie hier einfach so aufkreuzen. Übers Telefon hätte ich Sie wohl zur Hölle gejagt.«

Der Wind frischte auf, und das Licht verblasste. Die leuchtenden Farben wurden allmählich stumpf, und das Land hatte sein frühmorgendliches Strahlen eingebüßt.

»Aber jetzt, da Sie schon mal hier sind«, fuhr Adele fort, »kommen Sie meinetwegen rein.«

Das Haus war schon von außen beeindruckend gewesen, und auch das Interieur enttäuschte nicht: Es erinnerte Thumps an Fotos von europäischen Kathedralen, die er mal gesehen hatte.

»Gehen wir in den Salon. Es gibt Kaffee.«

Adele ging voran in einen großen, offen gehaltenen Raum mit massiven Träger- und Deckenbalken. Durch die Fenster fiel über die ganze Breite schräg Licht herein, das die schweren Balken und Stützen in schmalere Streifen zerschnitt, sodass Teile des Raums hell erleuchtet waren, andere jedoch im Schatten lagen.

»Hier können wir uns unterhalten.«

Die Ledersofas und Sessel waren hufeisenförmig arrangiert, sodass man von jedem Platz durch die großen Fenster gen Westen hinaus auf die Highwood und Little Belt Mountains und zu den Bears Paws blicken konnte.

»Die reinste Monstrosität.« Adele ließ sich auf einem der Sofas nieder.

Ethan nahm auf einem Sessel Platz. Thumps entschied sich für das Ende des zweiten Sofas, wo kein direktes Licht hinfiel.

»Aber so war Buck nun mal«, fuhr Adele fort. »Immer überlebensgroß – und eine noch größere Nervensäge.«

»Aber Sie sind nicht hier, um über Buck Samuels zu reden«, stellte Ethan fest.

»Nein.«

Eine ältere Frau, vermutlich Mexikanerin, wenn Thumps hätte raten müssen, betrat den Raum mit einem Tablett.

»Kaffee, Mr DreadfulWater?«, fragte Adele. »Die Kekse hat Juanita gebacken, sie sind recht gut.«

»Sie haben meiner Mutter erzählt, dass Sie sich den Fall erneut ansehen.« Ethan rieb sich mit dem Daumen über die Handfläche.

»Das ist richtig.«

»Weil *Böse Absichten* Sie dafür bezahlt.« Adele klang mitnichten grausam, aber auch nicht freundlich.

»Das ist ein Grund, ja.«

»Und was ist der andere?«

Thumps nahm sich einen Keks und goss sich aus der Silberkanne einen Kaffee ein.

»Ich hatte gehofft, Sie könnten mir mehr zu Trudy erzählen.«

»Meine Tochter ist tot.«

Ethan zuckte nicht mit der Wimper, trotzdem spürte Thumps, dass der junge Mann schlagartig angespannt war.

»Genau genommen«, sagte Adele, »war sie meine Stieftochter. Haben Sie Kinder, Mr DreadfulWater?«

Die Sonne arbeitete sich am Horizont entlang gen Westen, und die Schatten wanderten durch den Salon.

»Als ich Buck geheiratet habe, war Trudy sechs Jahre alt.

Er brauchte eine Mutter für seine Tochter, ich brauchte einen Vater für meinen Sohn. Dann ist es nicht ganz so gekommen, wie wir es uns ausgemalt hatten.«

»Schnee von gestern«, sagte Ethan. »Ist nicht mehr zu ändern.«

»Können Sie sich vorstellen, was es bedeutet, sein Kind zurückzulassen?«

»Du hast mich nicht zurückgelassen«, widersprach Ethan.

»Ich habe Buck bekniet, meinen Sohn mit herbringen zu dürfen.« Statt Trauer klang die Schärfe von Stahl, der auf Stahl schlug, in Adeles Stimme mit. »Ich nehme an, da hat sich der erste Riss aufgetan.«

Das Licht war über den Boden bis zu seinen Stiefeln gekrochen. Thumps versuchte, sich ins Gedächtnis zu rufen, ob es Werwölfe oder Vampire waren, die mit Sonnenlicht nicht klarkamen.

»Und dieser Riss ging immer tiefer.«

Ethan veränderte die Sitzposition. »Ich bin mir sicher, Mr DreadfulWater ist nicht wegen Buck gekommen.«

»Thumps«, sagte Thumps.

»Thumps«, sagte Ethan.

»Und ich bin mir sicher, Mr DreadfulWater hat die Gerüchte längst gehört.«

»Mom …«

»Ist schon in Ordnung«, sagte Adele. »Man kann den Leuten das Maul nicht verbieten. Und nicht kontrollieren, was sie nun glauben oder nicht.«

Thumps hätte Adele am liebsten erklärt, dass er auf Gerüchte nicht allzu viel gab, aber ihm war klar, wie klischeehaft und unaufrichtig das geklungen hätte.

»Es gibt Leute, die glauben, dass ich Buck umgebracht oder zumindest zugesehen hätte, wie er starb.«

»Wie alt war Trudy damals?«

»Zwölf«, sagte Adele. »Nicht mal ein Teenager.«

»Und wie alt war Ethan?«

»Elf.«

»Und nachdem Buck gestorben war, ist Ethan zu Ihnen und Trudy gezogen?«

Adele setzte sich kerzengerade auf. »Am Tag nach der Beerdigung.«

»Das war nicht so krass, wie es jetzt klingt«, warf Ethan ein.

»Ich hatte mein Kind bei meiner Schwester lassen müssen. Da war er erst fünf gewesen«, erklärte Adele. »Glauben Sie etwa, ich hätte nur eine Sekunde länger warten wollen?«

»Ich hoffe, Sie machen meiner Mutter deshalb keine Vorwürfe«, sagte Ethan.

»Natürlich macht er mir die«, sagte Adele. »Jeder macht mir deshalb Vorwürfe. Arme kleine Prinzessin ... verliert ihre Mutter und dann auch noch den Vater. Gerät in die Klauen der bösen Stiefmutter mitsamt dem unrechtmäßigen Sohn. Kein Wunder, dass sie daran zerbrach.«

»Ich war damals noch nicht hier«, sagte Thumps.

»Die Wahrheit ist aber: Ich war ihr eine gute Mutter. Natürlich haben wir auch mal gestritten, aber wir sind gut miteinander ausgekommen. Glauben Sie etwa, Buck hätte seiner Tochter je Aufmerksamkeit geschenkt? Dem ging es doch nur um seine Geschäfte, verdammt. Ich war diejenige, die Trudy großgezogen hat.«

»Und dann ist Buck gestorben.«

»Ja«, sagte Adele, »dann ist Buck gestorben.«

»Und Trudy geriet auf die schiefe Bahn.«

»Nein«, widersprach Adele, »auf die schiefe Bahn – wenn Sie es so formulieren wollen – geriet sie erst, als sie Tobias Rattler kennenlernte.«

Thumps lehnte sich zurück. Licht strömte über seine Beine und kam seinen Oberschenkeln bedrohlich nahe.

»Sie waren zusammen in der Highschool …«

Ethan hob die Hand. »Lass mich übernehmen, Mom.«

»Ja«, sagte Adele, »mein Sohn hat da eine andere Sichtweise.«

Ethan räusperte sich und lehnte sich vor. »Können Sie sich noch an Ihre Highschool-Zeit erinnern, Mr DreadfulWater?«

»Thumps.«

Ethan lächelte. »Thumps.«

»Nicht besonders gut.«

»Aber Sie wissen noch, dass es gewisse Dynamiken gab. Wer in war und wer out.«

»Klar.«

»Tobias Rattler war ein Einzelgänger. Gut aussehend. Geheimnisvoll. Keine nennenswerten Freunde. Jemand, der nur auf der Durchreise war und irgendwann das Weite suchen würde.«

»Wie Michael Shane.«

»Aus dem Film?«

»The Loner.«

»Ganz genau«, sagte Ethan. »So war Toby. Und Sie wissen, was die Leute über Bad Boys und brave Mädchen sagen.«

»Klar.«

»Nur dass Trudy so brav gar nicht war.« Ethan holte tief Luft. »Sie hatte damals schon angefangen zu trinken. Vielleicht hatte sie da auch schon Drogen genommen. Wir kamen schon miteinander aus, aber viel hatten wir uns nicht zu sagen. Jedenfalls waren wir nicht wie Bruder und Schwester.«

»Eher wie Bewohner desselben Hotels.«

»Sie wissen wirklich mit Sprache umzugehen, Mr DreadfulWater.« Er korrigierte sich mit einem Räuspern: »Thumps.«

»Dann sind Trudy und Rattler zusammengekommen ...«

»Anfangs noch nicht«, sagte Ethan. »Ich glaube, erst haben sie nicht mal miteinander gesprochen. Trudy hielt Abstand, und Toby war nun mal Toby.«

Thumps wartete auf die Fortsetzung.

»Im Jahr darauf nach dem Homecoming-Spiel – da haben ein paar Typen Trudy ziemlich in die Zange genommen. Haben ihr das Kleid zerrissen. Sie hin und her geschubst. Toby ist dazwischengegangen und hat dem Ganzen ein Ende gesetzt.«

»Der Retter.«

»Irgendwie schon«, sagte Ethan. »Danach haben sie angefangen, Zeit miteinander zu verbringen. Toby und Trudy. T&T.«

Adeles Augen blitzten im Sonnenlicht. »Sie wissen, wie man eine Sechzehnjährige nennt, die schon Sex hat?«

»Mom!«

»Eine Schlampe«, sagte Adele, »und nicht anders.«

Ethan ließ sich nicht aus der Fassung bringen. »Sie hatten keinen Sex. Klar, die Leute haben geredet. Aber das stimmte alles nicht.«

»Woher wollen Sie das wissen?«

»Trudy und ich hatten kein besonders enges Verhältnis, aber wir haben uns hin und wieder unterhalten. Sie hat sich mir anvertraut.«

Thumps wägte den nächsten Schritt genau ab. »Weil Sie schwul sind?«

Adele Samuels machte Anstalten aufzustehen. »Vielleicht ist es jetzt an der Zeit, dass Sie gehen, Mr DreadfulWater.«

»Nicht, Mom.« Ethan gab ihr mit einer Geste zu verstehen, dass sie sich wieder setzen sollte. »Ist schon in Ordnung.« Lächelnd drehte er sich zu Thumps. »Sieht man mir das an?«

»Nein«, antwortete Thumps. »War ein Schuss ins Blaue.«

»Trudy war die Einzige, die Bescheid wusste«, sagte Ethan. »Und sie hat es für sich behalten.«

»Und sie hat mit Ihnen über Rattler gesprochen.«

»Hier und da«, erwiderte Ethan. »Wenn sie Sex gehabt hätten, hätte sie mir das erzählt.«

Adele sah verkniffen und ungeduldig aus. »Warum hätte sich Rattler mit jemandem wie Trudy abgeben wollen, wenn nicht, um Sex zu haben?«

Ethan schüttelte den Kopf. »Rattler hat sich nicht mit Trudy *abgegeben.* Trudy hat sich mit *ihm* abgegeben. Weil er ihr ein Gefühl von Sicherheit vermittelt hat.«

»Und das war wichtiger als Sex.«

»Richtig«, sagte Ethan. »Trudy hat sogar das Trinken und die Drogen aufgegeben.«

»Weil sie sich mit ihm sicher fühlte.«

Ethan nickte. »Und weil sie in ihn verliebt war.«

Thumps dachte kurz darüber nach. »Aber er nicht in sie?«

»Rattler war nicht schwul, wenn Sie das jetzt denken.«

»Das wüssten Sie?«

»Trudy meinte, Toby sei an Sex nicht interessiert gewesen.«

»Und Trudy selbst?«, hakte Thumps nach. »War sie an Sex interessiert?«

»Ich glaube, das reicht jetzt, Mr DreadfulWater«, ging Adele erneut dazwischen.

Ethan ignorierte sie. »Jedenfalls hatten Mom und Trudy diesen heftigen Streit. Trudy ist ausgezogen und hat sich in der Stadt eine Wohnung genommen.«

Thumps sah zu Adele. »Ging es um Rattler?«

»Ja, Mr DreadfulWater«, sagte Adele, »es ging um Mr Rattler.«

»Teenager«, sagte Ethan. »Das verstehen Sie sicher.«

»Klar.«

»Trudy war sauer auf Mom, weil Buck gestorben war und sie immer noch lebte.«

Das wandernde Licht hatte ihn vollends erreicht und leuchtete ihn gleißend hell aus. Thumps setzte sich in den Schatten am anderen Ende des Sofas.

»Zu hell für Sie, Mr DreadfulWater?«

»Ja, Ma'am. Ist mir zu hell.«

»Mr Rattler war auch eher lichtscheu«, sagte Adele. »Ist das vielleicht ein Charakterzug von Indianern?«

»Mom!«

»Ich sage nur, was ich denke. Habe ich immer gemacht. Warum sollte ich jetzt damit aufhören?«

»Ich hab gehört, Trudy und Tobias sollen kurz vor ihrem Tod einen Streit gehabt haben.«

»Das hab ich auch gehört«, sagte Ethan.

»Wissen Sie, worum es da ging?«

»Mr Rattler wollte sie verlassen.« Adeles Stimme knisterte wie frische brennende Scheite. »Er wollte irgendwohin an die Universität. Hatte vor, sie hier zurückzulassen. Die reiche Schlampe erst vögeln und dann sitzen lassen – ist es das, was Sie hören wollten?«

»Vielleicht gehen Sie jetzt doch besser«, sagte Ethan.

Thumps stand auf und tippte sich an den Hut. »Danke, dass ich vorbeikommen durfte.«

Ethan stand ebenfalls auf. »Ich bringe Sie noch zur Tür.«

Adele indes blieb sitzen. »Ich bin mir sicher, Mr DreadfulWater findet allein hinaus. Indianer sollen doch so gut darin sein, einer Witterung zu folgen.«

Ethan brachte Thumps bis zum Wagen. »Meine Mutter kann manchmal schwierig sein«, erklärte er. »Trotz des Geldes hatte sie kein leichtes Leben.« Ethan knibbelte an seiner Handfläche. »Hatten Sie sonst noch Fragen?«

»Haben Sie sich verletzt?«

»Hier?« Er hielt die Hand hoch. »Holzhaus. Wenn man im Holzhaus wohnt, zieht man sich Splitter ein.«

Adele tauchte in der Haustür auf. »Ich hatte gesagt, wir sind fertig.«

Thumps nickte. »Eine letzte Frage. Warum bleiben Sie hier?«

»Was?«

»Sie haben das Haus eine Monstrosität genannt. Warum sind Sie trotzdem noch hier?«

Adele drehte ihr Gesicht in den Wind. »Ist das Teil der Ermittlung?«

»Eher nicht.«

»Wenn Sie am Tor sind«, sagte Adele, »stellen Sie sicher, dass es zufällt?«

»Natürlich.«

Adele stand in der offenen Tür, als machte sie sich bereit, Freund und Feind gleichermaßen in die Flucht zu schlagen. »Und kommen Sie nie wieder.«

30

Für Thumps waren Verbrechen immer wie Puzzles vom Flohmarkt gewesen, bei denen nicht garantiert war, dass wirklich noch alle Teile vorhanden waren. Während er in östlicher Richtung vom Samuels-Anwesen wegfuhr, fragte er sich, ob Trudy und Nina Maslow ein Puzzle waren oder doch eher zwei. Sofern Trudy wirklich ermordet worden war, konnten die Fälle durchaus miteinander in Verbindung stehen, sprich: Der- oder diejenigen, die Samuels ermordet hatten, waren auch für Maslows Tod verantwortlich. Oder aber es waren zwei unterschiedliche Fälle. Trudys Tod mochte ein Unfall oder Selbstmord gewesen sein und hätte somit rein gar nichts mit Maslow zu tun. Aber warum waren die beiden Frauen dann an ein und demselben Ort gestorben?

Falsche Fährte?

Zufall?

Randstücke. Mehr hatte er nicht. Randstücke und wenig mehr.

Thumps hatte so seine Zweifel, dass er die fehlenden Teile zu Hause bei Moses Blood finden würde. Aber zumindest würde er Moses dort finden.

Der Weg hinab in die Flussniederung war seit jeher

eine schmale, zerfurchte Piste gewesen, die nicht mal die Rehe oder Kojoten benutzten, weil sie befürchteten, sich dort die Beine zu brechen. Moses nannte es seine »Zufahrt«, aber auch nur, weil der alte Mann einen verqueren Sinn für Humor hatte.

Heute jedoch war dort nicht ein einziges Schlagloch oder eine Spurrille zu sehen. Es war schier unmöglich – aber irgendwer hatte tatsächlich den Weg platt gewalzt und in eine befahrbare Straße verwandelt, wie sie gern mal auf exklusive Anwesen und Hobbyfarmen zuführten.

Vielleicht hatte die Reklametafel in Randall ja hierauf verwiesen?

Moses' Haus stand leicht erhöht hinter den Pappeln, die das Ufer des Ironstone River säumten. Früher einmal hatte er an die fünfzig Trailer kreuz und quer in der Niederung aufgestellt, die aus der Entfernung einem riesigen Labyrinth oder einer Patchworkdecke geglichen hatten. Die Trailer waren seit Langem verschwunden. Haus, Hühnerstall und Schuppen waren geblieben.

Moses war draußen und hackte Holz. Thumps parkte neben einer großen Pappel und stieg aus.

»Solltest jemanden fragen, der das für dich übernimmt.«

Moses setzte den Spalthammer ab und wischte sich übers Gesicht. »Cooley hat schon neun Klafter geschlagen.« Er fuchtelte in Richtung Scheune. An der Längswand warteten ordentlich aufgeschichtete Scheite auf ihren Einsatz. »Ich dachte, ich mache noch zwei, nur für alle Fälle.«

Neben dem Feuerholz lagen ebenfalls ordentlich aufgehäuft orangefarbene Stangen mit Schleifen am Ende.

»Sind das Vermessungspflöcke?«

»Da sind ein paar junge Kerls gekommen und haben sie fein säuberlich in eine Reihe gesteckt. Einmal durch den Fluss und dann hoch bis zur Anhöhe. Schnurgerade, das hättest du sehen sollen. Ziemlich beeindruckendes Bild.«

»Und du hast sie wieder rausgerissen?«

»Sie haben ihren Laster nicht bis hier runtergekriegt. Also sind sie mit einer Planierraupe gekommen und haben meine Zufahrt gerichtet.«

»Da wird aber jemand nicht glücklich sein, dass du die Pflöcke rausgerissen hast.«

»Die Pipeline«, sagte Moses. »Die brauchen wir nicht. Also dachte ich mir, die Pflöcke brauchen wir ebenso wenig.«

Thumps versuchte, sich nichts anmerken zu lassen. »Und gutes Anfeuerholz ist schwer zu bekommen.«

Moses grinste. »Stimmt, gutes Anfeuerholz ist schwer zu bekommen.«

Thumps nahm den Spalthammer hoch. »Ich übernehme das für eine Weile. Ein bisschen Bewegung tut mir sicher gut.«

»Sehr richtig. Bewegung ist immer gut. Ich mache uns Tee. Tee ist auch immer gut.«

Das Holzhacken hatte in jenem Moment nach einer guten Idee geklungen, aber es dauerte nicht lange, ehe die Realität ihn eingeholt hatte. Bis Moses mit zwei Bechern Tee wiederkam, war Thumps schweißgebadet, und seine Arme und Schultern brannten. Irgendwo im unteren Rücken taten sich seine Muskeln zu einer großen Protestkundgebung zusammen.

»Das ist amerikanischer Ginseng«, erklärte Moses. »Der wächst in Wisconsin. Spendet angeblich Energie für alle möglichen Sachen.«

»Zum Beispiel fürs Holzhacken?«

»Und fürs Sammeln von Anfeuerholz.« Moses stellte die Becher auf seinem Gartentisch aus Holzplanken ab.

Der Wind wehte vom Fluss herauf. Er war frisch, aber nicht kalt. Trotzdem knöpfte Thumps seine Jacke zu, damit er nicht anfing zu frieren. Moses schloss die Augen und genoss die Brise auf der Haut.

»Riechst du das?«

»Das Holz?«

»Den Schnee«, sagte Moses. »Er ist schon unterwegs. Diese Woche noch – spätestens nächste. Hast du dein Auto schon wieder in Gang gekriegt?«

»Nope.«

»Wirst irgendwann Stas' Pick-up zurückgeben müssen.«

»Wahrscheinlich.«

»Vielleicht wohnst du bis dahin ja mit Claire zusammen. Sie hat ein anständiges Auto.«

»Ich glaube nicht, dass es so weit kommt.«

»Sie braucht einen Mann im Haus«, sagte Moses, »auch wenn sie es noch nicht weiß.«

»Claire braucht keinen Mann.«

»Die meisten Frauen brauchen keinen«, sagte Moses, »haben aber trotzdem einen.«

Der Tee war stark und bitter. Thumps spürte etwas, was möglicherweise Energie war. Oder vielleicht war sein Körper auch nur überrumpelt.

»Manchmal, wenn ich Tee trinke«, sagte Moses, »hilft mir das beim Denken.«

»Überleg vielleicht mal, warum jemand Nina Maslow hätte umbringen wollen.«

»Das war die Fernsehfrau.«

»Ja.«

»Ich bin auch mal von der Belly Butte gestürzt.« Moses kicherte in sich hinein. »Mary Many Bears hat mich damals dort runtergeschubst. Aus gutem Grund.«

»Hast du versucht, ihr einen Kuss aufzudrücken?«

Moses sah ihn empört an. »Mary ist meine Cousine. Weshalb sollte ich meine Cousine küssen?«

»Warum dann?«

»Hab ihr gesagt, dass sie dürr ist.« Moses schmunzelte. »Sie war dürr. Andererseits war sie auch wieselflink.«

Thumps versuchte, sich vorzustellen, wie Moses die Belly Butte hinunterpolterte. »Hast du dir wehgetan?«

Moses schüttelte den Kopf. »Gab ein paar Kratzer. Und Hose und Hemd waren im Eimer.«

»Geht ziemlich tief runter.«

Moses trank seinen Becher leer. »Komm. Wirf zwei von den Stämmen auf die Ladefläche. Du und ich, wir versuchen uns in Forensik.«

»Forensik?«

»Wie im Fernsehen.«

Der Weg hinauf zur Belly Butte war nicht besser geworden, im Gegenteil, durch das Tohuwabohu vom Vortag waren die Spurrillen dort umso tiefer. Der Pick-up buckelte die Anhöhe hoch, stieg vorn auf, donnerte auf den Unterboden, und die Stämme flogen hinten umher und krachten auf die Ladefläche. Bis sie oben angekommen waren, waren Thumps' Finger regelrecht mit dem Lenkrad verschmolzen.

Moses war zuerst ausgestiegen. »Du solltest mal nach der Ölwanne sehen. Das letzte Schlagloch war eine Wucht.«

Thumps gab sich alle Mühe, die Finger zu spreizen. »Dann erzähl doch mal von Tobias.«

Moses schob die Hände in die Taschen. »Hab ihn nicht mehr rechtzeitig erwischt. Bis wir uns einigermaßen beschnüffelt hatten, war es schon zu spät.«

»Wofür?«

Moses lief zurück zum Pick-up und ließ die Ladeklappe runter. »Die meisten Leute werden in eine Familie hineingeboren. Familien sind Teil einer Gemeinschaft. Mehrere Gemeinschaften bilden einen Stamm.«

»Okay…«

»Andere werden allein geboren, sie werden allein groß, und wenn man die nicht rechtzeitig erwischt, dann bleiben sie ihr Lebtag allein.«

»Wie Rattler.«

»Er hatte den Daumen rausgehalten«, sagte Moses. »Wollte nach Paris.«

»Und du hast ihn aufgelesen.«

»Er hat eine Weile bei mir gewohnt.« Moses wuchtete einen der Stämme von der Ladefläche. »Dann ist er weitergezogen. An diese Indianer-Uni drüben im Westen.«

»Indianer-Uni?«

»Dark Mouth.«

»Dartmouth?«

»Nimm den anderen Stamm.«

»Dartmouth ist eine Privat-Uni. Ziemlich teuer.«

Moses schleppte seinen Stamm bis zur Felskante der

Butte und richtete ihn auf. »Als Mary Many Bears mich geschubst hat, was meinst du wohl, was passiert ist?«

Moses kippte den Stamm über den Abgrund. Er schlitterte und prallte von der Felswand ab. Nach vielleicht einem Viertel der Höhe erwischte er einen schmalen Vorsprung, kreiselte durch die Luft, nahm Fahrt auf, überschlug sich, prallte erneut von der Felswand ab und krachte dann mit Wucht ins Geröll.

»Jetzt du.«

Thumps rollte den zweiten Stamm über die Kante. Mit dem gleichen Ergebnis. Schlittern, Felsvorsprung, Abflug, Über- und Aufschlag.

»Sieh an«, sagte Moses. »Gar nicht viel anders.« Beide Stämme waren keinen Meter voneinander entfernt liegen geblieben. »Ist diese Maslow ungefähr dort gelandet?«

Thumps trat vor an den Abgrund und sah nach unten. »Mehr oder weniger.«

Moses nickte. »Genau dort wurde Trudy gefunden.«

»Ziemliche Verschwendung von Feuerholz.«

»Bei Experimenten«, dozierte Moses, »haben sie immer Kontrollgruppen und Versuchsteilnehmer. Die Stämme waren unsere Kontrollgruppe.«

Thumps hatte gar nicht gespürt, dass er über die Kante geschubst worden war, doch obwohl er eben noch oben am Abgrund der Butte gestanden und mit Moses geredet hatte, schlitterte er im nächsten Augenblick schon die Anhöhe hinab, griff nach allem, was er zu packen bekam, und drillte seine Füße in den Boden, während er langsam in die Tiefe rutschte.

Dann prallte er gegen den kleinen Felsvorsprung.

Und blieb liegen.

Moses stand an der Kante und sah zu ihm runter. »Hat mir auch den Schreck meines Lebens eingejagt. Mary fand es echt lustig.«

»Du hast mich geschubst!«

Der Abhang war nicht so steil, wie er von oben ausgesehen hatte. Zumindest nicht bis zu dem Felsvorsprung. Darunter jedoch schien es keinen Halt mehr zu geben, soweit Thumps es sehen konnte. Er sah an sich hinab. Ein paar Schrammen. Ein Riss im Ellbogen seines Hemdsärmels.

»Wenn du dich links hältst«, rief Moses, »ist der Boden fest.«

Als Thumps zurück war, saß Moses auf der Ladefläche. »Nachdem wir Trudy gefunden hatten, hab ich's selbst mehrmals versucht. Nur um sicherzugehen.«

»Und du bist jedes Mal am Felsvorsprung liegen geblieben.« Thumps klopfte sich Staub und Dreck von den Klamotten.

»Weil ich natürlich versucht habe, liegen zu bleiben«, sagte Moses. »Jemand, der von der Butte stolpert, versucht, liegen zu bleiben.«

»Außer er kann es gar nicht erst versuchen.«

Moses nickte.

»Und wenn du es nicht versuchst, bist du einfach nur totes Gewicht.«

Moses presste die Lippen zusammen. »Dann bist du der Baumstamm.«

»Kontrollgruppe. Versuchsperson.«

»Forensik«, sagte Moses. »Genau wie in *CSI.*«

Thumps trat an die Kante der Anhöhe und ließ den Blick schweifen. »Schade um das Holz.«

Moses blieb auf der Ladefläche sitzen. »Stimmt. Runter ging's leicht. Hoch ist es eindeutig schwerer.«

Thumps wimmerte in sich hinein. »Du willst, dass ich die Stämme hochhole?«

Moses schloss die Augen, als dächte er darüber nach, ein Nickerchen einzulegen. »Alles in allem wirst du wohl zweimal gehen müssen.«

31

Thumps war nie zuvor in einen Abgrund gestoßen worden, und er war sich nicht sicher, ob er Moses' Vorstellung von forensischer Wissenschaft gutheißen sollte. Nicht dass es ein Abgrund gewesen und er in Lebensgefahr geraten wäre. Der obere Teil der Belly Butte sah zwar steil aus, war es jedoch nicht – eher eine lang gezogene Skisprungschanze, die am Felsvorsprung sogar leicht nach oben zeigte. Darunter jedoch ging es fast ins Bodenlose, und wenn man den Vorsprung nicht erwischte und darüber hinwegsegelte, stürzte man ungebremst in die Tiefe.

Also hatten Thumps und die Baumstämme doch ordentliche Resultate geliefert. Wer von der Kante der Belly Butte geschubst wurde und noch imstande war, um sich zu greifen, der war auch in der Lage, den Absturz abzuwenden. Wer aber bewusstlos oder bereits tot dort hinabgerollt wurde, landete genau dort, wo die Holzstämme lagen.

Es war nicht wirklich Forensik. Aber nah dran. Während das Hinaufschleppen der Stämme eher reinster Physik gleichkam.

Den Heimweg legte Thumps im Dunkeln zurück. Sofern es einen Mond gab, versteckte er sich hinter Wolken; sofern keine Wolken am Himmel waren, gab es keinen Mond. Und im Übrigen auch keine Sterne. Seit er Moses und die Baumstämme zu Hause abgesetzt hatte und wieder zurück auf der Hauptstraße war, war es pechschwarz um ihn herum, und die Welt existierte nur mehr im Lichtkegel der Pick-up-Scheinwerfer. Einmal fragte er sich sogar, ob er falsch abgebogen war, und war erleichtert, als er über eine Hügelkuppe fuhr und vor sich in der Ferne die Lichter von Chinook schimmern sah.

Auch bei ihm zu Hause war es stockfinster. Außer im Küchenfenster. Er konnte sich nicht daran erinnern, dort am Morgen Licht gemacht zu haben, aber in einer so schwarzen Nacht verhieß es Heimeligkeit. Vielleicht sollte er öfter das Licht anlassen.

Er stand schon fast an der Haustür, als er den Katzenfuttersack entdeckte. Und neben dem Sack lag Freeways Spielzeug. Er hatte beides als Zeichen des Übereinkommens vor dem blau-weißen Haus liegen gelassen – und jetzt das, wie ein Schlag ins Gesicht, wie Müll, den man achtlos irgendwo abwarf.

Scheiße. Scheiße, Scheiße, Scheiße!

Beim ersten Tritt ging ein Riss durch den Sack. Beim zweiten flog Trockenfutter quer über die Veranda. Wenn Thumps jetzt seine Dienstwaffe zur Hand gehabt hätte, hätte er das komplette Magazin in die Tipsy-Spielzeug-Eule geballert.

Er nahm den Sack hoch und schlug damit mehrmals gegen den Baluster, als unversehens die Eingangstür aufging.

»Thumps?« In eine Decke gewickelt stand Claire vor ihm. »Alles in Ordnung?«

Er hielt die Überreste des Futtersacks hoch, als würde der alles erklären. »Du warst weg.«

»War ich«, sagte Claire, »aber jetzt bin ich wieder da.«

Thumps warf den Sack beiseite und betrat die Veranda. Unter seinen Sohlen knirschten die Futterpellets. »Ich sollte vielleicht einen Besen holen …«

»Gute Idee. Ich mache uns Tee.«

Das Katzenfutter war überall. Thumps fegte es kurzerhand in die Büsche. Wenn es für Katzen geeignet war, dann würde es den Pflanzen doch sicher nicht schaden. Sack und Spielzeug stopfte er in den Müll.

Claire saß mitsamt Teekanne und zwei Bechern an seinem Küchentisch. »Ich war in Browning.«

Thumps wusch sich die Hände. Seine Finger hatten leicht fischig gerochen.

»Du solltest die Herbstfarben dort im Glacier-Nationalpark sehen – Gold-, Rot- und Lilatöne! Alles hat gelodert.«

»Glacier ist schön, ja.«

Claire hob ihren Teebecher vors Gesicht. »Ich hätte dir Bescheid geben sollen.«

»Ich hab mir Sorgen gemacht.«

»Ich weiß«, sagte Claire. »Aber es gab ein paar Dinge, die ich erledigen musste.«

»Testergebnisse?«

»Was?« Claire setzte den Becher ab. »Nein, ich bin gesund. Die Ergebnisse waren gut – hatte ich das nicht erwähnt?«

»Womöglich schon«, sagte Thumps, »und ich hab's vergessen.«

Claire sah sich um. »Wo ist Freeway? Sie streift einem doch sonst sofort um die Beine.«

»Sie ist gegangen.«

»Oh, Thumps … Das tut mir leid! Wie ist sie gestorben?«

»Sie ist nicht gestorben.« Thumps versuchte, gute Miene zu Freeways Hochverrat zu machen. »Sie ist bei anderen Leuten eingezogen.«

»Bei anderen Leuten?«

»Bei einer Familie mit Kindern.«

Claire zögerte. »Wegen Seattle, oder?«

»Sie hat mir nie gehört«, sagte Thumps. »Wir haben nur zusammengewohnt … manchmal.«

»Fast wie wir beide.«

Thumps sah auf die Uhr. »Willst du hierbleiben?«

»Ich hab mir ein Zimmer im *Tucker* genommen.« Sie rutschte auf ihrem Stuhl herum. »Ich wollte heute Nacht nicht mehr heimfahren müssen.«

»Du hättest auch hier übernachten können.«

»Hätte ich«, sagte Claire, »aber ich muss über ein paar Dinge nachdenken.«

»Okay.«

»Allerdings hab ich gehofft, wir könnten morgen zusammen frühstücken. Wäre das möglich?«

»Klar.«

»Wir müssen uns unterhalten.«

»Klar.«

»Gut.«

Thumps nahm einen Schluck Tee. Seine Finger rochen immer noch fischig. »Gibst du mir einen Tipp?«

»Nein.«

»Okay.«

Claire hängte die Decke über die Stuhllehne. »Hier

sieht's ordentlich aus. Du hast immer ein Händchen für Ordnung gehabt.«

»Wie viel Uhr?«

»Was?«

»Frühstück«, sagte Thumps. »Und unsere Unterhaltung.«

Claire lächelte. »Angst?«

»Ein bisschen.«

»Sehr gut«, sagte Claire. »Wie wär's um acht?«

»Bist du bis dahin überhaupt wach?«

Claire zog die Haustür auf. »Loses Mundwerk – mag kein Mensch.«

Thumps blieb noch lange auf und las einen Craig-Johnson-Roman, den er schon einmal gelesen hatte. Er stellte sich vor, er wäre der unerschütterliche Walt Longmire, Sheriff von Absaroka County, und Claire wäre seine unflätige Deputy namens Victoria Moretti. Die Parallelen stimmten nicht ganz. Er war nicht immer so ausgeglichen wie Walt; davon zeugte der Katzenfuttersack. Und Claire war nicht annähernd die rüpelhafte Sirene mit einer Libido von der Größe Kanadas.

Trotzdem gefiel ihm die Vorstellung.

Er war erst nach eins im Bett, und dann konnte er nicht einschlafen. Trotz seiner steten Bemühungen, die Katze vom Bett zu vertreiben, hatte Freeway immer gern hier bei ihm geschlafen, und jetzt, da sie nicht mehr da war, vermisste er sie.

Aber er würde darüber hinwegkommen. Vielleicht würde er sich ein zusätzliches Kissen in die Kniekehle packen oder sich eine ausgestopfte Katze zulegen. Oder womöglich eins dieser Hunde-Plüschtiere – das könnte die Lösung sein. Ein Haustier, das man nicht füttern musste. Ein Haustier, nach dem man griff, wenn man es brauchte, und das man beiseitelegen konnte, sobald man andere Dinge zu tun hatte.

Irgendwas, was den Schmerz linderte und die Welt im Gleichgewicht hielt.

Thumps stellte den Wecker auf halb acht. Frühstück im *Tucker*. Mit Claire. Plus Gespräch. Er legte das Buch auf den Nachttisch.

Wo war Walt Longmire, wenn man ihn dringend brauchte?

Walt hätte gewusst, was zu tun war.

32

Tags darauf war Thumps wach, noch bevor der Wecker klingelte. Er duschte und rasierte sich und startete einen Such- und Bergungseinsatz nach der Flasche Old Spice, die Claire ihm einige Jahre zuvor zu Weihnachten geschenkt hatte.

Die Flasche tauchte in seiner Unterhosenschublade auf. Thumps versuchte, sich zu erinnern, warum er sie dort reingelegt hatte, kam jedoch zu keinem überzeugenden Ergebnis. Doch während der Suche hatte er zudem das Benchmade-Taschenmesser gefunden, das er verloren zu haben glaubte, eine Gürtelschnalle mit Indianerperlchen, die er im Blood-Reservat in Alberta in einem Kunsthandwerksladen gekauft hatte, sowie 4,75 Dollar in Münzen.

Insofern war die Extrameile gut genutzt, und trotz bräunlicher Rückstände rund um die rote Kappe roch das Old Spice immer noch gut.

Dann war Claire also wieder da. Und wollte sich unterhalten.

Gut. Gar nicht gut.

Thumps hatte die Erfahrung gemacht, dass es zwei Arten von Unterhaltungen gab – zum einen die beiläufigen, bei denen man oberflächlich Themen streifte und sich auf sicherem Terrain bewegte.

Wetter. Sport.

Zum anderen die ernsthaften, bei denen es um tückische, gefährliche Themen ging.

Verbindlichkeiten. Gefühle.

Thumps hatte durchaus den Verdacht, dass es Männer gab, denen es nichts ausmachte, über Gefühle zu reden. Nur kannte er persönlich keinen einzigen.

In seinem Schrank hingen zwei Hemden, die sauber und gebügelt waren. Mehr oder weniger. Er entschied sich für das blaue. Die Hose dazu hatte er seit seiner Fotoausstellung auf der *Shadow Ranch* nicht mehr getragen, aber sie passte noch. Das Sportsakko war ein Überbleibsel aus seiner Zeit als Cop an der nordkalifornischen Küste und mit den Jahren nicht schicker geworden.

Er fragte sich, ob Gabby Santucci sich für den blauen Einreiher erwärmen würde. Vielleicht könnte er ihn gegen etwas Lässigeres eintauschen.

In einem Laden in Seattle hatte er ein paar nette Bomberjacken aus Leder gesehen, eine davon hatte ihm besonders gut gefallen, trotzdem hatte er am Ende abgewinkt. Claire hatte gerade mitten in der ersten Chemo-Behandlung gesteckt, und unterdessen eine neue Jacke zu kaufen wäre ihm wenig sensibel und förderlich vorgekommen.

Dann also die grün-braune Windjacke. Der entspannte Retrolook eines Mannes, der kein Sportsakko besaß.

Nicht dass Claire darauf achten würde.

Thumps musterte sich im Spiegel. Tja, würde sie vielleicht doch.

Im *Quick Claim* war einiges los – den Namensschildchen zufolge, die den Männern und Frauen mit PowerPoint-Business-Auftreten an Karabinerchen um die Hälse baumelten, irgendeine Konferenz. Vielleicht hätte er doch das Sakko anziehen sollen.

»Wie viele Personen?«

Die Frau war hochgewachsen, hatte braunes Haar und dünne Arme, die sie nach vorn abwinkelte. Laut Namensschild hieß sie Darlene. Sie erinnerte Thumps an eine dieser Heuschrecken, die nach der Paarung ihrem Partner den Kopf abbissen.

»Ich bin mit einer Freundin verabredet.«

»Haben Sie reserviert?«

»Kann sein.«

»Auf welchen Namen?«

»Möglicherweise auf Merchant.«

Darlene sah im Computer nach. »Sie ist noch nicht da. Möchten Sie hier warten, oder soll ich Ihnen schon einen Tisch geben?«

»Geben Sie mir einen Tisch, in einer ruhigen Ecke.«

»Haben Sie Jahrestag oder einen anderen besonderen Anlass?«

»Eher nicht.«

»Wir haben Champagner-Frühstück für zwei«, sagte Darlene. »Dazu gibt's eine rote Rose für die Dame.«

»Nichts für den Herren?«

Darlene lächelte. »Der kriegt die Dame.«

Claire verspätete sich um fünfzehn Minuten. Thumps wollte schon demonstrativ auf die Uhr gucken, besann sich aber eines Besseren.

»Ich weiß«, sagte sie, »ich bin zu spät.«

»Ich bin gerade erst gekommen.«

»Lügner.«

Er hatte gehofft, dass Claire in Freizeithose und Bluse kommen würde, stattdessen hatte sie ein grün-weiß bedrucktes Kleid mit roten Akzenten und einen weichen gelben Pullover angezogen.

»Die haben hier allen Ernstes Champagner-Frühstück«, sagte Thumps, »mit einer Rose für die Dame.«

»Du willst Champagner zum Frühstück?«

»Nein«, sagte Thumps, »aber die Frau am Empfang wollte wissen, ob dies hier ein besonderer Anlass ist.«

Schlagartig war Claire ernst. »Könnte schon sein.«

Okay. Jetzt tat es Thumps aufrichtig leid, dass er nicht das Sakko anhatte.

Ein Kellner kam mit Kaffee und Saft. Auf seinem Namensschild stand »Lewis«.

»Hallo, ich bin Lewis. Ich bin heute Vormittag für Sie da.«

»Guten Morgen, Lewis.«

»Ist dies ein besonderer Anlass?«

Claire bestellte sich die Eier Benedict, Thumps Rührei mit Würstchen. Es konnte nicht annähernd so gut sein wie im *Al's*, aber im *Al's* hätten sie kaum Privatsphäre, und nachdem dies hier ein ernstes Gespräch werden würde, brauchte er keine Alvera Couteau, die sich in Hörweite der Unterhaltung befand.

»Bist du nervös?«

»Nope.«

»Du weißt doch gar nicht, worüber ich mit dir reden will.«

»Nope.«

»Und da machst du dir keine Gedanken?«

»Nope.«

»Ich hab dir doch erzählt, dass ich die Testergebnisse bekommen habe«, sagte Claire, »und dass sie gut waren.«

»Das hast du erwähnt.«

»Also ist das nicht der Grund.«

»Okay.«

»Ich wollte über uns beide reden.«

Es war nicht das erste Mal, dass sie diese Unterhaltung führten. Zugeständnisse, Partnerschaftlichkeit, Zusammenziehen. Keins der Gespräche hatte je sonderlich erfreulich geendet. Soweit es Thumps betraf, hatte »über uns beide reden« ihrer Beziehung immer eher geschadet.

»Du willst, dass wir zusammenziehen?«

Claire zuckte nicht mit der Wimper. »Du?«

Thumps konnte sich nicht erklären, warum Frauen auf Fragen immer mit Gegenfragen konterten. Vielleicht war das ihre Strategie, selbst nicht antworten zu müssen.

»Ich hab zuerst gefragt.«

»Himmel«, sagte Claire, »sind wir jetzt wieder zehn?«

Thumps legte seine Gabel beiseite. »Ich würde es mal ausprobieren.«

»Wie bitte? Wie eine Art Probefahrt oder was?«

»Für uns beide.«

»Aber ohne weitere Zugeständnisse?«

Thumps spürte, wie seine Klamotten am Leib enger wurden. Moses, der ihn von der Belly Butte geschubst hatte, war spaßiger gewesen.

»Vielleicht willst du mich gar nicht die ganze Zeit um dich haben.«

Claire lehnte sich zurück und schlang die Arme um den Leib. »Wie stehst du zu Kindern?«

»Kinder?« Thumps nötigte sich ein Lächeln ab.

»Du weißt schon – kleine Menschen?«

»Du willst ein Baby?«

»Wäre das ein Problem?«

Thumps versuchte verzweifelt, sein Lächeln aufrechtzuerhalten. »Wir haben nie über Kinder gesprochen.«

»Ich habe Stanley sehr jung bekommen«, sagte Claire. »*Zu* jung. Ich habe immer darüber nachgedacht, noch weitere zu kriegen.«

Thumps hätte Claire gern an ihren Gesundheitszustand erinnert. Er ließ es bleiben.

»Aber jetzt geht das nicht mehr«, fuhr sie fort. »Ich bin schon zu alt – und der Krebs könnte wiederkommen. Mutterschaft ist einfach zu viel harte Arbeit. Für Babys muss man rund um die Uhr da sein.«

»Du hättest ja mich …«

»Welchen Teil von ›zu viel harte Arbeit‹ hast du nicht verstanden?« Claire wartete, bis Thumps zu ihr aufgeschlossen hatte. »Also. Nein, ich will kein Baby.« Sie öffnete ihre Handtasche und zückte ein kleines Foto. »Das sind Deliah Standing und ihre Schwester Nadie.«

Die beiden Mädchen waren etwa sechs und vier Jahre alt. Sie saßen nebeneinander auf einem geblümten Sofa. Deliah hielt Nadie im Arm. Keine der beiden lächelte.

»Nett«, sagte Thumps. »Deine Nichten?«

»Ich kaufe mir einen Subaru«, sagte Claire, »den Forester, das ist eine Art Kombi-Geländewagen.«

»Freddy Salgado hat erwähnt, dass du dir Autos angeguckt hast.«

»Eigentlich wollte ich einen Outback, aber dann hat Freddy einen gebrauchten Forester für mich aufgetan. Frisch aus einem Leasing-Vertrag. Keine zwanzigtausend Kilometer.«

»Soll ja ein guter Wagen für Eis und Schnee sein.«

»Angie Black Weasel hilft mir bei den Formalitäten.«

»Für das Auto?«

»Nein«, sagte Claire, »für Deliah und Nadie.«

Thumps wartete ab, ob Claire die Lücken von allein füllen würde. Tat sie aber nicht.

»Sind es Pflegekinder?«

»Genau genommen stehen sie zur Adoption.« Plötzlich hatte Claire feuchte Augen. »Scheiße, das klingt, als würde ich mir Welpen aus einem Tierheim holen.«

»Adoption?«

»Kinder brauchen ein Zuhause.«

»Und du hast vor, zwei kleine Mädchen zu adoptieren?«

Claire nickte. Sie hatte immer noch feuchte Augen. »Ich wette, dass es dir jetzt leidtut, dass du den Champagner und die Rose abgelehnt hast.«

Okay, das hatte er nicht kommen sehen.

»Was hältst du davon?«

»Du hast ein großes Herz«, sagte Thumps.

Behutsam schob Claire das Foto zurück in ihre Handtasche. »Und was ist mit deinem Herz?«

»Ich dachte, du wolltest nie heiraten.«

»Will ich auch nicht.«

»Oder zusammenziehen.«

»Vielleicht hilfst du mir ja, meine Meinung zu ändern.«

»Zwei Mädchen großzuziehen ist eine enorme Verantwortung.«

»Der Vater hat ihre Mutter umgebracht«, sagte Claire ruhig und gemessen. »Er wird für den Rest seines Lebens im Gefängnis sitzen. Die einzige Verwandte, die sie noch haben, ist eine Großmutter im betreuten Wohnen in Great Falls.«

»Das kommt alles ein bisschen plötzlich.«

Claire wartete ab.

»Ich hab nicht Nein gesagt.«

»Was sagst du dann?«

»Komm schon, Claire. Das ist nicht fair.«

»Nein«, sagte Claire, »ist es nicht.« Mitsamt Handtasche rutschte sie aus der Sitznische. »Ich muss aufs Klo.«

Thumps sah ihr nach, wie sie den Speisesaal durchquerte. Es war gut, dass Claire wieder da war, und noch besser, dass die ersten Testergebnisse vielversprechend gewesen waren. Andererseits war dieses Frühstück irgendwie schlechter gelaufen als befürchtet. Eine kleine Vorwarnung in Sachen Mädchen und Adoption wäre hilfreich gewesen, und nachdem er so lange auf Abstand gehalten worden war, fand er Claires unvermittelte Andeutung, dass sie vielleicht doch zusammenziehen sollten, irgendwie befremdlich.

Thumps war sich ziemlich sicher, dass Claire nicht zu ihm ziehen wollte; sie würde von ihm wollen, dass er sein Haus verkaufte und bei ihr einzog. Er ging die ganze Angelegenheit mehrmals im Kopf durch und versuchte, zu einem Schluss zu kommen.

Vergebens.

»Mr DreadfulWater?« Lewis war mit der Kaffeekanne zurück. »Ms Merchant hat Rechnung und Trinkgeld übernommen. Sie hat mich gebeten, Ihnen auszurichten, dass sie eilig zum Flughafen musste.«

»Zum Flughafen?«

»Und ich soll Ihnen das hier geben.« Lewis legte einen Umschlag auf den Tisch.

»Dann kommt sie nicht zurück?«

»Ich glaube nicht.«

Thumps machte den Umschlag auf und überflog den Brief.

»Möchten Sie noch eine Nachspeise?«

»Was?«

»Vielleicht den Kürbis-Pie? Unser Herbst-Special.«

»Ich bin Diabetiker.«

Lewis nickte mitfühlend. »Dann ist Pie wohl keine gute Idee.«

Thumps überflog den Brief ein zweites Mal.

»Gibt's dazu Schlagsahne?«

33

Bis Thumps beim *Budd's* ankam, hatte er schlechte Laune. Das Frühstück mit Claire war eindeutig mehr als nur nervenaufreibend gewesen. Gerade noch war sie die Singlefrau gewesen, die keine feste Beziehung wollte, und im nächsten Moment die zweifache Mutter auf Partnersuche.

Bin in drei Tagen zurück.

Mehr hatte in ihrem Brief nicht gestanden. Sie hatte ihn nicht einmal unterschrieben. Kein »In Liebe, Claire«, kein »Ich werde dich vermissen« oder auch nur »Schöne Grüße«.

Bin in drei Tagen zurück.

In dem Brief hatte auch keine Deadline gestanden, aber ihm war sonnenklar, dass er sich in diesen drei Tagen entscheiden musste.

Thumps mit Claire und zwei kleinen Mädchen in ihrem Haus im Reservat – oder Thumps in seinem leeren Haus in der Stadt.

Friss oder stirb.

Pearl saß an ihrem Schreibtisch auf der Zwischenetage. Calder Banks und Gloria Baker-Doyle saßen auf dem Sofa und studierten ein Skript.

»Hey, Thumps.« In einer geschmeidigen Bewegung stand Calder vom Sofa auf. »Schön, dass Sie an Bord sind.«

»Großartig«, sagte Gloria, »dann kann das Ermitteln beginnen!«

Pearl hielt eine CD-ROM-Hülle hoch. »Die Unterlagen, die Sie haben wollten.«

Thumps musterte die Hülle. »Auf einer CD?«

»Ganz richtig.« Pearl legte die CD-ROM auf den Schreibtisch. »Alles, was Nina über Samuels zusammengetragen hat.«

Thumps ließ die CD-ROM, wo sie war. »Wir hatten etwas anderes besprochen.«

Pearl lächelte zwar, doch ihr Blick hätte ein Buschfeuer entzünden können. »Sie sollten allmählich begreifen, Mr DreadfulWater, dass ich für diese Sendung verantwortlich bin.«

»Das habe ich begriffen.«

»Und dass ich diejenige bin, die Sie bezahlt.«

Thumps tastete nach dem Brief in seiner Jackentasche. Einmal am Tag derart überrumpelt zu werden war mehr als genug. »Wir hatten vereinbart, dass ich alles bekomme.«

»Nina hatte auch Ideen und Unterlagen für andere Folgen«, entgegnete Pearl, »und diese Unterlagen haben mit unserer Angelegenheit nichts zu tun.«

»Sie wollten nur die Notizen zu den Obsidian-Morden zurückhalten«, sagte Thumps. »So haben wir es vereinbart. Aber alles andere sollte ich kriegen.«

»Kriegen Sie aber nicht.«

»Es ist Ihr Geld«, brummte Thumps.

»Ich bin froh, dass wir da einer Meinung sind.«

»Aber ich bestimme, wo es langgeht.«

Pearls Lächeln verblasste. »Jetzt seien Sie doch nicht so zickig.«

»Friss oder stirb«, sagte Thumps.

Den Sheriff traf er an seinem Arbeitsplatz vor der alten Espressomaschine an.

»Machen Sie gerade ernsthaft frischen Kaffee?«

Duke hatte die Espressokanne in der einen und ein Stromkabel in der anderen Hand. »Irgendwas stimmt nicht damit.«

Thumps schüttelte den Kopf. »Das sag ich schon seit Jahren.«

Hockney steckte das Kabel wieder ein und schlug seitlich auf die Maschine. »Scheiße!«

Thumps versuchte, mitleidig zu klingen. »Vielleicht sollten Sie sich eine neue anschaffen.«

»Die werden so aber nicht mehr hergestellt«, keifte Duke.

»Dem Himmel sei Dank.«

»Sind Sie nur hier, um mich zu nerven?«

»Wie wär's, ich lade Sie auf einen Kaffee ein?«

Hockney stellte die Kaffeekanne beiseite. »Das heißt, Sie brauchen meine Hilfe.«

»Nope. Ist bloß Teil der DreadfulWater-Howdy-Kampagne. Freundlichkeit und so.«

»Yippie.«

»Ich lade Sie ins *Mirrors* ein.«

»Da ist aber mehr als eine Tasse Kaffee in einem schicken Café nötig, wenn Sie meine Hilfe wollen.«

»Ich leg noch einen Muffin drauf.«

»Deal.«

Im *Mirrors* war mehr los, als Thumps erwartet hatte. Andererseits tranken die wenigsten Leute Kaffee. Sie arbeiteten an ihren Laptops. Er fragte sich, ob es für den Gratisarbeitsplatz ein Zeitlimit gab oder ob man sich in regelmäßigen Abständen einen Kaffee bestellen musste – sozusagen als Äquivalent zur Parkuhr.

Nicht dass noch irgendwer Parkuhren benutzte. Inzwischen war alles digitalisiert. Die Welt funktionierte mittels Kreditkarten und Konsumentenverschuldung.

Hockney setzte sich mit dem Rücken zur Wand.

»Für den Fall, dass eine bewaffnete Bande hier reinstürmt«, sagte er, »und ich Sie retten muss.«

»Wussten Sie, dass dieses Café dem *Café Brasilero* in Montevideo nachempfunden ist?«

»Montevideo?«

»Uruguay. Unten in Südamerika? Atlantikküste? Unter Brasilien. Rechts von Argentinien.«

»Verdammt, DreadfulWater«, sagte Duke, »wollen Sie mich verscheißern?«

»Das *Brasilero* war Eduardo Galeanos Stammlokal.«

»Was soll das? Sind Sie jetzt das Google-Häschen?« Hockney reckte den Hals, um sich die Auswahl über der Theke anzusehen. »Vielleicht nehm ich einen Boozy Affogato.«

»Vergessen Sie's. Der kostet acht fünfzig und schmeckt nicht.«

»Oder einen Cà phê sữa đá.«

Ganz ohne ersichtlichen Grund fühlte Thumps sich schlagartig zutiefst erschöpft. Er verschränkte die Arme auf dem Tisch und bettete den Kopf darauf.

»Machen Sie jetzt ein Nickerchen?«

»Nur ganz kurz.«

»Ist das der Diabetes«, fragte Duke, »oder wollen Sie gerade nur Mitleid erheischen?«

»Sie haben kein Mitleid.«

Duke sah sich um. »Glauben Sie wirklich, wir dürfen hierbleiben, wenn wir keine Laptops haben?«

Die Bedienung kam und verschwand wieder mit der Bestellung zweier schwarzer Kaffees und eines Karottenmuffins.

»Wie man hört, ist Claire zurück«, sagte Duke.

»Stimmt.«

»Wie geht's ihr?«

»Sie will zwei kleine Mädchen adoptieren.«

Das musste der Sheriff erst verdauen. »War das geplant?«

»Hab's heute Morgen erfahren«, antwortete Thumps. »Beim Frühstück.«

»Und hängen Sie in der Sache mit drin?«

»Möglicherweise.«

»Da kann ich leider nicht helfen«, sagte Hockney. »Macy und ich haben keine Kinder.«

»Ich brauche dabei keine Hilfe.«

»Aber sicher. Nur eben von jemand anderem«, sagte Duke. »Anscheinend funktioniert Kindererziehung ähnlich wie bei Hunden, nur ohne bedingungslose Liebe oder Kunststückchen.«

»Ich glaube, sie will, dass ich mit ihr und den Mädchen zusammenziehe.«

»Zu ihr? Ins Reservat?«

Thumps nickte.

»Sie wohnt ganz nett. Schöne Aussicht über den Fluss. Die Weite. Die saubere Luft.«

»Wie ist der Kaffee?«

»Schwach«, sagte Hockney.

»Der Muffin?«

»Da ist ziemlich viel gesundes Zeug drin. Wer packt so was in einen Muffin?«

Die Bedienung kam mit der Kaffeekanne, um nachzufüllen. »Sie waren die Herren mit dem schwarzen Kaffee, richtig?«

»Richtig«, sagte Duke.

»Das kommt hier nicht oft vor«, stellte die junge Frau fest.

Der Sheriff versuchte sich an seinem freundlichsten Lächeln. Prompt geriet sein Gesicht aus dem Gleichgewicht. »Hat irgendwer, der hier arbeitet, Kinder?«

»Klar«, sagte die junge Frau, »Rita hat drei und Richard eins.«

»Mein Freund hier wird nämlich Vater.«

»Gratuliere«, sagte die Frau, »das ist bestimmt aufregend.«

Der Sheriff tippte sich an die Hutkrempe. »Und Rita und Richard? Finden die Kinder auch aufregend?«

Sie verdrehte die Augen. »Rita sagt, sie arbeitet nur deshalb hier, um mal zu Atem zu kommen und zu entspannen.«

Duke drehte sich zu Thumps um. »Wenn Sie dort raus mitten ins Nirgendwo ziehen, könnten Sie sich ein paar Hunde anschaffen. Die könnten dann die Kinder jagen, und Sie hätten weniger zu tun.«

»Möchten die Herren noch etwas anderes?«

»Beim nächsten Mal«, sagte der Sheriff, »bringe ich meinen Laptop mit.«

Als Thumps und Duke ins Sheriff's Office zurückkehrten, wartete dort Deputy Lance Packard auf sie. »Die Bürgermeisterin war da und hat das hier vorbeigebracht.«

Lance hielt ein hellblaues T-Shirt in die Höhe – mit Howdy-Aufdruck in goldenen Lettern.

Der Sheriff grunzte etwas in sich hinein, was klang, als würde ein Lkw auf dem Schotterstreifen zum Stillstand kommen. »Was sollen wir damit, verdammt?«

Lance hielt sich das T-Shirt an die Brust. »Das sollen die Bürger kriegen, die sich schön bürgerlich verhalten.«

»Das hier ist doch kein Jahrmarkt!« Hockney ließ sich auf seinen Schreibtischstuhl fallen. »Also, was brauchten Sie gleich wieder von mir?«

»Maslows Telefonverbindungen.«

Duke gab sich alle Mühe, ein dummes Gesicht zu machen.

»Sowohl ihr Handy als auch das Hoteltelefon.«

Duke drehte sich zu Lance um. »Deputy Packard, ist der Fall Nina Maslow nicht eine laufende Ermittlung?«

Es dauerte ein bisschen, bis bei Lance der Groschen fiel. »Ja, Sir«, sagte er schließlich, »stimmt.«

»Und ist es in diesem Sheriff's Office Usus, Erkenntnisse aus laufenden Ermittlungen mit Zivilisten zu teilen?«

»Nein, Sir«, sagte Lance, »so was machen wir nicht.«

Duke wandte sich wieder an Thumps und breitete die Arme aus, als wäre das eine Antwort.

»Handy und Hotel«, wiederholte Thumps.

»Und was krieg ich dafür?«

»Schützenhilfe.«

»Deputy Packard«, sagte Duke, »haben wir schon den offiziellen Obduktionsbericht zur Todesursache bekommen?«

»Nein, Sir«, sagte Lance, »haben wir nicht.«

»Dann wissen wir gar nicht, ob Maslows Tod ein Unfall oder etwas anderes war?«

»Es war kein Unfall«, sagte Thumps. »Hat der Honda ein Navi?«

»Ja«, sagte Duke.

»Dann brauche ich die Daten auch.«

Hockney schüttelte den Kopf. »Laufende Ermittlung. Da können wir derlei Ergebnisse nur mit Personen teilen, die formal auf die Verfassung vereidigt wurden.«

Thumps wartete auf die Pointe.

Duke zog seine Schublade auf und nahm einen Ordner und eine Marke heraus. »Ich muss Sie erst zum Deputy ernennen, ehe ich Ihnen die Informationen geben kann.«

»Jetzt kommen Sie schon, Duke!«

»Eine vorübergehende Ernennung.« Duke hielt die Marke hoch. »Keinerlei Zusatzleistungen – aber Kaffee, so viel Sie wollen. Wie klingt das?«

Thumps zeigte auf die alte Kaffeemaschine. »Was, wenn man die nicht mehr hinkriegt?«

»Dann kriegt sie wohl oder übel den Gnadenschuss.«

»Darf ich dabei sein?«

»Finden Sie heraus, was mit Maslow passiert ist«, sagte Duke, »und Sie dürfen selbst abdrücken.«

Thumps schob sich die Marke in die Tasche und schlug den Ordner auf. »Wie sind Sie denn so schnell da rangekommen?«

»Freunde an den richtigen Stellen«, antwortete der Sheriff.

»Lance hat ihr Handy gehackt?«

Packard errötete.

»Hacken ist illegal«, sagte Duke, »im Gegensatz zur Spurensuche in einem potenziellen Mordfall.«

Thumps überflog die Liste. »Sowohl Ortsgespräche als auch internationale Anrufe ...«

»Scheint, als wäre die gute Maslow ziemlich gesprächig gewesen.«

»Soll ich die jetzt alle zuordnen?«

»Ich musste sie auch erst zuordnen.«

»Das hat doch bestimmt Lance übernommen.«

»Ein paar davon.«

Irgendeine Schriftstellerin, an deren Namen sich Thumps nicht mehr erinnern konnte, hatte mal gesagt, dass es kein anderes Vergnügen gab, als wenn man was Gemeines tut. Wer immer das gewesen war, hatte dabei eindeutig an Sheriff Duke Hockney gedacht.

»Und die Navi-Daten?«

»Da sitzt Stas schon dran.« Hockney stand auf und zog seine Hose zurecht. »Wonach suchen wir also?«

Thumps versuchte, sich zwei kleine Mädchen vorzustellen, die von einem Rudel Welpen durch die Prärie gejagt wurden – und er selbst lief hinter ihnen her.

»Ich hab keine Ahnung.«

»Okay«, sagte der Sheriff, »dann heben Sie jetzt die rechte Hand.«

34 Als Thumps im *Aegean* ankam, unterhielt sich Archie Kousoulas an der Kasse mit einem Mann, der aussah wie ein Cowboy-Abziehbild: verzierte Stiefel, Hemd mit Druckknöpfen, Lederweste, Jeansjacke, beigefarbener Filz-Stetson. Inklusive überdimensioniertem Sheriffstern. Thumps konnte nicht hören, was die beiden zu besprechen hatten, aber der Cowboy zupfte die ganze Zeit an den Manschetten seines Hemdes und schien in seinen Boots mit den Zehen zu wackeln, als hätte ihn jemand, während er nur ganz kurz weggeschaut hatte, in neue Sachen gesteckt.

In zu kleine Sachen.

Der Vintage-Anzug, den Archie Thumps hatte andrehen wollen, hing immer noch am Bügel, und während er darauf wartete, dass der kleine Grieche mit Marshal Dillon fertig wäre, schlüpfte er schnell in das Sakko. Es passte halbwegs; die Ärmel waren ein Stückchen zu kurz, aber die konnte man auslassen. Außerdem war die passende Weste vorhanden, es wären also zwei Outfits auf einen Streich. Thumps versuchte, sich vorstellen, bei welcher Gelegenheit er einen Anzug tragen würde. Abgesehen von einem Frühstück mit Claire fielen ihm nur zwei Dinge ein.

Beerdigungen und Hochzeiten.

Und er besuchte weder noch.

Denn beide waren auf jeweils eigene Art frustrierend. Bei Beerdigungen lag es auf der Hand. Ein Toter in einem Sarg. Ein Ritual am Grab unter einer kalten Wintersonne. Asche, die in ein Gewässer gestreut oder in den Wind geworfen wurde.

Hochzeiten waren auch nicht viel besser. Diese ganze Glücklich-bis-an-ihr-Lebensende-Sache war doch eindeutig absurd. Klar, selbst Thumps kannte Paare – wie Duke und Macy –, die immer zusammengeblieben waren und deren Einvernehmen anscheinend von Dauer war. Aber das war wohl die Ausnahme.

Was hatte er gleich wieder gelesen? Fünfzig Prozent? Sechzig? Die Quote war jedenfalls kein bisschen besser als an den Spieltischen von Atlantic City oder Las Vegas.

»Lass mich raten.« Archie war neben ihm aufgetaucht. »Du bist nicht hier, um den Anzug zu kaufen.«

»Ist aber ein schöner Anzug.«

»Ja, es ist ein schöner Anzug, und er steht dir sogar.«

Der Cowboy hatte sich ans Schaufenster gestellt, als würde er dort auf die Postkutsche warten, die gleich vor der alten Bibliothek halten würde.

»Kundschaft?«

»Laufbursche der Bürgermeisterin«, sagte Archie. »Sie findet, ich tue nicht genug für ihre Howdy-Sache.«

»Was erwartet sie denn von dir?«

»Sie will, dass ich einen Hoedown ausrichte. Was zur Hölle soll das sein?«

Thumps war sich nicht sicher, ob er wirklich wusste, was ein Hoedown war. Moment – hatte das nicht mit

Pferden zu tun? Oder mit Rindern? Oder mit Tanzen in einer Scheune?

»Also, warum bist du hier?«

»Ich muss deinen Computer benutzen.« Thumps hielt Ordner und CD-ROMs in die Höhe. »Ermittlungsarbeit.«

»Ich dachte, du wärst Fotograf.«

»Bin ich auch«, sagte Thumps. »Ich tue Duke nur einen Gefallen.«

Auf dem kompletten Weg in sein Büro grummelte Archie in sich hinein. »Du weißt schon, dass die meisten Leute eigene Computer haben.«

»Ich habe einen Computer.«

»Natürlich, aber funktioniert er auch?« Archie ließ sich vor seinem Bildschirm nieder und streckte die Hand aus.

»Ich mach das selbst«, sagte Thumps. »Ist vertrauliches Material.«

»Willst du damit andeuten, ich sei nicht vertrauenswürdig?«

»Du bist nicht vertrauenswürdig.«

»Gib mir die verdammten CDs!«

Thumps hätte gern widersprochen, doch ihm war klar, dass er nur alles in die Länge gezogen hätte. Stattdessen legte er die CD-ROMs auf den Schreibtisch und zog sich einen Stuhl heran, damit er den Bildschirm sehen konnte.

Archie sah die CD-ROMs durch. »Trudy Samuels. Amelia Nash. Key West. Womit willst du anfangen?«

»Key West.«

»Ich kann mich noch daran erinnern.« Mit zusammengekniffenen Augen betrachtete Archie den Monitor. »2007 wurden in der Conch Harbor Marina drei Frauen auf einer Luxusjacht tot aufgefunden. Ihnen war nach ihrem Tod die Nummer 48169 in den Nacken tätowiert worden.«

»48169?«

»Die Postleitzahl von Hell, Michigan«, erklärte Archie. »Der Fall wurde nie aufgeklärt.«

»Und was war mit Amelia Nash?«

»Du kriegst echt nicht viel mit, was?«

»Dann war sie berühmt?«

Archie ließ die erste CD-ROM aus dem Rechner und schob die zweite hinein. *»Alice im Wunderland? Der verirrte Templer? Roter Assassine?«*

Thumps behielt den Monitor im Blick.

»Aufsteigender Hollywood-Star.«

»Und?«

»Doppelselbstmord«, sagte Archie. »Sie waren zu einer Benefizgala in Las Vegas.«

»Wer – sie?«

»Nash und ihr Freund, Donny Berlin. Schauspieler und Country- und Western-Sänger.«

»Was ist passiert?«

»Keine Ahnung. Aber dieser Berlin hat erst Nash und dann sich selbst erschossen.«

Thumps überflog die Zeilen auf dem Bildschirm. »Warum hätte Maslow sich für einen Doppelselbstmord interessieren sollen?«

»Da müsstest du sie schon selbst fragen«, sagte Archie, »nur dass das nicht mehr geht.«

»*Böse Absichten* handelt doch bloß von ungelösten Fällen.«

Archie zuckte mit den Schultern. »Ich kann dir nur

sagen, dass Nina Maslow eine sehr ordentliche Person war. Guck dir das an – jedes einzelne Dokument beginnt mit einer knappen Zusammenfassung. Hier die Berichte der Spurensicherung, da die Polizeiberichte, Zeugenaussagen, Zeitungsartikel, Fotos … Wo zur Hölle hat sie das ganze Zeug her?«

»Lass mich die Samuels-Akte sehen.«

Archie schob die letzte CD-ROM in den Rechner. »Wonach genau suchen wir?«

»Keine Ahnung«, sagte Thumps. »Gibt's irgendwo Notizen?«

»Notizen?«

»Eigene Anmerkungen«, erklärte Thumps. »Überlegungen zum Fall, die Maslow sich aufgeschrieben hat. Schlussfolgerungen. Verdächtigungen.«

»Hier ist ziemlich viel drauf.« Archie rückte sich die Brille zurecht. »Das wird ein Weilchen dauern, bis wir das hier gesichtet haben.«

»Kannst du das ausdrucken?«

»Alles?«

»Alles«, sagte Thumps. »Samuels, Nash und Key West.«

Archie bewegte die Mouse und drückte auf ein paar Tasten. »Allein die Samuels-Daten ergeben 242 Seiten.«

Thumps nickte.

»Das ist ein halber Packen Druckerpapier!«

»Aber es geht theoretisch, oder nicht?«

»Weißt du, wie viele Bäume für 242 Blatt Druckerpapier draufgehen?«

»Archie …«

»Plus die zwei anderen CD-ROMs!« Archie verzog den Mund, als würde ihm etwas zwischen den Zähnen stecken. »Wenn du einen funktionierenden Computer hättest, könntest du das alles am Bildschirm lesen und dazu beitragen, den Planeten zu retten.«

Thumps zückte die Liste, die der Sheriff ihm überlassen hatte, und legte sie auf den Schreibtisch. »Außerdem müsste ich ein paar Telefonnummern abgleichen.«

Archie schob seinen Stuhl zurück.

»Ist nicht so schlimm, wie es aussieht. Einige Nummern wiederholen sich.«

»Hast du keine anderen Freunde mit Computer?«

Thumps lächelte schief. »Niemanden, dem ich so sehr trauen würde wie dir.«

Während der Drucker ein Blatt nach dem anderen ausspuckte, schlug Archie die Telefonnummern nach und hielt Thumps einen Vortrag über die Grundlagen verantwortlichen Ressourcenverbrauchs.

»Ich hoffe, du sammelst Altpapier.«

»Was ist denn 34–931?« Thumps tippte auf die Liste.

»Spanien.« Archie setzte ein Bleistift-Häkchen neben die Nummer. »Barcelona, um genau zu sein.«

»Maslow hat in Barcelona angerufen?«

»Immer ein und dieselbe Nummer«, sagte Archie. »Anscheinend muss man unbedingt Gaudís Sagrada Familia gesehen haben.«

»Gab's auch Rückrufe?«

»Nein«, sagte Archie. »Und die Anrufe liegen eine Weile zurück. In letzter Zeit war da gar keiner mehr.«

»Und was ist 631?«

»New York. Altpapier zu sammeln kann übrigens wirklich einiges bewirken.«

»Wie viele Anrufe waren es?«

Archie tippte mit dem Bleistift auf die Liste. »Auch das sind übrigens nur ausgehende Anrufe und immer dieselbe Nummer.«

»Irgendwelche nach Barcelona, seit Anrufe nach New York gingen?«

Archie überflog die Liste. »Worauf willst du hinaus?«

»Auf gar nichts«, sagte Thumps. »Und 818?«

»Los Angeles«, antwortete Archie. »Genau wie 310.«

»Und 702?«

Archie tippte etwas in die Tastatur ein. »Las Vegas.«

»Okay.«

»Die 818er und 310er sind ein- und ausgehende Telefonate«, erklärte Archie. »Womöglich der Sender? Familie? Freunde?«

»Bestimmt.«

»Und Vegas war was – Amelia Nash?«

»Bestimmt.«

Archie hörte auf zu tippen. »Kannst du noch was anderes sagen außer ›bestimmt‹?«

»Bestimmt.« Thumps fuhr mit dem Finger über die Liste. »Ziemlich viele Ortsgespräche.«

»Ja«, sagte Archie, »aber nur zu sechs Nummern.«

Thumps dehnte den Nacken. »Gibt's Namen dazu?«

»Bestimmt«, sagte Archie, »aber das dauert nun mal eine Weile.«

»Wie kann ich helfen?«

Selbst nachdem er die Buchhandlung längst verlassen hatte und in den alten Dodge gestiegen war, konnte Thumps Archie lachen hören. Wenn das mal nicht unhöflich war. Sicher, er wusste nicht viel über Computer, und er konnte teils nachvollziehen, was der kleine Grieche an seinem Hilfsangebot so lustig gefunden hatte. Aber alles in allem war es *so* lustig auch wieder nicht gewesen.

Das *Blackfoot Autohaus* hatte geöffnet. Stas stand draußen im Hof und versuchte, ein Motorrad mit dem Lasso zu fangen.

»Howdy.« Stas zog die Schlinge zurecht, wirbelte sie über dem Kopf und warf sie über den Motorradlenker. »Na, wie findes du das?«

Es war ein zweifarbig rot-weißes Motorrad mit ausladenden Schutzblechen, die wie Helme auf Vorder- und Hinterrad saßen. Den Tank zierte ein stilisierter Indianer mit Federschmuck.

»Du hast dir ein Motorrad gekauft?«

»Ich? Nein.« Stas zog das Lasso vom Lenker. »Vernon Rockland. Du kenns Rockland?«

»Klar«, sagte Thumps. »Er ist der Besitzer der *Shadow Ranch.*«

»Ja«, sagte Stas, »das is er. Kauf sich diese. 1947 Indian Chief Roadmaster. Ich soll sie wie neu machen.«

»Tolles Teil.«

Stas schüttelte den Kopf. »Scheißteil. Rockland will es zur Howdy-Parade fahren. Vielleich überlebt er, vielleich is er tot.«

Thumps war sich nicht sicher, ob er Stas' Übersetzung richtig verstanden hatte. »Tot?«

»Klar«, sagte Stas. »Motorrad trifft Auto. Wer gewinnt?«

Das Motorrad sah anständig aus. Thumps konnte nirgends einen Schaden erkennen. »Rockland hatte einen Unfall?«

»Nein«, sagte Stas, »noch nich. Erst muss ich das Motorrad reparieren. Dann vielleich Unfall.«

»Oder er stellt es einfach auf der *Shadow Ranch* aus.«

»Ja«, sagte Stas. »Wie Freddy Salgado und traurige Geschichte von Corvette. Auch Scheißteil.«

»Die Corvette?«

»Glasfaser«, sagte Stas. »Wer macht Auto aus Glasfaser?«

»Und warum traurige Geschichte?«

»Kleine Boote, ja. Badewannen, Wasserrutschen, okay. Gartenstühle und Trittleitern.«

Thumps versuchte zu raten. »Wegen ... Elvis?«

»Elvis?«, hakte Stas nach. »Rock 'n' Roll-King?«

»Die Corvette bei Salgado ist das gleiche Modell, das Elvis in einem Film gefahren hat.«

»Ja«, sagte Stas, »und jetz is King tot. Motorräder. Corvettes. Scheißteile.«

»Elvis ist aber doch nicht wegen der Corvette gestorben.«

»Nein«, sagte Stas. »Mädchen. Traurige Geschichte is von Mädchen.«

Mitunter war es nicht leicht, dem großen Russen zu folgen. »Mädchen?«

»Ja«, sagte Stas. »Reiches Mädchen. Holzschloss. Corvette is ihr Auto.«

»Trudy Samuels?«

Stas legte das Lassoseil aus. »Deshalb is es am besten, deutsches Auto zu kaufen.«

Das Navi aus Pearls Honda auszulesen war kein Problem.

Stas stellte seinen Laptop auf den Tresen.

»Honda hat kein eingebautes Navi. Das is nachträglich. Oberklasse. Gruselige Frau is gute Qualität.«

»Können wir nachvollziehen, wohin Maslow gefahren ist?«

»Sheriff hat auch gefragt«, sagte Stas. »Nich wie Russland.«

»Russland?«

»In Russland fragt keiner.«

»Also?«

»Ja, klar.« Stas klickte mit der Mouse. »Okay, hier is Reiseinfo.«

»Wie weit zurück kommen wir?«

»Bis Anfang.« Stas zeigte auf den Bildschirm. »Siehs du? Zeitangaben. Jeden Tag.«

»Kann ich eine Liste haben?«

»Klar«, sagte Stas. »Was is E-Mail?«

»Ich hab kein E-Mail.«

»Du muss E-Mail haben«, sagte Stas. »Alles heute is E-Mail.«

»Kannst du mir die Infos ausdrucken?«

»Ah«, sagte Stas. »Du machs es *old stool.*«

»School.«

»Klar.« Er klickte erneut mit der Mouse, und ein Drucker fing an zu wimmern. »Vielleich has du Auto entschieden?«

»Brauchst du den Pick-up zurück?«

»Nein, noch nich. Bald. Heute is okay. Morgen vielleich nich okay.« Stas nahm die Seiten aus dem Drucker und drückte sie Thumps in die Hand. »In Holland laufen viele Leute und fahren Fahrrad. Vielleich brauchs du Fahrrad. Vielleich wills du Holländer sein.«

»Vielleicht sollte ich mir ein Motorrad kaufen.«

»Lawrence von Arabien, Duane Allman, Luc Bourdon«,

sagte Stas. »Alle tot wegen Motorrad. Auch Wiktor Robertowitsch Zoi.«

»Wer?«

»Russischer Rockmusiker«, erklärte Stas. »Vielleich wills du Russe sein.«

35

Freddy Salgado zupfte in seinem Showroom gerade eine gigantische blaue Schleife auf einem metallicroten Wagen zurecht, der frisch gewaschen und aufpoliert aussah und im Licht schimmerte wie ein riesiges Gummibärchen. Die Schleife mochte Werbemasche sein, doch Thumps hatte den Verdacht, dass der Wagen bereits verkauft war, dass irgendein glücklicher Neubesitzer heute seinen Neuerwerb in all seiner Pracht vor sich sehen und abholen würde und wüsste, dass der Wagen ab dem Zeitpunkt, da er vom Hof fuhr, nie wieder so viel wert wäre. Oder so gut aussehen würde.

»Hey, Mr DreadfulWater.« Freddy wischte sich die Hände an der Hose ab. »Sie haben sie knapp verpasst.«

»Claire?«

»Ms Merchant war hier. Hat sich für den Forester entschieden.«

»Großartig.«

»Ich lasse ihn aus Missoula kommen. Frühzeitig aufgelöster Leasing-Vertrag. Wolframmetallic. Genau, was sie wollte. Und ich nehme ihren Ford in Anzahlung.«

»Sie tauscht ihren Pick-up ein?«

»Ich will sie überraschen und noch eine Ladekiste für

den Kofferraum sowie Gummifußmatten drauflegen. Schützt die Teppiche vor Schnee und Eis. So hält man den Wert eines Wagens hoch.«

Thumps schlenderte auf die Corvette zu. Freddy blieb ihm dicht auf den Fersen.

»Hey, Sie sollten den Pick-up kaufen!«

Sie waren mit dem Pick-up nach Seattle gefahren. Etappenweise auf dem Hin- und Rückweg und in der Stadt immer dann, wenn Claire selbst nicht gekonnt hatte, hatte Thumps am Steuer gesessen, und ihm hatten Größe und Kraftentwicklung des Wagens gefallen – er hatte sich angefühlt, als hätte er seine Freizeit mit Hanteltraining verbracht.

»Na, das wäre ja was …«

Thumps war sich sicher, dass Claire ihren Pick-up nicht leichtherzig hergegeben hatte. Und hier hatte er die Möglichkeit, ihn ihr zurückzugeben. Mehr oder weniger. *Hey*, könnte er sagen, *guck mal, was ich gekauft habe*, und ihr Blick würde sich aufhellen.

»In diesem Teil der Welt sind Pick-ups wirklich sehr beliebt«, sagte Freddy. »Aber das muss ich Ihnen ja nicht erzählen.«

Thumps überlegte verzweifelt, wie er das Gespräch von dem Subaru und dem Pick-up auf die Corvette bringen sollte, als ein großer Transporter am Eingang zum Showroom vorfuhr und Calder Banks ausstieg, gefolgt von Gloria Baker-Doyle, zwei jüngeren Kerls und einer jungen Frau.

»Filmleute«, erklärte Freddy. »Warten Sie kurz – Sie können ja so tun, als wären Sie Kunde.« Freddy winkte in Richtung Corvette. »Diese Realitysendung, die gerade in der Stadt ist. *Böse* irgendwas. Die wollen den Wagen für eine der Folgen filmen.«

Thumps sah zu, wie die jungen Männer den Transporter entluden: Filmkamera, Stativ, Leuchten, Reflektoren. Calder hielt Papiere in der Hand. Gloria rückte ihm die Krawatte zurecht. Die junge Frau puderte ihm die Nase mit einem bauschigen Pinsel.

»Gibt ein paar schöne Eindrücke«, sagte Freddy, »Sie wissen schon ... *Hier der Wagen, mit dem sie am Abend vor ihrem Tod unterwegs war ...* So was in der Art.«

»Klar.«

»Die Originalpapiere lagen noch im Handschuhfach. Kaufvertrag. Ausstattungsdetails. Ein paar Tankquittungen.« Freddy schüttelte den Kopf. »Damals hat der Liter Sprit nur ein paar Cent gekostet. Ist das zu glauben?« Freddy hielt inne. »Ich hab sogar einen alten Strafzettel wegen zu schnellen Fahrens in der Konsole gefunden. Aber wenn einer tot ist, dann wird er deshalb wohl nicht weiter belangt.«

»Haben Sie ihn bei einer Auktion gekauft?«

»Nein«, sagte Freddy, »die Mutter hat ihn mir verkauft. Abigail, Amelia, Adriana oder so ähnlich.«

»Adele.«

»Richtig«, sagte Freddy, »Adele. Hat mich aus heiterem Himmel angerufen und gefragt, ob ich den Wagen wollte. Kannten Sie meinen Vater?«

»War vor meiner Zeit.«

»Damals«, sagte Freddy, »waren wir Chevy-Vertragshändler. Dad war gut mit Buck Samuels befreundet, all seine Autos kamen von hier.«

»Und Sie haben die Corvette zurückgekauft.«

»Genau«, sagte Freddy. »Bin da nicht abergläubisch.«

»Abergläubisch?«

»Ich meine – sie wurde am Abend, bevor sie sich umgebracht hat, zuletzt gesehen, wie sie das Auto fuhr. Es gibt eine Menge Leute, die die Vette deshalb als böses Omen betrachten würden.«

»Sie aber nicht.«

»Nee. Ich aber nicht.« Freddy umrundete den Wagen und machte die Kofferraumklappe auf. Darin lag ein großer Glasrahmen. »Hab die ganzen Sachen, die ich drin gefunden habe, zusammengesetzt und gerahmt. Teil der Provenienz, Teil der Legende. So was ist wichtig für Sammler.« Er lehnte sich an den hinteren Kotflügel. »Vielleicht wollen die Filmleute davon ja Aufnahmen machen.«

»Mr DreadfulWater.« Calder kam mit ausgestreckter Hand durch die Tür. »Schön, Sie wiederzusehen.«

»Wollen Sie ein Auto kaufen?«, erkundigte sich Gloria.

»Mr DreadfulWater«, erklärte Freddy, »denkt über einen Pick-up nach.«

Thumps ging neben dem Rahmen in die Hocke. Wer immer die Sachen arrangiert hatte, hatte einen guten Job gemacht: Der Kaufvertrag befand sich genau in der Mitte. Der Fahrzeugbrief auf den Namen Trudy Samuels klemmte oben rechts direkt neben einem Foto von Trudy vor der Kühlerhaube. Es gab eine Quittung über einen Ölwechsel mitsamt aktuellem Kilometerstand, eine weitere über eine Inspektion. Der Strafzettel hing in der unteren rechten Ecke.

»Eigentlich sollte ich neben der Corvette stehen«, bemerkte Calder, »aber ich finde, es ergibt mehr Sinn, wenn ich auf dem Fahrersitz sitze. Was meinst du?«

»Du willst doch bloß mal am Steuer sitzen«, entgegnete Gloria.

»1963er Vette mit geteiltem Rückfenster«, sagte Calder. »Und wie ich mal am Steuer sitzen will!«

»Ist sie das?« Gloria umrundete den Wagen.

»Das ist sie«, sagte Freddy. »Davon sind nicht viele hergestellt worden.«

»Und es ist Trudy Samuels' Wagen? Echt?«

»Hab sämtliche Papiere parat.« Freddy nahm den Rahmen hoch und hielt ihn vor sich. »Die *Real McCoy.*«

Gloria kehrte zu ihrer Crew zurück und sprach kurz mit dem Mann, der die Kamera aufstellte. Calder zog die Fahrertür auf und rutschte hinters Lenkrad.

»Die haben sie nicht gebaut, um bequem zu sein«, erläuterte Freddy.

»360 PS«, sagte Calder, »5,3 Liter.«

»Sie kennen sich aus.«

»Ich stehe auf Europäer. Jaguar, Porsche, Ferrari, Maserati.«

»Wenn Sie sich einen Europäer kaufen«, sagte Freddy, »müssen Sie den Mechaniker gleich mit kaufen.«

Calder zwinkerte Thumps zu. »Und Sie? Amerikaner oder Import?«

Einer der jungen Männer näherte sich. Lang und dünn, wie nur junge Männer lang und dünn sein konnten. Muskeln und Masse würden noch kommen.

»Mr Banks«, sagte er, »Sie müssten sich bitte eine andere Jacke anziehen.«

»Was?«

»Ölflecken, Sir«, sagte der Mann. »Am Ärmel. Vom Wagen.«

Calder untersuchte seinen Ärmel. »Die sind zu erkennen?«

»Will kein Risiko eingehen.«

»Scheiße«, sagte Calder. »Ich hab keine andere Jacke dabei.«

»Dann eben im Hemd«, rief Gloria. »Oder? Dann siehst du aus wie einer, der arbeitet!«

»Vielleicht sollte ich die Ärmel hochkrempeln? Ein bisschen Unterarm zeigen?«

»Großartig.«

Die Fernsehleute brauchten fast eine geschlagene Stunde, bis sie Kamera und Beleuchtung aufgestellt hatten. Thumps sah interessiert zu und war überrascht, wie lange es dauerte, eine Szene zu filmen, die im Fernsehen in kaum einer Minute vorbei wäre.

Gloria tippte ihm auf den Arm. »Was halten Sie davon?«

»Sieht irgendwie langweilig aus.«

»Sie sollten mal das Set eines Spielfilms sehen – dagegen ist das hier richtig aufregend.«

Der Ablauf war simpel: Calder stieg in den Wagen, drehte sich zur Kamera um und sagte sein Sprüchlein auf. Und dann noch mal. Und noch mal. Und noch mal. Jedes Mal war es minimal anders – allerdings nicht so, als würde es irgendjemand bemerken.

Bei dreizehn hörte Thumps auf zu zählen. Er hatte keine Ahnung, wie Calder dieselbe Sache wieder und immer wieder schildern konnte und dabei imstande war, denselben leicht tadelnden Gesichtsausdruck und dieselbe Stimmlage beizubehalten.

»Sie kannten Nina wohl gut?«

»Nicht gut«, sagte Gloria, »aber ein bisschen.«

»Wenn sie sich über Fälle schlaugemacht hat, hat sie sich je mit jemandem beraten?«

»Mit mir jedenfalls nicht.«

»Sydney Pearl?«

»Bestimmt«, sagte Gloria, »Sydney ist die Chefin.«

»Und Calder?«

Gloria hob die Hand an den Mund. »Mag sein ... Aber Nina hat Banks für einen Idioten gehalten. Wenn es nach ihr gegangen wäre, wäre er nie an Bord gewesen.«

»Dann haben sie sich nicht verstanden?«

»Sie waren beide Profis«, sagte Gloria. »Calder wusste, dass Nina ihn nicht leiden konnte. Und umgekehrt. Trotzdem funktionierte es gut.«

»Es funktionierte ...?«

»Das Publikum mag Calder. Und nur darum geht es. Nina wusste das genau.«

»Gloria!« Calder stemmte sich aus der Corvette und schlurfte auf sie zu. »Sie haben es im Kasten. Ajay sagt, sie brauchen eine Dreiviertelstunde für den Umbau, um die Close-ups zu machen. Ich will in der Zwischenzeit etwas essen.«

Gloria drehte sich zu Thumps um. »Und haben Sie schon etwas herausgefunden?«

»Ja«, sagte Calder, »die Sachen von Pearl – war da was dabei?«

»Wir könnten Ihnen helfen.«

»Richtig«, sagte Calder. »Das wäre bestimmt spannend.«

Archie wäre schon anstrengend genug – Thumps würde sich den ganzen Abend anhören müssen, wie der kleine Grieche sich darüber beschwerte, dass Thumps ihre Freundschaft ausnutzte. Wenn andere dabei wären, würde sich Archie ja vielleicht besser benehmen. Und vier Augenpaare waren doch bestimmt besser als zwei. Was aber noch viel wichtiger war: Calder und Gloria hatten Maslow gekannt und wussten, wie sie gearbeitet und wie sie gedacht hatte.

»Wann sind Sie denn mit den Dreharbeiten fertig?«

»Um acht«, antwortete Gloria, »eventuell auch schon früher.«

Es war keine gute Idee, und Thumps wusste das. »Können Sie sich noch an das *Aegean* erinnern?«

»Wo die Party war?«, fragte Calder.

»Dort werde ich sein.«

»Großartig«, sagte Gloria.

Calder rieb sich die Oberschenkel. »Vielleicht hab ich bis dahin ja auch wieder Gefühl in den Beinen.« Er riss die Arme hoch und streckte sich. »Das Ding ist ein Klassiker, aber es hat nicht einmal ein Schuhlöffel darin Platz!«

36

Thumps hätte nicht sagen können, ob Tobias Rattler sich über seinen Besuch freuen würde, aber alles in allem war es ihm schnuppe. Rattler hatte ihn belogen. Na ja, nicht direkt – er hatte ihm Informationen vorenthalten. Und Unterlassungssünden waren immer noch Sünden. Natürlich konnte Thumps nur vermuten, welches Ausmaß Rattlers Unter- und Auslassungen hatten, aber er hatte schon ein paar Ideen, wie er ihm auf den Zahn fühlen konnte.

Thumps drückte die Klingel und versuchte, sich einen schnittigen Einstieg für ihre Unterhaltung zurechtzulegen, der Rattler eiskalt erwischen und in die Defensive drängen würde, sodass er der Wahrheit und Enthüllung sämtlicher Fakten zugänglicher wäre.

»Hey, Thumps.« Erneut füllte Cooley Small Elk den Türrahmen aus. »Du kommst gerade richtig.«

Thumps hatte mit einer Unterredung unter vier Augen gerechnet, aber sobald er die Wohnung betrat, war klar, dass es dazu nicht kommen würde.

»Rein mit dir«, rief Moses. »Wir sind so gut wie fertig.«

Tobias Rattler und Moses Blood standen am Küchentisch und puzzelten.

»Moses hat ein gutes Auge«, sagte Rattler. »Er lässt sich von Farben nicht ins Bockshorn jagen. Er setzt auf die Form.«

»Hab's gefunden!« Moses hielt ein Puzzleteil ins Licht und legte es dann an seinen Platz. »Komm, das musst du mal ausprobieren.«

Rattler versuchte, ein fehlendes Teil für das fast fertige Gebirge zu finden. »Ich nehme an, Sie sind nicht gekommen, um mit uns zu puzzeln.«

»Nein.«

»Brauche ich einen Anwalt?«

Thumps neigte den Kopf zur Seite. »Wollen Sie einen?«

»Geht es um Trudy?«

»Nein.«

»Ah, dann Nina Maslow.«

»Nein«, sagte Thumps. »Dartmouth College.«

»Ach, Dartmouth. Ich hab mich schon gefragt, wann Sie das herausfinden.« Rattler nahm ein Puzzleteil hoch und versuchte, es an einem klarblauen See mit Lagerplatz anzulegen. »Schießen Sie los.«

»Warum haben Sie mir nichts von Adele Samuels erzählt?«

»Habe mich wohl geschämt.« Rattler kehrte dem Puzzle den Rücken und schlenderte zum Sofa. »Dartmouth hatte dieses spezielle Programm für indigene Bewerber.«

»Ein Vollstipendium?«

Rattler lachte. »Sie machen Witze, oder?«

»Dann hat Adele Sie angerufen.«

»Rund eine Woche bevor Trudy gestorben ist. Hat gefragt, ob wir uns treffen könnten.«

»Und Sie haben eingewilligt?«

»Warum auch nicht?« Rattler rieb sich das Gesicht. »Ich dachte, sie wollte vielleicht alte Unstimmigkeiten aus der Welt räumen.«

»Adele Samuels scheint mir nicht die Person dafür zu sein.«

»Ist sie auch nicht.« Rattler stützte die Ellbogen auf den Knien auf. »Und Ihre Frage ist …?«

Thumps holte tief Luft. »Wie viel hat Adele Ihnen dafür bezahlt, dass Sie Chinook verlassen?«

Rattler zuckte nicht mit der Wimper. »Eine Menge.«

»Und Sie haben eingeschlagen.«

»Die Uni war teuer.« Rattler ließ sich gegen die Lehne sinken. »Das war meine Chance.«

Thumps wartete kurz, ob Rattler selbst etwas hinzufügen wollte. »Und Sie haben die Chance ergriffen.«

»Ja, ich habe sie ergriffen.« Er stand auf und dehnte den Rücken. »Haben Sie noch weitere Fragen?«

»Vor vier Wochen«, sagte Thumps, »wo waren Sie da?«

»Ist das Ihr Ernst?«

»Ja.«

Rattler runzelte die Stirn. »In Barcelona. Da war Buchmesse.«

»Und anschließend?«

»New York. Worauf wollen Sie hinaus?«

»Und Las Vegas?«

»Soll das schon wieder ein Witz sein?« Rattler schüttelte den Kopf. »Vegas ist ein Drecksloch. Da will man nicht tot über dem Zaun hängen.«

Cooley sah vom Küchentisch auf. »Wie wär's, wir bestellen Pizza? Wir könnten essen und das Puzzle fertig machen, bis *Wilderness Gold* im Fernsehen kommt.«

»Eine letzte Frage«, sagte Thumps. »Hätte Adele Trudy davon erzählt?«

Rattler schlenderte zurück zum Küchentisch. »Dass ich das Geld genommen habe und abhauen wollte?«

Thumps wartete ab.

»Was Sie doch eigentlich meinen, ist: Hätte Trudy sich umgebracht, wenn sie von meinem Verrat erfahren hätte?«

»Wusste Nina Maslow Bescheid?«

»Trudy *und* Maslow?« Rattlers Lächeln war spröde und unterkühlt. »Glauben Sie wirklich, dass ich mit Maslows Tod irgendwas zu tun habe?«

»Der Sheriff wird Ihnen dieselbe Frage stellen.«

»Dieser neue Laden in der Nähe der Mall macht leckere Pfannenpizza«, warf Cooley ein. »Und liefert auch.«

»Ich habe Trudy nicht umgebracht«, sagte Rattler. »Und Maslow ebenso wenig.«

Moses nickte. »Ich wäre für Würstchen und Zwiebeln. Und vielleicht Salami mit extra Käse?«

»Was meinst du, Thumps?« Cooley hielt das Telefon hoch. »Irgendwas mit Ananas?«

»Ja«, sagte Moses, »Thumps mag dieses Ananas.«

Rattler zückte seine Geldbörse und hielt Cooley seine Kreditkarte hin. »Ananas brauchen wir nicht«, sagte er. »Mr DreadfulWater bleibt nicht zum Essen.«

Sheriff Duke Hockney lehnte an Stas' Pick-up, während Deputy Lance Packard in Dukes Streifenwagen saß.

»Gibt's Donuts?«, fragte Thumps.

Duke schüttelte den Kopf. »Nein.«

»Dann ist das hier keine Observierung?«

»Ich observiere nicht«, sagte der Sheriff. »Macy hat mich nachts gern zu Hause.«

»Trotzdem sind Sie hier.«

»Ist noch früh am Abend«, sagte Duke. »Haben Sie mit Mr Rattler gesprochen?«

»Hab ich.«

»Und etwas in Erfahrung gebracht?«

»Ein bisschen was, ja.«

»Irgendwas, was mit Trudy Samuels oder Nina Maslow zusammenhängt?«

»Hat Beth schon die Todesursache im Fall Maslow bestimmt?«

»Ja«, sagte der Sheriff, »und nachdem Sie derzeit ja vereidigter Deputy sind, darf ich das Ergebnis sogar mit Ihnen teilen.«

»Mord?«

»Ziemlich viele Verletzungen durch den Sturz – Schrammen, Abschürfungen, Schlag- und Schnittwunden.«

»Nicht ungewöhnlich beim Sturz von einem Steilhang.«

»Stimmt.«

»Aber?«

»Die Todesursache ist ein Schlag auf den Kopf«, sagte Duke. »Gezielte Einwirkung eines stumpfen Gegenstands. Beth meint, die Verletzung sei mit den anderen nicht übereinzubringen.«

»Großartig.«

Duke stieß sich vom Pick-up ab. »Dann werde ich Mr Rattler jetzt also wegen Mordverdachts verhaften.«

»Ich glaube nicht, dass er es war.«

»Er ist der einzige Verdächtige, den ich habe«, entgegnete der Sheriff. »Maslow hatte vor nachzuweisen, dass er Trudy Samuels umgebracht hat. Und er hat Maslows Leiche gefunden – Sie ahnen, worauf ich hinauswill?«

»Klar«, sagte Thumps. »Und Ihr Job ist es, Leute zu verhaften.«

»Ist er allein?«

»Nein«, sagte Thumps. »Moses und Cooley sind bei ihm. Sie puzzeln.«

»Wie viele Teile?«

»Keine Ahnung.«

Hockney rückte seinen Hut gerade. »Macy liebt Puzzles. Je mehr Teile, desto besser. Ich persönlich kann dem Ganzen nichts abgewinnen. Kleine Pappkartonschnipsel … Man verbringt Tage damit, die zusammenzusetzen, und wenn man fertig ist, nimmt man alles auseinander, wirft es zurück in die Schachtel und verstaut es im Schrank.«

»Ist ein Bierstadt-Gemälde«, sagte Thumps. »Eine Indianersiedlung mit Bergen im Hintergrund.«

»OPZ«, sagte der Sheriff. »Obsessive Puzzle-Zwangsstörung.«

»Ich bezweifle, dass das eine klinische Diagnose ist.«

»Wissen Sie, wie ein Tausend-Teile-Puzzle aussieht?«

»Vielleicht sollten Sie mit der Verhaftung warten, bis wir mehr Infos haben.«

»Mr Rattler hat für übermorgen einen Flug via New York City nach Denver gebucht.«

Es dauerte einen Moment. »Sicher?«

»Ich bin Sheriff«, sagte Duke. »Ich bin mir immer sicher.«

»Wissen Sie auch, *wann* er den Flug gebucht hat?«

»Heute Nachmittag«, antwortete Duke. »Anscheinend hat Mr Rattler vor, sich meinem Zuständigkeitsbereich zu entziehen.«

»Das hätte er Ihnen erzählen müssen.«

»O ja«, sagte der Sheriff, »genau das hätte er machen müssen.«

»Dann wollen Sie ihn wirklich verhaften?«

»Das Gesetz erlaubt mir, Verdächtige auf Kosten des Countys bis zu zweiundsiebzig Stunden festzuhalten«, erklärte Duke. »Und binnen dieser Zeit sammeln wir weiter Beweise und befragen Zeugen.«

»Wir haben keine Zeugen.« Thumps zog den Reißverschluss seiner Jacke zu. »Warten Sie noch kurz, bevor Sie dort einmarschieren.«

»Ich höre?«

»Sie haben gerade Pizza bestellt. Und wenn sie sehen, dass Sie es sind, teilen sie vielleicht.«

Duke legte sich die Hand auf den Bauch. »Hoffentlich nichts mit Ananas. Davon kriege ich Blähungen.«

»Und ich müsste mir bitte Ihr Handy leihen.«

»Wollen Sie Rattler anrufen und vorwarnen?«

»Nope«, sagte Thumps. »Ich muss mit Archie reden.«

»Sonst schlagen Sie immer einen Bogen um Archie.«

»Das ist bloß ein Gerücht.«

Der Sheriff zog sein Handy aus der Tasche. »Das County hat eine Flatrate, trotzdem sollten die Anrufe geschäftlich bleiben.«

»Wollen Sie zuhören?«

»Wäre sicher vernünftig«, sagte Duke, »wenn man bedenkt, dass ich der Sheriff bin und das da mein Diensthandy ist.«

Thumps nahm das Handy entgegen und schlenderte zum Rand des Parkplatzes.

»Ist es Salami?«, rief Duke ihm nach. »Salami mag doch jeder.«

37 Als Thumps vor dem *Aegean* vorfuhr, war es bereits nach acht. Der Herbsthimmel war wieder schwarz geworden, und sosehr er sich auch bemühte, er konnte weder Mond noch Sterne sehen. Vielleicht waren sie die Menschheit satt, hatten ihre Koffer gepackt und waren in neue Gefilde gezogen.

Keine schlechte Idee, jetzt, da er darüber nachdachte.

Inzwischen hatten der Sheriff und Deputy Lance Rattler bestimmt in Untersuchungshaft genommen. Oder sie standen zu fünft am Küchentisch, aßen Pfannenpizza und setzten die Bierstadt-Landschaft zusammen. Thumps tippte auf Pizza und Puzzle.

Würstchen und Zwiebeln? Salami und extra Käse? Warum Nein sagen zu einer Gratismahlzeit? Ins Kittchen konnten sie Rattler auch später noch werfen.

Gloria Baker-Doyle und Calder Banks unterhielten sich in der Vintage-Klamottenabteilung mit Archie. Calder – im selben Oberhemd wie zuvor – probierte ein Tweedsakko mit Ellbogen-Patches an, während Gloria die Auslage mit Pillbox-Hüten durchsah.

»DreadfulWater!« Calder winkte ihn näher. »Was meinen Sie? Vierziger-Chic? Sehe ich aus wie Bogie oder was?«

»Ich finde ja, er sieht eher aus wie Tab Hunter«, kommentierte Gloria.

»Und du wie Mamie Van Doren.«

»Dafür hab ich zu wenig Hintern.« Gloria nahm einen dunklen Anzug von der Stange und hielt ihn Thumps vor. »Sie könnten Clark Gable sein.«

»Oder Johnny Weissmüller«, sagte Calder.

»Tarzan«, sagte Gloria, »großartig!«

Archie drapierte eine Federboa um Glorias Schultern. »Sehen Sie, wie viel Spaß man mit Vintage-Kleidung haben kann?«

Thumps sah auf die Uhr. »Mit Profis geht es doch immer schneller.«

»Ich nehme den Hut«, sagte Gloria.

»Und ich das Sakko.« Calder fuhr mit den Daumen unter dem Revers entlang. »Läuft unter Betriebsausgabe.«

»Im Büro ist alles vorbereitet«, sagte Archie, »genau wie du es wolltest.«

»Toll«, sagte Thumps. »Die Ausdrucke von Maslows Recherchen? Die Telefonnummern?«

»Genau wie du es wolltest«, wiederholte Archie.

»Und den Fedora nehme ich auch«, sagte Calder. »Bogie hat so einen in *Casablanca* getragen.«

Das Büro sah aus wie eine Kommandozentrale. Archies Schreibtisch war an die Wand gerückt worden, und in die Mitte des Zimmers hatte der kleine Grieche einen großen Büchertisch sowie ein Whiteboard gestellt, das man auf Rollen hin und her schieben konnte.

»Ich habe nur zwei Ausdrucke von allem gemacht«, sagte Archie. »Aber ich kann am Rechner sitzen, dann müssen Sie beide sich den Ausdruck teilen.«

»Ich hasse Teilen«, sagte Calder.

»Ich kann mich mit Mr DreadfulWater zusammentun«, sagte Gloria. »Der sieht nach Teamplayer aus.«

Der grüne Aktenschrank war in ein gigantisches Büfett mit Kaffee, Sandwiches und Obst verwandelt worden. Thumps versuchte, sich zu erinnern, ob er zu Mittag gegessen hatte. Oder zu Abend.

»Bedienen Sie sich«, sagte Archie. »Wir sind bestimmt eine Weile beschäftigt.«

Calder nahm am einen Tischende Platz, Thumps und Gloria setzten sich nebeneinander an die Längsseite.

»Also«, sagte sie, »wo fangen wir an?«

Archie trat ans Whiteboard und überschrieb eine Hälfte mit »Trudy Samuels« und die andere mit »Nina Maslow«.

»Was wissen wir über die beiden?«

»Beide sind tot«, antwortete Calder.

»Das war jetzt herzlos«, stellte Gloria fest, »oder nicht?«

»Stimmt aber.« Archie schrieb »tot« unter beide Namen. »Und wissen wir auch, wie sie gestorben sind?«

»Nina ist davon ausgegangen, dass Samuels ermordet wurde.« Calder sah zu Thumps. »Gibt's Neuigkeiten zu Nina?«

Thumps war sich nicht sicher, ob sie auf diese Weise die Sitzung eröffnen sollten. Er fühlte sich wie bei einer Mittags-Quizshow.

»Ich weiß aus gesicherter Quelle«, warf Archie ein, »dass Nina Maslow umgebracht wurde.«

»Dann ist sie nicht versehentlich abgestürzt«, schlussfolgerte Calder.

»Offenkundig« – Archie schien sich förmlich warmzulaufen – »hat sie einen Schlag auf den Schädel bekommen.«

»Man schlägt sich schon mal den Schädel an, wenn man von einem Felsen stürzt«, gab Calder zu bedenken, doch Archie schüttelte den Kopf.

»Wenn die Leichenbeschauerin Mord sagt, dann war es Mord.«

»Cui bono?«, wollte Gloria wissen.

»Was für ein Bonus?«, murmelte Calder.

»Das war Latein: Wer hätte von Ninas Tod profitiert?«

»Schon klar«, sagte Calder, »aber was, wenn es gar nicht um Profit ging? Was, wenn irgendwer sie einfach nicht leiden konnte?«

»Okay.« Archie hielt seinen Whiteboard-Schreiber im Anschlag. »Wer hat Maslow nicht leiden können?«

Calder und Gloria sahen einander einen Moment lang an. Dann hob Calder die Hand.

»Ich hab sie nicht besonders gemocht.« Er lächelte schief. »Und sie mich auch nicht. Wenn sie hätte entscheiden dürfen, wäre ich längst geschasst worden.«

»Und sie und Pearl sind auch nicht immer gut ausgekommen«, ergänzte Gloria.

»Das ist noch untertrieben«, sagte Calder. »Weißt du noch, wie Sydney mal ihr Handy nach Nina geworfen hat?«

»Den Tacker. Ging aber weit daneben.«

Thumps spähte hinüber zum Kaffee. Jetzt, da er Essen vor sich sah, war er schlagartig hungrig. »Sie waren an dem Abend auf der Party …«

»War ich«, sagte Calder. »Bin ich verdächtig?«

»Was war mit Pearl?«

»Keine Ahnung. Wahrscheinlich hat sie gearbeitet. Sie tut ja nichts anderes.«

»Das Problem ist, dass wir nicht genügend wissen.« Archie tippte mit dem Marker auf beide Namen. »Wir haben zwei Fälle und wissen nicht mal, ob sie zusammenhängen.«

»Wenn Samuels wirklich ermordet wurde«, argwöhnte Gloria, »dann dürfte Nina ebenfalls ermordet worden sein, weil sie herausgefunden haben könnte, wer der Täter war. Das würde die Zahl der Verdächtigen verringern.«

»Auf genau einen Namen«, sagte Calder. »Tobias Rattler.«

»Und wenn die Fälle nicht zusammenhängen«, fuhr Gloria fort, »dann sind wir wieder an dem Punkt, denjenigen zu finden, der Nina aus dem Weg räumen wollte.«

»Nur warum?«

»Wieder diese lateinische Frage?«, wollte Calder wissen.

»Warum sollte jemand Nina aus dem Weg räumen wollen?« Thumps wartete, bis seine Frage bei allen eingesickert war. »Wenn Maslow nicht mit Samuels zusammenhängt, warum musste sie dann sterben? Soweit ich es sehen kann, ist Sympathie im Showbusiness nicht kriegsentscheidend.«

»Das ist wohl wahr«, sagte Calder. »Spannungen helfen sogar, kreativ zu bleiben.«

»Dann *müssen* die zwei Fälle zusammenhängen«, resümierte Gloria. »Womit wir wieder bei Mr Rattler wären.«

Archie legte den Marker beiseite. »Wie wär's mit einer kleinen Stärkung und Kaffee? Danach könnten wir

Maslows Notizen und die Telefonverbindungen durchgehen.«

Thumps war aufgestanden, noch ehe Archie ausgesprochen hatte.

Das Schinken-Käse-Brötchen erwies sich als eher trocken, sodass Thumps nur zwei davon aß. Der Kaffee war heiß, die Trauben waren knackig und süß. Alles in allem hatten der Sheriff und Deputy Lance es sicher besser erwischt. Thumps versuchte, sich einzubilden, das belegte Brötchen wäre ein Stück Pfannenpizza mit Würstchen und Zwiebeln.

Und extra Käse.

»Ich schlage vor, wir fangen mit den Telefonverbindungen an«, sagte Archie. »Die Nummern, die Maslow im vergangenen Monat angerufen hat. Wir haben Barcelona, New York, Los Angeles, Las Vegas sowie Ortsgespräche.«

Calder hob die Hand. »Ich übernehme L. A. und Vegas – das sind meine Städte.«

»Das wäre eher Chicago«, murmelte Gloria. »Dann übernehmen Thumps und ich Spanien und den Big Apple.«

»Und ich übernehme die Ortsgespräche«, sagte Archie. »Anschließend setzen wir uns an die Rechercheunterlagen.«

Thumps hielt von Ermittlungen nach dem Gießkannenprinzip nicht allzu viel, aber es hatte etwas Beruhigendes, Telefonnummern durchzusehen, in eine Tabelle einzutragen und sie bestimmten Örtlichkeiten zuzuordnen.

»Sehen Sie das?«, fragte Gloria. »Die Anrufe nach Barcelona gehen alle an ein und dieselbe Nummer.«

»Ein Hotel?«

»Wahrscheinlich.« Gloria legte ihr Handy auf den Tisch. »Barcelona ist uns etwa acht Stunden voraus. Wenn ich falschliege und es eine Privatnummer ist, wird gleich jemand mächtig sauer sein.«

Die Nummer gehörte zum *Hotel Casa Camper* in Barcelona.

»Ein Boutique-Hotel«, verkündete Gloria. »Liegt zwischen Las Ramblas und dem MACBA. Teuer. Ich hab's mal von außen gesehen.«

»Probieren wir es in New York«, sagte Thumps.

Die New Yorker Nummer gehörte zum *Carlysle.* Archie musste es erst im Internet nachschlagen. »Upper East Side«, teilte er ihnen mit. »Ecke Madison und 76th. Beaux-Arts-Architektur, Dreißigerjahre, einige Zimmer gehen zum Central Park. Willst du wissen, was da Zimmer kosten?«

»Nein.«

»Besser so«, sagte Archie. »Du kannst dir ja nicht mal ein Auto leisten.«

Thumps sah zu Calder. »Und bei Ihnen?«

»In Vegas haben wir das *Wynn*«, antwortete Calder, »sowie WestAir.«

»Das *Wynn* ist *high end*«, erklärte Gloria. »Und WestAir fliegt Linie zwischen Vegas und L.A.«

»Noch etwas?«

»Nur noch Los Angeles«, sagte Calder, »der Sender – sowie ein paar Firmen für Filmtechnik, mit denen wir zusammenarbeiten. Geschäftsgespräche. Soweit ich es sehen kann.«

Thumps legte die Telefonliste beiseite und die Hand

auf den Stapel Unterlagen, die Archie ausgedruckt hatte. »Maslow war an drei Geschichten dran.«

»Samuels«, sagte Gloria, »Key West und Amelia Nash.«

»Richtig gearbeitet«, wandte Thumps ein, »hat sie nur an Samuels und Nash.«

»Woher wollen Sie das wissen?«, erkundigte sich Calder.

Thumps hielt erneut die Telefonliste hoch. »Sie hat in Barcelona, New York, Los Angeles und Las Vegas angerufen.«

»Vergiss die Ortsgespräche nicht«, sagte Archie.

»Hab ich nicht«, sagte Thumps. »Ich wette, die Anrufe nach Barcelona und New York gingen an Tobias Rattler.«

»Und woher wissen Sie das, verdammt?«, fragte Calder erneut.

»Rattler hat sich in beiden Städten aufgehalten. Daten und Uhrzeiten dort abzufragen wäre ein Leichtes.«

»Oder wir fragen einfach Rattler selbst«, schlug Archie vor.

»Ja«, sagte Thumps. »Oder das.«

»Und Nina hat in Vegas angerufen«, stellte Gloria fest, »aber nicht in Key West.«

Archie lehnte sich über seine Tastatur. »Hier ... Amelia Nash. Dreiundzwanzig. Der Freund hat erst sie, dann sich selbst erschossen.«

»Donny Berlin«, warf Calder ein, »üble Geschichte. Drogen, Alk. Der Typ war der wandelnde Tatort.«

»Kannten Sie ihn?«

»Klar. Selbe Branche. Aber Freunde waren wir nicht. Um ehrlich zu sein, hat mir der Typ Angst eingejagt.«

»Hier steht, Nash hätte der Star einer neuen Serie werden sollen«, sagte Archie. *»Die Straßen von San Francisco.«*

Thumps wirbelte zu Calder herum.

»Amelia wäre meine Drehpartnerin gewesen.« Calder holte tief Luft. »Sie war der Grund, verdammt, warum die Serie überhaupt grünes Licht bekam.«

»Du solltest mit Amelia Nash das Remake der *Straßen von San Francisco* drehen?«, fragte Gloria. »Das wäre ja großartig gewesen!«

»Ich glaube, Maslow wollte die Nash-Story nur, um es mir noch mal unter die Nase zu reiben«, erklärte Calder. »Die Frau hatte sadistische Züge. Die Nash-Geschichte wäre ihre Art gewesen, mir in Erinnerung zu rufen, wie kurz vor Primetime-Fernsehen ich einmal war.«

»Außerdem macht ein Doppelselbstmord im Fernsehen echt etwas her«, sagte Gloria.

Calder brummte verächtlich. »Mehr als tätowierte Leichen auf einer Jacht.«

»Aber warum sollte Maslow sich für einen Doppelselbstmord interessieren?« Thumps sah erst Gloria, dann Calder an. »Das ist doch kein Fall – da gab es nichts mehr zu ermitteln.«

»Spannend wäre es schon«, wandte Gloria ein. »So ein aufsehenerregendes Verbrechen ist fast so gut wie ein ungelöster Fall. Was ist in diesem Hotelzimmer am entscheidenden Abend vor sich gegangen? Waren Drogen und Alkohol im Spiel? Was hat Berlin dazu gebracht, erst seine Geliebte und dann sich selbst zu erschießen?«

»Und Maslow wollte mich als Erzähler«, sagte Calder. »Ausgerechnet den Typen, dessen Karriere im selben

Moment vorbei war, als Berlin den Abzug durchgedrückt hat.«

»Es geht doch nichts über ein bisschen Mitleid«, sagte Gloria, »wenn man auf die Tränendrüsen drücken will.«

»Himmel«, murmelte Archie. »Das Fernsehen ist ja noch schlimmer als die Buchbranche!«

Calder schob sich vom Tisch weg. »Ich muss morgen früh raus. Wichtiger Drehtag. Die Samuels' kommen vorbei. Brauche meinen Schönheitsschlaf.«

»Ich auch«, sagte Gloria. »Auch wenn ich dieses Schnüffeln nach Hinweisen wunderbar finde. Können wir das wiederholen?«

»Pearl erwartet Sie übrigens am Set«, sagte Calder, »da war sie ziemlich deutlich.«

»Und sie erwartet Mr Rattler«, ergänzte Gloria.

»Ich muss noch das Sakko bezahlen«, fiel Calder ein. »Das ziehe ich gleich morgen an, glaube ich.«

Thumps blieb im Büro sitzen und hörte, wie Archie die Kasse bediente und dann den Laden zusperrte. Kurz dachte er darüber nach, sich in Maslows Unterlagen zu vertiefen, aber so recht konnte er sich nicht dafür erwärmen. Und er erwartete auch nicht, dass er darin irgendetwas finden würde. Maslow war geheimniskrämerisch gewesen. Nach allem, was er über die Frau in Erfahrung gebracht hatte, hätte sie wichtige Informationen nicht irgendwo deponiert, wo andere sie hätten finden können. Die richtig heiklen Details hätte sie einfach im Kopf behalten.

»Immer noch heiß?« Archie trat an den Aktenschrank und schüttelte die Thermoskanne.

»Nein.«

»Was genau sollte das gerade?«

»Was meinst du?«

»Diese Anfängerstunde«, sagte der kleine Grieche. »Sieht dir nicht ähnlich, dass du Zivilisten an eine Ermittlung ranlässt. Du traust nicht mal mir über den Weg, verdammt!«

Thumps zuckte unbeholfen mit den Schultern. »Jedes Extrapaar Augen hilft. Sie kannten Maslow.«

»Blödsinn«, sagte Archie. »Du weißt doch etwas. Es gibt einen Grund, warum du sie heute Abend hierhergebeten hast, um sich die Beweise anzusehen.«

»Das waren keine Beweise. Nur ein paar Telefonlisten.«

»Gut, dann erzähl es mir eben nicht.«

»Was hast du über die Ortsgespräche herausgefunden?«

»Oh, aber *ich* soll mich *dir* anvertrauen?«

»Archie ...«

Er schüttelte seufzend den Kopf. »Ziemlich viel Hin und Her mit *Böse Absichten*-Leuten: Maslow hat ständig mit Pearl telefoniert – und dann mit dem Samuels-Anwesen.«

»Sonst irgendwas?«

»Einmal hat sie bei dieser Verkehrsbehörde hier in der Stadt angerufen.«

»Bei der Kraftfahrzeugstelle?«

»Und ein paarmal bei *Salgado Motors.*«

Es dauerte einen Moment, ehe es bei Thumps klick machte. Er hatte es zuvor einfach nicht gesehen – es war direkt vor seiner Nase gewesen, und er hatte es nicht gesehen. »Scheiße.«

»Aha«, sagte Archie. »Du weißt also doch etwas.«

»Ich brauche eine Straßenkarte.«

Archie wühlte in einer Schublade. »Was genau sehen wir uns an?«

Thumps breitete die Karte auf dem Büchertisch aus. Da war es – er würde den genauen Zeitpunkt noch einmal überprüfen müssen, war aber mittlerweile fast überzeugt zu wissen, was Trudy Samuels zugestoßen war. Und Maslow hatte Bescheid gewusst – sie hatte es von Anfang an gewusst.

Es war alles eingefädelt gewesen, vom ersten Moment an.

»Das machst du immer«, sagte Archie. »Du hast nicht vor, mich einzuweihen, oder?«

»Könnte falschliegen«, murmelte Thumps.

»Das hier ist kein Film. Wir müssen nicht bis zum Ende warten, um den Fall zu lösen.«

»Ein paar Details fehlen noch.«

»Sogar Raymond Chandler streut für seine Leser Hinweise ein.« Archie war beleidigt. »Also, was ist der Plan?«

»Ich fahre nach Hause«, sagte Thumps, »gehe ins Bett, schlafe bis Mittag, und wenn ich aufwache, herrscht Frieden auf der Welt.«

»Das ist kein Plan.« Archie schaltete die Lichter aus und ließ Thumps im Dunkeln stehen. »Das ist Wunschdenken.«

38

Thumps ging nicht ins Bett. Er blieb wach und las Nina Maslows Recherchenotizen zu den Fällen Trudy Samuels und Amelia Nash. Und er schlief auch nicht bis Mittag. Er war früh am nächsten Morgen, sobald Alvera die Tür aufschloss, im *Al's.*

»Geht die Welt unter?«, grummelte sie hinter ihrem Tresen und heizte den Grill ein. »Hoffe, das wird nicht zur Gewohnheit.«

»Was?«

»Der menschliche Körper hat ein Anrecht auf ein bisschen Ruhe und Frieden, wenn er in den Tag starten soll.« Al schaltete die Kaffeemaschine ein.

»Du führst ein Café.« Thumps steuerte seinen Stammplatz an. »Sinn und Zweck eines Cafés ist, dass Leute kommen und essen.«

»Klar«, sagte Al. »Aber doch nicht gleich am Morgen.«

»Was glaubst du, wann der Sheriff aufsteht?«

»Willst du ihn anrufen?«

»Vielleicht.«

Al schmunzelte, als hätte er einen Witz gerissen. »Wenn du blöd genug bist, Duke um diese Uhrzeit anzurufen, leih ich dir sogar mein Handy.«

Thumps sah zu, wie der Kaffee in die Kanne tropfte. So war es also frühmorgens im *Al's*. Kein Kaffee. Kein Essen.

»Irgendwas rausgefunden?«

»Kann ich schon was bestellen?«

»Ich weiß, was du willst«, sagte Al. »Die Frage ist, ob du es auch kriegst.«

»Ich bin Diabetiker. Ich muss regelmäßig essen.«

»Musst du dir echt nach jeder Mahlzeit diese Nadel setzen?«

Thumps zeigte auf die Kanne. »Kaffee ist fast fertig.«

Al nahm eine Metallschüssel aus dem Kühlschrank und kippte einen Haufen Kartoffelschnitze auf den Grill. »Ich schätze, der blonde Schönling war's.«

»Calder Banks?«

»Der achtet mehr auf sein Aussehen als die meisten Frauen.«

»Was ist mit Tobias Rattler?«

»Und als Nächstes«, sagte Al, »behauptest du, dass Toby auch diese Maslow umgebracht hat?«

Die Kaffeekanne stand in Reichweite. Wenn er sich ausstreckte, käme Thumps über den Tresen und könnte sie sich einfach nehmen.

»Sydney Pearl könnte es auch gewesen sein«, sagte er. »Oder Gloria Baker-Doyle. Manchmal sind es die stillen Wasser, die sich als am gefährlichsten entpuppen.«

»Wenn du die Kanne anrührst, bevor der Kaffee durchgelaufen ist, zeig ich dir, was gefährlich ist.«

Seit vielen Jahren hing eine Klingel über der Tür des *Al's* und schlug an, sobald jemand hereinkam. Meist hörte man sie über die Küchengeräusche und die Gespräche der Gäste hinweg nicht, aber heute, da das Café leer war, klang die Klingel wie eine Sirene.

»Morgen.« Sydney Pearl schob die Tür hinter sich zu. »Ich hatte gehofft, dass ich Sie hier antreffe.«

»Und Sie haben ihn angetroffen«, sagte Al. »Allerdings ist er kein bisschen schlauer als gestern.«

Pearl rutschte auf einen Hocker. »Ist das wahr?«

»Weitestgehend.«

»Aber ein bisschen was haben Sie herausgefunden, oder etwa nicht?« Sie nahm sich eine Speisekarte aus dem Halter. »Darf ich mich zum Frühstück zu Ihnen gesellen?«

»Dies ist ein freies Café«, sagte Thumps.

»Waren Ninas Aufzeichnungen hilfreich?«

»Sie hatte wirklich ein Händchen für Recherche.«

»Hat sie geliebt«, sagte Pearl. »Sie kennen diese Puzzles ohne Motiv, bei denen sämtliche Teile genau die gleiche Größe und Form haben, und wenn man sie zusammensetzt, kommt dabei so eine langweilige Spirale heraus?«

Thumps versuchte, sich ein Puzzle ohne Anhaltspunkte vorzustellen. Warum sollte sich jemand mit so was beschäftigen? Warum sollte jemand so etwas Rätselhaftes zusammensetzen?

»Ich puzzle nicht.«

»Nie?« Pearl sah überrascht aus. »Sie waren mal Cop. Verbrechen sind doch wie Puzzles.«

Thumps schüttelte den Kopf. »Bei einem Puzzle liegen die Teile alle in der Schachtel. Solange Sie kein Teil verlieren, sind Sie imstande, es zusammenzusetzen.«

»Und Verbrechen sind nicht so?«

»Amelia Nash.«

»Ah«, sagte Pearl. »Sie haben die Amelia-Akte gelesen.«

»Sie sollte die letzte Sendung der Staffel werden.«

»Stimmt.«

»Okay.« Al kam vom Grill geschlendert und nahm die Kaffeekanne zur Hand. »Der Rost ist heiß. Was möchten Sie frühstücken?«

»Das Übliche«, sagte Thumps.

»Nur Kaffee und Toast für mich«, sagte Pearl.

»Das ist kein Frühstück.« Al befüllte zwei Becher. »Zweiter Versuch.«

»Und ein Rührei.«

»Nehmen Sie ein paar von seinen Kartoffeln«, sagte Al zu Pearl. »Er ist Diabetiker, will davon nur nichts wissen.«

Pearl wartete, bis Al wieder in den vorderen Cafébereich zurückgekehrt war.

»Woher das Interesse an Amelia Nash? Sie sollten herausfinden, wer Nina umgebracht hat.«

»Warum hätte Maslow eine Folge über einen Fall drehen wollen, der längst gelöst ist? Sie ermitteln nicht selbst, sie tun nur, als ob.« Thumps legte beide Hände um seinen Becher. »Wie bei diesen alten *Columbo*-Folgen, in denen man weiß, wer der Täter ist, und dann anderthalb Stunden damit vergeudet zuzusehen, wie ein Ermittler in einem zerknitterten Regenmantel ihn aufdröselt.«

»Das kann doch sehr spannend sein«, entgegnete Pearl.

»Vielleicht für eine der mittleren Folgen«, wandte Thumps ein, »aber nicht als letzte der Staffel. Nash wäre zu simpel gewesen. Da hätte es keine Überraschungen gegeben. Maslow war auf das Überraschungsmoment aus.«

Pearl goss Kaffeesahne in ihren Becher, bis der Kaffee

die Farbe von warmem Toast hatte. »Wissen Sie über das Leben von Promis Bescheid?«

»Sex, Drugs und Rock 'n' Roll?«

»Vieles hängt vom Timing ab. Wenn man in jungen Jahren den Durchbruch schafft, gerät man leicht aus der Bahn.«

»Amelia Nash.«

»Amelia Nash«, pflichtete Pearl ihm bei. »Sie war eine Rakete – talentiert, bildschön, hoffnungslos jung und dumm. Donny Berlin war fünfzehn Jahre älter als sie. Nicht mehr jung und nicht annähernd so talentiert.«

»Aber immer noch dumm.«

»Und ein Mistkerl. Wir haben alle versucht, Amelia vor ihm zu warnen, ohne Erfolg.«

»Hat er sie geschlagen?«

»Nur wenn er betrunken oder high war.« Pearl stützte die Ellbogen auf. »Wir waren zur jährlichen Benefizgala in Vegas und haben gefeiert. Unsere neue Idee war gekauft worden – Amelia Nash und Calder Banks. Wir wollten direkt von Vegas nach San Francisco fliegen und mit den Vorbereitungen loslegen.«

»Die Straßen von San Francisco«, sagte Thumps fast wie zu sich selbst. »Seine große Chance.«

»Nicht nur seine«, wandte Pearl ein. »Ich war Teil des Produktionsteams. Maslow ebenfalls. Wir saßen alle im selben Boot.«

»Aber Nash war der Star.«

»Das war sie.«

»Und nicht Calder.«

»Nicht Calder – und Sie wissen, wie man so schön sagt.«

»Kein Star, keine Show.«

»Ganz genau.«

Thumps fuhr über eine abgesplitterte Stelle an seinem Kaffeebecher. »Maslow hat an die Doppelselbstmord-Version nie geglaubt.«

»Nina hatte einen siebten Sinn für solche Sachen«, sagte Pearl. »Sie war klug, neugierig, voller Rätsel und Geheimnisse.«

Al kam mit dem Essen. Sie hatte sich erlaubt, einige von Thumps' Kartoffeln auf Pearls Teller zu legen.

»Keine Beschwerden«, blaffte sie. »Kann mir nicht leisten, dass du hier in meinem Café tot umfällst.«

»Wenn mir die Kräfte schwinden«, entgegnete Thumps, »krieche ich auf allen vieren raus in die Gosse vor deiner Tür.«

Al wischte sich die Hände an der Schürze ab und kehrte zum Grill zurück. »Hier ist schon für zahlende Kundschaft kaum Platz. Eine Leiche, die einen Hocker besetzt – das geht nicht.«

Pearl stocherte eine Weile in ihrem Rührei herum. Sofern sie die Gesprächspause füllen wollte, ließ sie sich jedenfalls Zeit.

»Die Waffe, mit der Berlin Nash erschossen hat, war eine Maxim 9. Berlin hatte sie sich tags zuvor auf einer Waffenmesse in Vegas gekauft.«

Pearl zuckte mit den Schultern. »Berlin war ein Waffennarr. Wollte mir die .38er abkaufen, nur weil sie zuvor mal Tom Selleck gehört hatte.«

»Die Maxim hat einen eingebauten Schalldämpfer. Die Polizei ist davon ausgegangen, dass deshalb niemand die Schüsse gehört hat.«

»Ergibt Sinn.«

»Und jetzt kommt das Merkwürdige«, sagte Thumps. »Auf Nash ist zweimal geschossen worden.«

Pearls Gesichtsausdruck veränderte sich nicht.

»Einmal in die Brust«, sagte Thumps, »und einmal in den Kopf.«

»Und ist das wichtig?«

»Vielleicht, vielleicht auch nicht. Wissen Sie, wie viel Alkohol Berlin im Blut hatte?«

»Sagen Sie es mir.«

»Drei Promille. Die meisten verlieren bei rund zwei Komma fünf das Bewusstsein.«

»Sie haben Ihre Hausaufgaben gemacht.«

»Wer hat sie gefunden?«

»Wenn Sie Ninas Notizen gelesen haben, dann sollten Sie die Antwort kennen.«

Thumps nickte. »Sie haben sie gefunden. Um zehn nach elf.«

»Und?«

»Der Leichenbeschauer hat den Todeszeitpunkt auf zwischen sieben und elf Uhr eingegrenzt.«

»Wissen Sie, warum ich diese Flasche auf dem Schreibtisch stehen habe?«

Thumps war es allmählich leid, höflich zu sein. »Trockene Alkoholikerin?«

»Gut geraten«, sagte Pearl. »Sie ist ein Requisit, genau wie die Waffe. Die Leute sehen beides und machen einen Bogen. So halte ich sie auf Abstand.«

»Und der Honda?«

»Die Geschichte erzähle ich Ihnen erst, wenn ich Sie besser kenne.« Pearl legte die Gabel beiseite. »Aber Sie wollen wissen, warum ich in Nashs Zimmer war.«

»Richtig.«

»Ich wollte etwas mit ihr besprechen«, erklärte Pearl. »Vertragskonditionen.«

»Um elf Uhr nachts?«

»Showbusiness.«

»Aber als Sie dort ankamen, waren Berlin und Nash tot.«

»Genau so war es.«

»Wer hat Sie reingelassen?«

Pearl lächelte. »Sehr clever, Mr DreadfulWater. Wissen Sie über das Leben von Promis Bescheid? Wissen Sie, was Producer wirklich tun?«

»Nein.«

»Promis sind wie kleine Kinder.«

»Und die Producer sind die Eltern?«

»Einfach gesagt, ja. Promis sind launisch, egomanisch, destruktiv und dumm. Eine meiner Aufgaben besteht darin sicherzustellen, dass sie dort sind, wo sie sein sollen, und tun, wofür sie bezahlt werden.«

»Sie hatten also einen Schlüssel zu Nashs Hotelzimmer.«

»Ja«, sagte Pearl, »ich hatte einen Schlüssel. Und als Amelia nicht aufgemacht hat, bin ich rein.«

»Wo war Maslow?«

»Im Erdgeschoss an der Bar.«

»Und Calder?«

»Schon im Flieger, zurück nach L. A.«

Thumps legte die Puzzleteile im Kopf zurecht. Ein vages Muster war schon zu erkennen. Maslow hätte es ebenfalls gesehen.

»Das ist ja alles gut und schön«, sagte Pearl, »aber

haben Sie einen Beweis dafür, dass Vegas irgendwas anderes als ein Doppelselbstmord war?«

»Nein«, antwortete Thumps.

»Na also«, sagte Pearl. »Sie kommen doch heute zu den Dreharbeiten, oder? Und sehen zu, wie *Böse Absichten* den Fall Samuels löst?«

»Ich weiß, was mit Trudy Samuels passiert ist.«

»Wirklich?«

»Maslow hat es seit Monaten gewusst. Sie wussten es beide.«

»Dann können Sie ja das Interview führen.«

»Wird nicht passieren.«

»Hören Sie«, sagte Pearl, »Calder ist Schauspieler. Er hat nicht den Verstand eines Mordermittlers. Er weiß nicht, welche Fragen er stellen muss – oder wie. Wir lassen Sie einen Durchgang machen, und Calder soll zusehen. Und wenn dann die Kamera läuft, übernimmt er.«

»Eher nicht.«

Pearl wartete ab, als hätte sie seine Reaktion nicht gehört. »Die Obsidian-Morde hätten der Auftakt für die nächste Staffel werden sollen. Jetzt könnte es sein, dass es keine nächste Staffel gibt. Und dass die ganze Vorarbeit vergebens sein soll, gefällt mir nicht. Sie wissen, was ich damit sagen will?«

»Sie wollen mich erpressen.«

»Ich habe Ihnen versprochen, dass Sie Ninas Notizen bekommen.« Pearl kniff die Augen zusammen. »Und dieses Versprechen halte ich. Allerdings müssen Sie mir dafür diesen einen Gefallen tun.«

»Was, wenn ich falschliege?«

»Sie wirken auf mich nicht wie jemand, der gern

falschliegt.« Pearl zeigte auf seinen Teller. »Essen Sie das noch?«

»Bedienen Sie sich.« Thumps schob seinen Teller auf sie zu und rutschte vom Hocker.

»Was war mit Nina?«, fragte Pearl. »Wissen Sie, wer sie umgebracht hat?«

»Möglicherweise.«

»Ah. Neugierig, voller Rätsel und Geheimnisse. Genau wie sie.«

Thumps schlüpfte in seine Jacke. »Wo ist denn das ›klug‹ abgeblieben?«

Pearl hielt eine Gabelvoll Hash Browns hoch. »Das«, sagte sie, »muss sich erst zeigen.«

39

Im Sheriff's Office brannte Licht. Duke Hockney saß an seinem Schreibtisch, Tobias Rattler ihm gegenüber. Beide beugten sich über ein Spielbrett.

»Dame?«

Duke hob kurz die Hand zum Gruß, blickte aber nicht auf.

»Sie spielen Dame?«

»Sheriff Hockney bringt es mir gerade bei«, sagte Rattler.

»Er lernt schnell«, sagte Duke. »Nehmen Sie sich einen Kaffee.«

Dukes alte Espressomaschine war wieder in Betrieb.

»Sie haben sie repariert?«

»Kalk«, sagte Duke. »Macy hat das Problem behoben.«

»Dann war es nicht tödlich.« Thumps versuchte, nicht enttäuscht zu klingen.

»Sie hat über Nacht Essig einwirken lassen«, erklärte der Sheriff, »jetzt ist sie so gut wie neu.«

Thumps fragte sich, ob der Essig am Geschmack oder an der Konsistenz des Kaffees etwas änderte. Dass beides schlimmer geworden sein sollte, konnte er sich nicht vorstellen.

»Probieren Sie mal eine Tasse«, sagte Duke. »Jetzt hat der Kaffee richtig Biss.«

»Ich dachte, Toby wäre verhaftet.«

»Ist er auch«, sagte der Sheriff.

»Vorübergehender Hafturlaub«, sagte Rattler, »wegen guter Führung.«

»Egal«, sagte Duke. »Wenn er weiter gewinnt, kommt er wieder ins Kittchen.«

»Dame ist nicht so schwer wie Schach oder Go«, sagte Rattler, »aber auch hier gibt es gewisse Tücken.«

Duke lehnte sich zurück und gähnte. »Sie sind früh dran.«

»Sie kennen den Spruch«, sagte Thumps. »Frühe Vögel. Würmer.«

Duke setzte einen seiner Spielsteine ans Ende der Reihe und machte ihn zur Dame. »Schon Würmer gefangen?«

»Wussten Sie«, sagte Rattler, »dass in anderen Ländern andere Spielbretter verwendet werden?«

Thumps sah sich das Spielbrett an. Ihm schossen Begriffe wie Zug und Schlag und Sprung und zweifacher Sprung durch den Kopf und dass die normalen Steine nur auf eine bestimmte Weise bewegt werden durften, Damen indessen frei umherziehen konnten.

»Morgan Freeman und Tim Robbins haben in *Die Verurteilten* Dame gespielt.«

»Im Gefängnishof«, sagte Rattler, »stimmt's?«

»Verdammt, DreadfulWater«, sagte Duke. »Wenn Sie sich unterhalten, kann ich mich nicht konzentrieren.«

»Haben Sie Asservatenbeutel?«

»Ich bin Sheriff«, sagte Duke, »natürlich habe ich Asservatenbeutel.«

»Ich bräuchte einen.«

»Haben Sie einen Beweis gesichert, über den ich Bescheid wissen müsste?« Der Sheriff nahm den Finger von seinem Spielstein.

»Nope.«

»Warum brauchen Sie dann einen Asservatenbeutel?«

»Für ein Experiment«, sagte Thumps.

»Wie in der Schule?«

»So in der Art.«

Duke zeigte in Richtung der Aktenschränke. »Zweiter Schrank von links, zweite Schublade von oben.«

»Danke.«

»Sind aber alt«, bemerkte Hockney noch. »Emmitt hat eine Wagenladung Zeug hinterlassen, das irgendwann im letzten Jahrhundert aus Bundesmitteln finanziert worden ist. Wir haben's immer noch nicht aufgebraucht.«

»Weil Sie so ein außergewöhnlicher Ermittler sind.«

»Herrgott«, sagte Duke. »Weil Sie so nett sind, kriegen Sie auch zwei.«

Thumps fand die Beutel im dritten Schrank in der untersten Schublade. Braune Papiertüten, auf die Leerzeilen für die wesentlichen Infos aufgedruckt worden waren: Tag und Ort der Beweissicherung, Art des Beweismittels, Art des Verbrechens, Opfer sowie die Beweismittelkette – wer wann von wem was entgegengenommen hatte.

»Die sind perfekt«, sagte Thumps. »Kann ich Kaffee haben?«

Duke blickte nicht einmal auf. »Bedienen Sie sich. Sie werden begeistert sein.«

Thumps trat an die Kaffeemaschine, strich einen Beutel glatt und tröpfelte Kaffee darauf. Anschließend ließ er den Beutel zu Boden fallen und trampelte darauf herum.

»Was soll das?« Duke sprang auf. »Wissen Sie, was diese Beutel gekostet haben?«

»Keine Ahnung.«

»Sie waren jedenfalls nicht umsonst«, sagte Duke. »Erzählen Sie mir langsam, was hier vorgeht?«

»Haben Sie auch Zahnstocher?«

»Falls es Ihnen nicht aufgefallen sein sollte: Dies hier ist das Sheriff's Office und kein Drogeriemarkt.«

Rattler machte einen zweifachen Sprung. »Wieder Dame.«

Duke sah erst zu Rattler und dann aufs Spielbrett. »Da sehen Sie, was passiert, wenn Sie mich ablenken.«

»Wir müssen die Zeit im Blick behalten«, sagte Rattler. »Ich darf nicht zu spät zum Dreh kommen.«

Thumps tupfte den Beutel mit einem Küchentuch ab. »Dann sind Sie wirklich nicht mehr in Haft?«

»War nicht meine Idee«, sagte Duke. »Diese Produktionsfrau meinte, sie könnten die Sendung nicht ohne ihn machen.«

»Sydney Pearl?«

»Genau die. Haben Sie eine Ahnung, was so eine landesweite Ausstrahlung für die hiesige Wirtschaft bedeuten kann?«

»Nein.«

»Hatte ich auch nicht«, sagte Duke. »Aber egal – Ms Pearl hat sich mit der Bürgermeisterin getroffen, und die beiden haben genau darüber geplaudert. Und dann hat die Bürgermeisterin mit mir geplaudert. Sie ahnen es.«

»Howdy«, sagte Thumps.

»Yippie«, sagte der Sheriff.

Als Thumps den Verkaufsraum betrat, war Freddy Salgado am Telefon, winkte ihn jedoch in sein Büro und bedeutete ihm, auf dem Besucherstuhl Platz zu nehmen.

»Ist nicht Ihr Ernst ...« Freddy versuchte, nicht übermäßig frustriert zu klingen. »Es gibt keine Direktflüge?«

Die Corvette stand immer noch an ihrem Ehrenplatz im Showroom. Thumps fragte sich, ob der Fahrersitz wirklich so unbequem war, wie Calder gesagt hatte. Vielleicht ließ Freddy ihn ja mal probesitzen. Damit er ein Gefühl für so ein klassisch amerikanisches Sportgeschoss bekam.

»Sie finden wirklich, dass ein sechsstündiger Aufenthalt vernünftig klingt?«

Der Wagen war womöglich völlig in Ordnung, wenn man klein und dünn war. Sofern man eher groß und kräftig gebaut war, konnte sich Thumps durchaus vorstellen, wo es problematisch wurde. Zuallererst mal die Beinfreiheit. Und er würde mit dem Kopf ans Wagendach stoßen.

Wütend beendete Freddy sein Telefonat. »Haben Sie schon mal versucht, von Great Falls nach San Francisco zu fliegen?«

»Nope.«

»Probieren Sie es gar nicht erst.« Freddy schüttelte den Kopf. »Erst müssen Sie nach Seattle fliegen. Nur dass der Flug von Great Falls nach Sea-Tac immer verspätet ist –

was bedeutet, dass man die Mittagsmaschine nach SFO verpasst und bis abends warten muss.«

Thumps brummelte etwas Mitfühlendes.

»Sechs Stunden«, sagte Freddy. »Wer bitte schön will sechs Stunden lang am Flughafen sitzen?«

»Sie könnten ein Buch lesen …«

»Ich könnte ein Buch schreiben! Außerdem ist der Abendflug von Sea-Tac nach San Francisco auch immer verspätet, weil heutzutage einfach jeder Flug verspätet ist!«

»Ich fliege nicht oft …«

»Haben Sie eine Ahnung, wie viele Flüge im Schnitt pünktlich sind?«

»Nein.«

»Morgens ist es noch nicht ganz so schlimm, aber danach geht es den Bach runter.« Freddy wippte auf seinem Stuhl vor und zurück. »Nach fünf ist nicht mal mehr die Hälfte pünktlich. Was, wenn ich mein Geschäft so führen würde?«

»Sie wären pleite.«

»Da haben Sie recht.« Freddy holte tief Luft und rang sich ein Lächeln ab. »Aber Sie sind wieder da.«

»Ich bin wieder da.«

»Der Pick-up? Oder?« Freddy legte die Fingerkuppen aneinander. »Wenn der erst mal hier steht, bleibt er nicht lange. Topzustand, kaum Kilometer. Ein Prachtstück.«

»Warum fliegen Sie denn nach San Francisco? Mit WestAir?«

»WestAir?« Freddy runzelte die Stirn. »WestAir fliegt hier nicht hoch. Da müssen Sie schon bis Salt Lake oder nach Dallas fliegen, um einen WestAir-Anschluss zu kriegen.«

»Und wenn ich nach Las Vegas fliegen wollte?«

»Von hier nach Vegas geht nicht mit WestAir. Da bucht man am besten Delta oder Alaska ab Helena.«

»Nicht WestAir?«

»Und es geht nur mit Zwischenstopp. Warum wollen Sie denn nach Las Vegas?«

»Will ich gar nicht.«

»Ich muss einmal im Jahr dort zur Automesse – fünf Tage Hölle. Nur Fritteusenfraß. Schlecht gelaunte Leute. Diese Stadt ist ein einziges neonbeleuchtetes Drecksloch.«

»Haben Sie immer noch diese gerahmten Sachen?«

»Aus der Corvette?« Freddy grinste. »Sie wollen doch nur sehen, wie viel der Wagen ursprünglich gekostet hat. Hab ich recht?«

»Erwischt …«

Freddy machte den Kofferraum auf. »Lesen Sie es und heulen Sie«, sagte er. »1963 ist dieses Schmuckstück für nicht mal fünf Riesen verkauft worden. Und was ist es heute wert?«

Thumps sah sich die Papiere im Rahmen nacheinander gründlich an.

»Sie werden im Schnitt mit gut fünfzigtausend gehandelt. Bei Barrett-Jackson würde diese hier locker achtzig-, hunderttausend bringen. Irrsinn. So viel hat mein erstes Haus nicht gekostet.«

»Wie liefen die Dreharbeiten?«

»Für die Fernsehsendung?« Freddy rieb über die Oberkante der Windschutzscheibe. »Diese Schönheit hier hat gefunkelt wie ein Diamant. Wenn die Folge ausgestrahlt wird, steht hier das Telefon nicht mehr still.«

Thumps sah auf die Uhr. Es war kurz vor zwölf. Er wusste nicht, wie Filmleute arbeiteten, aber er nahm an, dass sie bestimmt nicht vor dem Mittagessen loslegten.

»Als die Fernsehleute mich kontaktiert haben«, sinnierte Freddy, »dachte ich erst, es wäre ein Scherz. Ich meine – erst hört man drei Monate lang rein gar nichts, und plötzlich sind sie mit ihren Leuchten und Kameras hier in der Stadt und, zack, muss es laufen.«

»Ich fürchte, ich muss zu dem Pick-up Nein sagen.«

»Und womit wollen Sie dann fahren?«

»Weiß nicht.«

»Es kann sich doch nicht lohnen, den Volvo zu reparieren«, sagte Freddy. »Warum gutes Geld Schlechtem hinterherwerfen?«

»Vielleicht ziehe ich nach Amsterdam.«

»Nach Amsterdam? Ist das diese Stadt mit den Kanälen und Windmühlen?«

»In Amsterdam fahren die Leute Fahrrad«, sagte Thumps. »Da sind kaum Autos unterwegs.«

Freddy sah aus dem großen Schaufenster in Richtung Prärie. »Sieht das hier für Sie aus wie Amsterdam?«

»Kann ich nicht behaupten.«

»Und haben Sie ein Fahrrad?«

»Nein.«

»Dann würde ich noch mal über den Pick-up nachdenken.«

40

Das nachgebaute Wohnzimmer der Samuels' nahm annähernd das komplette Obergeschoss im *Budd's* ein. Als Thumps zuletzt hier gewesen war, war das Set ein Durcheinander aus Holz und Farbe gewesen.

Inzwischen war es zum Leben erwacht.

An die Deckenbalken waren Leuchten gehängt worden, und große Softboxen standen an den Wänden. Ein Kamerawagen stand im Raum, während ein Typ mit einer weiteren Kamera im Schulterstativ hin und her huschte und verschiedene Einstellungen austestete. Leute, die Thumps noch nie gesehen hatte, standen in Grüppchen zusammen; ein paar schienen eher mit sich selbst als mit den anderen zu reden.

Chaos und Ordnung, wo immer Thumps hinsah – Chaos und Ordnung.

Sydney Pearl saß im Auge des Sturms in einem Lesesessel und hatte die Lider halb gesenkt, als wäre sie auf Hasenjagd.

»Mr DreadfulWater.« Sie winkte ihn näher. »Schön, dass Sie sich zu uns gesellen.«

Thumps stellte seine Einkaufstüte neben einen Stuhl und setzte sich. Pearl sah darauf hinab.

»Waren wir einkaufen?«

»Wir müssen reden.«

»Mrs Samuels und ihr Sohn sind noch nicht da ... und Mr Rattler ebenso wenig. Möchten Sie etwas trinken?«

»Nein danke.«

»Ich hoffe, es geht nicht wieder darum, dass Sie Mr Rattler nicht befragen wollen?«

»Nein«, sagte Thumps, »es geht um Nina Maslow.«

»Ah. Und Sie sind zu dem Schluss gekommen, dass Nina nicht wegen des Falls Samuels umgebracht wurde.«

Thumps hatte Pearl unterschätzt. Er nahm sich vor, das nicht wieder zu tun.

»Schauen Sie nicht so überrascht«, sagte sie. »Es gab nur zwei Leute, die wussten, dass sie den Fall gelöst hatte.«

»Sie und Nina.«

»Korrekt.«

»Nur dass es drei waren«, sagte Thumps. »Nina hat Rattler erzählt, was sie herausgefunden hatte.«

Keine Reaktion.

»Nur so hat sie ihn überreden können, überhaupt an der Sendung teilzunehmen. Der ganze Rest waren Ablenkungsmanöver und Nebelkerzen. Was aber auch heißt, dass Rattler keinen Grund hatte, Maslow umzubringen.«

»Touché. Dann sind Sie wirklich nicht bloß hübsch anzusehen. Was haben Sie noch herausgefunden?«

»WestAir.«

»Die Fluggesellschaft?«

»Maslow hat WestAir mehrmals angerufen.«

Pearl zuckte mit den Schultern. »Sie wollte nach Vegas, sobald wir hier mit den Dreharbeiten fertig wären, um die Amelia-Nash-Folge vorzubereiten.«

Thumps nickte. »Nur dass von hier aus kein WestAir-Flug nach Vegas geht.«

»Okay«, sagte Pearl. »Und was bedeutet das?«

»Hier seid ihr.« Calder tauchte am Set auf und sah in seiner neuen Vintage-Jacke todschick aus. »Was zur Hölle soll das?«

Pearls Hasenjagd-Ausdruck schlug um in Mäusejagd. »Von welcher Hölle genau reden wir?«

»Gloria meinte gerade, DreadfulWater soll die Befragung durchführen.« Calder trat von einem Bein aufs andere. »Komm schon, Sydney, das hier ist meine Show.«

»Genau genommen ist es *meine* Show. Und Mr DreadfulWater macht auch nicht die Befragung vor laufender Kamera. Er übernimmt das Warm-up.«

»Wir brauchen ihn nicht.«

»Mr DreadfulWater hat Erfahrung als Ermittler«, erklärte Pearl, als wollte sie ihrer Klasse die Grundlagen der Addition beibringen. »Er weiß, wie man Verdächtige befragt. Er weiß, wie man Fragen aufeinander aufbaut und formuliert. Du kannst dir dann an ihm ein Beispiel nehmen, sobald die Kamera läuft.«

»Ich will Ihren Job nicht«, versicherte Thumps.

»Den könnten Sie auch gar nicht machen«, entgegnete Calder. »Wo ist mein Text?«

»Heute gibt's keinen Text«, sagte Pearl. »Heute will ich echte Spontaneität sehen.«

»Die Konfrontation«, sagte Calder, »und dann fliegen die Fetzen.«

»Kriegst du das hin?«

Auf der gegenüberliegenden Seite trat Gloria mit Adele Samuels und Ethan Price ins Licht.

»Da sind wir«, rief sie. »Alles klar?«

Pearl zeigte aufs Sofa. »Bitte, Mrs Samuels, warum setzen Sie sich nicht dorthin – und Ethan, nehmen Sie sich den Stuhl und setzen Sie sich neben Ihre Mutter.«

Adele Samuels sah misslaunig aus. Ihre Laune besserte sich mitnichten, als sie Thumps entdeckte.

»Warum ist er hier?«

»Mr Banks übernimmt die echte Befragung«, erklärte Pearl, »aber ich hätte gern, dass Mr DreadfulWater die Generalprobe macht.«

»Und noch mal«, sagte Adele scharf und unterkühlt. »Warum?«

Pearl ließ sich nicht aus der Fassung bringen. Ruhig und gelassen führte sie aus: »Mr Banks hat nicht die Ermittler-Erfahrung, die Mr DreadfulWater mitbringt. Wir wollen doch nicht, dass Mr Rattler von einem Schauspieler in die Mangel genommen wird, oder? Indem er Mr DreadfulWater bei der Arbeit zusieht, bekommt Mr Banks Methodik und Motivation an die Hand, die er braucht, um seinen Job richtig gut zu machen.«

»Ist schon okay, Mom«, sagte Ethan. »Ich finde die Idee sogar klasse.«

Thumps hielt den Mund. Das hier war nicht seine Bühne, es war nicht sein Leben.

Adele rutschte unruhig auf dem Sofa herum. »Und wo genau ist Mr Rattler?«

»Hier.« Soeben kam Sheriff Hockney mit Rattler im Schlepptau die letzten Stufen heraufgestapft. »Sorry, dass wir spät dran sind.«

»Mr Rattler«, sagte Gloria, »nehmen Sie dort in dem großen Sessel Platz, ja?«

»Und Sie kommen hier auf die Seite, Sheriff«, sagte Pearl, »wenn es Ihnen nichts ausmacht?«

»Nein«, sagte Duke. »Mit ein bisschen Abstand kann ich alle leichter im Blick behalten.«

»Vielleicht«, warf Adele ein, »entdecken Sie ja jemanden, den Sie verhaften sollten.«

»Ganz genau, Ma'am.« Duke tippte sich an die Hutkrempe. »Es wäre mir ein Vergnügen.«

Mit einem Mal war Pearl wie ausgewechselt. Sie huschte hierhin und dorthin und gab allen Anweisungen. Die meiste Zeit brauchte sie für die zwei Kameramänner und den bärtigen Typen Ende fünfzig, der aussah wie ein Verwandter von Ernest Borgnine. War er der Regisseur?

Falls es im Realityfernsehen Regisseure gab.

Dann war Pearl wieder da.

»Wie wär's, wir machen jetzt den Testdurchlauf und sehen, wie es läuft? Wenn nötig, können wir dann immer noch umstellen und nachjustieren.«

»Was sollen wir tun?«, fragte Ethan.

»Seien Sie einfach Sie selbst«, sagte Pearl. »Beantworten Sie Mr DreadfulWaters Fragen. Einfach kurz und knapp – und ich bin sicher, Sie kommen wunderbar klar.«

Pearl gab allen ein Zeichen, und die Beleuchtung ging an. Plötzlich war alles scharf ausgeleuchtet, und Thumps musste die Augen zusammenkneifen, um sich an die Helligkeit zu gewöhnen.

»Muss das so sein?« Adele hielt sich die Hand vor die Augen. »Beim Testdurchlauf?«

»Ich muss sehen, wie es später bei den Aufnahmen aussieht«, erwiderte Pearl. »Ich will sicherstellen, dass alles passt.«

»Die sind aber sehr grell«, maulte Rattler.

»Tut mir leid … Gut, Mr DreadfulWater – Ihr Auftritt.«

Urplötzlich war aus der abstrakten Idee unangenehme Realität geworden. Wie zum Teufel hatte er sich von Pearl dazu überreden lassen?

Adele wartete schon ungeduldig. »Haben Sie so was schon mal gemacht, Mr DreadfulWater?«

»Er war Cop«, warf Rattler ein. »Natürlich hat er so was schon mal gemacht.«

»Ganz recht.« Endlich hatte Thumps seine Stimme wiedergefunden. »Ich hab so was schon gemacht. Aber bevor wir anfangen, möchte ich kurz rekapitulieren, was wir bislang wissen.«

»Wir wissen, dass Mr Rattler Trudy umgebracht hat«, sagte Adele. »Oder für ihren Tod verantwortlich ist.«

Thumps dämmerte allmählich, warum er sich hier nicht wohlfühlen würde. Er würde das Heft nur zu gern an Calder übergeben. Und zwar je schneller, je lieber.

»Genau genommen«, sagte er, »wissen wir das nicht. Wir wissen bislang nur, dass Trudy Samuels am Fuß der Belly Butte tot aufgefunden wurde. Und wir wissen, dass der Leichenbeschauer keine Spuren von Fremdeinwirkung feststellen konnte.«

»Ein bisschen mehr wissen wir schon«, sagte Ethan.

»Das stimmt.« Allmählich lief Thumps sich warm. »Wir wissen nämlich überdies, dass Trudy eine unglückliche junge Frau war. Wir wissen, dass sie und Tobias Rattler miteinander befreundet waren – zwei Außenseiter, die sich gefunden hatten. Wir wissen, dass Trudy einen Streit mit ihrer Stiefmutter hatte und deshalb von Ihrem Anwesen aus- und in die Stadt gezogen ist. Wir wissen, dass sie ein Auto hatte. Eine 1963er Corvette mit geteiltem Rückfenster.«

»Was hat denn das Auto mit alldem zu tun?«, blaffte Adele.

»Die erste Frage geht an Mr Rattler«, sagte Thumps. »Am Abend, als Trudy gestorben ist, wollten Sie beide ins Kino gehen.«

»Das ist richtig.«

»Aber Trudy tauchte nicht auf.«

»Nein.«

»Warum nicht?«

»Keine Ahnung.«

Thumps sah ihm ins Gesicht. »Das ist eine Lüge.«

»Natürlich ist das eine Lüge«, keifte Adele.

»Auch Sie und Trudy hatten sich früher am Tag gestritten, nicht wahr?«

Rattler wartete erst einmal ab.

»Aber bevor wir das vertiefen, müssen wir noch weiter ausholen.« Thumps spürte, wie sein Mund trocken wurde. Ein Glas Wasser wäre jetzt gut gewesen. Oder eine Tasse Kaffee. Aber sowie er darüber nachdachte, wollte er in Wahrheit nur noch irgendwo anders sein. »Mrs Samuels, warum ist Trudy von zu Hause ausgezogen?«

»Warum tun Teenager-Mädchen, was sie eben tun?«

»Sie fühlte sich eingesperrt«, warf Ethan ein. »Sie und Mom sind nicht gut miteinander ausgekommen.«

»Ethan ...«

»Ist doch kein Geheimnis, Mom. Das wusste jeder. Und wir waren doch froh, als sie weg war! Immer war sie auf hundertachtzig. Oder sie war betrunken. Ich bin immer davon ausgegangen, dass sie sich eines Tages mit ihrem Wagen umbringen würde.«

»Ist sie gern schnell gefahren?«, hakte Thumps nach.

Ethan lächelte. »Hab ein paarmal den Fehler gemacht und bin bei ihr mitgefahren. Hab befürchtet, ich würde es nicht überleben.«

Thumps sah flüchtig zu Pearl und wandte sich erneut an Rattler. »Wann waren Sie verabredet?«

Rattler dachte kurz nach. »Zur Abendvorführung. Halb sieben, sieben?«

»Und warum kam sie nicht?«

»Die Frage hatten wir doch schon«, sagte Adele. »Herr im Himmel – sie kam nicht, weil sie da schon tot war! Weil er sie umgebracht hatte!«

»Nein«, sagte Thumps. »Sie war noch nicht tot. Um Viertel nach sieben war sie eindeutig noch am Leben. Und um Viertel nach sieben hat Mr Rattler vor dem Kino auf sie gewartet. Dafür gibt es Zeugen.«

»Dann hat er sie später umgebracht.«

»Schwer vorstellbar«, sagte Thumps. »Wie hätte er raus zur Belly Butte kommen sollen? Er hatte kein Auto. Und er hätte auch gar nicht wissen können, dass Trudy an dem Abend dort landen würde.«

»Moment mal«, warf Ethan ein. »Sie können doch gar nicht wissen, dass Trudy um Viertel nach sieben noch am Leben war – oder haben Sie eine Kristallkugel?«

»Wir wissen es aus folgendem Grund.« Thumps griff in seine Einkaufstüte und zückte ein Blatt Papier. »Genau so hat Nina Maslow herausgefunden, was Trudy Samuels zugestoßen war.«

»Was soll das sein?«, fragte Adele.

»Die Kopie eines Strafzettels«, antwortete Thumps. »Für zu schnelles Fahren. Ausgestellt auf Trudy Samuels, die in einer 1963er Corvette am Abend ihres Todes um Viertel nach sieben geblitzt wurde.«

»Dann hat sie ein Knöllchen gekriegt.« Ethan lehnte sich vor. »Die hat Trudy gesammelt, wie meine Mutter Schuhe sammelt.«

»Ethan!«

»Ist doch wahr! Wenn sie mal eine Woche lang *keinen* Strafzettel gekriegt hätte – *das* wäre ungewöhnlich gewesen!«

Thumps griff erneut in die Tüte. »Ich hab irgendwo noch eine Straßenkarte ... Aber Sie kennen die Umgebung genauso gut wie ich, vielleicht sogar besser.«

»Jetzt aber«, sagte Adele. »Kommen Sie zum Punkt.«

»Trudy ist in Randall geblitzt worden«, erklärte Thumps. »Der Ort ist berühmt-berüchtigt für seine Radarfalle.«

Ethan hob frustriert die Hände. »Und?«

»Als sie geblitzt wurde, war sie in westlicher Richtung unterwegs. Sie war *nicht* unterwegs zur Belly Butte – die lag in entgegengesetzter Richtung.« Thumps legte eine Pause ein. »Wohin wollte sie also stattdessen?«

Adele verspannte sich sichtlich. »Ich nehme an, Sie kennen die Antwort.«

»Tatsächlich ja.«

41

Es war schließlich Rattler, der als Erster das Wort ergriff. *»Black Stag«*, sagte er. »Sie war unterwegs zum *Black Stag.*«

Adele rührte sich nicht vom Fleck und saß immer noch steif wie eine Statue da.

»Das ist auch meine Vermutung«, sagte Thumps. »Ansonsten gibt's in der Richtung nicht mehr allzu viel.«

»Ich fürchte, Sie irren sich, Mr DreadfulWater«, sagte Ethan.

»Trudy hatte keinen Grund mehr zurückzukehren«, sagte Adele.

»Sie wollte auch nicht zurückkehren«, wandte Thumps ein. »Sie kam wegen des Geldes.«

»Trudy brauchte kein Geld«, sagte Adele. »Sie hatte mehr, als sie verdiente.«

»Ich rede auch nicht von ihrem Geld, sondern von dem, das Sie Mr Rattler gezahlt hatten.«

Adele wirbelte zu Rattler herum.

»Nein«, sagte Thumps, »nicht er hat es mir erzählt – das hat Maslow ganz allein herausgefunden. Ich war da ein bisschen langsamer.«

»Ich wüsste nicht, warum das wichtig sein sollte«,

sagte Ethan. »Was wäre schon dabei, wenn meine Mutter Mr Rattler ein bisschen Geld zugesteckt hätte?«

»Ich weiß nicht, wie viel es war«, sagte Thumps, »aber fünfstellig war es bestimmt.«

»Lächerlich!«

»Nicht dass es wirklich wichtig wäre.« Thumps blieb ganz ruhig. »Wichtig ist bloß ... das Warum.«

Adele wandte sich ab. »Das Warum ist doch wohl nicht so schwer!«

»Bestechung«, sagte Thumps. »Ein kleiner Anreiz, eine Belohnung. Die Summe, die dafür sorgen sollte, dass Tobias Rattler aus dem Leben Ihrer Stieftochter verschwindet.«

»Und das finden Sie verwerflich?«

»Mir ist das piepegal«, sagte Thumps. »Aber Trudy war es nicht egal.«

»Trudy war sehr emotional. Und wenn Sie mich fragen, dann war sie emotional gestört. Alkohol, Drogen, Promiskuität ... Sie war kein guter Umgang.«

»Haben Sie ihr selbst von dem Geld erzählt?«

»Natürlich nicht!« Adele schnappte nach Luft wie ein Fisch. »Warum hätte ich das tun sollen?«

Thumps drehte sich zu Ethan um. »Dann müssen Sie es gewesen sein.«

Ethan starrte seine Schuhe an und sah aus, als wollte er es von sich weisen. Am Ende besann er sich eines Besseren. »Na und?«

»Du hast es ihr erzählt?«

»Komm schon, Mom«, sagte Ethan, »du weißt doch selbst, wie sie war! Sie dachte, sie könnte alles haben. Schöne Klamotten, die schicke Wohnung, ein schnelles

Auto … Sie sollte endlich lernen, dass ihr nicht alles zu Füßen lag.«

Thumps wartete noch kurz ab. »Und als Sie es ihr erzählt haben, ist sie ausgerastet.«

»Und wie«, sagte Ethan. »Das hätten Sie erleben sollen! Sie war drauf und dran, jemanden umzubringen.«

Thumps nickte zu Rattler. »Darum ging es bei Ihrem Streit früher am Tag. Es ging darum, dass Sie das Geld angenommen hatten. Ab nach Dartmouth, quasi über Nacht – während Trudy in Chinook bleiben sollte.«

»Wir waren Freunde«, sagte Rattler. »Wir waren gute Freunde. Sie hatte alles, was sie wollte, hier vor Ort – und dann wollte sie auch noch, dass ich hierblieb.«

»Dabei hatten Sie nie vor zu bleiben.«

»Ich hätte vielleicht bleiben sollen.« Rattler rieb sich die Hände. »Trotzdem bin ich gegangen.«

»Reue?«, schnaubte Adele. »Ernsthaft? Damals haben Sie nur zu gern zugegriffen und sind mit dem Geld über alle Berge.«

Thumps hob die Hand. »Also … Ethan erzählt Trudy, was Adele getan hat, und Trudy stellt Sie zur Rede.«

»Ja«, sagte Rattler. »Genau so war's.«

»Sie haben sich gestritten.«

»Ich hatte sie noch nie so erlebt.«

»Damit war Kino gestrichen.«

»Ich habe trotzdem auf sie gewartet«, sagte Rattler. »Ich hatte gehofft, sie würde trotzdem kommen.«

Nein, dachte Thumps. Der Verrat hatte sie so sehr erschüttert, dass sie in ihren Wagen gesprungen und zum *Black Stag* gefahren war. Unterwegs war sie geblitzt worden – um Viertel nach sieben. In Randall.

»Wann ist Trudy bei Ihnen angekommen?«

»Weiß ich nicht mehr«, sagte Ethan. »Spielt das eine Rolle?«

»Kein Wort mehr, Ethan«, fauchte Adele. »Wir sind hier fertig.«

»Es ist vorbei, Mom«, sagte Ethan. »Mr DreadfulWater weiß über alles Bescheid.«

Thumps griff erneut in seine Tüte. »Als der Leichenbeschauer Trudys Leiche untersucht hat, hat er an ihrem rechten Handgelenk frische Kratzspuren entdeckt, die nicht mit dem Sturz übereinzustimmen schienen. Also hat er sich das Ganze näher angesehen.« Thumps hielt einen Asservatenbeutel hoch und schüttelte ihn. »Dann hat er die hier entfernt«, sagte er mit Blick auf Ethan. »Holzsplitter. Genau wie die, die Sie in der Hand hatten.«

Ethan atmete tief durch. »Holzhäuser ...«

Thumps saß es aus.

»Mom war oben ... Ich war unten in meinem Zimmer und hab ferngesehen. Ich hatte nicht mal gehört, dass Trudy gekommen war, bis das Geschrei losging. Und bis ich oben war, lag Mom schon am Boden. Trudy hatte ihr beide Hände um den Hals gelegt.«

»Also sind Sie dazwischengegangen.«

»Ich konnte doch nicht zulassen, dass sie meine Mutter erwürgt!«

»Ethan ...«

»Nein, Mom! Wir haben nichts falsch gemacht! Es war Notwehr.«

»Trudy ist gestolpert«, sagte Adele. »Sie ist ins Straucheln geraten und übers Balkongeländer gestürzt.«

»Sie ist ins Straucheln geraten?«

»Wir konnten nichts mehr für sie tun.«

»Sie hätten einen Rettungswagen rufen können.«

»Sie war doch schon tot!«

»Dann hätten Sie die Polizei rufen können.«

»Und dann – was? Zusehen, wie sie Ethan abführen? Weil er mich hatte beschützen wollen?«

»Also haben Sie sie zur Belly Butte gebracht und vom Felsen gestürzt.«

»Wenn jemand schuld daran ist«, sagte Adele, »dann Mr Rattler! Er hätte sich von Anfang an von ihr fernhalten müssen!«

»Mom!«

Wie eine sterbende Heldin fuchtelte Adele in Richtung der Fernsehscheinwerfer. »Wo ist der Sheriff?«

Duke trat aus dem Schatten. »Hier, Ma'am.«

»Ich hoffe sehr, dass Sie nicht so dumm sind, meinen Sohn zu verhaften.«

»Kommt darauf an«, sagte Hockney. »Ich werde ihn mindestens vorladen müssen, damit er eine Aussage macht.«

»Und wenn er die Vorladung nicht befolgt?«

»Dann nehme ich ihn wegen Mordverdachts fest.«

»Das ist doch albern!«

»Ihre Entscheidung«, sagte Duke.

»Sheriff – wir gehen jetzt.« Adele war bereits an der Treppe, Ethan ihr dicht auf den Fersen. »Sie wissen, wo Sie uns finden.«

»O ja, Ma'am«, rief Duke ihr nach. »Das weiß ich.«

Eine Weile herrschte Stille. Dann ergriff Calder das Wort. »Heilige Scheiße, das war ja mal was!«

»Das war was, ja«, pflichtete Pearl ihm bei.

»Verdammt«, rief Calder, »liefen die Kameras? Sag jetzt bitte, dass wir alles aufgezeichnet haben!«

Pearl sah zum Kameramann, der den Daumen reckte.

»Ja«, sagte sie, »alles aufgezeichnet.«

Rattler lehnte sich auf seinem Sessel zurück. »Tut mir leid, dass ich das verschwiegen habe. Maslow und Pearl wollten, dass es geheim bleibt.«

»Adele Samuels sollte glauben, dass Maslow es auf Sie abgesehen hatte.«

»Nur so konnte es funktionieren«, erklärte Pearl. »Sie waren fantastisch!«

»Das hier war nie als Testdurchlauf gedacht«, stellte Thumps fest.

»Nein. Sie waren immer als Haupt-Act vorgesehen.«

»Ich mag es nicht sonderlich, wenn ich ausgenutzt werde.«

»Nein, sicher nicht.« Pearl drehte sich zum Sheriff um. »Und was passiert jetzt?«

»Wir befragen die beiden«, sagte Duke. »Aber ich nehme an, bis morgen um diese Uhrzeit hat Adele schon ein halbes Dutzend hoch bezahlter Anwälte in Position gebracht. Ich hab so meine Zweifel, dass der Staatsanwalt auch nur auf Totschlag plädiert. Wahrscheinlich bekommen wir sie maximal dafür dran, dass sie die Leiche weggeschafft haben. Vielleicht noch wegen Vertuschung.«

»Dann kommen Adele Samuels und ihr Sohn mit dem Mord davon?«

»Wissen Sie, was genau an dem Abend im *Black Stag* vorgefallen ist?«, fragte Hockney. »Ich jedenfalls nicht.«

»Wir haben hier nur ein Problem«, sagte Calder. »Ich war nicht im Bild.«

»Wir drehen alles nach«, erwiderte Pearl, »und schneiden dich rein. Fernseh-Trickkiste.«

Calder tätschelte Thumps die Schulter. »Sie haben die richtigen Moves raus. Hätten doch Schauspieler werden können.«

»Wir machen Pause«, rief Pearl ihrem Team zu. »Dreißig Minuten. Dann drehen wir mit Calder.« Sie bugsierte Thumps in ein ruhiges Eckchen. »Also, was jetzt?«

»Sie haben Ihre Folge.«

»Sie wissen, was ich meine.«

»Wann fliegen Sie nach Vegas?«

»Wir müssen hier morgen noch drehen, aber dann packen wir alles zusammen.«

»Vor ein paar Tagen hat Maslow diese Fluggesellschaft angerufen – WestAir. Wissen Sie, warum?«

»WestAir?«

»Ja«, sagte Thumps. »Ein Anruf von zwanzig Minuten zu einer Airline, die hier oben gar nicht fliegt.«

»Und Sie glauben, das könnte wichtig sein?«

»Ich hatte gehofft, Sie wüssten den Grund.«

Pearl kaute auf ihrer Lippe. »Sie haben nach wie vor nichts in der Hand.«

»Weniger als das«, sagte Thumps. »Aber ich vermute mal, dass es mit Amelia Nash zu tun hatte.«

»Weil nichts anderes Sinn ergibt?«

»Genau. Weil nichts anderes Sinn ergibt.«

»Ich habe mir mehr von Ihnen erwartet.«

»Das Problem ist«, sagte Thumps, »dass ich einfach nicht sehe, wer von ihrem Tod profitiert. Als sie stirbt, ist das Remake der *Straßen von San Francisco* ebenfalls gestorben. Calders große Chance ist geplatzt, und Sie verlieren Ihre Primetime-Serie. Der Sender setzt Geld in den Sand.«

»Wenn es also nicht um Geld ging...«

»... dann um etwas anderes.«

»Nina hatte etwas herausgefunden«, sagte Pearl. »Letzte Woche, als sie von Amelia und jener Nacht in Vegas gesprochen hat, konnte man es ihr anhören. Man konnte es ihr vom Gesicht ablesen.«

»Und jemand war in ihrem Zimmer, um danach zu suchen.«

Hinter Pearl gingen die Leuchten wieder an.

»Ich muss wieder an die Arbeit«, sagte sie. »Haben Sie noch irgendeine Idee?«

»Ich könnte auf ein paar Büsche klopfen. Mal sehen, was aufflattert.«

»Wachsen hier denn die richtigen Büsche?«

»Mal sehen.«

»Genau so hat Nina es auch gern gemacht«, sagte Pearl. »Stellen Sie nur sicher, dass nichts, was aufflattert, Ihnen auf die Füße fällt.«

42

Der Sheriff und Rattler lehnten an Dukes Wagen. Thumps war sich nicht sicher, ob sie auf ihn warteten oder einfach nur den Moment genossen und das Gesicht in die Herbstsonne hielten. Mit ein bisschen Sinn und Verstand würde er an ihnen vorbeimarschieren, in den Pick-up steigen und sie sich selbst überlassen.

»Das war ziemlich beeindruckend, DreadfulWater«, sagte Duke. »Eine Mischung aus Lady Macbeth und Columbo. Fast wie bei Shakespeare!«

Thumps spürte, wie sein Blutzucker ins Bodenlose sackte. Rawat hatte recht gehabt – das mit dem Insulin war eine Kunst. Nahm man zu wenig, ging man in die Knie. Zu viel, und man ging durch die Decke. Keins davon war besser als das jeweils andere – und so ungern er es sich eingestand: Allmählich sollte er anfangen, das mit der Ernährung ernst zu nehmen. Und seine Essgewohnheiten überdenken.

»Wie wär's, wir holen uns was zu essen«, schlug Duke vor. »Ich wüsste da genau das Richtige.«

Thumps konnte regelrecht hören, wie die Alarmglocken schrillten. »Hat es zufällig mit einem Rieseneichhörnchen zu tun?«

»Mit einem tanzenden Eichhörnchen.«

Rattler kam ihm zu Hilfe. »Ich weiß ja nicht, ob Fast Food ausgerechnet für Diabetiker geeignet ist…«

»Fast Food – papperlapapp«, sagte Duke. »Manchmal lassen die ihre Burger stundenlang unter der Wärmelampe liegen. Da schmelzen das Fett und die Kohlenhydrate nur so weg!«

»Sie können gern hingehen«, sagte Thumps. »Ich muss nach Hause.«

»Sie können jetzt nicht nach Hause«, wandte der Sheriff ein. »Wir müssen feiern!«

»Feiern?«

»Wir haben den Fall Trudy Samuels aufgeklärt«, sagte Duke. »Und Mr Rattler von jedem Verdacht reingewaschen.«

»Ich würd schon gern feiern«, sagte Rattler.

»Natürlich wissen wir immer noch nicht, wer Nina Maslow umgebracht hat«, sagte Duke. »Aber ich glaube, Adele und Ethan können wir ausschließen. Keiner von ihnen wusste, dass Maslow den Fall geknackt hatte und plante, die beiden in der Folge reinzulegen.«

»Wenn sie das gewusst hätten«, sagte Rattler, »hätten sie sich geweigert, in der Sendung aufzutreten.«

»Lassen Sie mich unterwegs raus?«

»Klingt wie das Gerede eines Feiglings«, sagte Duke. »Sie können jetzt nicht heimgehen – Sie haben Maslow noch nicht aufgeklärt!«

»Ist auch nicht meine Aufgabe.«

»Und was ist mit Ihrem Deal mit Pearl? Sie finden heraus, wer Maslow ermordet hat, und bekommen im Gegenzug die Unterlagen zu Ihrem kalifornischen Fall.«

»Wissen Sie«, sagte Thumps, »als Angehöriger der Ermittlungsbehörden könnten Sie diese Unterlagen einfach als Teil Ihrer Arbeit beschlagnahmen …«

Duke lief um seinen Wagen herum und zog die Fahrertür auf. »Interessante Idee, darüber will ich mehr hören – bei einem Burger im *Skippy's*.«

Das *Skippy's* war lediglich der jüngste Ausbruch der Fast-Food-Epidemie, die Chinook im vergangenen Jahrzehnt heimgesucht hatte. *McDonald's*, *Burger King*, *Taco Bell* und *Wendy's* waren in der Stadt aufgetaucht wie Pickel pünktlich zum Schulball.

»Sie müssen zugeben«, sagte der Sheriff, »dass dieser Nager fantastisch ist.«

Den Eingang zum *Skippy's* überragte ein riesiges Eichhörnchen mit enormen Nagezähnen und Neonlicht-Pfötchen, die vor und zurück flackerten, als würde das Tier tanzen. Thumps rutschte auf der Rückbank nach unten. So würde ihn hoffentlich niemand sehen.

»Fünfziger-Retro-Chic«, sagte der Sheriff. »Genau wie früher bei den Drive-ins.«

»Einige Drive-ins hatten Bedienungen auf Rollschuhen«, sagte Rattler. »Jemals *American Graffiti* gesehen?«

Duke steuerte einen Parkplatz an, ließ das Fenster runter und tippte auf ein Touchpad an einem Metallständer.

»Jetzt passen Sie auf!«

Das Touchpad leuchtete auf, die Speisekarte wurde eingeblendet, und es erklang ein Jingle, das Thumps an einen Hundefutter-Werbespot aus seiner Kindheit erinnerte.

»Willkommen im *Skip-Skip-Skippy's*«, sagte eine körperlose Stimme. »Was möchten Sie bestellen?«

»Nett, oder?«, kommentierte der Sheriff. »Wenn Sie die Combo bestellen, kriegen Sie ein *Skippy's*-Rubbellos…«

»Großartig«, murmelte Thumps.

»… und können einhundert Dollar gewinnen. Also, was darf's denn sein?«

Rattler bestellte den *Skippy's*-Salat mit Ranch-Dressing, Duke den doppelten Eichelnuss-Burger mit Käse und Guacamole, eine Portion Zwiebelringe und eine kleine Limo.

»Aber keinen Ton zu Macy!«

Thumps hatte die Speisekarte zweimal lesen müssen, ehe er etwas gefunden hatte, was essbar klang. »Ist die Hühnerbrust gegrillt oder gebraten?«

»Unsere Hühnerbrust wird vakuumfrittiert«, sagte die Stimme.

»Dann nur einen Kaffee.«

»Mit Pommes?«

Das Neonhörnchen am Eingang fing an zu zappeln, und jetzt konnte Thumps auch sehen, dass die rot-grün-gelbe Kreatur gar nicht tanzte – sie versuchte zu fliehen.

»Okay«, sagte der Sheriff. »Also. Maslow.«

»Wir sollten uns dem Ganzen wie ein Krimischriftsteller annähern und unseren Plot von hinten aufziehen«, schlug Rattler vor. »Wir wissen zum einen, dass sowohl Trudy Samuels als auch Nina Maslow an der Belly Butte gefunden wurden, was den Schluss nahelegt, dass die zwei Todesfälle miteinander in Verbindung stehen…«

»Nur dass da möglicherweise gar keine Verbindung ist«, sagte Duke.

»Und wenn sie nicht miteinander in Verbindung stehen«, fuhr Rattler fort, »hat der Täter im Fall Maslow

Trudy nur vorgeschoben, um uns auf eine falsche Fährte zu locken.«

»Was uns dem Täter selbst aber nicht näher bringt.«

»Woran hatte sie noch gearbeitet?«, fragte Rattler.

»DreadfulWater!« Duke drehte sich auf seinem Sitz nach hinten um. »Brauchen Sie eine Extraeinladung?«

»Ich brauche meinen Kaffee.«

»Ironie ist überbewertet«, sagte der Sheriff. »Haben Sie in ihren Unterlagen oder Telefonlisten irgendetwas entdeckt?«

»Dies und das.«

»Zum Beispiel?«

Thumps hatte es besser gefallen, als Rattler und der Sheriff Sherlock und Watson gespielt hatten.

»Maslow hat drei potenzielle Geschichten durchleuchtet. Drei ermordete und tätowierte Frauen in Key West, den Amelia-Nash-Doppelselbstmord in Las Vegas und einen Serienkiller in Nordkalifornien ...«

»Jemand hat tote Frauen tätowiert?«, hakte Rattler nach.

»Aber wenn man sich die Telefonverbindungen ansieht«, fuhr Thumps fort, »war die einzige Geschichte, an der sie wirklich dran war, der Doppelselbstmord.«

Rattler nickte. »Und was wissen wir von Amelia Nash?«

»Drücken Sie mal auf Pause«, sagte der Sheriff. »Da kommt unser Essen.«

Der Geruch heißen Fetts breitete sich im Wagen aus. Der Burger des Sheriffs hatte die Ausmaße eines Softballs, die Zwiebelringe kamen in einem Überseecontainer, und die kleine Limo hätte genauso gut in einem Eimer serviert werden können. Thumps holte einmal tief

Luft und hielt den Atem an. In Gestank waren ganz sicher keine Nährstoffe enthalten. Trotzdem waren die fettigen Aromen merkwürdig befriedigend – kein Wunder, dass Skippy versuchte, so schnell wie nur möglich davonzulaufen. Das Vieh musste sicher all die Kalorien wieder abtrainieren.

»Gutes Preis-Leistungs-Verhältnis«, stellte der Sheriff mit dem Mund voll gegrillter Kuh fest. »Wie ist der Kaffee?«

Thumps war froh, auf der Rückbank zu sitzen, wo er den Sheriff nicht essen sehen musste. Allein zu hören, wie er mit den Zähnen den Kadaver zerteilte, war ausreichend.

»Wollen Sie Zwiebelringe?«

Thumps nahm sich zwei. Sie schmeckten fantastisch. Warm, knusprig, ölig. Im Handumdrehen schlug sein Herz wieder schneller.

»Limo?«

Rattler lehnte sich gegen die Tür. »Dann glauben Sie, Maslow hat etwas über Amelia Nash herausgefunden, was sie den Kopf gekostet hat?«

»Nehmen wir doch mal an – nur mal so –, Amelia Nash war kein Doppelselbstmord«, sagte der Sheriff. »Nehmen wir an, jemand ist in ihr Hotelzimmer marschiert, hat sie erschossen, hat den Freund erschossen und dann alles so arrangiert, dass es aussah wie das tragische Ende einer Beziehung. Nachdem Maslow aber erst hier in Chinook umgebracht wurde, wären die Hauptverdächtigen doch fast schon zwangsläufig die Leute, die mit *Böse Absichten* hier sind.«

»Was aber nicht viel Sinn ergibt«, wandte Rattler ein.

»Warum wurde sie hier umgebracht? Warum hat der Täter nicht abgewartet, bis sie in Vegas sind, wo viel mehr Leute verdächtigt worden wären?«

Thumps hielt den Mund. Es hätte ohnehin keinen Zweck, sich zwischen Dukes Burger und Rattlers Salat einzuschalten.

»Timing«, murmelte der Sheriff. »Vielleicht ist ihnen die Zeit davongelaufen.«

»Klar«, sagte Rattler, »so was ist immer plotrelevant. Der Mörder wollte Maslow nicht in Chinook umbringen, aber irgendwas war passiert, was ihn oder sie zur Eile genötigt hat.«

Thumps konnte immer noch das Frittierfett der Zwiebelringe schmecken. Er fuhr sich mit der Zunge im Mund herum und fand zwischen seinen Zähnen ein paar letzte Stückchen.

»Sydney Pearl«, sagte der Sheriff. »Calder Banks. Und Gloria Baker-Doyle. Wer von denen ist uns sympathisch?«

»Es heißt, wer von *ihnen*«, korrigierte Rattler. »Und in einem Roman wäre es die Person, die am wenigsten verdächtig daherkommt.«

»Gloria Baker-Doyle«, sagte der Sheriff. »Sie wirkt eindeutig zu nett für eine Mörderin.«

»Oder es ist die Person mit dem besten Alibi.«

»Calder Banks«, brummte Thumps. »Der saß im Flieger nach Los Angeles, als Nash umgebracht wurde.«

»Bleibt noch Sydney Pearl«, sagte Rattler. »Und die wirkt wirklich am unwahrscheinlichsten.«

Der Sheriff stocherte sich mit einer Visitenkarte zwischen den Zähnen herum. »Natürlich könnten auch *Sie* Maslow umgebracht haben.«

Rattler lächelte. »Ich?«

»Klar«, sagte der Sheriff. »Vielleicht hat Maslows Tod ja gar nichts mit Amelia Nash zu tun. Vielleicht ging es tatsächlich einzig und allein um Trudy Samuels.«

»Okay, ich höre?«

»Nehmen wir an, Sie und Trudy hatten einen heftigen Streit.«

»Hatten wir, ja.«

»Und sie beschimpft Sie aufs Übelste. Erzählt Ihnen, wie nutzlos Sie sind. Abschaum aus dem Reservat.«

»Klingt fast, als würden Sie das nicht zum ersten Mal sagen.«

»Dann fährt sie los und lässt Sie vor sich hin schwelen.«

»Schwelen – schönes Wort!«

»Sie fährt raus zum *Black Stag* und greift Adele an. Ethan schubst sie die Treppe hinunter ...«

»Übers Balkongeländer.«

»Richtig«, sagte der Sheriff, »es war der Balkon. Adele und Ethan fahren sie raus zur Belly Butte und werfen sie in den Abgrund. Aber Trudy lebt – sie ist schwer verletzt, kann nicht mehr fahren, also ruft sie Sie an, und Sie eilen zu ihr.«

»Sie hatte kein Handy«, sagte Rattler, »und ich kein Auto.«

»Aber statt dankbar zu sein, fängt Trudy wieder zu stänkern an. Es geht um Ihre Abreise, um das Geld ihrer Stiefmutter, um Verrat.«

»Also bringe ich sie um.« Rattler zuckte nicht mit der Wimper. »Weil sie auf meinen Gefühlen herumgetrampelt hat.«

»Und irgendwie hat Maslow das herausgefunden«, fuhr der Sheriff fort. »Jetzt hat sie also zwei fabelhafte Finales für ihre Sendung. Adele und Ethan als böse Stiefmutter und eifersüchtiger Halbbruder. Und Sie als der aufbrausende Mörder, der Rache übt an einer rassistischen Gesellschaft.«

»Das Opfer seiner schwelenden Wut.«

»Genau«, sagte Duke.

»Hätte eine fantastische Sendung abgegeben«, stellte Rattler fest.

»Eindeutig.«

»Nur Vorsicht – mein Tötungsmotiv im Fall Trudy scheint ein bisschen wacklig zu sein. Von der schwierigen Logistik ganz zu schweigen.« Rattler drehte sich nach hinten um. »Was meinen Sie, Mr DreadfulWater?«

Thumps gähnte. »Sie haben Trudy nicht umgebracht, und Sie haben auch Maslow nicht umgebracht.«

»Tja«, sagte der Sheriff, »da bin ich froh, dass wir das geklärt haben.«

Rattler zeigte mit dem Finger auf Duke. »Fett.«

Duke tunkte seine Serviette in die Limo und wischte sich den Fettfleck vom Ärmel. »Genau daran erkennt man einen guten Burger.«

In der Zwischenzeit waren noch mehr Pkws und Pickups gekommen, und der Parkplatz war beinahe voll. Thumps erkannte niemanden wieder, aber er nahm an, dass all dies Leute waren, die nach Feierabend auf einen schnellen Imbiss vorbeikamen, oder Eltern mit Kindern, die zu erschöpft waren, um heimzufahren und zu kochen. Das war das Verlockende an Fast Food: der Preis und die Schnelligkeit. Trotzdem wollte Thumps sich nicht mal vorstellen, etwas zu essen, was die meiste Zeit seines Lebens am Grund einer Fritteuse verbracht hatte.

»Also, mit wem tausche ich den Platz«, fragte Rattler, »als Ihr Hauptverdächtiger?«

Das Neonhörnchen war wieder in Bewegung, die Beinchen schwangen vor und zurück, und die Ärmchen rackerten sich ab. Jenseits des Tohuwabohus konnte Thumps die Sirene eines Einsatzwagens hören, der in aller Eile irgendwo hinwollte.

Und mit einem Mal war alles glasklar.

Vielleicht war es Skippy gewesen, vielleicht auch die Sirene im Abendlicht – aber urplötzlich sah er deutlich vor sich, was er zuvor übersehen hatte. Oder zumindest Teile davon.

»Die haben mich belogen«, sagte Thumps.

»Das ist aber doch keine Überraschung«, sagte der Sheriff. »Sie hätten davon ausgehen müssen, dass Pearl mehr über Maslows Tod weiß, als sie zugeben will.«

»Nicht hinsichtlich Maslows Tod«, sagte Thumps.

»Sondern?«, hakte Rattler nach.

»Sie hatten gerade einen Geistesblitz«, stellte der Sheriff fest, »stimmt's?«

»Dann teilen Sie Ihre Erkenntnis doch mit uns.«

»Teile …«, murmelte Thumps. »Muss noch kurz darüber nachdenken …«

Er sah aus dem Fenster. Ein leichter Nebel war aus dem Nichts aufgezogen. An der nordkalifornischen Küste war Nebel fast schon alltäglich gewesen, tief hängende Wolken kombiniert mit aufsteigender warmer Luft – besonders morgens und dann noch mal abends, während am Nachmittag, wenn die Sonne aufs Meer und aufs Land brannte, kurz alles aufklarte. Doch hier in der Prärie handelte es sich um Advektionsnebel, bei dem warme, feuchte Luft horizontal über den kalten Boden strömte und eine eigene Art des Bodennebels erzeugte.

Am Abend, als Anna und Callie ermordet worden waren, war es am Clam Beach auch neblig gewesen. Und für den Bruchteil einer Sekunde war Thumps wieder zurück in Kalifornien.

Duke hielt seinen Ärmel hoch. »Glauben Sie, Macy merkt etwas?«

»Mineralwasser«, sagte Rattler. »Angeblich kriegt man so was damit raus.«

Duke wischte sich die Hände ab. »Nicht zu lang nachdenken, DreadfulWater. Noch ein paar Tage, und diese Fernsehleute haben sich aus dem Staub gemacht.«

»Und ich muss zurück nach Barcelona«, sagte Rattler. »Wussten Sie eigentlich, dass der Schauspieler George Sanders in Castelldefels gestorben ist? Das ist ein kleines Küstenörtchen außerhalb von Barcelona. Er hat dort in ein Hotel eingecheckt und sich das Leben genommen.«

Thumps nahm im Kopf noch einmal alles auseinander und setzte es neu zusammen. Samuels. Maslow. Amelia Nash. Es passte nicht zu einhundert Prozent. »Okay …«

Hockney drehte sich auf seinem Sitz herum. Zwischen seinen Zähnen steckte ein Stückchen Salat. »Genau das wollte ich hören.«

»Okay?«, hakte Rattler nach. »Im Sinne von: ›Okay, ich hab den Fall gelöst‹?«

Hockney drehte den Zündschlüssel herum. »Erzählen Sie es uns unterwegs.«

»Es gibt nicht viel zu erzählen«, sagte Thumps.

Duke fuhr vom Parkplatz. »Also, was halten wir denn nun von *Skippy's?*«

»Ein bewegliches Ziel«, sagte Rattler, als sie an dem tanzenden Eichhörnchen vorüberfuhren. »Bin überrascht, dass noch keiner auf das Biest geballert hat.«

43

Die Eingangstür zum *Budd's* war geschlossen, und dahinter war alles dunkel. Thumps meinte, auf der Zwischenetage einen Hauch Licht zu erkennen, aber das mochte genauso gut von draußen stammen.

Das Schloss war ein altes Yale, und einen Augenblick lang dachte Thumps darüber nach, es zu knacken. Im Großen und Ganzen kannte er sich mit Bolzenschlössern aus, und wenn er nur einen Teil jener Ausrüstung dabeigehabt hätte, die er als Cop mit sich herumgetragen hatte, hätte er es womöglich sogar probiert.

Um der alten Zeiten willen.

Andererseits hätte das erfordert, in die Hocke zu gehen und nach und nach Picks und Spanner einzusetzen, bis ihm der Rücken wehtat und die Oberschenkel brannten. Da war es einfacher, um das Gebäude herumzugehen und zu schauen, ob die Hintertür offen war.

Es gab sogar zwei Türen. Eine kleinere für die Angestellten und eine breite für die Ware. Die schmale Tür war unverschlossen. Thumps schloss die Augen und wartete kurz, um sich an die Dunkelheit zu gewöhnen. Dann trat er ein. Und stellte fest, dass es keinen Unterschied machte, ob er die Augen auf oder geschlossen hatte. Dort, wo er stand, war es stockfinster. Er fuhr mit der flachen Hand über die Wand. Der gesunde Menschenverstand sagte ihm, dass irgendwo in nächster Nähe zur Tür ein Lichtschalter sein musste.

Hoch. Ein Stück rüber. Runter und rüber. Kein Schalter. Er machte ein paar Schritte in den Raum hinein und lief gegen eine Schnur – mit dem Gesicht. Und griff danach. Das Licht ging an. So alt war das Gebäude. Von der Decke baumelte eine vereinzelte Glühbirne.

Der Raum war verhältnismäßig niedrig und endete vor einer weiteren Tür. Thumps riss sie auf und stand im einstigen Verkaufsraum.

Mission erfüllt.

Von oben konnte er Stimmen hören.

Eine Anschlussmission.

Noch während er die Treppe hochstieg, legte er sich zurecht, wie er diese Unterhaltung einleiten würde, was er sagen und wie weit er den Bluff treiben wollte.

Sydney Pearl saß an ihrem Schreibtisch – die Flasche Lagavulin 21 in Reichweite, den perlmuttbesetzten Revolver im Holster. Calder Banks saß mit einem Skript in der Hand auf einem Stuhl.

»... sind wir am Arsch«, sagte Calder gerade. »Vegas ist tot, aber Key West kann ich retten. Potenzieller Serienkiller mit Tattoo-Fetisch auf freiem Fuß – jede Menge sexuelle Anspielungen und plastische Szenen, wenn wir den Tatort rekonstruieren. Experten, die sich dazu äußern. Interviews mit den Anwohnern.«

Thumps versuchte, so leise wie möglich zu sein, aber Pearl hatte ihn trotzdem gehört, sobald er auf dem oberen Absatz angekommen war.

»Mr DreadfulWater«, sagte sie. »Und ich dachte, wir würden Sie nie wiedersehen.«

»Hey, Thumps«, rief Calder, »helfen Sie mir. Vielleicht können Sie Sydney ja überreden.«

»Mr Banks findet, wir sollten die Amelia-Nash-Geschichte endlich ad acta legen und stattdessen Key West machen.«

Thumps hatte beschlossen, direkt mit der Tür ins Haus zu fallen, um zu sehen, ob er Pearl damit aus der Reserve locken konnte. »Sie haben mich belogen.«

Pech. Die Frau saß weiter ungerührt an ihrem Schreibtisch.

»Ich lüge die ganze Zeit«, sagte sie bloß. »Sie müssten schon etwas genauer werden.«

»Die Obsidian-Morde. Sie beide und Maslow haben mich angelogen.«

»Oh«, sagte Pearl. »Das.«

»Maslow hatte keine Unterlagen zu dem Fall. Und Sie haben auch keine.«

»Ich schwöre hoch und heilig, dass der Fall unser Einstieg in die nächste Staffel werden sollte.«

»Klar«, sagte Thumps. »Aber Maslow hatte noch nicht angefangen zu recherchieren, oder? Ich hätte es viel früher sehen müssen. Keine Anrufe nach Key West, keine nach Nordkalifornien. Das Einzige, was sie in der Hand hatte, war ich.«

»Geht's um die Serienmorde?«, fragte Calder. »Die mit den Steinen?«

»Halt den Mund«, blaffte Pearl.

»Was hatten Sie vor?«, wollte Thumps wissen. »Mich in den Samuels-Fall verwickeln und sich mit mir anfreunden, damit ich Ihnen alles erzähle, was ich über die Morde weiß?«

»Sie wissen mehr darüber als jeder andere«, antwortete Pearl. »Nina war sich sicher, dass Sie uns helfen würden.«

»Scheiße.«

»Das ist unterste Schublade, Sydney«, sagte Calder, »sogar für deine Verhältnisse.«

Thumps hielt seine Wut im Zaum. »Und dann ist da noch Amelia Nash.«

»Klar«, sagte Calder, »aber ohne Nina und ohne das, was sie zusammengetragen hat, ist Nash verlorene Liebesmüh.«

Thumps ignorierte ihn. »Das Treffen, das Sie mit Nash am Abend ihrer Ermordung hatten – worum sollte das gehen?«

»Das habe ich Ihnen doch erzählt«, sagte Pearl. »Vertragsdetails.«

»Im Sinne von: dass Nash Sie und Maslow aus der Produktion entfernen lassen und durch Donny Berlin und seine Produktionsfirma ersetzen wollte?«

Calder entfleuchte ein kehliges Geräusch. »Was?«

»Sie raten doch nur, Mr DreadfulWater.«

»Und hab ich richtig geraten?«

»Amelia wollte euch loswerden?«, hakte Calder nach.

»Sie können wirklich unangenehm sein, Mr DreadfulWater. Aber ja. Sie haben richtig geraten. Amelia wollte, dass Berlins nichtsnutzige Firma die Produktion übernimmt.«

»Und das konnten Sie nicht zulassen.«

»Donny hatte diese gloriose Vorstellung, dass er die

Power hätte, ins Primetime-Programm vorzustoßen, und dass Amelia nur mit ihrem zierlichen Füßlein aufstampfen müsste, und der Sender würde sich vor ihnen in den Staub werfen.«

»Was Star-Appeal alles bewirken kann.«

»Klar«, sagte Pearl, »aber nicht alle Leute beim Sender sind Idioten. Donnys Erfolgsbilanz sah eher aus wie ein Stockcar-Rennen. L. A. hätte ihn nie in die Nähe der Produktion gelassen.«

»Und wenn ich jetzt beim Sender anrufen würde?«

»Tun Sie, was Sie nicht lassen können«, sagte Pearl. »Amelia hatte die Tentakel schon dorthin ausgestreckt. Sie hatte Los Angeles schon tags zuvor mit ihrer kleinen Intrige belustigt. Am Morgen hab ich dann mit ihnen gesprochen und das Treffen für den Abend anberaumt, um die beiden wieder einzunorden.«

»Dann haben Sie sie nicht umgebracht?«

»Hey«, ging Calder dazwischen, »das wär aber eine Scheißunterstellung!«

Pearl war das Vergnügen deutlich anzusehen. Sie nahm die .38er aus ihrem Holster und legte sie neben die Flasche. »Herrliche Vorstellung. Aber nein. Ich habe sie nicht umgebracht. Producer ermorden ihre Schäfchen nicht. Wir machen ihnen bloß das Leben zur Hölle.«

Thumps wippte auf seinen Absätzen, nahm die Hände aus den Taschen und wandte sich an Calder. »Damit wären nur noch Sie übrig.«

»Ich.« Calder strahlte wie auf Knopfdruck.

»Wenn Berlin und Nash versucht haben, die Produktionsfirma abzuschießen«, sagte Thumps, »dann liegt der Schluss nahe, dass sie auch Sie haben abschießen wollen.«

»Mich abschießen?« Schlagartig war Calder kreideweiß im Gesicht. »Das ist doch verrückt!«

»Berlin wollte die Produktion übernehmen. Und das heißt doch – auch die Besetzung.«

»Amelia hätte mich niemals loswerden wollen«, entgegnete Calder. »Ich war der *Star*. Sie war bloß hübsches Beiwerk. Das wusste sie genau.«

Thumps wandte sich wieder an Pearl. »Nehmen wir an, Sie haben recht und Berlin und Nash hätten nie die Kontrolle übernommen. Okay. Aber wie wahrscheinlich wäre es gewesen, dass sie den Sender hätten überreden können, Calder durch Berlin zu ersetzen?«

Pearl sah ihn zufrieden an. »Schon besser. Wenn Amelia nur vehement genug gewesen wäre, hätte sie das vielleicht hingekriegt.«

»Das ist doch Irrsinn!« Calder schrie inzwischen fast. »Niemand wollte mich loswerden!«

Thumps wartete, bis Calder Luft holte. »Ich nehme an, entweder Berlin oder Nash oder beide haben Ihnen auf der Party erzählt, was sie vorhatten.«

»Spannend«, warf Pearl ein.

»Komm schon, Sydney«, sagte Calder. »Den Mist hörst du dir doch nicht an!«

»Sie haben wahrscheinlich erst geglaubt, es wäre ein Scherz. Vielleicht hat es ein bisschen gedauert, bis es bei Ihnen eingesickert ist. Aber dann dämmerte Ihnen, dass es ernst war und dass Ihre Karriere am seidenen Faden hing.«

»Ich war der Star!« Calder war aufgesprungen. »*Ich* war der verdammte Star!«

»Vielleicht sind Sie ja in Nashs Zimmer gegangen, um

sie zur Vernunft zu bringen? Bis dahin haben Sie wahrscheinlich gekocht vor Wut. *Die Straßen von San Francisco* war Ihre große Chance – und die wollten die zwei nun durchkreuzen.«

»Donny hat Amelia erschossen«, entgegnete Calder. »Und anschließend sich selbst.«

Thumps schüttelte den Kopf. »Berlin hatte drei Komma null Promille im Blut – und auf Nash wurde zweimal geschossen. Einmal in den Kopf, einmal ins Herz. Gezielt. Ich bezweifle, dass Berlin überhaupt bei Bewusstsein war, aber selbst wenn, hätte er die Schüsse niemals setzen können.«

»Sie wissen ja nicht, wovon Sie reden!«

»Sie haben versucht, mit Nash zu reden und sie zur Vernunft zu bringen, aber sie war besoffen und böse zu Ihnen. Was hat sie gesagt? Dass Sie es nicht bringen? Dass Sie über Ihren Zenit sind? Dass sie die *Straßen* mit Ihnen nicht drehen will?«

»Ich saß im Flieger.« Calder hatte die Kontrolle über seine Stimme wiedererlangt.

Thumps nickte. »Der Leichenbeschauer hat den Todeszeitpunkt auf sieben bis elf Uhr geschätzt.«

»Die Maschine ist um Viertel nach sieben gestartet«, sagte Calder, »und es dauert zwanzig Minuten vom *Wynn* bis zum Flughafen.«

»Das glaub ich gern«, sagte Thumps. »Aber Sie hatten Glück. Die Maschine war verspätet, nicht wahr? Deshalb hat Maslow so lange mit WestAir telefoniert. Sie wollte gar keinen Flug buchen, sie wollte in Erfahrung bringen, ob Ihr Flieger an jenem Abend pünktlich war.«

Calder war schnell. Schneller, als Thumps gedacht

hätte. Er griff über den Tisch und schnappte sich den Revolver, bevor sich Pearl oder Thumps auch nur rühren konnten.

»Herrgott, Calder«, sagte Pearl. »Was soll das?«

»Halt's Maul, Sydney!«

»Du hast Donny und Amelia umgebracht?«

»Ich hab niemanden umgebracht«, fauchte Calder. »Es war ihre Schuld – die Serie gehörte mir!«

»Und du hast Nina umgebracht?«

Calder hielt die Waffe fest in der Hand. »Sie wollte einfach nicht aufhören. Immer wieder fing sie damit an. Und willst du mal etwas Lustiges hören? Sie dachte, du wärst es gewesen. Erst dachte sie, du hättest die beiden erschossen.«

Thumps spürte, wie die Erschöpfung zurückkehrte. Es war spät, er sollte seinen Blutzucker messen. »Aber dann hat sie eins und eins zusammengezählt.«

»Irgendwie hatte sie spitzgekriegt, dass mein Flieger Verspätung hatte. Daraufhin klapperte sie die Taxifirmen ab. Ich hatte dem Fahrer ein ordentliches Trinkgeld gegeben, damit er auf dem Weg zum Flughafen Gas gab. Ob er sich an mich erinnert hätte? Klar, mein Gesicht merkt man sich. Das Risiko war einfach zu hoch. Berlin, Nash, Maslow – sie mussten alle weg.«

Pearl lehnte sich zurück und faltete die Hände im Schoß. »Und jetzt?«

»Neues Skript«, sagte Calder. »Du hast Berlin und Nash erschossen. Maslow hat das herausgefunden, also musstest du sie umbringen. Das wiederum hat Mr DreadfulWater herausgefunden und kam, um es dir auf den Kopf zuzusagen – und da hast du ihn erschossen.«

»Ich brauche einen Drink.« Pearl griff zu ihrem Lagavulin und zerbrach das Siegel. »Den hab ich immer für besondere Gelegenheiten aufgehoben.«

Calder stocherte mit dem Revolver in Richtung von Thumps' Brust. »Ich hab noch versucht, dich aufzuhalten. Es kam zu einem Handgemenge, aber dann hat sich ein Schuss gelöst.«

Pearl nahm einen Schluck Whisky. »Gott, Calder, das ist der blödeste Plot, den ich je gehört habe.«

»Wird nicht funktionieren«, pflichtete Thumps ihr bei.

»Ach, nicht?«

»Und zwar aus vier Gründen. Erstens: Es wird Ihnen niemand glauben.«

»Es braucht mir auch niemand zu glauben«, sagte Calder. »Es wird mein Wort gegen zwei Tote stehen. Nash und Berlin haben versucht, Pearl zu ersetzen. Pearl hatte einen Schlüssel zu ihrem Zimmer. Sie war diejenige, die die Leichen gefunden hat.«

»Zweitens«, sagte Thumps, »Ihre Jacke.«

»Meine Jacke?«

»Beim Autohändler. Der Fleck auf dem Ärmel. Öl und Blut sehen ganz ähnlich aus. Aber wenn der Sheriff die Jacke ins Labor schickt, wird er herausfinden, was es tatsächlich ist.«

Calder zuckte die Achseln. »Jacken verschwinden.«

»Drittens« – Thumps sah zu Pearl – »ist der Revolver nicht mit echten Patronen geladen.«

»Was?«

»Ich war mal Cop. Pearl hat mir die Waffe gezeigt, als wir uns erstmals begegnet sind. Das Gewicht stimmte nicht.«

»Bravo«, sagte sie.

Calder sah auf den Revolver hinab. »Sie bluffen.« Dann zielte er auf Thumps und drückte ab.

»Und viertens«, sagte der, »hab ich den Sheriff mitgebracht.« Er trat ans Geländer des Zwischengeschosses und schaute nach unten. »Haben Sie alles gehört?«

»Klar«, rief Duke. »Bitten Sie Mr Banks, auf uns zu warten? Wir sind sofort da.«

»Und haben Sie die Jacke gefunden?«

»Haben wir, und Sie hatten recht – Fett und Blut sehen sehr ähnlich aus.«

Calder drückte erneut ab – wieder und immer wieder, bis die Trommel einmal herumgewandert war.

»Platzpatronen.« Calder verzog das Gesicht. »Verdammte Platzpatronen!«

»Echte wären zu gefährlich gewesen«, sagte Pearl. »Da hätte noch jemand verletzt werden können.«

Calder ließ sich auf den Stuhl sinken und die Arme hängen. »Tja, Scheiße… Aber zumindest kriegen wir unsere Folge.«

»Ja«, sagte Pearl. »Unsere Folge – die kriegen wir.«

»Und«, fragte Calder, und sein Gesicht hellte sich sogar leicht auf, »wer soll mich spielen?«

44

Al wartete schon auf ihn, als er tags darauf das Café betrat.

»Hab ich's nicht gesagt? Es war der blonde Schönling.«

Wutty Young Beaver, Russell Plunkett und Jimmy Monroe saßen über den Tresen gebeugt auf ihren Stammplätzen im vorderen Bereich.

»Angeblich bist du fast umgelegt worden«, sagte Russell. »Was für ein Glück, dass die Patronen nicht echt waren.«

»Showbusiness«, warf Wutty ein, »da ist gar nichts echt.«

»Und wie man hört, suchst du ein neues Auto«, sagte Jimmy. »Interessiert an einem SUV? Kaum Kilometer.«

»Redest du von deinem GMC?« Wutty schüttelte den Kopf. »Du solltest demjenigen noch Geld in die Hand drücken, der ihn dir eines Tages abnimmt.«

»Der Acadia ist klasse.«

»Ts«, sagte Russell, »Schrottklasse.«

»Ungefähr wie dein Job beim Fernsehen«, konterte Jimmy.

Wutty pustete über seinen Kaffee. »Alles Lesben.«

Thumps hatte es bis zu seinem Lieblingshocker geschafft und ließ sich darauf nieder. Er hatte endlich eine Nacht durchgeschlafen, trotzdem hatte sich wenig verändert. Sein Auto war immer noch im Eimer. Die Katze war immer noch weg. Claire war immer noch in Browning oder wo immer sie gerade versuchte, ein weiteres Mal Mutter zu werden. Er hatte dazu beigetragen, drei Verbrechen aufzuklären. Trotzdem schien seine Laune dadurch nicht besser geworden zu sein.

So was war einfach nicht seine Baustelle. Dieser Zirkus. Dieser Affenzirkus.

»Himmel«, sagte Duke, als er auf den Hocker neben ihm glitt, »Sie sehen echt scheiße aus.«

Der Sheriff war nicht mal der Letzte, den er gerade sehen wollte – aber auch nicht der Erste.

»Was wollen Sie?«

»Und übellaunig obendrein ...«

»Dachte, Sie nehmen Banks in die Zange.«

»Teufel auch«, sagte Hockney, »dieser Typ hört gar nicht mehr auf zu reden!«

»Dann wissen Sie jetzt alles.«

»Sie hatten recht«, sagte Duke. »Berlin hatte ihm erzählt, dass sie ihn aus der Serie kegeln wollten. Berlin wollte seine Rolle. Er und Nash ... Calder ist auf Nashs Zimmer gegangen und wollte sie zur Vernunft bringen. Sie war betrunken und hatte ein loses Mundwerk – und Berlin lag bewusstlos auf der Couch. Calder schnappt sich Berlins neues Spielzeug und schießt auf Nash.«

»Zweimal.«

»Es war genau, wie Sie gesagt haben. Berlin hätte in seinem Zustand gar nicht mehr schießen können. Er ist womöglich nicht mal mehr aufgewacht.«

»Und das war gegen halb sieben?«

»So ungefähr«, sagte Duke. »Calder ist in Panik geraten, hat sich ein Taxi zum Flughafen genommen und gehofft, er würde noch irgendeinen Flieger kriegen, bevor die Leichen entdeckt würden.«

»Und er hatte Glück.«

»Der Flug war anderthalb Stunden verspätet«, sagte der Sheriff. »Nur deshalb hat er ihn noch erwischt. Und so sah es aus, als wäre er schon in der Luft gewesen, als Nash und Berlin erschossen wurden.«

»Und Maslow?«

»Wie er gesagt hat: Maslow war ein Wadenbeißer. Calder ist mit ihr raus zur Belly Butte gefahren und hat sie dort umgebracht. Hoffte wohl, dass die Ähnlichkeit zu Trudy uns eine Weile beschäftigen würde.«

»Und was jetzt?«

»Wir schicken Mr Banks zurück nach Las Vegas.«

»Vegas? Er hat Maslow doch hier umgebracht.«

»Stimmt. Aber die Bürgermeisterin findet, dass ein Mordprozess ihrer Howdy-Kampagne wenig zuträglich wäre.«

»Geht Calder gegen die Auslieferung vor?«

»Ach was. Er will hier nicht vor Gericht. Die Bühne ist ihm zu klein. Ich glaube, er freut sich schon auf seinen dramatischen Auftritt im großen Gerichtssaal.«

»Sind Sie hier, um mir ein Frühstück zu spendieren?«

»Was? Weil Sie geholfen haben, den Fall zu lösen?«

»Drei Fälle.«

Duke schüttelte den Kopf. »Nein. Ich bin hier, um die Marke zurückzufordern. Ihre Zeit als Interims-Deputy ist hiermit vorbei.«

Thumps lehnte sich auf seinem Hocker zurück und streckte sich. »Wenn Sie nichts dagegen haben, würde ich sie gern noch ein bisschen behalten.«

Duke nickte. »Noch eine offene Rechnung?«

Al brachte gleichzeitig Frühstück und Kaffee. »Aufs Haus, nachdem du ja jetzt ein Held bist oder so.«

»Und was ist mit mir?«, fragte Duke.

»Howdy.«

Das Rolltor vor dem *Blackfoot Autohaus* war zugezogen und verriegelt, aber im Büro brannte Licht. Stas saß am Schreibtisch und wühlte sich durch einen Stapel Papiere.

»Komm rein.« Der große Russe sprang von seinem Stuhl auf und fiel Thumps um den Hals. »Du muss Tee mit mir trinken! Du muss verhindern, dass ich mich erschieße!«

Thumps spürte, wie ihm die Luft ausging.

»Ende des Monats«, sagte Stas, entließ Thumps aus seiner Umarmung und fuchtelte mit der Pranke in Richtung Schreibtisch. »Geld kommt rein. Geld geht raus. Ich arbeite mit Geld mehr als mit den Autos. Rechnungen, Steuern, Formulare für die Regierung, wer weiß,wie viele. Kleine Regierung. Große Regierung. Was is ›Anlage 7‹?«

Thumps versuchte, mitfühlend dreinzublicken.

»Oder ›Kästchen 32b ankreuzen‹, wenn kein Kästchen 32b da is?« Stas kehrte zu seinem Stuhl zurück und ließ sich schwer darauffallen. »Ich bin Mechaniker, guter Mechaniker.« Er seufzte. »Nich *Advokat*. Verstehs du?«

»Ich hab dir den Pick-up zurückgebracht.«

»Ja«, sagte Stas. »Schlechte Nachricht. Gute Nachricht. Welche zuerst?«

Dies, dämmerte es Thumps, war der Moment, den er gefürchtet hatte. »Die schlechte zuerst.«

Stas goss heißes Wasser in einen Becher und ließ einen Teebeutel hineinfallen. »Okay. Ja. Schlechte Nachrich is immer besser zuers.«

»Der Volvo?«

»Du muss Lebewohl sagen.«

»Er ist nicht mehr zu retten?«

»Rahmen verbogen. Antriebswelle gebrochen. Motorblock auch nich mehr gut. Auto is tot.«

Thumps sackte auf seinem Stuhl in sich zusammen. Nippte am Tee. Es half nicht. »Und die gute Nachricht?«

»Ah«, sagte Stas, »ja, gute Nachricht. Frau hat Mitleid.«

»Welche Frau?«

»Ja«, sagte Stas, »gruselige Frau. Die mit Knarre? Ohne Lächeln. Nich froh, einen zu sehen. Freundin von dir?«

»Nicht so richtig...«

»Egal, sie kommt her.« Stas schmunzelte. »Gib mir das.« Stas hielt einen Schlüsselbund hoch. »Honda Element is deiner.«

»Meiner?«

»Ja.« Stas stemmte sich aus seinem Stuhl. »Gruselige Frau sagt, du bekomms Auto. Papier, Schlüssel, voller Tank. Und auch das noch.«

Stas drückte ihm einen dicken Ordner in die Hand.

»Sie sagt, du wills das. Sie sagt, ich sag zu dir: Leb wohl und gutes Gelingen.«

Thumps hatte Maslows Handschrift sofort wiedererkannt. Auf den Deckel hatte sie geschrieben: »Obsidian-Morde«.

»Also«, sagte Stas. »Leb wohl und gutes Gelingen.«

45

Thumps stand auf der Veranda und sah zu, wie die Nacht allmählich der Dämmerung wich. Nicht dramatisch, erst wurden nur die Ränder langsam heller – ein kühles Erschaudern gerade so außer Reichweite. Es würde bald Winter werden. Fürs Wochenende war Schnee vorhergesagt. Und für die komplette nächste Woche.

Es war jetzt drei Tage her, dass Calder Banks verhaftet worden war. Thumps hatte im Sheriff's Office vorbeigeschaut.

»Dann hat er ein vollständiges Geständnis abgelegt?«

»Er hat eher ein komplettes Drehbuch für einen Spielfilm abgeliefert«, hatte Duke erwidert. »Mit ihm selbst in der Hauptrolle.«

»Hat Macy das Fett aus dem Ärmel wieder rausbekommen?«

»Wollen Sie jetzt wirklich davon anfangen? Sie überlegt, Vegetarierin zu werden.«

»Soll ja gesund sein.«

»Wissen Sie, woraus Tofu besteht? Und schon mal Quinoa gegessen?«

Claire war einen Tag früher als erwartet zurück gewesen. Thumps hatte in der Küche gestanden, in den offenen Kühlschrank gestarrt und ein Frühstück gesucht, als das Telefon geklingelt hatte.

»Ich bin wieder da«, hatte Claire gesagt.

»Großartig.«

»Aber ich bleibe nicht.«

Thumps wollte nicht einfallen, was er als Nächstes fragen sollte, also wartete er ab.

»Ich fliege nach Neuseeland.«

»Neuseeland?«

»Mit Angie.«

»Black Weasel?«

»Sie will nach Auckland zu einer Konferenz über indigene Kindererziehung. Ich begleite sie.«

Thumps konnte die Anspannung in ihrer Stimme hören.

»Browning lief nicht wie geplant. Es gibt noch eine Tante im Blood-Reservat in Alberta, die die beiden Mädchen zu sich nehmen kann.«

»Verwandtschaft.«

»Genau. Die Tante wollte erst nicht, dann aber doch.«

Thumps drückte sein Bedauern aus und dass derlei Situationen für alle Beteiligten schwierig seien.

»Ach«, sagte Claire, »so ist es bestimmt am besten. Ich hab schon ganz vergessen, wie man Mutter ist. Ich hab vergessen, wie schwierig es sein kann, ein Kind großzuziehen.«

»Wie lange?«

»Neuseeland?« Wieder diese Anspannung. »Für einen Monat. Die Konferenz dauert eine knappe Woche. Anschließend mieten Angie und ich uns einen kleinen Camper und bereisen die Südinsel.«

»Ein Monat …«

»Angies Eltern kümmern sich um die Kinder. Angies Mutter freut sich schon, sie zu sich zu holen. Stas und Cooley und Moses machen unterdessen ihren Herbst-Jagdausflug, insofern ist für alle gesorgt.«

»Was ist mit dem Forester?«

»Hab es mir anders überlegt. Freddy hat es verstanden. Ich hab ihm gesagt, dass ich beim nächsten Mal, wenn der Stammesrat sich seinen Pachtvertrag anschaut, ein gutes Wort für ihn einlege.«

»Dann reist du also wieder ab.«

»Ich reise wieder ab.«

Es entstand eine längere Pause. Thumps konnte Claire deutlich atmen hören.

»Ist das für dich okay?«

»Du wirst in Neuseeland viel Spaß haben.«

»Vielleicht können wir reden, wenn ich zurück bin?«

Leise schloss Thumps die Kühlschranktür. »Klingt gut.«

»Und wie man hört, hast du ein neues Auto.«

»Einen Honda Element.«

»Ich schreib dir eine Postkarte.«

»Das wäre toll.«

»Vielleicht schreib ich zwei.«

In Nina Maslow hatte Thumps sich getäuscht. Sie hatte die Obsidian-Morde gründlich durchleuchtet. Der Ordner, den Sydney Pearl ihm überlassen hatte, war bei Weitem nicht vollständig, aber durchaus aller Ehren wert. Tatortfotos, forensische Berichte, Informationen zu sämtlichen Opfern. Thumps hatte keine Ahnung, wie sie an das ganze

Material gekommen war. Vieles davon kam ihm bekannt vor, das meiste hatte er schon gesehen. Spannender waren die Notizen, die Maslow angefertigt hatte – Fragen, die sie an den Rand geschrieben, und Pfeile und Kreise, mit denen sie versucht hatte, lose Infos in einen logischen Zusammenhang zu bringen.

Pearl hatte recht. Maslow hatte wirklich ein Händchen für Muster gehabt und dafür, ein Rätsel aus unterschiedlichsten, ungewöhnlichen Winkeln zu betrachten.

Er hatte Maslows Notizen mit ins *Aegean* genommen.

»Mein Computer?«, hatte der kleine Grieche gesagt. »Schon wieder?«

»Die Obsidian-Morde.« Thumps hatte den Ordner hochgehalten, als wäre dies der Erklärung genug.

»Verstehe«, sagte Archie. »Claire fliegt nach Neuseeland, und du weißt sonst nichts mit dir anzufangen.«

»So in der Art.«

»Also, was hast du vor?«

»Zu Hause bleiben? Auf den Winter warten?«

Archie schüttelte den Kopf. »Keine gute Idee.«

»Was?«

»Dorthin zurückzukehren. Das ist keine gute Idee.«

Thumps legte den Ordner auf Archies Schreibtisch. »Ich brauche deine Hilfe.«

Archie lüftete den Deckel und betrachtete die Liste, die Thumps innen eingeklippt hatte. »Das da?«

»Ja.«

Der kleine Grieche starrte ihn über seine Brille hinweg an. Keine Ermutigung, kein Veto – bloß niedergeschlagenes Schweigen. »Wann geht es los?«

»Morgen früh.«

In Archies Gesicht hatte sich nichts geregt. Nur: »Keine gute Idee.«

Inzwischen war also Morgen, Thumps stand auf seiner Veranda und sah zu, wie die Sonne über den Horizont kroch. Vielleicht würde es noch nicht sofort schneien. Vielleicht dauerte es noch eine Woche oder sogar zwei. Es könnte sogar noch mal warm werden wie im vergangenen Jahr, ein zärtliches Lebewohl, *bon voyage*, wir sehen uns im Frühling.

Thumps schulterte seine Tasche und nahm den Koffer hoch. Er sah noch einmal die Straße entlang für den Fall, dass Freeway von kleinen Kindern genug hatte und eine Zuflucht brauchte.

Dann stieg er in den Honda, ließ die Verheißungen des Tagesanbruchs hinter sich und machte sich auf den langen Weg zur Küste.